边境夜行人

田浩 著

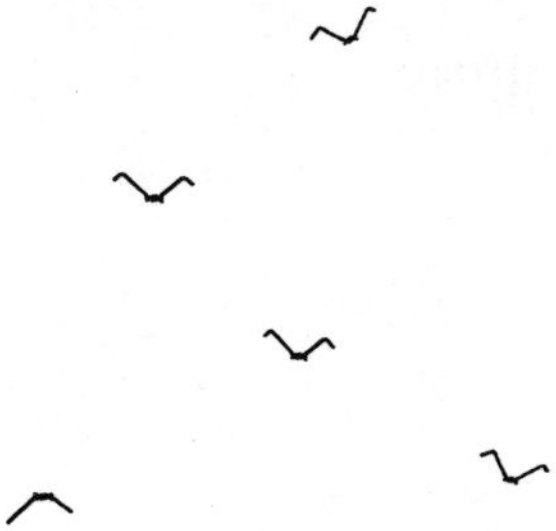

北京时代华文书局

图书在版编目（CIP）数据

边境夜行人 / 田浩著 . -- 北京 : 北京时代华文书局 , 2020.8
ISBN 978-7-5699-3373-4

Ⅰ . ①边… Ⅱ . ①田… Ⅲ . ①长篇小说－中国－当代 Ⅳ . ① I247.5

中国版本图书馆 CIP 数据核字 (2019) 第 285249 号

边 境 夜 行 人

Bianjing Yexing Ren

著　　者 | 田　浩

出 版 人 | 陈　涛
选题策划 | 勾勾儿
责任编辑 | 徐敏峰　姚　赢
责任印制 | 刘　银

出版发行 | 北京时代华文书局 http://www.bjsdsj.com.cn
北京市东城区安定门外大街 136 号皇城国际大厦 A 座 8 楼
邮编：100011　电话：010 - 64267955　64267677
印　　刷 | 三河市嵩川印刷有限公司　电话：0316-3650395
（如发现印装质量问题，请与印刷厂联系调换）

开　　本 | 880×1230mm　1/32　　印　　张 | 11　　字　　数 | 284 千字
版　　次 | 2020 年 8 月第 1 版　　印　　次 | 2020 年 8 月第 1 次印刷
书　　号 | ISBN 978-7-5699-3373-4
定　　价 | 42.00 元

目录

引子

如果没有手表，现在的天气会让人觉得是傍晚。云南国境之外的亚热带雨林，原本晴空万里的天突然乌云密布，狂风怒号，墨绿色的森林几乎要被压倒。飞禽走兽四散奔逃，它们不知道要逃去哪里，因为无论从哪个角度看去，这里都只有不动的山和剧烈摆动的树木。但它们还是在拼命地逃离。黎耀祖坐在树下，茫然地看着眼前的一切。这些自然现象本来跟人类没什么关系，这地方极少有人类踏足，就算偶尔有糊涂鬼闯进来，也会在几天后成为动物的晚餐或是植物的养料。活着走出这片森林的概率小之又小。

黎耀祖在等一个人。

第一章

二级士官

云南深秋，连续半个月的雨在黎明时分停了。漆黑的夜空亮起一道闪电，像是有卫星开着闪光灯在航拍地球。接着一声惊雷，劈开了夜，夜渐渐变成蓝色，天若隐若现；劈碎了云，云摇摇欲坠，坠向山腰。

盘山公路像一条黑色巨蟒，一辆通体黑色的中型客车由北向南疾驰。车被改装过，以至于看上去如同一坨移动的废铁。车厢里一共十个人，半坐半躺。领队的叫丁卓，武警云南边防部队的一名副支队长。按说这个级别的警官已经很少直接参与行动了，但这回例外。

惊雷滚过，顶灯亮起，丁卓打破了车厢里的黑暗，他抬手看看表，用定位设备确定位置，嘴里嘟囔着“怎么这么慢”，掏出哨子在狭长的封闭空间里连吹了三次紧急集合哨。

九个士兵有八个是上等兵，全被从睡眠中唤醒，一阵手忙脚乱的摸索，还以为是紧急集合训练。只有一个二级士官不为所动，他早就冷眼看着这整套“恶作剧”。

这个人叫黎耀祖。

黎耀祖进入特勤大队时，丁卓还是特勤大队的副大队长，黎耀祖八年兵龄里有五年是丁卓的下属。这让他们在行动中默契十足，但关系太熟是有副作用的，只要脱下命令的外衣，丁卓很难有什么官威。

紧急集合哨吹完，黎耀祖懒洋洋地回应：“就这么大点儿的地方，起这么高的调不嫌难受啊？”

当黎耀祖发现丁卓没搭理他，反而在找什么趁手的东西时，仅靠条件反射就知道事情不妙：“哥、爷，我错了。”

“这是执行任务，别以为自己是个马上要走人的老兵就满嘴放炮，什么哥啊爷啊的，爹妈都不行，我是你副支队长。”丁卓放下硬得像砖头一样的压缩饼干。

黎耀祖立刻收起油腔滑调，严肃应道：“是！”

考虑到在场的新兵首次执行任务，气氛不能过于紧张，丁卓收起严肃的表情，慢吞吞地说：“还不知道能不能熬到退役呢，一不小心我们就只能永远怀念你了，你还美得不行。”

说完，丁卓用眼睛挨个儿巡视了另外八个新兵：“上等兵们，醒醒了，你们在一般部队算是老兵了，但在这里，士官以下都算新兵。我调去支队以后，这是第一次带兵出来。抓几个没带武器的毒贩，也是给你们适应的过程。”

新兵们在车厢昏黄的灯光下眨眼，不知道接什么话才对。丁卓拿出鸟瞰图，图上标有两栋建筑，东侧是白色二层楼房，西侧 20 米处是两间瓦房，房前铺有一条砂石路，屋后是一条朝西延伸到山脚的小路。铺平地图，丁卓招手让士兵们聚拢，打开照明电筒指着图：“可靠情报，目标三人，带五千克海洛因，从境外新庙市运到四川攀枝花。但遇上了这场大雨，他们只能暂时在这里落脚。楼房代号‘白纸房’，瓦房代号‘红纸房’，旁边有一个小村子。咱们动作要快，在尽量不扰民的情况下把人和货带走。”

在得到下属的眼神确认后，丁卓继续部署：“白纸房是他们的哨所，有一个人放哨，货在红纸房，两个人看守。凌晨 6 点换班，今天的日出时间是 7 点 23 分，我们在 7 点 03 分开始行动。行动开始时，白纸房放哨的人叫武进，代号‘矮人’；红纸房里有一个穿蓝色外套的叫陈汉生，代号‘蓝衣’，最后一个人穿黑色外套，身材较高，姓名不详，绰号蒯哥（‘蒯’这个字在当地是四肢发达的意思），代号‘巨人’。”

丁卓再一次停下来盯着黎耀祖：“索命鬼，你明白了吗？”

黎耀祖把目光从图上收回来，正色道：“明白！这次带的什么货？”

“海洛因。”

“纯度怎么样？”

“‘鹰箭旗’的稀货，三九。不多见了。”

黎耀祖一脸狐疑：“你这情报工作快做到人家被窝里去了，以前可没见过这么精确的情报。我们跟着你出生入死是分内事，但你不能瞒着我们，你了解我的，真咬上了你可别怪我手黑。”

丁卓听出了话里的意思，但似乎没打算做出变更：“分三组行动。一组由我和两名上等兵组成，负责白纸房的哨兵，‘矮人’目标。二组由黎耀祖和四个上等兵组成，负责红纸房。剩下两人带着‘404 老师’作为机动组，随时准备支援。两名驾驶员掉转车头，做好撤退准备。”

黎耀祖：“那我是二组组长呗？”

丁卓点点头：“你不但是二组组长，还是破门手、抓捕手。还有，你是本次行动副指挥，我一旦失去指挥能力，这里所有人都得听你的。”

黎耀祖：“怎么又是我干这种送命活儿？我还有两个月就卷铺盖走人了。”

丁卓眉头微皱："二级士官，你彪悍的军旅生涯一共送走了七八届老兵，'发挥余热'这个词总该不陌生吧？轮到自己就提前熄火了？"说到这儿，丁卓指着那几个上等兵，加强了语气，"你真忍心让你这帮小兄弟提着头进去给你探路？"

黎耀祖还想抵抗："不是还有'404老师'吗？"

丁卓："那是从黑龙江警犬基地刚领回来的宝贝，全市只有三只，是无比尊贵的'客人'，都要照顾好了。再说了，要是你一不小心没留住你那一缕忠魂，你这帮兄弟谁都能捡起你的枪顶上去。'404老师'要是没了，在座各位谁有它的搜索能力？"

黎耀祖还想顶嘴，但赢了一只警犬也并不光荣，何况跟"404老师"比嗅觉他也没有必胜的把握，只好恨恨地说："这辈子你就是我的克星！"

丁卓拉回正题："行了，谁愿意做你的克星谁做去，我不喜欢踩狗屎。听好，从发起进攻到结束战斗，五分钟。速战速决，别拖，下午我还要去堵一车氯化铵，没时间听你在这儿贫嘴。"

新兵："报告。"

丁卓："说。"

"氯化铵是制毒配剂吗？"

黎耀祖见缝插针："一看就是上课时间睡觉了。知道鸦片做成海洛因至少要几步吗？"

新兵摇了摇头。黎耀祖说："至少分三步，第一步，把冰箱打开……"

不等他说完，丁卓抄起手边的压缩饼干就要砸过去，见他作势要躲才收住手："回去之后你给我抄写十遍入伍誓词，别一张嘴就满脸跑眉毛。"黎耀祖老老实实地说道："第一步，把鸦片液化；第二步，用氯化铵在鸦片液的基础上做出黄枇，就是95%纯度的吗啡，做出黄枇就可以拿出去卖了。如果要做出三九——就是99.9%纯度的海洛因，还要经过第三步提纯。回去多看看资料，不然明年有新兵补进来，你们拿什么教人家？”

接下来丁卓都没拿正眼瞧过黎耀祖，只对着新兵说：“你们别被他唬住了，他当新兵的时候，在沙滩上训练散打，训练结束后列纵队回基地，这位大仙是排头兵，我就一晃神的工夫，少喊了一句‘右转弯’，他直接就走进了怒江里，水都没腰了，他还是齐步走的标准动作。幸亏第二名停下来提醒我，不然就出训练事故了。”

黎耀祖嘴上不吃亏：“你是不是就看上这点才带我来特勤大队的？这叫军人意识，军令如山。”

丁卓摇了摇头：“谁都有看走眼的时候，即使你们副支队长也不例外。”不等黎耀祖反应过来，丁卓接着说，“我想起来了，新兵的时候你跟那个文书抬杠，咬死了不信生石灰能制鸦片液。人家好歹是个少尉，被你逼得哭着跑来找我。你那时候不一定比得上现在这些新兵兄弟。”

“我不喜欢研究货，一坨一坨的，你不动它就不会跑，有什么意思？我喜欢抓人，人是活的，抓起来带劲。”

丁卓清楚黎耀祖重人轻货的毛病，但他也说不清这是优点还是缺点，被黎耀祖咬住的嫌疑人，无论是谁，几乎没人能成功逃脱；但同样因为黎耀祖的固执，有时会导致证据灭失，给案件侦破增加难度。眼前的老兵积习难改，不能让他带偏新兵。

“八年时间都改不掉你的臭毛病，还在这儿显摆。咱们是缉毒，不是缉人。你给我听好，这次不但要抓人，货也绝不能弄丢！”丁卓特意提醒，除了担心黎耀祖的老毛病发作外，还有点儿私心。黎耀祖的第三个服役期马上就要结束，留他下来进入第四个服役期是十分困难的，三级士官的名额极其有限。如果这次的五公斤海洛因能顺利拿下，那丁卓就更有把握留下黎耀祖。

车从盘山公路上开下来，打山脚驶上大桥，桥横跨怒江。和夏天相比，现在的怒江即使在雨后也收窄了一大半。十个人对表、试麦，确认之后，车在对面山腰上的灌木丛后停住。

丁卓取下遮光板，抬起望远镜。目标建筑大约距此300米，红纸房的红瓦在墨蓝色天空的衬托下有些泛黑。哨兵在白纸房楼顶站着，双手搭在楼顶边缘的矮墙上，正对着怒江发呆。丁卓只能看到哨兵的背影，哨兵背着一支叫不上名字的步枪，可以确定那枪不属于这个世界上的任何军队，很可能是黑市上的杂牌货。

根据之前的情报，目标三人是没有枪的，现在突然出现火器，原本明朗的形势变得不能确定了。放下望远镜，丁卓吩咐驾驶室里的通信员："通知支队，对方有武器，至少需要一个全副武装的班支援，就近派人，越快越好，不能超过两小时。"

黎耀祖抢过望远镜："三个持枪的毒贩，这点儿火力配置，真打起来没有难度，五分钟收拾他们绰绰有余了。"

"不都是你这样的老油条，现在不能让八位新兵参与这样的交火。"

"那太好了，就咱俩去。白纸房上的哨兵是你的，红纸房里的两个是我的，关门打狗虽然没有放出来打过瘾，但谁让咱们情报工作出问题了呢？"黎耀祖边说边看向丁卓。

"红纸房里是什么你都不知道就敢关门打狗，万一情报错了里面只是普通居民，到时候你百死莫赎。"

"原来丁副支队长的情报也会错啊？"

见丁卓没吱声，黎耀祖不依不饶："解决他们三个，我们俩够了，其他这八个人在旁边观战，放眼望去，全国全军恐怕都没有比这更生动的课堂。我去红纸房，先确定他们有没有武器，他们敢开火我就往里丢手榴弹，一个都跑不掉，我把他们炸成烤猪。"

"净出馊主意，那五公斤三九要是给炸没了，证据也就没了。行动的时候你注意点儿，货看好了，千万别让他们把货扔进怒江！"

“行行行，货我给你留意着。”

“除非自卫，否则没有我的命令不准开枪，迫不得已的情况下也必须是无声射击。”

四下寂静，丁卓的眼睛不离望远镜。黎耀祖忽然觉得丁卓看哨兵的眼神不对劲，绷紧的嘴角竟然露出一丝不易察觉的微笑，这种毛孔间的微小互动组成的变化，只有黎耀祖这种在他身边多年的人才能察觉到。

黎耀祖深深地叹了口气：“机关真是磨人啊，普洱喝着、软珍抽着、报纸看着、二郎腿跷着，这种日子把咱们身经百战的丁副磨成了连望远镜都举不稳的人。这要是三年前，下面那三个浑蛋已经被装进裹尸袋了。”

虽然眼睛不离望远镜，但丁卓还是教训道：“你要是闲得慌，就去跟新兵弟兄们说说这种猥琐战中什么叫‘第一枪死、第二枪活、第三枪跑、第四枪倒’，这些经验在训练场上是学不来的，真打起来又没时间教，现在是最合适的时机。”

黎耀祖对这句话倒是深以为然，新兵已经自觉靠拢在他身边。他指了指白纸房说：“那栋楼看到没？我有句祖传顺口溜，是解放战争时传下来的，叫‘高楼前面别卧倒，卧倒之后跑不了’，明白啥意思不？”

这些道理新兵们一点就透。听到这句顺口溜，丁卓忍不住想起多年前这支部队刚成立时，班长传授这句话的情景。丁卓不忘回头朝黎耀祖泼冷水：“对方扔手榴弹除外啊。”

黎耀祖补充：“那你就扔颗烟幕弹在自己脚下。”

这边聊得正欢，副驾驶位置上的通信员转过身来，说：“丁副，支队回复说中间发生了泥石流，只能徒步开进。”

“哪儿发生了泥石流？”丁卓敲了敲车身。

“疏密山。”

“疏密山到这儿60多公里，赶过去最快也要五六个小时，算上体能消耗就算赶到也只能算非战斗减员。”丁卓看了一眼黎耀祖。

黎耀祖抓住机会嘲讽道：“丁副，要不呼叫空中支援？”

这个讽刺并没有激怒丁卓，他看上去反而更冷静，现在他没闲心收拾这个刺儿头：“让那两个班回去吃早饭吧。”

驾驶员把头缩了回去，丁卓补上一句：“客气点儿。”

确定没有援兵，丁卓再次看了眼望远镜，对黎耀祖说：“原计划作废，我看真要如你所愿了。”

黎耀祖也收起之前的油腔滑调，一脸正色：“这儿的布防很业余，只要白纸房没有计划外的火力支援，即使我这么谦虚的人，也有九成以上的把握。再不动手太阳真要露头了。”黎耀祖越往后说，每一个字都越像是从齿缝里挤出来的，每蹦出一个字还要跺上一脚，企图加强感染力。

在心里盘算了一下，丁卓下定决心：“我带一组先接近白纸房，二组除黎耀祖之外，其他人在红纸房外埋伏。等我完全控制哨兵之后，听黎耀祖命令，等红纸房的人逃出来再抓人，不许任何人在没有我命令的情况下冒险进入红纸房！若我阵亡，行动由黎耀祖指挥。都明白了吗？”

黎耀祖有些顾虑：“你还真亲自上啊？这么多人呢，你坐镇指挥，这几个人用不着你亲自下场。”

丁卓不容置疑：“别废话了，我要亲自上。”除黎耀祖之外的所有人小声回应：“明白。”黎耀祖突然想起什么：“刚才的命令我没听清，二组除我之外是什么意思？”

丁卓：“本来不想用狙击手，但情况有变，咱们要保证即使发生意外，主动权依然在咱们手上。但没有观察手，就你一个人，你以观察为主，同时指挥二组。你的狙击位置在10点钟方向30米外的石头后面，记好了，没有我的命令不准开枪。”

黎耀祖兴奋得直搓手：“太好了，我爸爸在盒子里都快上锈了。”

丁卓：“我记得你家是少数民族，不强制火葬啊。盒子里那是 88 狙，你能不能有点儿老兵的样子？”

黎耀祖还想回嘴，被丁卓的眼神逼了回去，丁卓接着说：“你听好，我现在去抓白纸房的‘矮人’目标。这个人是梁氏制贩毒集团的重要人物，他脑袋里有我需要的东西，比这次的货还重要，这人绝对不能死，明白了吗？”

黎耀祖面部表情严肃起来道：“明白。”说完，带着 88 狙潜入丁卓指定的狙击位置。

丁卓说：“一组二组，跟我来。”

丁卓带着两个人借着树木的隐蔽，爬过灌木丛，根据黎耀祖“屈身前进”“高姿侧身匍匐”“低姿匍匐”等指示爬过湿漉漉的草丛。

很快，丁卓绕过红纸房，到达白纸房后门墙根外四五米的草丛处。

黎耀祖在望远镜里焦急地观察，丁卓带着两组人向目标点进发，到第一目标点之后，二组潜伏。丁卓在白纸房的后门外用手轻轻试了试，推不动，又退到白纸房后面的草丛处，从黎耀祖的望远镜里消失。平心而论，黎耀祖并不认可丁卓选定的狙击位置。黎耀祖根据自己的习惯，往西移动了大约 30 米，这个角度在接敌时可以最大限度地保证弹道洁净，没有射击死角。

刚调整完，黎耀祖的耳机里传来丁卓的声音：“索命鬼，白纸房门被反锁，破门风险大。楼顶避雷带满足下钩条件，我现在准备攀墙。你必须锁死红纸房，里面的人一个都不能跑，同时还要确保你战友的安全。收到请回复。”

“收到，锁死红纸房，保证战友安全。完毕。”黎耀祖从听到索命鬼这三个字起，就完全变成了另外一个人。这个名字似乎代表另一个难以言喻的身份，一旦进入这个身份，他便从一个嬉笑打闹的年轻人变成了一个杀气腾腾的军人。最开始他不信杀气这种东西，只当是怯懦者的借口。直到五年前的轮值，轮到他喂猪的时候，他刚把猪食倒进猪槽，猪们就冲过来挤在一起抢食，这时他腰间的对讲机突然喊：“索命鬼、索命鬼，立即到内勤领武器，三分钟后全副武装到车库门前集合。”那一瞬间，人和猪都变了，抢食的猪突然停下，它们和索命鬼对视了一秒钟，然后连滚带爬地倒退到猪圈一角挤成一团，惊声尖叫。从那时候起，他才相信猪能感觉到的杀气真的存在。

与此同时，丁卓取出抛投器，黎耀祖也据枪进入射击准备状态。黎耀祖将准星对准红纸房的后窗，因为他判断二组很可能在那里接敌。此刻时间的流逝在索命鬼心里变得异常缓慢。只要将瞄准镜抬高一厘米就可以看到丁卓的情况，哪怕只看一眼，也能更安心一些。他很想这么做，但他没有这么做，他不能这么做。数不清的交火经验告诉他，哪怕 0.1 秒的时间，也可能造成不可挽回的伤亡。

黎耀祖凝神静气，盯牢瞄准镜里的一小块区域，他能看到半个红纸房，也能看到潜伏在草丛中的战友呼吸时背部的起伏。瞄准镜左上方有一棵直径约两三厘米的小树，但入镜的只有树根部分，当那 30 厘米左右的树根异常摆动的时候——虽然摆动幅度很小，但依然被黎耀祖捕捉到了。他几乎出于本能地抬起枪口，这个过程中他第一个闪念是埋伏的新兵碰到了小树，但当枪口抬起，他又否决了这个推测，因为那个位置不应该有人埋伏。他来不及做出新的推测，因为瞄准镜里出现了一个人影，那是原定由丁卓抓捕的“矮人”目标武进——这说明丁卓失手了。“矮人”目标正拼命地朝白纸房的后山跑去，身上的枪也不见了。

“矮人”目标被锁定在瞄准镜里，考虑到这个人是梁氏制贩毒集团的重要人物，黎耀祖只能使他丧失行动能力，原则上伤害越小越好。黎耀祖瞄准了武进的左腿，确切地说是左大腿中端后侧，这个位置中枪的话，最多伤及左腿下肢骨，股动脉有大收肌保护，子弹穿过股二头肌和半腱肌，会伤及半膜肌，但不会有生命危险。

狙击步枪的扳机和食指接触，食指缓慢而均匀地把压力传递到扳机上，十字准星紧随着奔跑的“矮人”目标。就在预计击发前，“矮人”目标身体稍作停滞，回头看了一眼，好像在看他的同伙。由于移动的惯性，黎耀祖的瞄准镜扫在了目标的脸上，通过瞄准镜能清楚地看到目标的眼神——那眼神绝不是一个逃亡者该有的眼神。黎耀祖放在扳机上的食指停了下来，而这稍一顿的工夫，“矮人”目标纵身一跳，似乎进入了低洼地带，从他的视线里消失了。

“矮人”目标从出现到消失，一共不超过五秒。紧接着红纸房的后窗跳出一个人来，那人身穿蓝色夹克，左手按住窗台，纵身来了一个类似托马斯旋转的潇洒出窗，只不过在他还没落地的时候，黎耀祖就看清他右手里攥着一支手枪。

由于心里挂念着刚才消失的“矮人”目标，黎耀祖没有给“蓝衣”目标任何机会，“蓝衣”目标没有意识到，他刚才跃出窗台双腿落地的一瞬间，就是他今生最后一次完整地站在地球上。几乎在落地的同时，黎耀祖的子弹也到了。刚才对“矮人”目标的射击预想完美地实施在了“蓝衣”目标身上。

一枪打完，黎耀祖看到“蓝衣”目标腿部中枪倒地，但枪还握在手里，黎耀祖再次扣动扳机，直接把他右手里的枪打飞了。紧接着“巨人”目标也跳出窗口，身上背着一个背包，里面应该就是这次他们带的货。由于他没有武器，黎耀祖这次没有急着开枪。“巨人”目标落地之后也顾不上选择方向，只管往前冲。

这时丁卓从白纸房下来，恰好看到“巨人”目标逃窜，立即带人追了上去。黎耀祖在通话器里喊：“二组所有成员协助抓捕‘巨人’目标，‘蓝衣’目标中枪，已被远程缴械，机动组带着‘404 老师’去控制他。”

话毕，通话器里接连传来两声："明白。""巨人"目标被丁卓咬住，应当是跑不掉的。"蓝衣"目标腿部受伤，由着他跑又能跑哪儿去？

黎耀祖现在满脑子想的都是怎么抓到"矮人"目标，他把狙击步枪送到车上，只留了手枪，扑向"矮人"目标消失的地方，那儿确实有一处洼地，他从"矮人"目标的角度跳进洼地，仔细看地面上的杂草，找到一处踩踏痕迹，看方向"矮人"目标是想跑进后山。这里离边境线不远，脚力好的当天就可以出境。黎耀祖看着眼前延伸的踩踏痕迹，脸上掩饰不住地兴奋，能从丁卓手下逃脱的对手并不多见，对黎耀祖来说，找一个称职的对手比找一个同生共死的战友要难很多。多数对手都让他感觉像是在和三岁孩子掰手腕一样乏味。

丁卓全力追捕"巨人"目标蒯哥，丁卓一时半会儿顾不上其他，等他将"巨人"目标拿下后，才发现黎耀祖不见了，"蓝衣"目标中枪的地方只有一支带有弹痕的手枪，机动组正在搜索"蓝衣"目标。丁卓不用想也知道黎耀祖干什么去了，赶紧用通话器呼叫黎耀祖，但通话器里没有任何回音。丁卓只好安排其他人全力搜索"蓝衣"目标，自己转身朝刚才"矮人"目标逃跑的方向追去，一边跑一边尝试在通话器里和黎耀祖建立通信，但一直没有收到回音。很快，丁卓跑到了山脚下，情急之下甚至在通话器里说："'矮人'目标是我的人，我故意放走的。"依然没有回音。

黎耀祖追到山脚时，眼前是陡峭山体，目力所及都是不超过一人高的小树，将山体包裹得严严实实，只有树叶随风缓慢而规律地摆动，水珠在树叶间跳动，从一片树叶滑向另一片树叶，从山腰滑向山脚。

这样的小树林是藏身的绝佳场所，黎耀祖完全找不到"矮人"目标的痕迹。这样的地形地貌适合藏身，也适合追捕，但绝对不适合逃跑。尽管杂树能提供隐蔽，但杂树同样会以不规则摆动准确标定目标位置，刻在人类基因里的狩猎本能使这种不规则摆动极为显眼，黎耀祖就是根据这样的摆动确定“矮人”目标快爬到山腰了。

为了尽快追上目标，黎耀祖果断卸下全身的装备，除了腰间的五四手枪，包括防弹衣、通话器在内的其他装备全都被安置在小路边的草丛里。

轻装上阵的黎耀祖很快发现，即使减了负，这座山也不是轻易能爬上去的，雨后的草坪踩上去像抹了油一样滑溜，好不容易爬上去十几米，一不小心就前功尽弃了。

丁卓看到那些被黎耀祖丢弃的装备时，明白了为什么没有回音。但奇怪的是，这堆装备里并没有通话器。丁卓大致确定了黎耀祖他们的方向之后，把枪背在身后，朝山上爬去。作为一个中年人，他爬得只会比黎耀祖更加艰难。等他耗尽体力才爬上去不到三分之一的时候，黎耀祖已经到了山顶，而“矮人”目标开始下山。

黎耀祖喘着粗气，嘟囔一句“体力不错啊”，脚下不停，继续追向“矮人”目标。上山拼的是体力的释放，而下山拼的就是体力的控制。

黎耀祖追赶“矮人”目标到达第二座山的山腰时，丁卓才爬上第一座山顶。丁卓没有继续追下去，他知道自己不可能追上前面两个年轻人。

到第二座山顶时，随着“矮人”目标速度放慢，黎耀祖也慢了下来，两人像是达成了某种默契，同时放慢速度，小心翼翼地下山。黎耀祖趁下山积蓄体力的情景，看到前面的“矮人”目标已经有了力竭的迹象，有好几次膝盖差点儿没绷住弯下去。黎耀祖突然不想立即抓住他了。这种想法出于某种动物的本能，在对待无处可逃的猎物时，总想看看对方到底能撑多久。

黎耀祖带着难以察觉的坏笑上了第三座山，前面的人脚步已经开始发虚了，几乎是靠手抓野树才勉强登上山顶。黎耀祖看他的样子，下山就只能靠滚下去了。但这样一来，目标人物要么死掉要么逃掉，这两个结果都不是黎耀祖能够接受的。正在黎耀祖准备来一组冲刺把人扑倒的时候，“矮人”目标突然停下来，原地停顿三秒，然后脸朝下直挺挺地趴了下去。黎耀祖知道他已经力竭，而自己的体能也到了极限，深吸一口气，直接坐在了目标人物的身上。

两人像是疯了一样，一齐张大嘴疯狂榨取周围氧气，过了四五分钟，呼吸渐渐平复，取而代之的是呼吸道的疼痛。被黎耀祖压在身下的“矮人”目标先开口：“我不跑了，你别压着我。”

黎耀祖不说话，从“矮人”目标的身上起来后首先脱对方鞋子，边脱边观察对方的表情，黎耀祖心里奇怪，这人不像一般毒贩刚被抓到的表现——或是因沮丧而一言不发，或是因担心而恐惧。他笑着看黎耀祖脱自己的鞋子，在黎耀祖用鞋带绑上他的拇指时，他竟然还面带微笑：“绑松点儿，回去要很长时间，我拇指会坏死的，你把我鞋都脱了我怎么跑？”

见黎耀祖没理自己，他接着说：“我叫武进，你呢？”

黎耀祖把他双手背在身后，绑好了拇指，从地上提起来：“回大队你就知道了，赶紧走。”

黎耀祖把武进押回来的时候，丁卓已经等在车旁了。但除了丁卓和“404 老师”之外，就只有一个被铐着的“巨人”目标，其他人都不在。

黎耀祖把武进推到丁卓面前，还没来得及张嘴，丁卓却黑着脸率先开口：“你的通话器呢？”

“放在山下了，不然我浑身都是线，没法往上爬。”

丁卓扬手就给了他一巴掌：“你还知不知道自己在做什么？”

黎耀祖被这一巴掌打蒙了，这是他认识丁卓以来第一次挨打，还是在刚抓获的嫌疑人面前。他觉得为了加快行进速度丢弃部分装备是明智之举，以前也不是没有先例。他不明白丁卓为什么发火，五官僵在脸上不知所措。

而此时的武进笑而不语。丁卓叹了口气："我现在没时间收拾你。你带一组押送他们回去。我带其他人去搜'蓝衣'目标。那五公斤货在车上保险箱里，回去以后，把货交给内勤。你的通话器丢了，现在怀疑在'蓝衣'目标身上，你回去让内勤想办法定位。做完自己滚去禁闭室。"

黎耀祖彻底蒙了，以往只要抓人，自己总是先锋，之前不愿当破门手只是一种隐晦的炫耀。现在突然要做这种半后勤的工作，他甚至觉得丁卓在侮辱自己。但想到丢了通话器确实算失误，只是丁卓给的惩罚实在诡异。

黎耀祖押人上车的时候，不出所料，背后传来警告："不准粗暴对待嫌疑人。"

回到单位，黎耀祖寸步不离审讯室，也拒绝其他人换班，始终坚持亲自看押嫌疑人。他有自己的小算盘：一旦离开审讯室，就得按命令去禁闭室，但如果一直看押嫌疑人，至少可以熬到丁卓回来。丁卓也许会忘了这茬儿，也许会动恻隐之心。就算丁卓提起来，自己也可以用看押嫌疑人这件事情来搪塞。这样总比在小黑屋待上一周来得划算。

两个嫌疑人分开关押，黎耀祖看守武进。

武进个子不高，嬉皮笑脸，油嘴滑舌，一直侃侃而谈，一会儿问黎耀祖为什么体能那么好，一会儿问晚饭吃什么。黎耀祖一言不发，只是偶尔爆出一句"闭嘴"。想到把自己累个半死还让自己丢了通话器的，竟然是面前这个瘦小且油滑的人，黎耀祖一阵烦躁，而且他担心丁卓回来还是会把自己丢进禁闭室。要不是现在体力还没恢复，黎耀祖很想去揍武进一顿。事实上在这几年的服役时间里，他是做过这种事的，还因此挨过处分。抓人时的误伤就更多了，严重的甚至导致对方多处骨折，丁卓曾一气之下想把他调离特勤大队，但每次都念及他的军功又把这个想法搁置起来。

黎耀祖正想着这些烦心事的时候，内勤同志送来一份表格让他填写，粗略看了一眼，是转三级士官的申请表。第三个服役期即将结束，这么算下来，他已经在部队待了八年。他喜欢军队，唯一的顾虑是自己的父亲。母亲早逝，黎耀祖不但是家中独子，也是家族的独子。父亲兄弟五人，到了黎耀祖这一辈只有他一个男孩。封闭的村庄丝毫不避讳重男轻女的思想，其肩负的重任从名字就能看出来，一般来说给孩子取这个名字的父母长辈都要足够的狠心和自私。外人羡慕他有整个家族的宠爱，但身处其中的黎耀祖却倍感压力，这压力从他的名字就可以体现出来。他入伍的时候答应父亲在部队只待两年，结果义务兵两年，一级士官三年，二级士官又三年。前两次是苦苦哀求，父亲才同意他留在部队的，这一次如果要再哀求父亲，黎耀祖实在是开不了口。父亲年纪大了，黎耀祖于情于理都应该回去陪陪父亲，至少不能让父亲时刻准备着给儿子收尸。

表格上是一些基本资料，姓名、性别、家庭成员、政治面貌之类的，黎耀祖填完这些已是眉头紧锁，此时会不会被关禁闭的事情已然不放在心上了。表面上他需要说服父亲，但实际上他是需要说服自己，再一次做出让父亲失望的选择。

武进却显得很轻松，像是被单独囚禁了几十年而急着重温母语的人，他试图与黎耀祖对话，态度也颇为友善。单方面的喋喋不休一直持续到他问黎耀祖是哪里人、家里还有谁。原本对他琐碎的言辞充耳不闻的黎耀祖终于被这些话突破了底线，破口大骂着抄起手边的东西砸向武进。武进不害怕，反而发癫似的咯咯笑了起来：“你们果然最怕被问到这个问题。”

面对蛮牛一般的黎耀祖，武进像个顶着红布的斗牛士，唯一不同的是，他和黎耀祖之间隔着一排钢筋，对方所有的怒火只能通过眼神传递。

门外的人听到黎耀祖的叫骂第一时间冲进来，开门捡回黎耀祖扔进去的烟灰缸、个人资料、表格、笔，门被锁上后武进还在笑。事后黎耀祖回想起来，那笑容显得狡黠而诡异，武进嘴里在念叨着："你是大理的，父亲叫黎三民，你得注意家人的安全啊。嘿嘿嘿。"

黎耀祖气得头上青筋暴起，他再次冲了进去，但被旁边的战友推了出去，接着门被锁上了。冷静之后，他后悔把自己的资料扔进去，这太鲁莽了。不过这些年遇到的威胁不在少数，但全都只是过过嘴瘾，并没有毒贩真的有能力和胆量在中国境内以这种方式向一个军人挑衅。少数敢于和军队公开叫板的毒贩无一例外地尝到了苦果。

那天丁卓的心情很差。

内勤根本没有办法定位黎耀祖的通话器，拿走通话器的人自然也不可能被找到。丁卓回来听说了黎耀祖的事情后，倒是颇有人情味儿地觉得情有可原，还劝黎耀祖慎重考虑转三级士官的事情，然后便押走了武进和蒯哥。

丁卓的车先开到侦查队，将蒯哥关进审讯室，然后又把武进带到武警招待所大院，驾驶员被打发走后，丁卓打开武进的手铐和脚镣，递给他一支烟，然后盯着武进看了足足三分钟，突然笑出声来："怎么样，我的兵厉不厉害？连翻三座山头，把当年的总队比武冠军'斩'于马下，算是得了我的真传吧？"

武进点燃烟，斜着眼说："丁班长，我当年也是你一手带出来的。我被人按住，你不以为耻就算了，反以为荣就说不过去了啊。再说我一把老骨头，哪经得住那20多岁的小伙子拆，拳怕少壮，有什么了不起的。不过我倒是真想问问，那小子谁啊？真是你带出来的兵？这倔脾气也不像你啊。"

丁卓笑得上气不接下气："除了你，没人再叫我丁班长了。他马上服役期满，你不用了解。他这脾气不多见，我就见过两个。上一个是我义务兵时候的班长，算是我师傅了，但我没学会他的作风。不知道这小子脾气哪儿来的。”

武进：“倔脾气还隔代遗传啊？”

没人比丁卓更清楚黎耀祖的缺点，任务部署时他就担心过，但他更想用这次行动留住这个士官：“不说他了，说说你吧，知道我为什么带你到这儿来吗？”

武进说：“不知道，那头驴把我带到你面前的时候，我以为你会把我放了。你现在把我带回来干什么？”

丁卓收起笑容：“抓你是个意外，我没想到他会那么倔。开始我想用通话器把他叫回来，但他失联了。他为了更快追到你把装备都扔了，包括通话器。更重要的是，为了让他回来，我在通话器里说了你的真实身份。而被他扔在草丛里的通话器不见了，根据现场推测，很可能是被逃跑的‘蓝衣’目标拿走了。如果这样的话，你在梁氏的身份就等于是暴露了。”

武进的脸色越来越难看：“‘蓝衣’目标陈汉生？这人生性多疑，喜欢出奇招，走险路，如果真的是他拿走的，就摊上麻烦了。”

丁卓说：“所以啊，黎耀祖把你抓回来的时候，我决定就索性把你撤回来算了。所以没当场说出你的身份。”

武进这时盯着丁卓，斩钉截铁地说：“我必须回去，梁氏内部现在已经有了波动，这次货丢了更是火上浇油。现在撤回来，前面八年的努力全部付之东流，这比杀了我还让我难受。”

“你现在回去是死路一条，没有任何意义，这样的事情我们不能干。”丁卓斩钉截铁。

“我就是死，也要带着梁道安到下面给我兄弟谢罪。再说了，陈汉生怀疑我不是一天两天了，他把我怎么样了吗？”说到这儿，武进上前凑近丁卓，“八年前你对我说梁道安上年纪了，他儿子梁志准备留学美国，干儿子丑人粗鲁愚昧，梁氏内部有人才断代的危机。还有陈培耀、楚隆等外部势力虎视眈眈，是时候寻找机会铲除这颗境外毒瘤了。我筹谋八年，九死一生，现在梁志已死，陈汉生有野心但根基不足，丑人有基础但唯独梁道安不喜欢。这个时机千载难逢，只要我回去，两年之内，梁氏的鹰箭旗必倒，梁道安必死，世上不会再有梁氏。”

丁卓似乎没有听进去武进的话，语气显得急促起来：“八年前你出境，那时咱们一心想除梁氏，杀梁道安。但现在回想起来，这个目标对吗？梁道安该死，但应该由中华人民共和国的法律审判他死。退一步说，梁氏倒了之后有各种各样的可能性，但有一点可以肯定，那些土地依然会种满罂粟，制成海洛因。现在形势变了，八年前咱们没有能力考虑太多，只能选择盯死梁道安，但现在有能力多想一些、多做一些了。从这一点来说，杀了梁道安远远不够。现在首要目标是保护你的安全。”

武进苦笑一声，脸朝向窗外，两人谁也不说话。武进等一支烟抽完才转头面向丁卓：“默哀时，你在想什么？”

丁卓如遭电击般愣在那儿，武进以为丁卓是忘了，提醒道：“八年前那场追悼会，集体默哀之后你问我的。”

丁卓：“没忘。三位烈士在同一天召开的追悼会我怎么会忘？‘血债血偿，斩草除根’。”

“对，三位烈士都是我兄弟，他们死于梁氏的设计，我宁愿躺在那儿的是我。”

“我明白。”丁卓说。

“现在血债还在，我不能留在这里。”武进语气越来越急促。

“你的身份已经暴露了，血债之外绝不能再添血债。”

“我每天都要面临这样的风险。如果你认为活着大于一切，那么你肯定入错行了。”武进越说越激动，中控台上的三支迷彩油被捶得蹦了起来。

武进的一番话让丁卓怔了一会儿才说道:“我喜欢听别人叫我丁班长，但现在只有你一个人会这么叫了。我已经参加了太多的追悼会，我们不能再冒险了。”

武进不接丁卓的话:“如果你参加我的追悼会时，梁道安已经死了，那你大可以庆祝。我宁可含笑九泉，也不想苟且偷生。”武进不等丁卓再说什么，拿起中控台上的纸笔，写完之后递给丁卓，“这份资料上的人叫罗大佐，如果我出事，可以让他尝试联系我，他可以给你提供一些帮助。这个人可信，但永远不要尝试发展他。”说完打开车门下车，下车之后又对丁卓说了最后一句话，“丁班长，血债要用血来偿。”

对黎耀祖来说，“11・11”案像所有案件一样后续成谜，没有人会去打听案件的发展。这里几乎每天都会发生数量不等的案件，少的时候一起，多的时候四五起，赶上人流高峰，篮球场的篮球架上都能铐满人，因为没有那么多房子关。这些抓来的人很快就会连同他们的犯罪证据一起移交给下一个司法部门去处理，谁也没有精力一桩桩去打听。

就这样，这起案子很快被其他案件淹没。十几天后，如果没有人提起，除了丢通话器的事，黎耀祖几乎不会主动想起任何案件细节。但后来事情的发展，使他不得不努力回忆关于武进的一切。

当营门卫兵喊黎耀祖去接他大伯的时候，黎耀祖非常疑惑，大伯来部队干什么?以大伯的年纪和在村里的地位，为什么会亲自到部队来?

在营区大门口，还没等黎耀祖问，大伯就先说了——黎耀祖的父亲黎三民因为车祸去世了。说完黎三民的死讯，黎大伯气恨交加，指责黎耀祖不孝，他朴素的逻辑很简单，如果黎耀祖在家，开车的不会是黎三民。而根据家乡的风俗，父母死亡，孩子不在身边是不可饶恕的罪过，无论什么原因。

黎耀祖可以接受所有指责，但拒绝接受父亲死亡这件事情，他拒绝相信关于父亲死亡的所有可能性，并为此找到了一个合理的理由：家里怕他继续留在部队，所以编造了这个谎言。他说服自己相信这个理由。他顶着大伯的暴怒，把人安置在部队的招待所，之后再没去见大伯，直到两天后丁卓的到来。

黎耀祖的大伯一到部队，丁卓就接到了汇报，他第一时间确认了这件事的真实性，确认之后他觉得自己应当亲自过来看看。

丁卓先到招待所，载上黎大伯，然后到部队营区，直接把黎耀祖塞进车里。黎耀祖陷入了沉默，虽然平时鲁莽又蛮横，但是他并不傻。丁卓的出现让黎耀祖再也无法欺骗自己。

“谁让你来的？你别来！我们自己回去！”长时间的沉默之后黎耀祖情绪突然激动起来。

丁卓看了眼中央后视镜，叹了口气说：“耀祖，你是见过生死的人，应该明白有些事情可以逃避，但有些事情它就在你猝不及防的时候发生了，你避无可避，只能面对。你在部队经历了那么多生生死死，如果到头来这世上还有你不敢面对的东西，那么我很惭愧。如果遇事自欺就能让这件事情过去，那么我今天不会来。这件事你必须面对，你必须去处理！”

黎耀祖不说话。

丁卓低声说了一句：“哭吧。”然后戴上墨镜专心开车。

黎耀祖憋了很久的情绪终于被丁卓打开缺口，一下子号啕大哭起来，哭声盖过了发动机的声音。大伯抱着他也开始抽泣。

黎三民丧偶多年，儿子去了部队后，他一直独居，前阵子买了一辆小货车，每天开着自己的小货车上山去替当地林场拉木材。出事那天，货车在山腰上抛锚，他钻到车底检查底盘，谁料原本拉着手刹的车突然向下滑动，车轮从黎三民胸前碾过，当场死亡。

不知道过了多久，大伯已经哭不动了，只是呆呆地拍着黎耀祖的后背，嘴里低声念叨着："新买的车怎么就失灵了呢？它早不滑晚不滑，人钻进去就滑了……"

黎耀祖的抽泣声在此时停下，低头思考了很久，突然问了一个让丁卓皱眉的问题："武进呢？"

丁卓似乎有了一些不好的预感："一个多星期以前，我们的人带他去还原入境路线，结果跑了。你怎么突然问起这件事？"

"他都跑了一个多星期了。"黎耀祖自言自语地嘟囔着。

"你说什么？"帕杰罗糟糕的隔音让丁卓没有听清黎耀祖在说什么。

黎耀祖没有回答丁卓的问题，丁卓也不想刺激他。

四个小时后，黎耀祖回到了老家——大理，家在山腰上，石头砌成的三间瓦房，正门朝南，房前有一个小院子，但只剩下东西两侧院墙了，墙上长满了仙人掌。丁卓抬眼望去，低矮的房檐下站满了人。正门的两侧有几个似僧似道的人念着谁也听不懂的经。黎耀祖父亲的遗体摆在门内，用白布盖着。

车停在院外，喧闹的人群一齐看了过来。黎耀祖和大伯下车后，丁卓把车移到不远处的角落里。黎耀祖站在父亲的遗体前，干裂的嘴唇一次次张开却只发出粗重而颤抖的喘息声，他做的第一件事是让人找来电筒，把父亲的遗体从头到脚地检查了一遍，热的眼泪落到冷的遗体上，再从遗体上滑落，变成冷的眼泪，浸入泥土。当眼泪流干之后，黎耀祖又去检查了一遍轧死父亲的小货车，他盯着右后轮看了很久，实在想不出轮子从父亲胸前轧过时的情形。

丁卓没有去看遗体，他一直观察着黎耀祖。他不好的预感来自黎耀祖可能会把武进视为怀疑对象，但好在之后黎耀祖没再提武进，或许他检查了父亲的遗体之后，打消了一些疑惑。

晚饭是在院子里吃的。七八张巨大的桌子上摆好了饭菜，不管老幼妇孺全都安静地站在饭桌旁一动不动，黎耀祖同样站着。没有人告诉丁卓这是在干什么，连三四岁的孩子都能做到一动不动地站着。这样的沉默大概持续了十几分钟，直到黎耀祖大伯走过来，丁卓这才知道所有人都在等这位族长。

丁卓所在的那一桌，除了他和黎耀祖，还有黎耀祖叔叔辈的几个人，这一桌的人很大程度上代表了当地所有人。

大伯问黎耀祖什么时候回家，黎耀祖看看丁卓，似乎在思考着什么。然后黎耀祖嘴角诡异地翘了翘说:“我还要回一趟部队，服役期满了，回去收拾东西，估计这个月底就该回来了吧？”说完又看了看丁卓，“首长，我们这批兵是月底吧？”

丁卓眉头紧锁，他很想告诉所有人，“11・11”案有一个三等功即将批给黎耀祖，黎耀祖可以继续留在部队。但看着满桌人殷切的目光，他才知道这个黎姓少年为什么名叫“耀祖”，现在黎三民的遗体就在不远处，他实在张不开口说这些话。

黎三民下葬之后，丁卓就带着黎耀祖回部队了。到特勤大队之后，丁卓和部队长交代了一下，黎耀祖最近的状态不适合执行任何任务。在丁卓离开的这些天，支队积压了一堆事情等着他去处理。临走时，丁卓去了一趟黎耀祖的宿舍，这时候宿舍里只有黎耀祖一人，其他人都外出执勤了。丁卓对着板凳上的黎耀祖说:“你只有一星期的考虑时间了，想好了随时给我打电话。”

黎耀祖抬起头看着丁卓，说:“不想了，我退役。”

丁卓并不感到意外，连续遭遇这么多变故，这样的选择很合理。他没有再和黎耀祖说多余的话，只轻轻地点了点头，然后转身朝自己车子走去。他们都不习惯对外展示自己的情绪。

丁卓迅速钻进了自己车里，让驾驶员开车，而他自己罕见地坐到了后排。车子开出营门之后，丁卓跟驾驶员说：“我累了，睡会儿。”

然后用一件军大衣蒙着头躺了下去。

那天之后，直到黎耀祖退役，他们再没见面。

第二章

新庙夜行

回到老家之后，黎耀祖住进自己家的房子，父亲去世不到一个月，房子已经像是被遗弃多年的旧宅。看着四处落满的灰尘，黎耀祖没有任何打扫的欲望，甚至背囊都没有打开。他告诉大伯，自己第二天就要离开，去寻找父亲真正的死因。

大伯一时摸不着头脑，黎三民去世之后，他作为黎三民的哥哥，一心想让黎耀祖尽快结婚生子，对于黎三民的死，他只当是一场意外，突然听黎耀祖这么一说，感到十分疑惑。

黎耀祖一方面是真的怀疑武进和父亲的死有关系，虽然在遗体和货车上都没有找到可疑的地方，但刹车失灵本身就值得怀疑。另一方面，黎耀祖在内心深处抵触大伯给他安排结婚生子，下意识地把武进的嫌疑说得更重。

他把自己抓捕武进、不小心泄露家庭资料、武进从部队手中逃掉这些事情减去涉密部分，再进行一定加工之后告诉了大伯，一切都指向那个事实——武进逃跑之后为了报复黎耀祖而杀了黎三民，再伪装成意外死亡。

黎大伯听完立即相信了这个结论，而且比黎耀祖还要坚信武进就是元凶。黎大伯从黎耀祖家出来之后，把全村人都喊到自己家里，将黎耀祖说的情况复述一遍给大家听。在现场的远亲眼中，一次精密的谋杀比乏味的意外死亡更加有趣，更加具有传奇性，和外村人说起来也更能吸引眼球，于是大家纷纷选择站在趣味性的一边。他们比黎耀祖更加愿意相信黎三民死于谋杀，所有人都觉得自己置身于一个精彩绝伦的电影一般的故事里，纷纷要求严惩凶手，甚至有人提出要和黎耀祖一起去给黎三民报仇，黎大伯也有点儿害怕，现场纷乱的人头像是一颗颗遇火即爆的炸弹，甚至有人喊出“谁不报仇大家就找谁报仇”这样的话。

原本心怀悲伤的黎大伯也被这群人弄得热血澎湃，人群稍微安静些后，黎大伯宣布：“你们家家都还有地要种，就不用去给我家三民报仇了，每家凑些钱来给耀祖做盘缠就行了。”

听到这些话，大家的怒火已经完全平息，有人表示要回家借钱，也有人现场找人借钱，多数离去的人表示明天把钱送来，也有少数几个开始小声质疑整件事情的真实性，大家散得很快，几分钟后，现场只剩黎大伯一人了。

这件事情黎耀祖并不知情，傍晚时候，黎大伯拿着自己家的3000块钱交给黎耀祖，等到半夜，黎耀祖将3000块钱压在自家桌上的暖水瓶下，他知道大伯有钥匙，天亮后一定会来。

黎耀祖这么着急出境，是因为他断定武进即使回去了，也是有所顾忌的，一次弄丢了五公斤海洛因，照常理推断，武进可能会先在梁氏附近观察一阵子，确定自己安全了，才敢回梁氏。而黎耀祖知道梁氏的大致位置在境外一个叫老八寨的地方。

以上是黎耀祖依据经验推导出的结论，他对这个结论并不自信，有一半是抱着碰运气的想法，他也没有其他突破口。抱定这个想法之后，黎耀祖在边境上找了一个专门拉赌客去缅甸的摩托车，去离老八寨最近的小城新庙，那是武进最有可能的藏身之地。

应该说黎耀祖是幸运的，他几乎是用全盘错误的要素，推导出了一个正确的结论。武进确实在新庙，也确实在暗中观察梁氏，但却不是因为丢了的那五公斤货物。

武进离开丁卓之后就出境了，他回到了新庙。由于陈汉生可能已经知道自己的身份了，武进没敢贸然回去，他想先看看梁氏的动静。

即使要回去，他也不是去老八寨。确切地说，武进的老板叫丑人，丑人是梁道安的干儿子。之前由于梁道安怀疑丑人与独子梁志的死有关，所以把他赶出了老八寨，发配到积星堆去开荒。丑人倒确实对梁道安忠心耿耿，在梁志死后，他其实有机会和梁道安叫板，武进当时也是这么劝丑人的，但被丑人痛骂之后又狠狠地警告了一回。

梁道安让丑人开荒的地方其实也不算太差，土壤没有那么多碎石，适合种植罂粟。但开荒首先需要修路，修路需要钱，在丑人的逻辑里解决缺钱的唯一办法就是贩毒。他亲自从积星堆回到老八寨向梁道安说明情况，梁道安答应给他 15 公斤三九海洛因，给的货虽然很少，但开出的条件却一点儿也不低，条件是送货的人里，得有一个陈汉生。梁志死后，陈汉生是梁道安身边最得力的人。

丑人答应了这个条件，他派出两个送货人，一个是蒯哥，另一个是武进。要是在以前，丑人是万万舍不得派武进去的，因为他心里清楚，没有武进，他不足以在梁氏立足，尤其是在梁氏所有弦都绷紧的当下。但这次一方面缺人手，也是作为对武进劝反的惩罚。还有就是这批货实在重要，丑人太缺钱了。

武进和陈汉生等三人带着货就入境了，于是就有了那个“11·11”案件。

现在武进住在新庙，迫切地想要知道陈汉生有没有活着回来。黎耀祖只是推导出武进可能会在新庙暂住，而武进断定只要陈汉生活着，就一定会在新庙停留。无论陈汉生拿到了什么证据，都需要一个消化时间。陈汉生绝不是一个鲁莽的人。

新庙这座小城黎耀祖早就听过，但此时走在城中又是另一番感受。现在已经是冬天，仍然有男人穿着笼基在街上闲逛，偶尔有喷着黑烟的摩托车绑着农具从身旁驶过，城中建筑和农田交错，虽然说是城市，但这里的人主要的生存手段似乎仍是耕种。这里的一切都像是黎耀祖印象中的县城或是乡镇。唯一不同的是，这里的所有建筑只要仔细找，似乎都能找到数量不等的弹痕，有些地方甚至能找到炮弹坑。武器将连年战乱刻在墙上，但至少看上去并没有刻进当地人心里，他们仍然一副慵懒的样子在街上闲逛。

黎耀祖穿过农田、民居和坑坑洼洼的路面，在最西边的一个小旅馆住下，住的勉强算是单人间，只是竹子架起来的墙壁，既不能防止偷窥，也没有办法阻绝声音。但黎耀祖顾不上那么多，他把床单挂在墙壁上，尽量遮挡外面人的视线。

黎耀祖给自己化了装，确保不会被一眼认出来，用一天时间逛遍了新庙，这虽然是个城市，但规模上更像个小县城，可即便很小，想单枪匹马在里面找出个人来，希望也是十分渺茫的。

武进作为梁氏重要人物，在新庙一定有自己的关系网，在梁氏也必有自己的亲信，他选择的藏匿地点一定是方便接收和发布信息的，既然要探听梁氏内部的情况，就一定不会选择在偏僻的角落住下。

黎耀祖锁定了金城公馆附近。这是新庙最大的建筑，金黄色玻璃幕墙掩盖了它的具体层数，但可以肯定的是它是这座城市最高的建筑。南面墙体上黑色矩形线条一层套着一层，最下面的那层是入口。在这样一座战乱频繁的小城里，使用这种易碎幕墙，建筑的主人似乎在刻意显示自己的力量。

这里是新庙每天现金流转最快的地方，它同时具备了“黄赌毒”三大特征，大多数客人来自中国，黎耀祖在国内时常抓到在这里输光了钱的客人。很多中国人揣着现金和发财梦，偷越国境来到这里，不但输光了钱，还欠一屁股债，没有办法只好帮人家运毒抵债。

对梁氏或者本地手里有点儿钱的人来说，这里也是人间天堂，三教九流在这里往来不息，有开着豪车带着保镖的神秘人物，也有在门口不远处设点乞讨的破落户。这是武进藏身的不二之选，除此之外新庙没有任何地方适合现在的武进。至少黎耀祖是这么判断的。

武进如果知道黎耀祖是这样的判断，整个人一定是崩溃的。这个愣头兵从翻山越岭追踪自己开始，似乎就成了命里的克星，现在竟然追到了境外，而且用错误的线索推导出了一系列正确的结论。武进确实在金城公馆附近的一个酒馆里。他选择这里的原因并不是黎耀祖想的那样，要观察梁氏的动静。他是要寻找陈汉生的踪迹，酒馆老板酒肆李是丁卓安排给武进的接头人，由他出面去打听陈汉生的下落再好不过，自己只需要在酒窖里等待消息就行。

通过两天的观察和准备，黎耀祖确定了自己要假扮的身份。他在自己左耳上扎了四个耳朵眼，戴了一排明晃晃的耳钉，头上一顶黑色的鸭舌帽上绣着彩色的图案，脖子里的大金链子是五块钱买来的地摊货，还附送了一枚金戒指，即使再算上修身小夹克和一条快把黎耀祖绑出静脉曲张的裤子一起，也没有脚上那双又亮又尖的黑色皮鞋贵。在这种地方什么都能省，唯独鞋子不行。如果鞋子坏了，战斗力直接削弱三分之二。

黎耀祖把自己捯饬得像经常出入金城公馆的那些大人物或者小人物

的保镖，像模像样地在金城公馆附近闲逛。金城公馆的客人主要由中国商人、当地私人武装、毒贩、政客组成。雇主的品位参差不齐，导致保镖的模样千奇百怪，所以黎耀祖奇异的装扮在附近反而毫不起眼。但他没有进金城公馆，因为他相信这种时候武进绝对不敢进去。

他花了三天时间大致摸清了金城公馆附近的情况，但关于武进仍是一无所获。黎耀祖站在距离金城公馆门前不远的一个小酒馆旁，酒馆是一座低矮的瓦房，房前支了一个凉棚，棚下摆四五张桌子，偶尔会有客人来这里喝上几杯。看着那些喝酒的人，黎耀祖更焦虑了，他想进酒馆喝酒，但身上仅剩的 315 块钱，只够支撑他每天必要的热量，喝酒这么奢侈的事情就免了吧，站在酒馆的墙边闻闻就行。黎耀祖现在像是在搜寻一个落水的失踪者，时间拖得越长，希望就越渺茫。而此刻，和黎耀祖仅一墙之隔的武进，也在为了找到陈汉生而焦虑万分。酒肆李以追债的名义，在街上到处找梁氏的人，名单上有 17 个人，但真正的目标只有陈汉生一人。酒肆李凭着自己在新庙的深厚根基，轻易地找到了其余 16 个梁氏酒鬼，但唯独陈汉生迟迟没有下落。

酒肆李能这么快找到 16 个人已经很不容易，这主要依靠当地的乞讨者。金城公馆附近有大量乞讨者盘踞，其中相当一部分人曾经是金城公馆的座上宾，但因为嗜赌而落魄。这是一个被忽略的人群，酒肆李就是看中了这一点才接近他们的。但这群人有两个缺点，一个是嘴不严，另一个是贪婪。操着温州口音的贺煌是本地乞讨者的一个小头目，几年前来到新庙，将万贯家财挥霍一空之后，开启了乞讨生涯。这次他帮酒肆李找到九个欠债的梁氏酒鬼，虽然并没有陈汉生，但他以此居功，每天带三四个人到酒肆李的小酒馆外讨要酒菜。酒肆李担心公开和乞丐走得太近引人怀疑，所以每次都会把他们轰走。

今天贺煌照旧来，酒肆李照旧轰，贺煌骂骂咧咧地离开，边走边说：“让我们找人的时候什么都好说，找到了就翻脸，剩下那个人你这辈子都别想找到！”酒肆李听惯了这些话，也不当回事儿。但酒馆墙边的黎耀祖听到这句话倒是十分兴奋。

黎耀祖不能确定酒肆李和武进有关，但与之前的推测高度相似。

黎耀祖尾随贺煌在街头上行走，走了大约一公里。贺煌和同伴分开之后似乎也是漫无目的，一路都在东张西望，似乎还在找人。跟踪这样的人毫不费力，只是一路上黎耀祖都没找到僻静处搭话，只好一直跟着，在黎耀祖快要沉不住气的时候，贺煌行动了。

贺煌的目标是一辆老式摩托车，黎耀祖看到车主进了街边一处小屋，贺煌应该也知道。他在小屋附近徘徊了十几分钟，瞅准时机迅速行动，拔掉点火开关线，实现了无钥匙启动，然后一溜烟儿就跑了。

黎耀祖迅速迈开步子朝摩托车追去，一直追到城边一处荒废的院子，贺煌住在院子大门左侧的一个帐篷里，黎耀祖跟过去把人喊出来。贺煌斜眼看着黎耀祖，心不在焉地问："什么事？"

黎耀祖看了看停在草丛里的摩托车，不过他不想提这件事，开门见山地问："想打听个人。"

贺煌一挥手："没见过，不认识，你走吧，再见。"

黎耀祖从口袋里掏出20多块零钱来，正准备递过去，贺煌说："你打发叫花子啊？"

黎耀祖迟疑了一下，又掏出100块钱递过去，贺煌接了钱，黎耀祖问："最近你在帮那个酒馆的老板找人？"

贺煌的眼睛里终于有了些警惕，他说："没有，你到底是谁？"

黎耀祖尽量使自己露出一个具有亲和力的笑容说："别害怕，我只是在找人。"

贺煌上下打量："酒肆李确实让我找人，老八寨的人欠他酒钱，现在年底了，他要盘账，就委托我帮他找找。你想找谁？"

黎耀祖没有回答贺煌的问题，而是继续问："你刚才和酒肆李说还有一个人没找到，这个人叫什么？”

“叫陈汉生，怎么了？他也欠你钱啊？恐怕早跑路了。”

听到这个名字，黎耀祖抱在胸前的拳头突然握紧，陈汉生正是“11・11”案被自己击中一枪逃跑的“蓝衣”目标。

“酒肆李还在找这个人吗？”

“在找啊，也不知道到底欠了他多少钱，这个酒肆李是真犟，要起债来缺一个都不行，说是无论如何要找到，不惜代价。要我说你们这些人都是疯了。”

“不惜代价”这四个字在黎耀祖心里盘旋了片刻：“接下来问你的问题，你知不知道都得给我保密，不然我随时杀了你。”

意外的是，贺煌毫不紧张，摆摆手说：“那你别问了，我这个人嘴巴松又没什么好奇心，我为什么要冒这个险？”

黎耀祖回头一想，好像确实是这个道理，对贺煌来说这是一桩只赔不赚的买卖，黎耀祖只好又拿出100块钱来，正要递过去，贺煌却摆手不要，黎耀祖服软说：“好了，我刚才是吓唬你的，人哪是说杀就杀的。”

贺煌有些摸不透黎耀祖：“我看你这个人不简单，耳朵眼新扎的，项链戒指虽然看上去是黄货，但八成是塑料的，衣服裤子也都是地摊货。就脚上这双鞋不错，意大利小牛皮，我一眼就能认出来，你是没来得及换鞋？”

黎耀祖苦笑：“你倒是识货。”

贺煌脸上多了几分得意，奸笑着说：“能说出这句话，说明你也很识货。你不是一般人，我当年也不是一般人。”

黎耀祖笑着点头：“那我可以问了？”

贺煌：“你不会杀了我？”

黎耀祖摇头：“不杀不杀，大家都是中国人。”

贺煌说：“你鞋子多少码的？”

“43。”

贺煌：“把你的鞋子脱了，你就可以问了。”

黎耀祖没想到自己有一天会被以这样的方式“缴械”，只好把鞋子脱了递过去，贺煌接过鞋子，摆出一副行家的样子端详起来：“不瞒你说，我能看到这鞋子上的毛孔。”

黎耀祖没心思听他瞎吹：“说正事，我可以问了吧？”

贺煌仍旧低头研究皮鞋，心不在焉地回答：“你问你问。”

“你认识武进吗？”

贺煌又抬头看了眼黎耀祖，皱起了眉头：“又一个梁氏的人，我说是不是最近梁氏得罪了谁？”

“你就说认不认识。”

“谈不上认识，只是知道有这么个人，以前经常跟丑爷一起来玩。他们俩坐同一辆车来，但玩的地方不一样，丑爷喜欢在公馆玩牌，你说的这个武进喜欢喝点儿酒。”

“酒肆李让你们找的人里有这个人吗？”

“没有。他怎么会欠酒肆李那点儿酒钱呢。”

“那可不一定，陈汉生不是也欠了。”黎耀祖说。

贺煌歪着头想了一下：“你说的那个武进，我好像见过他去酒肆李那儿喝酒，但要说他欠钱，我不太信。这里欠酒肆李酒钱的，都是金城公馆里输光了出来借酒浇愁的，武进好像不赌，所以他不会欠酒钱。”

“问题问完了，鞋子还给我。”黎耀祖话刚落音，鞋子已经被他抢了过来。

贺煌是混过来的，很快明白对方什么路数，脸上已经认栽了：“好好好，反正我穿41码的鞋子，你这鞋子我拿过来也只是鉴赏一下。”

黎耀祖穿上鞋子，跟贺煌挥挥手算是告别。贺煌透露的信息很重要，武进认识酒肆李，酒肆李在关注陈汉生，酒肆李寻找陈汉生很可能是在帮武进的忙，武进知道陈汉生没有被抓，应该是想找到陈汉生，两人商量一下回去之后怎么交代。

武进在酒肆李的卧室里连续躺了好几天，当酒肆李走进来的时候，武进突然从床上爬起来，充满期待地看着酒肆李，酒肆李知道他什么意思，但依然失望地摇了摇头："新庙差不多找遍了，没有这个人。问过梁氏来喝酒的人，陈汉生现在应该也没有回老八寨。"武进手扶着头像是自言自语一般说："到底去哪儿了？"

酒肆李："你不是说他腿部中枪吗？说不定他早死在路上了。"

武进明显不是心存侥幸的人，在这样的环境里，心存侥幸的人早就死绝了。"不能把希望寄托在敌人的自我消亡上。边防部队最好的指挥官带着最能干的战士都没能抓住他，甚至连我都被抓住了，他还能脱身，可见他绝对不可能那么容易死的。"

酒肆李满脸疑问："你只说你被抓了，但一直没说 049 为什么抓你。"

武进苦笑说道："那天 049 安排了一个口子给我跑。但一个愣头青二级士官不知道我的身份，追了我三座山头，还把通话器扔了，049 喊他也没喊到，最后我实在是跑不动了，就让他抓了。"

酒肆李常年冷漠的脸上终于有了一瞬间的笑意，但很快恢复如初。

沉默了一会儿，酒肆李开口说："陈汉生如果到新庙，他第一件事是做什么？"

武进说："医院。"

酒肆李不说话，看着武进。武进说："他受的是枪伤，绝对不敢在中国治疗。如果没有回梁氏的话，就有可能在医院。"

"以他的伤势，新庙只有康复医院能治。"酒肆李说。

武进说："那医院是中国人开的，你在里面有没有关系？"

酒肆李摇摇头："049 定的，我只负责你。如果要查里面的情况，只能报给 049 去查了。"

武进点点头，酒肆李掉头进了另一间房。

黎耀祖不敢再接近酒肆李的酒馆，武进是听过自己声音的，如果再接近酒馆，很容易打草惊蛇。黎耀祖在距离酒馆大约 50 米的街角坐下，观察着酒馆的动静，心里琢磨着怎么查查这个酒馆。

此时，陈汉生确实到了新庙。“11·11”案件那天，他的左腿被击中，顺路偷走了黎耀祖的通话器，并在通话器里听到武进是丁卓的人。接着他带着伤腿，顺着草丛慢慢到了江边，四处都是搜捕的士兵，而且搜捕的人会越来越多。就在他觉得自己无处可逃的时候，在水里的一只脚感受到了温热的水，他决定跳进怒江。他怀疑过江水温热是自己的幻觉，但其实那是一处天然温泉。他很快被江流裹挟着离开温水地带，寒冷刺骨的江水让他嘴唇发乌，并且迅速失去了意识。

不过好在 11 月份是退潮期，江水流速很慢，流量也很少，他醒来的时候才知道自己顺着江水流进了渔夫的渔网。渔夫把他救回了家，用山上不知名的草药给他处理伤口。但伤口还是感染了，红肿日甚一日，陈汉生在第二天夜里就逃走了。他不敢走大路，几乎是用单脚蹦着往南走的，上山时就用胳膊爬。就这样，他拖着伤腿用了 20 多天才到新庙。和武进一样，他不敢贸然回老八寨，尤其是自己怀揣着武进身份的秘密，他要等伤好了计划一下怎么才能利用这个秘密收获更大的利益。他并不像丑人一样忠于梁氏，所以他找了部公用电话联系了自己的弟弟，这才被送进康复医院。

陈汉生入院后五分钟，信息就被反馈给了 049，也就是丁卓。049 再通知酒肆李，酒肆李问能不能让医院的人直接下手，049 说医院的只是线人，没有能力、也不会同意执行这种任务。

武进只能亲自去了。

049 让武进做好准备，武进一直在等 049 的消息，但一直没有消息。

黎耀祖不知道酒馆里藏了多少人，也不敢贸然进入，甚至连伪装成客人去喝酒都不敢。但他有耐心，上次能翻山越岭抓到武进，这次一样可以守株待兔等他出来。

武进干等了两天，到第三天晚上10点，049突然通知说陈汉生被注射了麻醉药，可以行动了。武进早已经整装待发。酒肆李叮嘱道："陈汉生入院之后，送他去医院的那个人留下钱就走了，现在陈汉生刚做完手术，麻醉药性还没过，病房里的护工被支走了，预计会在半小时后逐渐醒来，你动手要快。医院现在没有正在进行的手术，除了陈汉生，也没有重症患者，你到医院后给我信号，我会让人给医院断电，但时间最多不超过十分钟。陈汉生在二楼，他病房唯一的后窗外是个垃圾堆，已经安排人处理过，你办完事从那里跳下来，往西走30米有辆黑色越野车，你想去哪儿都行，但暂时不能再来我这儿。"

武进点点头，接过车钥匙和背包。这时酒馆外传来持续稳定的发动机声音，酒肆李从小窗伸头看了一眼，朝武进点点头："车来了。"

武进拍拍老李的肩膀就要往外走，酒肆李还是不放心："真的不用枪吗？"

武进摇头，扬了扬手上的匕首："一个活死人而已。"

酒肆李："049说他希望你做完这件事之后能回去，他在等你。"

武进没有回头。

黎耀祖这几天过得越来越像乞讨者了，每天只在街边买馒头充饥，又用捡来的麻绳拴了个玻璃瓶去街边公共水井里打水喝。

糟糕的饮食卫生使他连续腹泻了两天，若是以前，他早就冲进去把武进活捉了，但父亲死后，他反复告诫自己不能太过莽撞。如今他虽然学会了谨慎，但遇到酒肆李这么个地方，真的是体验到了什么叫针插不进水泼不进，要是一般地方，他可以根据每天送进去的食物或者倒出来的垃圾来判断里面有几个人，但酒肆李这个地方每天都有不少人来吃饭，无论进或者出的东西，都可以看作是正常的营业行为。

黎耀祖真的快憋不住了，他急于想知道一个答案。

答案很快就来了，一辆没开车灯的黑色轿车停在了酒馆门口，远处的黎耀祖看车子停了四五秒还没有熄火，就知道这辆车一定有事。很快，一个身着黑衣、戴着黑色鸭舌帽和黑色口罩的身影闪出酒馆，钻进车内。

从对方身高和跑动时的姿势来看，黎耀祖可以确定那就是武进，那是他追了三座山头的身影，也是他这些天在心里反复琢磨的身影。黎耀祖犹豫着要不要现在动手，但仍然不能确定车里有几个人，带了什么武器装备，等这些闪念落下，轿车已经开动了。

黎耀祖爬起来就追，好在新庙路况极差，轿车开得并不快，黎耀祖用尽全力倒是能够跟上，只是为了不被发现，他只能在隔着一排房子的小路上跑，好几次脚下被绊，差点儿摔倒。

似乎又回到了“11·11”案件翻山越岭追武进的时候，只是那时是两个人比耐力，现在是吸氧气的和烧汽油的比。好在轿车没有开太远，最终停在了康复医院的侧门旁。

武进从轿车上下来之后，一个人走进医院，迅速上了二楼，二楼灯光并不明亮，有些泛黄，这让武进想到酒肆李那里昏黄的灯光。远远地锁定陈汉生的独立病房 2013 之后，武进闭上眼睛，好提前适应黑暗环境。接着给酒肆李发去了停电的信号。

大约十秒，整栋大楼的所有光源突然消失，楼内顿时伸手不见五指，窗外的天却由原来的一片漆黑变成了深蓝色。关灯似乎是为了给月光让路，月光从窗外慢慢流淌进来。

灯光暗下来的一瞬间，黎耀祖本能地往墙角一缩做出防御动作，但他听到了脚步声。

武进提前适应了黑暗环境，才能在停电的瞬间奔跑，这是黎耀祖的第一判断。黎耀祖的视力也逐渐适应了黑暗，从楼梯口看到武进的影子正在朝远处飞奔。

黑暗释放了野蛮，黎耀祖来不及思考太多，他从楼梯口跳出来朝着黑影扑了过去。

2013 病房的门并没有锁，武进轻易地拧开了门锁，扑面而来的是一阵腐肉气息，难怪医院的看护人员能被轻易支走，这样的气味确实很难让人长时间待下去。

陈汉生还在麻醉状态，武进不敢耽误，冲上去举起匕首对准喉咙，准备一刀毙命。这时黎耀祖已到门口，见武进举刀杀人，不管不顾地冲了上去。

武进刚刚举起匕首的时候，面前突然出现了一张面孔。看着那张脸，武进罕见地感到惊恐，举着匕首的胳膊就这么停在半空中，在他错愕的瞬间，黎耀祖左手和右脚同时出击，右脚踹在武进的胸口，而左手本来准备格挡武进挥下的匕首，没想到武进的匕首并没有挥下，黎耀祖的左手变掌，砍在武进右手腕，武进两头吃痛，右手一松，匕首被黎耀祖稳稳接住。黎耀祖看武进跌倒，举着匕首便对着武进扎了下去，武进就地一滚，黎耀祖一刀扎在地砖上，刀头一偏，在地砖上带出一道痕迹。

武进借着这一滚站了起来，黎耀祖右手扎空之后左手扶墙一推，整个人又弹回原来的位置，依然是不由分说地朝武进扎了过去。

武进抓破脑袋也想不出这个克星是怎么找上门来的，而且看样子每次出手都是拼命的架势，武进也不能真跟他拼命，还是先杀陈汉生要紧，但黎耀祖步步进逼，自己没有任何机会下手，只要稍一走神，恐怕那把匕首就会要了自己的命。

就在武进疲于应对黎耀祖的时候，陈汉生已经渐渐苏醒，他听到有打斗声，却不敢睁眼，因为一睁眼就感觉一切都在转，这几天他因为麻醉反应吐了很多次。

等到眩晕感渐渐好一些，陈汉生努力睁开眼睛，黑暗中他只能看清两个人影在打斗，一攻一守，攻击的人影他感到陌生，但防守的人他却有种似曾相识的感觉。难道是弟弟在保护自己？陈汉生很快否定了这个想法，弟弟的身影他是能记住的。但现在麻醉效果尚未完全消退，他没有办法清楚分辨。不管怎样，这对自己来说肯定不是好事，当务之急是赶紧逃命，这是陈汉生的判断。

趁打斗的两人不注意，陈汉生偷偷拔掉吊瓶，扶着床边，单腿蹦到窗前，这时候他还感觉不到痛。

窗户下面是个垃圾桶，这是他弟弟提前就观察过的，跳下去应该不会死人。就在他准备跳的时候，被武进发现了，武进朝他“嘿”了一声，就扑了过来，黎耀祖在身后也追了过来。

陈汉生不敢犹豫直接跳了下去，武进追到窗前的时候陈汉生还没落地，武进想跟着他跳，黎耀祖这时候却一刀扎来，这一刀又没有中，但收刀的时候黎耀祖往左带了一下，在武进肩膀上开了一个口子。

武进情急之下开始用拳头反击，黎耀祖每一次右手出刀，左侧都会露出防御弱点，武进接连几拳打在黎耀祖左肋上，代价是手臂多了几条口子。

武进只想去找陈汉生，但黎耀祖就是死死咬住他不放。这对黎耀祖来说也是千载难逢的机会。

就在武进越来越没有耐心的时候，病房门口又冲进来一个人，那人进屋先是愣了一下，然后直接朝最近的黎耀祖冲了过来，黎耀祖以为来的是武进的帮手，举刀迎击。武进则趁乱果断地跳出窗户，落地之后搜遍四周也没找到陈汉生的影子，只能用拳头给垃圾桶砸出一个坑作为结尾，最后钻进酒肆李准备好的车离开现场。

黎耀祖和这个不认识的人缠斗在一起，心里暗暗吃惊，原先以为武进身手已经不错，寻常三四个人应该没有压力，但没想到这个人的攻势比武进更凶猛，自己拿着匕首竟然被他赤手空拳逼得接连后退。

要是在平时，这样的对手肯定能激起黎耀祖的斗志，但现在不行，他的第一目标是武进，不能在这里空耗时间。黎耀祖找到空隙，一刀刺出，被那人闪身躲开，但黎耀祖又觉得刀扎进了什么东西，反正不是人的身体。黎耀祖用力往后一带，把那人带了一个趔趄。黎耀祖趁他这个趔趄跳出窗户，落地后没有停顿，跑了几步看到一辆黑色越野车扬长而去。

黎耀祖试图追了一截儿，但在这种路面上，越野车明显比轿车快得多，黎耀祖没有追太久，基本的战术素养告诉他这种情况下即使追上他也很可能掉进对方的圈套。

武进把车开到安全的地方之后，给酒肆李打了个电话，接通后刚想说话，却被酒肆李堵了回去："你一个字都不要在电话里说，现在扔了电话，把车停在南城菜市，钥匙就放在车上，立刻到我这儿来。"

武进没再说什么，按照酒肆李的指示处理完毕，再次走进酒肆李的酒馆。酒肆李把门反锁之后，问武进："出什么事了？你不知道一切通话都会留下痕迹吗？"

武进："我也是没有办法，出了意外。"

"怎么了？"酒肆李问。

"陈汉生逃了，我动手的时候上次抓我的那个二级士官竟然出现在这里搅局，夺了我的匕首，看样子招招致命。"

酒肆李瞪着武进："你可看清楚了？"

"当然，我和他交手几分钟，怎么会看不清楚？"武进又想起被黎耀祖追捕的时候。

酒肆李的手插进大衣侧边口袋，武进知道那个口袋里有支手枪。"你这是什么意思……"话还没说完武进的眼神暗了下来，"不会是 049 安排的吧？"

"我没有得到任何命令，得问问 049 的意思。在此之前，你哪儿都不能去。”

武进愤怒地反问：“老年痴呆了吧你？”

酒肆李谨慎地询问了丁卓，得到确认之后，才解除对武进的戒备：“049也很意外，说是他的过错，没想到他会怀疑到你身上，更没想到会追过来。”

武进不解：“怀疑我什么？”

酒肆李：“你被他抓住之后没过多久，他父亲车祸去世，算是个意外。”

武进仰头喝了一大口酒，和酒肆李说了“11·11”案的前因后果。说完又责怪自己不该一回到部队就放松警惕。

酒肆李听得直摇头：“算了算了，你这么多年都活在刀口上，乍一回去情感有些失控是正常的。”

武进把酒杯里的酒一饮而尽，站起来说：“叫人送我回去吧。”

第三章

死亡计划

经过在医院的搏斗，黎耀祖觉得武进的同伙势必会加强酒馆周边的警戒，所以没再接近酒馆，只是远远看着，手里把玩着从那个不明身份的家伙腰上挑下来的东西，那是一串钥匙。一把遥控钥匙，上面有丰田标志，另外还有两把看上去像是开挂锁的钥匙，钥匙柄上有一圈字母，中间是一个严重磨损的图案，像是一朵花，也像是个五角星。黎耀祖心思不在钥匙上，他看到一个人影走进酒馆，看身形像武进。武进这样行事未免太大意了，这可不像是武进该犯的低级错误，想到这儿，他心里对武进的轻视又多了几分。

没过多久，一辆没有开灯的皮卡在距离酒馆 100 米左右停下，酒馆里走出一个人影，迅速跑过去钻进车里，那辆车原地掉头，往北开去。

车速并不算快，甚至是慢得出奇。但即使这样，黎耀祖在追了 20

多分钟之后，也渐渐感到体力不支，刚才追武进的车到医院已经消耗了不少体力，这次也不知道车会开去哪儿，这样追下去很快会跟丢，他大口喘着气停了下来，看着一路向北渐渐远去的车灯，他脑子里闪过乞丐贺煌偷的那辆摩托。

顾不上喘气，黎耀祖马上又朝反方向跑去，他祈祷贺煌还没来得及处理那辆偷来的摩托。好在距离不远，黎耀祖直奔草丛，看到摩托还在，贺煌不知去向。他晃了晃油箱，估摸有半箱油，至少能跑 100 多公里。黎耀祖找铁丝捅开锁住后轮的简陋锁，发动摩托，开足马力直奔城北那条公路。他希望还能够追上那辆车。

大概用了半小时的时间，黎耀祖追上了目标车辆，那辆车依然慢悠悠地在路上行驶，黎耀祖也远远地减速。这条路很安静，安静到只有一辆皮卡和一辆摩托。在这样的黑夜里开灯行驶，黎耀祖一点儿也不怕跟丢，但他也清楚这样的跟踪等于暴露，漆黑的夜里只有两处灯光，他们不可能不发现彼此。

令黎耀祖疑惑的是，那辆车始终保持匀速行驶，这次跟踪行动几乎变成了无聊的尾随。他在心里盘算了一下，前面这辆车绝对有问题，最大的可能是要把自己带进万劫不复的沟里，但就此掉头绝不是他的行事风格，不要说前方有陷阱，就是火海刀山，他也会毫不犹豫地拽着武进跳下去。在许多年以前，他就习惯让自己在任何情况下都保持跟对手同归于尽的能力。

前面的皮卡像是没看到黎耀祖一般，翻过山隘、越过界河，一路开到中国境内，依然没有停下来的意思。

车子沿山路上坡，黎耀祖将车速放缓了一些。他感觉越来越冷，摩托车带起的风让他手脚僵硬，手腕以下基本失去了知觉，对油门的操控完全靠小臂带动，脸颊像是挂在颧骨上的两块生铁，风沿着布缝撕咬着他的身体，小腿以下像假肢一样没了知觉。大雾又几乎让他跟丢目标，视线只有前方一米左右。雾越走越大，天渐渐亮起，原先白色雾气中昏黄的灯光也完全消失，声音也被大雾阻隔了，本来前车清晰的引擎声在大雾中消失，黎耀祖感觉自己像是进入了一个混沌的世界。

黎耀祖十分警惕地弃车，在这样的大雾中骑在摩托车上无异于给对方送个活靶子。黎耀祖在路边寻找掩体，然后缓慢移动。他确定那辆皮卡同样不敢在这样的雾气里快速行驶。只是他需要走快一些。

正当他沿着路边低洼地带往前跑的时候，面前突然出现了一个人，确切地说是一张脸，黎耀祖差点儿没刹住撞上去，两人鼻尖几乎碰到了一起。由于距离太近，黎耀祖一时只觉得这张脸很熟悉，但却想不起来到底是谁。他犹豫了半秒，迅速后退拉开距离的同时蓄力，正当他准备发起攻击的时候，却惊愕地发现丁卓穿着笔挺的校官大衣表情凝重地站在面前。

黎耀祖收起格斗式，疑惑中带着一丝惊喜，问:“丁副？”

丁卓面色严肃，盯着黎耀祖说:“你干什么去了？”

黎耀祖没有回答，反问:“这是哪儿？”

“0号界碑，风雪垭口。”

黎耀祖知道风雪垭口这个地方，这里有一支驻军，有一座被称为0号界碑的界碑。至于为什么被称为0号界碑，那是一个很遥远的故事了，遥远到黎耀祖也不知道。丁卓可能知道，但丁卓从未解释过。黎耀祖还能记得新兵的时候常被教育说在风雪垭口服役，即使什么都不做地待两年都是对国家莫大的贡献，现在看来确实如此。他感觉丁卓好像是为自己而来的，往左右看看，略显局促地说:“我……我不是退役了吗？就到处走走。你不会怀疑我是过来带毒的吧？”

丁卓直接问:“谁让你去找武进的？”

黎耀祖恍然大悟，他突然意识到丁卓能知道自己的一切行动，在这么短的时间内，很可能是武进或者那个酒馆老板跟丁卓直接联系的。

这样的话……

黎耀祖问:“武进是……”

“你猜对了，他是我的人。”丁卓看着眼前这位昔日爱将，握紧的拳头却怎么也举不起来。

黎耀祖也是同样的手足无措，这些日子以来发生的事情，从“11·11”案件，到父亲去世，从寻找武进到现在再遇丁卓。原先想不通的奇怪现象在此刻似乎全都真相大白了。

“想通了没有?想通了就滚回老家去!不要再出来搅局。金三角那块地方你最好再也不要碰。”丁卓说完转身，往自己的车走去。

黎耀祖回过神来，叫了一声“丁副”。

丁卓冷漠地回头:“还有什么事?”

“这件事错全在我，我太冒失了。对不起。”

“你冒失的地方多了。”丁卓说完继续朝车走去，刚迈开步子，又被黎耀祖叫住，问:“我是一路跟踪皮卡过来的，武进在不在车上?我要跟他道歉。”

提到武进，丁卓马上掉头，冲到黎耀祖面前，又突然停住，语气似乎用尽了最后一点儿耐心:“那辆皮卡上没有武进，是专门给你带路回家的，他现在已经回新庙了。”话音刚落，通信员拿着一部手机小跑过来交给丁卓。

黎耀祖不知道手机那头儿说了什么，只听到丁卓说了一句:“知道了。”然后把手机交给通信员，快步走到黎耀祖身边，朝着他的左脸就是一拳。

这一拳让黎耀祖一个趔趄，差点儿倒在地上，他刚刚稳住身体，还没直起腰来，脖子又被丁卓按住，接着就是一顿暴捶，直到通信员和驾驶员赶过来把丁卓拉开。

丁卓站起来整了整衣服，对通信员说:“出了点儿意外，咱们走。”

说完丁卓往自己的越野车走去，通信员站在原地一脸为难地看着趴在地上的黎耀祖。丁卓走了一段见通信员没跟过来，回头看通信员，又顺着通信员的目光看向黎耀祖，犹豫了一下说："把那个家伙也带着，挑个冻不死的地方扔下去。"

黎耀祖就这样被扔在后排，一路上气氛出奇地沉重，除了丁卓不停地抽烟之外，再无半点儿声音。一行人中午才到支队机关，下车时丁卓才回头看了一眼在后座抚着下巴发呆的黎耀祖，他想起上次黎耀祖坐这辆车回家奔丧的情景，那时候黎耀祖的表情和现在很像。

进办公室后丁卓支走了通信员，关上门，走近黎耀祖，看了看他新扎的那几个耳洞，说："你看你现在把自己弄成一副什么德行了，街上撞到我都不好意思跟你打招呼，一副罪犯的样子。"

黎耀祖不说话，丁卓叹了口气说："现在没时间收拾你，这个点应该没有直达车了，支队勤务中队有你新兵连的战友，你去住一晚上，明天上午自己回家。"

黎耀祖依然不说话，转身往外走，一只脚刚踏出又被丁卓一把拉住，塞了一把乱糟糟的钱进黎耀祖口袋："你那点儿退伍费估计被你糟蹋光了，不准用没有路费的理由滞留在这里。"

黎耀祖也没有推辞，他确实没钱了，也确实想回老家，虽然他还惦记和武进道歉，但武进现在任务在身，明显不是道歉的时候。

出门的时候，黎耀祖迎面撞上一个人，他不认识那人，只看到肩章是个中尉，那人让黎耀祖先过，然后在丁卓门前站定，小声打了个报告，丁卓就在门口，所以只是点点头示意他进来。

黎耀祖此时还没有走远，听到那人打完报告之后，用很快的语速说："丁副，后羿断线这件事总队让我们不惜一切……"

那个中尉语速虽然很快，但咬字十分清晰，他说的每个字都被黎耀祖清晰地听见了，黎耀祖回头，只见站在门口露出半个身子的中尉似乎被一股吸力突然吸进了丁卓办公室，紧接着门被丁卓一脚关上。黎耀祖转身继续朝勤务中队走，刚才丁卓很明显是一把将中尉抓了进去，然后顺势一脚把门关上的。他汇报的消息肯定涉密，不然丁卓不会这么紧张。

“后羿”这个词在黎耀祖脑海中盘旋，后羿射日的故事在中国人尽皆知，黎耀祖很快就想到了海洛因品牌“红日”，那是梁氏生产的，所以后羿很可能是潜伏在梁氏的卧底代号，是武进。

想到武进有可能因为自己的冒失而身陷险地，黎耀祖更加内疚。黎耀祖很想回去找丁卓，但又没有犯忌的勇气。

新兵连的战友见到黎耀祖还算热情，勤务中队晚饭后可以请假外出两小时，黎耀祖被邀请出去吃饭，但心事重重的黎耀祖拒绝了这个邀请。

十点熄灯之后，勤务中队宿舍里的人都睡了，很快就有人开始打鼾。到凌晨两点，黎耀祖下床从窗外望出去，正好可以看到丁卓办公室的灯还亮着，这说明丁卓还在办公室。

武进很可能因为暴露而被抓了，黎耀祖清楚自己在这件事情上负有不可推卸的责任，可按照丁卓的命令，天一亮自己就应该回老家了。旁边桌子上不知道是谁的军装，红色肩章在月光下显得暗淡，黎耀祖想到自己退役那天，很多战友抱在一起哭着分别，但父亲去世让他没有多余的情绪用来伤感。现在突然知道自己的推断根本就不成立，脱下军装时的伤感这时才浮现出来。

有些埋藏在心底的情感可能你自己都不知道它的存在，但当它再次被某些东西勾起来的时候，会让你更加难以自持。除了伤感，黎耀祖还后悔自己鲁莽地怀疑武进，鲁莽地退役，更加后悔去追查武进。想到这一切，退役似乎成了对自己的惩罚。

黎耀祖沉浸在痛苦的情绪中几乎哽咽，但他也意识到自己已经不是军人，丁卓的命令并非一定要执行。武进的事，是他军旅生涯的结尾。

但他不能让事情在这里结束，否则不要说丁卓和武进，他自己也无法在往后的人生里给自己一个交代。

收拾起悲伤的情绪，看了一眼丁卓办公室的灯，黎耀祖走了出去。

凌晨3点17分，丁卓办公室灯光熄灭，丁卓披着大衣、腋下夹着文件走出机关大楼，在门口交代哨兵夜间站哨要穿大衣，然后走进车库。他一只脚迈进车库后，突然感到不对劲，那是多年职业生涯练就的敏锐，似乎是气流或者气味不对，没人能说清区别，但区别真实存在。他感觉到车库里有人的气息，黑暗处一定有一双眼睛盯着自己。

刚做出这个判断，一阵脚步声就渐渐靠近，丁卓后退问道："谁？"几乎在说话的同时，左右手迅速取出了手枪和电筒。

黎耀祖说："我。"

强光打到黎耀祖脸上，他就那么瞪着眼。丁卓的怒火突然蹿了上来，收起电筒和手枪问道："你怎么还不睡觉？"

黎耀祖露出一个很久没有出现过的笑脸："别生气，我今天出来的时候不小心听到了。"

"你听到什么了？"

"后羿出事了。"

黎耀祖话音刚落，就被丁卓一把按在车头上，黎耀祖那颗大头轰的一声砸在引擎盖上："你知不知道偷听这样的消息，我可以把你送上军事法庭！"

黎耀祖被按在车上不能动弹，冰凉的引擎盖让他歪着嘴抽了半口冷气，他用变形的嘴巴说："我出门的时候那个中尉刚好进去，我哪知道他还没进门就冲你嚷嚷，要怪也怪你们保密不严。光着屁股在大街上跑，最后还要反过来怪我偷窥？你讲不讲理？"

丁卓并没有放开他，反而按得更紧："光凭后羿两个字就在这里等我，你真觉得自己是福尔摩斯啊？那你猜猜看，四小时以后你能不能吃上看守所的早餐？”

“那要看你会不会算账了，”黎耀祖的口水在引擎盖上越流越长，“我要是真偷听了干吗还在这里等你。这些年边境上谁不知道‘红日’和‘鹰箭旗’是梁氏的海洛因品牌，武进那次带的五公斤三九是我送回内勤的。后羿射日的故事我会不知道吗？”

丁卓听他说得有理，这才放开他，从口袋里拿出几张纸巾把他流在引擎盖上的口水擦去。

“学会动脑子了啊，上车说。”此时丁卓最担心的是武进的安危。

上车之后，丁卓对黎耀祖的推测全部默认，在黎耀祖想不通的地方又给予了一些补充。

刺杀陈汉生失败之后，武进回去对丑人说遇到了中国边防，货和人都被抓了，但逃了出来。陈汉生没有被抓，武进对丑人说自己怀疑武警部队的人故意放跑了陈汉生。这种说法虽然并不保险，但看上去还算合理，将矛头指向陈汉生是想在陈汉生发难之前先行防御。后面两天武进并没有遭到多深的怀疑。

直到梁道安听到陈汉生的汇报，派人来抓武进，丑人才知道事态的严重，但丑人认为是陈汉生恶人先告状，所以并没有把武进交给梁道安。梁道安毕竟是丑人的养父，丑人在梁道安的威慑之下，只能答应在半个月内给梁道安一个交代。

梁氏发生这种事，按说应该严格保密，因为这有损梁氏的信誉，传出去更会影响海洛因品牌“红日”和“鹰箭旗”的市场价格。但是这一次梁道安反常地处理得很高调，除了通知丑人，还将消息在梁氏广而告之。这导致丑人在梁氏内部的声誉大大降低。

这是丁卓通宵达旦的原因，营救武进困难重重，可行的方案并不多，明面上能用的手段耗时太长，恐怕还没等到实施，武进就已经死了。暗中抢人几乎不可能，在他国领土动武，一旦出事就是一场国际灾难。丁卓就是想这么做也没有权限。

“武进被抓的消息是怎么传回来的？”黎耀祖问。

“一个电话，应该是他传来的。”丁卓的脸色开始变得严肃起来。

“老萝卜头儿？”黎耀祖皱眉问丁卓。

在边防上待久了肯定知道这个人，“老萝卜头儿”只是个代号，没人知道代号后面究竟是一个人还是一个团队，甚至不知道对方的立场。

五年前，老萝卜头儿像个幽灵一样开始徘徊在边境线上，通过电话给边防缉毒部门发情报，每次都往不同的基层单位打举报电话，完全没有保密意识，所以几年下来，搞得尽人皆知。不过他的情报无论是准确率还是缉获率都高得惊人，甚至超过了缉毒部门自己的情报系统。但是，五年过去，没人知道他到底是谁，除了将缉毒奖金打到他指定的银行卡里，我方完全无法联系到他。

丁卓可以肯定的是这个人不是我方卧底，但现在老萝卜头儿知道了武进的身份，没人能准确判断出这对我方情报系统会造成什么样的影响。黎耀祖当然知道这其中的利害关系，谁也不知道老萝卜头儿掌握了我方多少资料，更没人知道他会怎么处理这些资料。

在听到事情之初，黎耀祖心里是吃惊的，但平静下来后他知道要做什么了。他双手抄着后脑勺往座椅上一靠：“武进那边现在还能通气吗？”

丁卓摇头：“目前没有渠道，但有一个人应该了解些情况，这个人的来历一言难尽，我们正在找他，应该能很快找到。找到他再想办法看看能不能和武进通气。”

听丁卓的语气，不出意外就不会有什么问题，黎耀祖脑袋里酝酿的计划又浮现出来，黎耀祖转头看着丁卓，说：“我要去救武进。”

这不是丁卓想要的结果：“你不行。”

“为什么？”黎耀祖问。

“这件事斗智不斗力，没有你的用武之地。”

这句话说到黎耀祖心里了，他清楚自己在丁卓心中的形象，所以早就想好了怎么回答：“人最大的悲剧是在该斗智的时候使蛮力，比如我前几天出境去找武进。该斗力的时候去动脑子也是一样，你说我服役八年，遇到过那么多枪林弹雨，子弹从耳边飞过去的时候，我要是停下来思考一下，我会怎么样？恐怕我早就是个逃兵了吧？现在是斗智的时候，这我清楚得很。”

丁卓听他提到追查武进的事，火气立即又上来了：“你清楚什么！我大半夜的不是来听你给我灌这些迷魂汤的。明天要么回去，要么去看守所吃早饭，你自己选。”丁卓说完发动汽车，看向黎耀祖，“滚下去吧。”

见丁卓态度如此坚决，黎耀祖也急了：“为什么不让我去救武进？这件事是我一手造成的，我欠武进的，欠了债就得还。我黎耀祖不是那种亏欠了别人拍拍屁股就走的人！”说着从怀里掏出一串军功章，军功章在微微抖动，“这是我用八年时间在生死线上提着自己的人头挣回来的，这是我的荣誉，军人视荣誉为生命。现在我犯的错使我的荣誉蒙羞。这个错误把我伴随终生的自豪变成了永无止境的羞耻。”两人在车里沉默良久，黎耀祖再次开口，却像是自言自语一般低吟，“新兵的时候我反复地想，反复地想，为什么我和我的战友们会一心想要缉毒？为了一个月 90 块钱的津贴？可随便找份工作少说也能翻十倍。为了这串镀铜的铁牌子？可那是虚的啊。为了光宗耀祖？”黎耀祖苦笑，“那就更加虚无缥缈喽。”

丁卓转头看着黎耀祖问：“那你是为了什么？”

“后来我想明白了。是为了我们自己心中的正义感，我们认定了缉毒这件事是有益的，于自己、家人、国人，乃至于人类，都是有益的。我们做不成英雄，但这不妨碍我们有英雄梦。英雄梦不是非得要做一个英雄，一个英雄能做的事情，我们也应该努力去做。”

丁卓似乎被黎耀祖的说法打动：“我们在选人方面有三个原则，第一，自愿原则，必须是本人自愿，这一点你没有问题；第二，政治原则，三代以内政治清白，这一点你也没有问题；第三，家庭原则，独生子女一律不行。考虑到你是独生子，让你去是违反原则的，我也没有办法。”

黎耀祖问：“我是谁的独生子？”

“当然是你爸妈的。”

“可我爸妈已经死了啊。”

对这样的狡辩丁卓不置可否，黎耀祖接着说：“让不让我去另说，你先听听我的计划。”不等丁卓回答，黎耀祖就讲起了自己的计划，他知道这个计划的风险性，说到风险最高处时，他尽量做到心平气和，最危险的地方很有可能会刺激到丁卓，而导致计划被否定。但目前并没有更好的办法，他咬着牙说完整个计划。

丁卓倒是出奇的平静，因为在听到这个计划之前，他做过比这更危险的计划，但最终因为可行性的问题都没有采用。黎耀祖这个计划虽然风险依然很大，但的确是值得考虑的。所以丁卓只是问了几个简单的问题，黎耀祖一一解答之后，问：“我可不可以试试？”

丁卓不想在这时候让黎耀祖这么固执的人看到希望，拒绝得很干脆：“不可以。”

丁卓拒绝之后把黎耀祖赶回了勤务中队。对于营救武进这件事，黎耀祖总觉得自己还有机会，因为他认为自己责无旁贷。幸运的是丁卓并没有再赶他走，像是忘了这个人的存在。

实际上丁卓并没有忘，反而时刻关注黎耀祖的动静，两天前的凌晨，黎耀祖的计划和一番表述确实让他刮目相看，但他依然不打算让黎耀祖去做这件事。丁卓正在办公室发愁，参谋敲门进来，是前几天不小心泄密给黎耀祖的那个参谋，经过上次的教训，参谋这回关好门走到丁卓跟前小声说：“罗大佐给后羿带话了，后羿知道这个方案是黎提出的，要求始作俑者执行。”

丁卓怀疑自己听错了，又问了一遍：“始作俑者是谁？”

“我想应该是方案的提出者，黎耀祖。”

听到这个名字之后，丁卓接连摇头，他有点儿拿不定主意，参谋会意：“咱们都不了解后羿现在的情况，他既然给出了意见，还是要以他的意见为主。”

“那就试试吧。”说完之后，把烟头摁进烟灰缸，丁卓出了办公室，开车去往勤务中队，接上黎耀祖：“我带你去个地方，在那儿，论证组会对你的方案的细节进行提问与合理性推测。通过论证之后，博弈组的人会对方案做通过检验，有人分别扮演梁道安、丑人、武进、陈汉生等人，博弈组的人对行动一无所知，也就是说，我会尽量保证演员和他们的扮演对象所知道的信息是一致的，扮演梁道安的人，只知道梁道安应该知道的消息，其他人也一样。如果你能在博弈组手中成功救出武进，我就批准你的行动。接下来你还要接受测谎、体检、疫苗等准备工作，这些我相信你没问题。”

黎耀祖问：“你同意让我去了？”

丁卓装作漫不经心地回答：“不是我，是那个人指定始作俑者执行，至于谁是始作俑者，你心里应该清楚。毕竟谁的债就得谁来还。”

黎耀祖苦笑着问：“行动的底线是什么？”

丁卓不假思索地回答：“底线是你的行动不能激化危机，从而导致武进死亡。”

两天后，丁卓在地下室出口见到黎耀祖走了出来，两天不眠不休的博弈使黎耀祖筋疲力尽，看向丁卓的眼睛像是不会转一般死死盯住，眼神空洞得像个人偶。

走到丁卓面前，黎耀祖给丁卓竖了一个大拇指，说：“过。”

丁卓松了口气，点点头说：“那就好。”

“接下来该测谎了吧？”

丁卓说：“你先去休息一下，测谎明天再说。”

“我现在筋疲力尽，根本就没有伪装的力气，不应该是测谎的最好时候吗？”黎耀祖有些疑惑。

“测谎的本质是测量你撒谎时的状态，如果你根本没有力气伪装，那我们的测谎就失去了意义。明天的测谎分为准绳测试、紧张峰测试、情景测试、参与测试，提问内容包括你在境外的活动内容，以收集你的生理反应图谱，得出我们需要的结论。以后还会对你不定期进行测谎，希望你能理解。”丁卓答道。

黎耀祖被丁卓带去测谎的时候，整个人的精神完全恢复，和丁卓挥手告别后，大步走进电梯，直接上了顶楼。

和前面两次的豪华阵容不同，这一次房间里只有一个穿着白大褂的中年女人，见黎耀祖进来，她先是和黎耀祖闲聊了大约 20 分钟，主要向黎耀祖介绍了测谎的原理。介绍完之后，让黎耀祖躺在一张躺椅上，一边在黎耀祖身上接设备，一边给他做简单介绍，和黎耀祖之前想象的完全不同。

其实黎耀祖一直很平静，只是有些好奇测谎是怎么一回事，好在工作人员一边调试设备，一边介绍说：“你们都叫测谎，听上去就让人紧张，严肃的名字应该叫多参量记录仪，或者叫多参量心理生理测试仪，第一个是测试皮肤电阻，第二个是测试血压的，现在这个是测试胸部呼吸的，后面还有腹部呼吸和指脉，最后是记录反测谎动作。”

“好了，我开始提问了，记住，你的回答要尽可能表达你内心所想。涉密部分你要跟我说明。”工作人员说，“你叫黎耀祖吗？”

“是。”

“你能诚实回答所有问题吗？”

“能。”

“在你服役期间，除了已知的之外，你还有没有过其他违法违纪问题？”

黎耀祖略微思考了一下：“应该有。”

“比如呢？”

“我夜里站哨时偷偷喝过白酒。”

“还有没有？”

“应该还有违纪行为，但我想不起来了，测量血压的这个充气袖套挤得我肌肉很痛，左臂全都麻了。”

“有违法行为吗？”

“没有。”

“那你为什么出境？”

“这个问题涉密，我怀疑有人害我父亲，我是去查这件事。”

整个过程对黎耀祖来说十分无趣，如果不是问题一个接一个，他很可能在那张蓝色躺椅上睡着了。

接下来在分析图谱、制作测试报告书的时间里，丁卓带黎耀祖进行了一些针对性的训练。

“你需要一个新的身份，这个身份并不是虚构的，而是有着完整的国内外履历的身份。也就是说，在你使用之前，这个身份的使用者是真实存在的，并且不止在中国存在，”丁卓说完拿出一张名单，“我在一堆候选人里只选到四个，因为年龄要和你对得上，还要有国外生活经历，更重要的是不能会外语。我们的身份提供者在国外生活的很多，但同时又不会外语的人已经不多见了。”

黎耀祖接过名单，顺着名单看到第三个停了下来，似乎是思考了一下说：“管锥，这名字有意思，我就要这个了。”

这个选择出乎丁卓的意料：“为什么选这个？”

黎耀祖不想多解释：“不用考我，我读书少，只是恰好读到过这句。

最近发生的事让我有一种无力感，我应当记住这两个字。”

丁卓意味深长地看了黎耀祖一眼，没再说话。

凌晨，高黎贡山深处，风雪垭口以南，荒无人烟的山区，夜风穿过树林，树叶在响。月亮苟延残喘地散发着最后一丝余光，那光好不容易穿透树林落在河面上，又被湍急的水流冲得粉碎，七零八落的金色碎片从河面荡漾着照进夜行人的眼中。

一辆车在河边草地上停了下来，丁卓带着退役后的黎耀祖下车，走到河边。

沉默良久，丁卓才微微抬起下巴示意：“这条河是你一个人的徒涉场，救了武进之后，你的任务就完成了。”

“我可不可以留在那儿继续工作？”

“武进在新庙市住了两年才开始对梁氏有所动作，你根基太浅，没时间让你慢慢磨。你把眼前的事情做好。至于以后，现在不要考虑太多。”

丁卓以往从来没有给过这么模棱两可的答复，这让黎耀祖意识到自己由丁卓的下属变成了自由人，如果不是为了营救武进，其实已经不需要再听从丁卓的命令，所以也不再争辩，只是点了点头。

“出境之后所有事情都需要见机行事，注意自身的安全。你不能跟我直接联系，只能跟情报专员联系。他见过你的照片，接头方式都跟你说过了，你可别忘了。”

黎耀祖又点了点头：“知道了，你不用担心。”

丁卓接连叹了几口气，“黎耀祖是眼下唯一的选择”，他只能这样安慰自己：“我再重复一遍，我的代号是049，你在境外的名字叫管锥，我会安排人以黎耀祖的身份与你的战友、亲朋保持联系。就像昨天你在老家和你大伯说的那样，所有人都会以为黎耀祖跟着战友去了黑龙江的一个叫作东京城镇的小镇工作。你出境以后的接头人叫罗大佐，这个人比我们更了解当地形势，但最好不要让他知道太多事情。他是武进的朋友，但之前跟我们没有任何实质关系。我们都不了解他，只有武进熟悉。除非必要，否则不要跟他有过多接触。”

“为什么不让我直接去找他，而要安排在那种地方接头？”

丁卓说：“他要求的，这个人怪。我也无法预测你们见面后会发生什么，在那儿见面可以给你们双方留点儿余地。”

“明白了，你保重吧，我去了。”黎耀祖说完朝丁卓笑了笑，朝南走去。

丁卓不放心，追了几步：“过了河就出国界，一切靠你自己了。”

黎耀祖停下脚步，回头看着丁卓问：“如果我走到武进这一步，你会救我吗？”

丁卓轻轻摇头，回答得却很干脆：“不会。遇到这种事我能做的很少，如果事情被公开，我会撇清你和我的任何关系，甚至会批评你退役以后自甘堕落去贩毒。除非你有运气遇到另一个管锥，否则我连给你收尸都做不到。”

“知道了，”黎耀祖继续前进，很快又折回来，说，“我还有一个要求。”

“你说。”丁卓难得很有耐心。

“营区门口卖炒饭的老头，我欠了十几碗炒饭钱，你给我还了。”

“已经还过了。”

“再见。”

夜行人的背影很快消失，丁卓在原地站了很久，他想起多年前第一次送儿子上学时的情景，他们都要面对一个崭新的世界。

出发的时间和地点都是丁卓反复敲定的，在新庙市以北的原始森林里，110 公里的纵深超过了多数人一天的步行里程，所以很少有人会深入这片森林。即使以打猎为生的边民，也只是在四周走动。

黎耀祖在一棵老树上找到了他要找的东西——一把插在树上的军刀。他刚把刀拔下来，大风像是瞅准了时机，突然刮了起来。离预定的接头时间还有三个小时，现在天气突变，只能祈祷老天爷不要下雨，但长久以来所接受的天气观测训练又不允许他生出这么愚蠢的妄想。很快，巨大的雨滴将他从各种不切实际的迷思中砸醒。

出于对丁卓的信任，黎耀祖原先以为不会有什么问题。但这是一片充满随机性的土地，在黎耀祖到达接头地点之后，两个国家的天气预报和一支精锐部队的指挥官都没能准确预测的暴风雨就那么来了。他等了很久，雨在第二天清晨才停。

黎耀祖第 47 次看向自己的战术手表，距离约定好的接头时间已经过去了 9 个小时 38 分 21 秒，秒数还在一直往后跳跃。他为自己挖了一个豪华版的安全洞，这个洞豪华到每一处都用手抛过光，甚至还有个带排水系统的小厕所。这段时间里，有 163 只鸟从他眼前飞过，接头人罗大佐的大爷在他嘴里出现了 75 次，他第一次弄明白写“黎耀祖”这三个字要写 44 个笔画。

远处似乎发生了泥石流，山体像是被暴风雨撕掉了一块皮肤，雨水混着泥沙滚滚而下，山在流血。“山都塌了，人还没来。”黎耀祖在有限的空间里活动了一下筋骨。雨过天晴，太阳升起来的时候，他从洞里走了出来，啃了几口压缩饼干，拿起水壶准备去四周转转，但水壶还没放下，耳边就传来嗖的一声，脸颊一阵风掠过，他本能地卧倒，紧接着传来嗒的一声，转头看到一支箭扎在身后的树上，箭尾发出一阵颤音。他立即以树做掩体隐蔽起来，手习惯性地放到腰间，却想起自己根本没有带枪。这时不远处传来一个沙哑的声音：“出来吧，朋友，我是附近的猎人。”

黎耀祖窥见不远处一个40多岁的精瘦男人走了过来，手里端着弓弩，身后背着箭筒，一身古旧的绿军装上绑了两只硕大的竹鼠。此人身高至少在一米八以上，黝黑的脸上嵌着两颗死鱼般的眼珠，眼珠死死盯着黎耀祖藏身的树。

那人往前走，距离还有五六米的时候，黎耀祖说："我怎么进来就怎么出去呗。"

"你想原路返回，又何必走进来呢？"

黎耀祖从树后走出来，对眼前猎人打扮的家伙说："你好，我叫管锥。"

"我，罗大佐，你，跟我走。"罗大佐转身就往身后走去。

"等等我，我把这里清理下。"

罗大佐不屑地哼了一声："生瓜蛋子，省些力气下山用吧，这地方没人来。"

这些话一字不差地落到管锥耳朵里，等了这么长时间，虽然有大雨的原因，但眼前的人不但完全没有歉意，还一副讨债的模样。管锥心里好不容易压下去的火又被点了起来："说谁生瓜蛋子呢？我昨天就到了，你是被堵在大肠里了吗？害我被淋了一夜，我不说你什么你就烧香吧，还来劲了。"

"就是049亲自来了，也不敢跟我这么说话，哪儿找了你这么个浑蛋，你现在就滚回去，武进这蠢货我本来就不想管。我要是想救，没你我也能救。"

管锥用铲子填着安全洞冷笑："你要是管用，049派我来干吗？你也不看看你是什么德行，烧了都凑不够一把灰。拿到点儿情报你就无所不能了？画得出图纸不代表你造得成飞机，这事儿没我你干不成。"

不同于管锥的激动，罗大佐慢慢停住脚步，看着自己身后的年轻人，不慌不忙地说："你，原路回去告诉049，换个人来，不然武进这件事我不管了。”

管锥继续低头填坑：“千万别误会，049没说让我听你的，我们是合作，一旦武进脱险，我们就完全没关系了。你有什么权力赶我走？你不救，我自己去。”

“好吧，那你忙你的，我走了。”罗大佐突然加速朝山的另一边跑去。

管锥虽然嘴上这么说，但心里清楚，没有罗大佐的帮助，自己的生存都会成问题，人是万万救不了的。罗大佐掌握着武进被关押的位置，绝不能让这厮溜走，他顾不上填坑，带上东西追了上去。

雨后的草地上到处都是水珠，有人经过的地方会破坏水珠留下痕迹，开始管锥还能凭着以往丛林作战的经验和体力优势追上，但这里的植物长势过密，风声又干扰了听力，没过多久他就把人跟丢了。

管锥在一片草地上停下，地面上还有水珠被破坏的痕迹，但那痕迹分别通往三个方向，管锥也不知道往哪儿追，他以前从来没有把人跟丢过，在观察地上的三道痕迹之后，确定有两道都不是人留下的，这才想到罗大佐腰里那两只竹鼠。管锥嘴里骂着“老滑头”，坚定地往右侧跑去，身影很快消失在不远处的灌木丛里。

管锥走后几分钟，刚才那块空地边的一处草丛里冒出一个人头，正是罗大佐那颗皮包骨式的脑袋。那个脑袋左右观察了一下，整个人才从地下爬出来，身上之前挂着的两只竹鼠已经不在了。罗大佐抖着身上的树叶和泥巴自言自语：“小浑蛋。”

“你说谁小浑蛋呢？”管锥从树丛里走出来，斜眼看着罗大佐。

罗大佐被吓了一跳，他端着的弓弩本能地对准管锥，但一秒钟后又放了下来，面不改色地说：“耍小聪明，你有多远滚多远，武进自己找死，让他自生自灭吧！”

“我有我的任务，关你屁事！要不是武进，我才懒得跟着你。你的任务是给我提供帮助，这是049说的。你不管也行，我只需要做好我的事情。我要是暴露了，你也跑不掉，供出你来说不定可以换我一命，你这条老狗命能换我一命，那是你的造化。”

管锥打心眼儿里不喜欢眼前这个人，甚至觉得他是个心理变态，整个人都散发着一股说不上来的邪气。

罗大佐放下的弓弩再次举了起来，脸上还是没有一点儿怒气：“你还敢威胁我，我把你弄死在这儿，跟049说你光荣牺牲，他不信也得信。”

“我来这里就是因为你这种蠢货十八般武艺，样样不通，你手里那根烧火棍吓不到我，有种你打过来，来，我让你看看什么叫战斗力，”管锥朝罗大佐竖了个中指，又朝自己心脏位置比画了一下，“打啊，把你弄死在这里我甚至都不用汇报，你这种垃圾，抛尸荒野都糟蹋了这青山绿水。不会有人关心你的死活，049也不会。知道吗？”

管锥几乎只凭经验就知道面前这个直面生死都能面不改色的人不是服个软就能解决的，这人不是那种色厉内荏的家伙，而是带着一种彻头彻尾的冰冷，似乎没有情绪。这种人最是要命。

弩在罗大佐手里轻微地颤抖着，他有强烈的欲望想要杀死管锥，也可以轻易让管锥命丧黄泉。但管锥那双毫不畏惧的脸、勇敢坚定的眼，让他突然意识到自己身处异国多年，内心早已不复往日光明，年轻时的一腔热血已经被这里无所不在的瘴气侵蚀殆尽，面前的年轻人像极了多年前的自己。箭头一旦发射出去，彻底死去的又岂止是管锥一个？

他就这么举着弩，愤怒地看着管锥，管锥慢慢走到他面前，将弩拨开，盯着罗大佐：“咱们互相厌恶，救下武进之后，只要你敢，我随时可以跟你解决个人恩怨。现在把你这烧火棍收起来，吓不到我。”

罗大佐狞笑着用手指点了点管锥的额头：“救出武进，杀你全家！”说完之后，刚放晴的天又阴沉起来，大雨似乎已经下到头顶。

罗大佐转身下山，管锥跟上去，两人一路无话。罗大佐速度越来越慢，走至一半，已经步履蹒跚，同时他又不想在管锥面前示弱。管锥虽然面不改色，但看罗大佐的眼神里多了疑惑，按常理说，40 多岁的人体能不至于这么虚弱。

直到傍晚，管锥才见到人类居住的房子。先是跟着罗大佐穿过一条街，街道两旁的商店都挂着中文招牌，连那些散发着粉红色气息、从不按摩的按摩店都是如此，甚至还有中国移动的营业点。一切的一切都告诉管锥，现在身处于中国某个大乡镇或是小县城。

管锥觉得是罗大佐使坏把自己带回了中国，没想到自己千辛万苦才出国境，一不小心竟然被这老东西给坑了回来。他死盯着罗大佐的后背，气息越来越重，想冲上去把那个大头拧上 180° ，又觉得这很不现实，只好盘算着怎么找机会制服罗大佐再拖去交给丁卓。

很快他知道自己错了，因为他看到了金城公馆，那是上次就见过的建筑，只是上次一心追武进，忽略了其他细节。金城公馆附近的建筑终于有点儿城市的样子，这是新庙市最大的赌场，管锥在国内抓过不少这家赌场的客人，客人五花八门，有钱的来这儿挥霍，没钱的来这儿淘金，还有艺术家来这儿体验生活。这些人出发点各异，但结局大多一样惨淡。这里的居民多是华裔，生活在并不属于中华人民共和国的领土上。

经过金城公馆，赌场辐射出的一小片繁华是这个城市的集体幻觉，管锥很快再次进入陋巷，巷子里穿着拖鞋卷着裤管皮肤黝黑的青年三三两两夹着烟或走或跑，有时会停下来调戏一下发廊里衣着暴露的姑娘。姑娘们朝管锥招手，但被管锥一瞪，马上识趣地转身和其他人聊天。

令管锥奇怪的是，这一路走来有些才貌双残的中年妇女连蹬三轮的车夫都要试探性地勾引一下，可看上去更像个色鬼的罗大佐却无人问津，管锥差点儿就以为他是个不近女色的正人君子了，但一路上他恨不得把眼珠子挖出来贴到人家屁股上的样子很快推翻了管锥的判断。如果不是受限于光沿直线传播的物理定律，罗大佐的眼睛一定能射出这世上最曲折的视线。

在小巷里拐了几道弯之后，到了罗大佐的房前，管锥明白了为什么罗大佐无人问津。他面前是一个长宽高都不超过两米五的房子，木板组成的房子在风里荡着秋千，仿佛风再大点就能帮他搬一次家。门前黑色淤泥上散落着五彩缤纷的包装袋，淤泥里零星几块红砖是罗大佐回家的必经之路。长短不一的木板拼成的房门只有一米五的高度。看罗大佐生活这么惨，管锥感到很开心："你这房子值一把锁的钱吗，你还上锁？"

罗大佐没理他，把锁头拿在手里，一脚踢开门，猫着腰钻进漆黑的房里。管锥在门外皱了皱鼻子，虽然他从小就知道不同人住的房子会有不同的气味，但随风刮来的屋里的脚臭味、馊饭味、尿味等复杂的气体还是让他恨不得钻进脚下的淤泥里。

进屋后，管锥深深地吸了几口恶臭的空气，适应了黑暗的光线和气味之后，映入眼帘的首先是一张占据了四分之三空间的土坯床，在土坯上铺块布算是床单，床单上那件军用大衣当作被子，枕头是两件已经快散成毛线的毛衣。内侧靠墙的位置胡乱堆着一堆衣服，那堆衣服隐约呈现出一个方形轮廓，下面是个上了锁的箱子。床上所有的东西都已经看不出原来的颜色了。床头用泥土砌了一个小高台，高台上除了插满的烟头，还放着一本中国军事小说，只是后半部分被撕去不少，只留下了不规则的手撕截面。

床尾距离墙体六七十厘米的空间里用红砖支起一块30厘米左右宽的木板，用来置物，上面摆着一个豁了口的粗瓷大碗，豁口处搭着一根竹筷，另一根落在地上，碗旁边散落着已经风干的榨菜和用了一半的方便面调料包，木板的另一头有不少蜡烛油。门边放着一个有洞的塑料桶，桶里有点儿清水，旁边有半个塑料盆斜靠在墙上，盆里有半块毛巾和一点儿浑浊的水。

剩下的空间只能容下管锥和罗大佐落脚，管锥在脸盆边上蹲下去，看到脸盆旁还放着一个掉了瓷的瓷杯，杯子里斜躺着一把卷了毛的牙刷。

罗大佐不知从哪儿掏出半块面包，坐在床上啃起来，管锥把牙刷拿在手里，扭头看着罗大佐说："你是怎么用乞丐的生活把自己养成 007 的性格的？"

"少废话，不住就趁早滚蛋。"罗大佐看也不看管锥，只顾啃自己的面包。他把面包吃出了饼干的感觉，失去水分的面包在他嘴里咔咔作响，面包屑顺着嘴角飘落到地上。管锥从背包里掏出两块压缩饼干，自己吃一块，另一块放到置物的木板上："我先吃一块，另一块当夜宵。"

罗大佐看也不看那包压缩饼干，啃完自己的面包，拿起豁了口的碗在桶里舀了点儿水，喝完放下碗看着门外说："武进现在被关在积星堆，你们的计划我用加密信传给他了，他的回信也回传给 049 了。丑人不确定武进的身份，武进一直没有松口。梁道安给丑人的最后期限是后天下午 6 点，无论武进说不说，丑人都会把他杀了。他的位置我会给你，我能做的就是这些。"

"后天下午就要杀武进？"管锥大惊，很快又冷静下来，"你不会就给我传句话吧？我需要的枪呢？"

"我认识的那个有枪的人现在联系不上了，所以这件事你自己解决吧。"罗大佐蹲在门口，从门槛的缝里拿出一个烟斗，一边把烟叶摁进烟斗一边说，"再说了，枪很贵的，我出不起那钱，你找 049 去。"

管锥："国内的枪要是能带出来我还用得着找你？"

罗大佐此刻已经被一团烟雾包围，烟雾中传出声音："那也不关我的事，虽然之前答应过 049，可凡事总有意外，我又不是变戏法的。"

管锥斜着眼睛看向床上那个被衣服盖着的箱子，并产生了一种莫名其妙的兴趣。正当他慢慢接近准备打开看看时，烟雾中又传出话来："不要对我的那些东西打任何主意，这里不是中国。这条街上每天都有人莫名其妙地被杀死，不多你一个孤魂野鬼。"

"嗬，这破箱子比你老婆的屁股还金贵，我摸不得还看不得？"

"生瓜蛋子，你要是折在这里，尸体会被人拿去加工成狗粮，保证一点儿都不会浪费。做任何事之前你都要想清楚，"罗大佐重新把烟斗点上，"武进救不救另说，你敢乱碰我的任何东西，我让你现场客死他乡。"

管锥说："行行行，我对你这狗窝没什么兴趣，你帮我弄一把射程和精度都合格的枪，我们老死不相往来。"

罗大佐背对着管锥摇头："这不是我的事，你找 049 去。"说完挪了个位置，"射击点距离你的目标至少有 200 米，这里根本就生产不出符合你要求的武器。如果你不是要发动自杀式袭击，最好不要接近他们。"

"你才自杀式袭击呢……"管锥还没说完，就被房子外面一个女性东北口音给打断了，这让管锥觉得新鲜，作为一个云南人，他对东北口音最深的印象就是每年春晚上的赵本山。

"大佐在家不？"

罗大佐从床上站起来，先是对管锥做了一个噤声的手势，又指了指那个箱子，再做一个开枪的动作，这才打开门钻了出去。管锥在屋里听到那女人继续说："房租啥时候给啊，等你老半天了，你要不租趁早说，就你要吃饭，我不吃啊？你别拉我……"

声音越来越小，想来是罗大佐把她拉走了。

事关人命，管锥顾不得太多，趁罗大佐不在，他走到床边，掀开上面的衣服，看到下面那个箱子大约一个抽屉那么大，还挂着锁。

管锥必须打开看看，他从自己包的背带上取出一截儿钢丝，用了十秒左右的时间把锁打开。箱子里有一把手枪、一张照片、一个小瓶子和两根吸管。那张照片上有一个女人抱着一个小男孩。

管锥刚搞明白这些东西的用处，就听到背后门响，紧接着感到一阵风从背后袭来。他顾不得回头看，双腿猛地用力跃起，整个人扑到了墙角，躲开了随之而来的致命一击。

几乎在管锥跃起的瞬间，罗大佐的匕首也从上往下扎进了管锥刚才所在的位置。虽然逃得很快，但管锥的小腿还是被划了道口子。

罗大佐一击不中也没有追击，而是盯着被管锥打开的箱子发呆。

管锥在墙角警惕地盯着罗大佐，见他不动，就慢慢顺着墙绕到罗大佐身后的屋门前，这个位置无论进攻还是逃跑都非常合适。若是换成其他人，此刻应该都想一走了之，因为罗大佐实在太不稳定了，这绝不是一个称职的伙伴，但管锥觉得自己任务在身，至少应该再努力一下。管锥在身后叫了一声“大佐”，声音很轻，像是怕吵醒罗大佐一样。没想到罗大佐猛一转身，又举起了匕首，但还没来得及做下一个动作，肚子就被管锥踹了一脚，整个人“轰”地跌在床上。

管锥的攻击只持续了两秒钟，罗大佐被死死地按在床上。罗大佐挣扎了一会儿，罗大佐也知道自己不是管锥的对手，只好用眼睛死死盯着管锥。

管锥掐着罗大佐的脖子，用脚把匕首踢开说：“敢跟我拼命。要不是看你还有点儿用，我就给你这狗窝点把火把你火化了。”管锥又看了看自己腿上的伤口，说道，“你以为我不知道你箱子里那些东西是干吗的？刚见到你我就觉得你像瘾君子，没想到你还真没辜负我的期望。”

管锥与那双充满仇恨的眼睛对视，他毫不怀疑救了武进之后，罗大佐会立即杀了自己。

罗大佐只是盯着管锥，也不说话。这么僵持了一会儿，管锥只好放手让他起来。

罗大佐去捡自己的匕首，却被管锥抢先一步拿在手里。

罗大佐开口说：“你最好把刀还我，不然我真的会杀了你。”

“还给你可以，你先说清楚你为什么会吸毒？怎么染上毒瘾的？”

“我警告你，做你该做的事，无关的事情不要打听。我帮你救武进，事成之后杀你全家。”

“嘿嘿，”管锥的声音充满了落寞的自嘲，“那你倒省事了，我全家死光，现在就我一个。”

罗大佐听完坐在床边发呆，管锥也不知道他在想什么。

直到天全部黑了下来，罗大佐才摸索着起来，不知道从哪儿摸出半根蜡烛点亮，在那个板子上滴几滴蜡油，然后把半截蜡烛粘了上去。

“你家真就只有你一个人？”罗大佐把蜡烛放好看着管锥。可能是因为黄色的烛光照在罗大佐脸上，白天那铁青的脸色此刻看上去柔和了一些。

管锥坐在地上斜靠着墙：“就我一个了。”

“其他人呢？”

“不能说，”管锥斜眼看着罗大佐，“箱子里那张照片上的母子是你老婆孩子吧？”

罗大佐沉默了半晌：“他们在三年前同一天去世了。”

“因为什么？”管锥收起腿，声音加了几分小心。

“只有快死的人才敢像你一样话多，”罗大佐往床上一躺，把大衣盖在身上，“明天我带你去借枪，符合你要求的武器这里仅此一把，我不能保证他一定会借给你。”

管锥又饿了，拿出两块压缩饼干，自己吃一块，扔给罗大佐一块，没想到又被罗大佐扔了回来，好在管锥速度快，头一歪躲了过去。和压缩饼干一起飞过来的还有罗大佐愤怒的声音：“我带你去借枪是看在武进的面子上，你这狗粮自己留着吃。”

管锥的压缩饼干本来已经送到嘴边，听到罗大佐说有办法能借来枪，也不觉得饿了，马上接过话来说：“好好好，只要你给我弄到枪，我就是狗粮养的。”

第四章

M21 狙击枪

第二天一早，罗大佐带管锥出了新庙城，沿着小路一路往东南，走了几个小时山路。两人一路无话，直到中午才见到山脚下稀稀拉拉的几处房子，看上去像是个村庄。管锥跟着罗大佐走到一处小院前，院子的铁皮门紧锁，从外面只能看到一栋二层小楼。

在罗大佐敲门的时候，管锥围着院子转了一圈，回来看到罗大佐还在敲门，管锥拍拍罗大佐，指了指门上的梅花牌挂锁说："别敲了，上锈了，这房子很久没人住了吧？"

罗大佐看了一眼锈迹斑斑的锁眼，停下敲门的手，也没回答管锥的问题，管锥继续问："这人做什么的？这院子我刚才看了一圈，这四米高墙不像普通人住的地方，还有他这小楼的窗户，是假的吧？"

罗大佐被问烦了："你现在应该考虑去哪儿才能弄到符合你要

求的武器！”

管锥：“这事我想没用，你得加紧办。我看他这门口还有轮胎印，是不是开车去哪里了，要不你问问附近的人？”

罗大佐指了指四米高墙：“他倒是有辆越野车，但你觉得这种人的行踪是随便就能打听到的吗？”

听罗大佐说得有理，管锥没再纠缠，但一直催促罗大佐快想办法，罗大佐被逼得无可奈何，只好说：“我带你去另一个地方试试，但结果怎样我也不知道。”

管锥急不可待地拉上罗大佐就走，顺着罗大佐指的方向，两人在太阳快落山的时候，才走到一条江边，见到这条江管锥才知道自己的大概位置，他越来越着急，距离武进的最后期限只有 20 多个小时了。但他越着急就越不敢催促罗大佐，喜怒无常的罗大佐是最后的希望，在这个时间激怒他并不是明智之举。

面前这条江的源头在中国，这个季节江水并不多，两边裸露出大片的河床，国内的河床是干净的鹅卵石和河沙，远看像是无人踏足的雪地，而这里河床上到处都是脚印，四周也不见有人居住。

罗大佐沿着河床往下走，管锥跟上。走了一段后发现在江边的树林里出现一条两米宽的山路，继续沿路上行，树林越来越密，不一会儿，两排木屋出现在树林中间的一片空地上。可以看出那片空地原先是树林，只是被清理出来盖上了房子，地面上还有粗细不等的老树根。

空地是方形，两排木屋呈直角排在两边，角落里放着一台柴油发电机，一根钢丝从对角穿过，上面挂着衣服。看那衣服，管锥大概能猜到是一群工人住在这里。衣服以厚实耐磨的军装和牛仔服为主，关节处有不同程度的磨损。一个 50 多岁、穿着男式军装戴着头巾的女人卷着袖口正在往晾衣绳上挂衣服，脚下堆了满满一筐刚洗完的衣服。

罗大佐走上前去打招呼："嫂子，忙呢？"

那女人听到罗大佐的声音，脖子都没动，只是眼珠转过来盯着罗大佐看了至少有三秒钟，才转回去继续晾衣服，用一副见到瘟神的口气说道："我家李牛还没回来，最近那些乱七八糟的人来收钱，货款也拿不到，都快揭不开锅了。"

罗大佐苦笑一下："嫂子，你看我也不是每次来都借钱。"

那女人晾衣服的手停在半空，扭头正眼看着罗大佐说："不是来借钱哪？你要是借钱趁早走，没钱了，我们不打算在这儿干了，马上就回国。这里一年干到头儿，都是帮那些当官的干，回去随便打个工，也比在这儿受气强。"

两人有一搭没一搭地聊着，管锥一直在旁听。

天擦黑李牛才回来，和管锥预计的相差不多，这个李牛上身军装，下身牛仔裤，長得人高马大，下巴和头顶都是方的，一层薄薄的头发卷曲着趴在头顶，头发上沾着一些木屑，手里拿着一把砍刀。身后跟着七八个和他穿着差不多的人，有的抱着油锯，有的拖着铁链。

李牛朝罗大佐挥手，罗大佐给众人介绍管锥，说管锥是国内过来玩结果输光了钱找罗大佐蹭住的小乞丐。李牛也不知道是天生的秉性还是客套，反正一张嘴就满脸的笑意，看样子比他老婆要和善一些，和罗大佐寒暄了一会儿之后，就让他老婆去准备酒菜了。

管锥一直计算着时间，就在他想要催促的时候，罗大佐却和李牛说："事情有点儿急，恐怕没时间吃饭了。"

不等李牛回话，旁边的工人就嚷嚷着说不喝酒不准说事情，李牛一脸无奈地傻笑。看样子李牛也拿这些工人没什么办法，管锥只好咬着牙在一边等。

十来个人在那块空地上一张长桌前坐下吃饭，管锥没想到的是，整个吃饭的过程充斥着工人们对罗大佐的嘲弄和李牛老婆的白眼，李牛偶尔劝上两句，也显得非常无力，后来索性在一旁尴尬地坐着。而罗大佐完全没有了面对管锥时的凌厉，面对众人的取笑，他只是边吃边点头应承下来。

快吃完时，坐在罗大佐对面的一个瘦小工人放下酒杯，红着脸笑着问："大佐，这次来是借钱还是蹭吃？你还在这儿干吗，我们快回去了，要不你跟我们回去？"另一个工人接着说道："人家回去干吗？家里又没什么人了，住在这里找女人还方便，要嫖也容易，我要是大佐我就不回去。"李牛老婆这时从厨房端了盘菜远远地走了过来："要在这里把日子过舒服了，就得有钱，我们是待不下去了，可人大佐没事，日子过得好着呢。"

大家哄堂大笑，只有李牛收起了他一直挂在脸上的尴尬笑容，略显紧张地看着罗大佐。

听工人谈到罗大佐家人，管锥竖着耳朵想听点有用的，结果笑声还没等落下，罗大佐对面的工人的额头突然被酒杯击中，紧接着七八个工人嘴里叫骂着向罗大佐扑了过去，李牛赶紧过去拉架，但七八个人一起上，一个李牛怎么拉得住？李牛老婆手里那盘菜还没放下，吓得呆在一旁。紧接着桌子也不知道被谁一脚踢翻了，那盘菜她想放也没地方放了。

这七八个工人长期进行体力劳动，而罗大佐的身体严重透支，完全不是他们的对手，开始还能边打边退，但只抵抗了十几秒钟就被按在地上。

管锥从侧面先拉开在劝架的李牛，剩下的七八个被管锥挨个儿拖出来扔到两三米开外，有些重心不稳的还倒在了地上。这些人陆续又冲上来，但他们空有蛮力，完全不是管锥的对手，每人吃了不知道几拳几脚之后，又全部倒在地上。他们对管锥不熟，罗大佐身边突然多了这么个人，让他们觉得罗大佐这次可能真不是来借钱的，因为这架势更像是来打劫的。

李牛叹了口气，一边把倒下的桌椅扶起来，一边对工人们说："闹什么闹，大佐是我兄弟，他带着朋友来吃顿饭，你看你们一个个说的都是什么话。你们好好想想，咱们在这儿还能待几天，都是中国人，回去之后这辈子想见恐怕都见不到了，至于这么闹吗？"李牛越说越气，扶完最后一把椅子几乎吼了起来，"还看什么看，还不去洗澡睡觉！"

工人们走了之后，李牛老婆还端着刚才的盘子站在那儿动不了，刚才发生的一切她还没回过神来。

"还愣在这儿干吗，洗碗去！"李牛看着老婆吼道。

李牛老婆走后，管锥拉着罗大佐说："还能不能借，不能借我再想其他办法。"管锥说这话之前已经想好，只要李牛这儿有枪，他就算借不到，抢也得抢来，这就是他口中的"其他办法"。

李牛老婆本来已经端着盘子走开，一听到"借"字，又折返回来瞪着罗大佐："不是说好不借钱的吗？我们没钱！"

李牛回瞪过去："一边去，没你什么事。"

这句话惹恼了她，她直接把手里的盘子摔在地上："借钱！借钱！你这几年赚的钱呢？你孩子都快上不起学了还养着别人吸毒，你这是人干的事吗？"

"我们不借钱！"管锥再一次强调不是来借钱的。

这话要是罗大佐说的倒也没什么，但管锥一说，就引起了李牛的注意，他若有所思地盯着管锥看了会儿，把他老婆赶去了厨房，拉着罗大佐和管锥到旁边树林里坐下。

坐下之后罗大佐首先开腔，指着管锥对李牛说："这是我兄弟，国内刚过来，现在遇到难处了，有事找你帮忙，但不是借钱，你也千万别借给他，反正他要是跑了我不会还的。李哥你先和他聊，这事我不管，最后帮不帮忙你自己决定，不用看我面子。”

说完罗大佐就往江边走去，留下管锥和李牛在树林里。

“我看你身手，不像是一般人，我那几个工人个个都有一身力气，但七八个被你一锅烩了，你到底是干吗的？”

“我北边来的，和你一样，觉得这边机会多，想来闯闯，遇到了老罗。现在我有点儿麻烦，老罗说只有你能帮忙，就跟着他来找你了。”

李牛摇摇头，苦笑着说：“这里这么乱，你不说实话，我就一点儿忙也不能帮。”

管锥坚定地看着李牛说：“真的不能说，知道对你也没有好处。但你放心，我不是坏人，也不会去做坏事。”

李牛脸上的表情放松了一些：“这我倒是信，大佐他不会带坏人来找我。”

李牛这句话让管锥感到有些意外，因为这与他对罗大佐的印象不合：“你和老罗什么关系？”

“我和大佐快20年的朋友了，他以前不像这样。早些年他在裴万岁的军队里当官，你知道裴万岁吗？”

“知道一点儿，听说是做生意的。”

“对，还养了一支雇佣军，大佐当年在他那里也算是个心腹，我们受大佐庇护，那些年里也没人欺负我们。那时候的大佐和现在不一样，”说到这里，李牛停下来叹了口气，“可惜三年前他家出了场变故，人全没了，就剩下他一个。”

“什么变故？出了这种事他怎么不回国？”管锥问。

“不聊这些了，你要是能帮他，就帮帮他吧。”

“我会的。”时间越来越近，尽管心里特别想问问罗大佐的过去，但他知道现在还不是时候。

“但愿你能帮他吧。你要我帮你什么？”李牛说完，身后厨房的锅碗瓢盆响成一团。

管锥压低声音问：“老罗说你前几年收藏了一支 M21？”

李牛迟疑片刻：“你刚才说不是来借钱的，我就猜到跟那支枪有关，既然是大佐说的，对，我确实有一支，要不是因为这枪不能带回国，我可能早就回去了。”

“可以卖给我吗？”

李牛坐在地上看着管锥：“这枪是几十年前美国大兵拿来换毒品的，听说那个毒贩子很喜欢这把枪，但后来那人死了，这枪转了几手，一个收木材的没钱，当货款抵押给我了。我也喜欢枪，这支枪我尤其喜欢，狙击步枪，还是正儿八经老美的正版货。尤其是那 8 颗子弹，是当年那个毒贩在原来子弹的基础上定制的，全世界都没有第二份，你说我怎么跟你开价？你要这把枪是用来做什么的？”

“枪的用处我不能说，但你放心，一定不是做坏事。你不是要回国了？枪你也带不回去，卖给别人还不如卖给我，你开个价，等你回去，我会让人把钱给你送去。”

李牛又发出几声干笑，管锥听出他不太信钱能送来，可能是钱方面的信任被罗大佐彻底透支了。李牛收起笑声，摇了摇头无奈地说：“大家都觉得大佐是个烂人，唉，只是现在落魄了，你没见过他当年得意的时候，我们这儿背井离乡的中国人恐怕都欠他一句谢谢。所以既然是他带你来的，你又说去做好事，我是相信的，不是相信你，是信大佐。既然他带你来了，意思我也明白。这枪我留着确实没什么用，你们要就给你们。”

管锥从地上站起来：“谢谢，我一定会让人把钱给你送去，你说个价吧。”

“这枪现在值多少钱我也不知道，但当年它是被拿来抵了两万块的木材，你拿着用，以后有钱了就给，没钱也不急。说实话，我看你这样子不像是拿去收藏的，我不管你干什么用，成也好败也好，别说枪是我给的。从此以后我和这枪没有任何关系。”

管锥说道：“放心，这枪跟你没有关系。”

李牛让管锥在原地等候，十几分钟后取回来一个一米多长的木盒，交到管锥怀里：“枪和子弹都在里面，我拿到它之后一枪没开过，你去找大佐，你们回去吧。”

管锥先前还担心枪支保管不当，因为狙击步枪和普通枪支不同，对精度的要求十分苛刻，这使得它要秀气很多，保管稍有不慎，整支枪就废了，而一支精度不够的狙击枪在战场上只能发挥副作用。但他看到李牛的保存方式，心里的石头落了地。

管锥小心翼翼地接过木盒，屏住呼吸，慢慢打开，借助微弱的灯光，首先看到的是核桃木枪托，然后枪身、枪管、ART 瞄准镜、Sionics 消声器一一映入眼帘。李牛之前说的那 8 颗子弹一字排开，整齐地躺在专门为它们开的格子里，弹壳和弹头都经过一些改动，但改动不大，肉眼能看到弹壳上雕了一只攻击状的鹰，虽然这种做法会增加炸膛危险，但如果加工技术好，还是能避免的。管锥仔细看了子弹的做工，确定不会有什么隐患之后才放心欣赏起来，像古董鉴赏家一样恨不得拿放大镜欣赏面前的艺术品。

面对眼前的古董，管锥必须时刻提醒自己这是把武器，如果不是任务在身，他真不舍得让火药在它心脏里燃烧。

“保养得不错。”管锥用手指在枪管上一抹，放在鼻尖上深吸了一口气，枪油的味道让他感到十分熟悉。

“是大佐教我的，枪油也是他给的，我每月擦一次。现在枪油还没用完。这枪比人都娇气。现在你把它带走，我也可以安心回国了。”李牛说这话的时候好像卸了一副重担。

谢过李牛，管锥转身抱着枪朝江边走去，罗大佐对江而坐，管锥停在他身后问："枪拿到了，你什么时候带我去？"

罗大佐坐着没动："我不去，你就从这儿出发，地图我给你带来了。我知道你有 GPS，但那东西不一定靠得住。"说着递给他一张地图和一张照片，又补了一句，"如果你看到照片上这个家伙，直接干掉。"

从照片上看不出照片上的人有什么特别，管锥不慌不忙："我不是杀手，不接私活儿。"

"这人是陈汉生的人，他不死，后面一定会再想办法搞武进，遗祸不尽。你爱杀不杀，"罗大佐头也不回地往回走，"你去吧，现在出发已经不知道能不能来得及了，日后不必再见。"

管锥掏出火机把照片烧了："日后见不见还不一定呢。"说完确定了一下积星堆的方向，迅速赶往目的地。

除了少数地势较险的路段，大多数时间管锥都是在奔跑中度过的。现在是晚上 10 点，也就是说他必须要在 20 个小时之内跑完接近 100 公里的山路，路上有荆棘、泥泞、陡坡、河流，他自己都没有意识到，在这 20 个小时里，他很可能是有史以来在这条线路徒步最快的人。这个世界上肯定有人比他更快，但在这种地形地貌上，想超越他恐怕不太容易。

时间进入后半夜，管锥背着枪蹚过一条两米宽的小河，他认真思考了要不要把外套扔掉，被汗水浸湿的外套和裤子会成为他的巨大负担，但在这样的丛林里没有外套意味着皮开肉绽。最终他脱掉了外套，保留了裤子。上半身受点儿皮外伤没什么大碍，但腿必须保护好。

天空泛蓝的时候，管锥在一座山顶上停了下来，调整好呼吸后甩了甩头，把手里砖头一样的压缩干粮狠狠拍在脚下的岩石上，再把碎干粮装进口袋，这样他可以一边跑步一边进食。

太阳到头顶的时候，吸入的空气似乎要把气管撕裂，管锥每一次呼吸都像生吞了一只刺猬。

刚爬上另一座山顶的时候，他停了下来，前面一座山的山腰有一处滑坡。这枪是生枪，必须要经过严格的校正才能做到指哪儿打哪儿，否则就只能打哪儿指哪儿。随便捡一支枪都能百发百中的事只有电影里存在。

他先在滑坡截面处的泥土上找到一处大约一人高的点，以这个点做假想目标，然后开枪射击，再去找弹着点，看看瞄准点与实际弹着点的相对位置，就能校正准星。他做了两次这种事，最后用子弹使一只飞行中的鸟扑腾着落在地上才收起枪出发。他不敢坐下，怕再也起不来，他唯一能做的就是放慢速度。

太阳走完它一天轨迹的 3/4 时，步履蹒跚的管锥又看了眼地图，闭上眼叹了口气，想抬起左臂看看时间，但一秒钟后又放弃了这个想法。他感到绝望，担心自己知道具体时间后就此放弃。

悬在天边的太阳像是一不小心就会掉下去，在管锥的军旅生涯中从未有过现在这样的绝望，这绝望使他身心俱疲。好在长久以来的专业训练使他本能地避开了思想斗争这种无聊的心理陷阱，他深知军心是成败的关键，对管锥而言，此时一人之心便是全军之心，一人之力便是全军之力。无须多想，只管前进。

当手腕的手表传来振动的时候，他避无可避地了解到现在时间是下午 5 点，这是他出发前设定的时间，距离武进被枪杀还有一小时，必须要提前一小时补充足够的热量。否则即使按时赶到目的地，颤抖的身体无论如何也无法完成一次高精度的射击。

快速行进了 19 个小时之后，他再一次和地球相对静止，但也只敢站着，他只要蹲下或者躺下，似乎永远都无法再站起来。他第一次感受到了地心引力的强大之处。吞下了一块压缩干粮和最后半壶水，管锥低头可以明显地感觉到压缩干粮在肚子里被泡发，肚子随着心跳的节奏一点点变大。

拿出地图，找到罗大佐选定的射击点，这时候射击点已经在他的视野之内了，大约计算了一下距离，还有四公里左右。这对现在的管锥而言是个遥远的距离，他突然有点儿发蒙，差点儿一屁股就坐了下去，但他最终还是绷紧了肌肉没有倒下。他突然感到有些灰心，因为他没有把握在剩下的时间内走完四公里，准时到达预定射击位置。

真的要这么放弃了吗？他机械地拍了拍胸脯，用沙哑的声音自言自语："我是黎耀祖——"最后一个字拖得很长，长到要把肺里的最后一口气都吐出来。黎耀祖是不会在这个时候放弃的。他知道人定胜天是一句明显的谎言，否则这些年里有些战友怎么就一去不还了呢？适当地学会放弃不一定是坏事，只是每个人对放弃的时机把握不同而已。管锥的大脑已经在试图瓦解他的意志力，好让这具岌岌可危的身体停下来休息。可管锥仍然抱有一丝希望。

管锥的动作实际上已经很慢了，浑身的肌肉都在不规则地颤动，他有时甚至感觉不到四肢的存在，用自以为快的速度检查了一遍装备后，又自以为迅速地朝目标缓慢移动。

下午 5 点 42 分，管锥和射击位置隔着最后一个小山包。下午 5 点 56 分，他爬上那个山包，而要到达射击位置，还需要翻过这座山，再登上另一座更高的山顶。时间还剩四分钟，就是开飞机这点时间也不够起飞的。

他没有选择的余地，只能盼望丑人不准时，而这个自我洗脑式的愿望也很快落空。他在准备继续向射击位置行进时向四周瞭望了一下，这个动作管锥刚才就应该做的，只是因过于疲惫而忽略了。

很不幸，丑人不但没有迟到，反而提前了十几分钟。

管锥看到 300 米远的山腰上有一排新盖的瓦房，房前有个院子，院子四周是刚被清理出来的场地，有些刚被砍掉的树还没来得及清理。还有一条大约两米宽的路朝南延伸，不知道通往哪里，路也是新修的，还没有出现固定的车辙。

院子的院墙内有六七个人头晃动，管锥取出望远镜，靠在一棵树上，他看到了墙后武进的脸和他忽隐忽现捆着绳子的肩膀，再往下就被墙遮住了。和武进面对面的是一个长着招风耳的家伙，看侧脸管锥就能认出那是丑人，因为实在太丑了，望远镜里那几个人只有他一个对得起这个名字。

这里就是积星堆。

时间不允许他去预定射击位置了，而现在由于那堵墙的存在，完全没有射击条件。望远镜里丑人取出一把手枪，顶在武进脑门上，管锥不敢再看下去，在这样的荒郊野岭，300 米左右的距离，要判断对方有没有开枪，似乎也不需要眼睛去看。

他双腿无力地支撑起自己的身体，整个人靠在树上，这是山顶唯一的大树，给他身体提供了有力的支撑，也给他提供了最后一线希望。原本已经濒临绝望的管锥好像真的吸取到了大树的力量，他回头望向这棵大树，突然想如果能爬上树顶或许还有希望。可是，面前的树干至少需要三个人手拉手才能抱得过来，想徒手爬上去谈何容易？管锥初步判断树干有四五米，他训练有素地从背包里拿出特意为攀崖准备的安全绳，绑上石头，新的希望使他暂时忘记了疲惫，精准地把绳头扔上一根牢固的树干，然后迅速抓住绳子向上爬，很快他就后悔没有准备粗点儿的绳子。他的下肢已经没有力气，只能凭胳膊做引体向上的动作。才爬到三分之二，他手部肌肉便开始由酸变僵，紧接着就失力下滑。他努力攥紧绳子，试图停止下滑，但没能成功，反而因为绳子的摩擦使手部温度上升，为了手不被烫伤，他只能松开，如果手掌受伤，接下来将很难进行高精度的射击。他整个人仰面摔在地上，幸好在落地前一刻用双手护住了后脑。但即使这样，这一跤也让他差点儿晕过去，他感觉整个人收缩成了一个点，那个点在胸口，像重压又像针扎。

其实管锥感觉还不错，这是他30多个小时以来第一次躺下，一点儿也不想起来。如果不是看到远处那堵墙后面，丑人的手枪放下又举起，管锥可能永远都不想起来了。

管锥晃晃悠悠地站起来之后，双手扶着头左右晃了晃，撕开一个急救包，用纱布裹住手，再一次顺着绳子往上爬。

这一次他顺利地爬了上去，到达第一根树干，后面相对容易一些，也不用再借助绳子。他并不知道这棵树到底有多高，尤其是这样一棵参天大树。他一直向上爬，直到脚下的树枝越来越细，才停止动作。不能再往上了，细弱的树枝除了有承重问题，随风晃动也会严重影响射击精度。

选好一根树杈做枪托，在没有副射手的情况下，一切射击前的测量工作都需要他亲自完成。做好准备工作，管锥通过瞄准镜观察了一下，这次他看到了那口井，那是他来之前就得到的情报。这是丑人最喜欢的囚禁方式，井底没有水，只要直径达到一定要求，没有外力可借的情况下，被关押的人几乎不可能逃脱。

下午5点58分，丑人放在武进头上的手枪又放了下来，管锥趁这个机会将右手从扳机上拿下来，握拳、放开、再握拳、再放开……再换左手，反复活动了一会儿手指，又恢复了原先的射击姿势。

除了丑人之外，还有两个人抓着武进，周围围着六七个背枪的守卫，根据罗大佐的说法，这些人里有两个人是梁道安派来的。管锥的准星从守卫的头部挨个掠过，武进此时面朝管锥，在武进身后，距离最远的那个背着枪的守卫正是罗大佐点名要杀的那个人，其他人的枪都端在手里。

十字准星落在丑人头上，他背对管锥，右手拎着手枪，左手不知道拿着什么东西，管锥判断是一个计时器，因为他不时低头看一下。

下午 5 点 59 分 50 秒，丑人再一次把枪口对准武进头部。管锥的准星也落到了武进胸前左侧。按照计划，他要对武进射上一枪，击伤而不击毙。现在准星已经就位，他右手食指完全无法扣动扳机。管锥犹豫了，现在的射击环境十分恶劣，藏身的树在风中摇摆，即使只是轻微摆动，管锥也没有能力排除对射击精度的影响，因为 200 米的弹道，只要枪口摆动一度，弹着点至少误差几十厘米。栖身的树枝是随风摆动的，只要物理定律没有失效，任谁也没有把握击伤而不击毙。

管锥决定先射守卫，再次确认精度。决定之后迅速调整目标，瞄准镜落在武进身边一个守卫身上。

“对不住了。”管锥果断扣动扳机，装了 Sionics 消声器的 M21 开始冷静地射击。

山谷里没有声音，那个守卫直挺挺向后仰倒。

在射出两枪准确命中目标之后，管锥把准星再次落到丑人头上，瞄准镜里的丑人反应极快，看到手下被枪击后立即收枪，身体下潜，管锥一枪打空，这回又把瞄准镜对准了武进。

在这个关键时刻，管锥再次犹豫了，这是一场赌博不假，但却是在拿武进的命赌。这对管锥来说是最艰难的选择，他的职业生涯中无数次押上自己的命去和对手赌博。用别人的命，这是头一次。在这个射击位置和这个距离上，甚至只要一阵无法感知的微风，都可能让子弹搅碎武进的心脏。历经千难万险的拯救行动就会变成跨越千山万水的杀人灭口。管锥觉得还是押上自己的命来得干脆。

“舍命陪君子，我不亏。”管锥也不知道自己有没有发出声音，但是他的确听到自己这么说了。

管锥看到那面墙下似乎伸出一只手，把武进拉了下去。紧接着丑人带着守卫几乎倾巢出动，朝管锥藏身的方向寻找枪手的位置。丑人是在院子里被射击的，而四周能把子弹射进院子的射击位置，只有管锥藏身方向的几座山头，丑人就是再傻也能轻易锁定方向。

在这样的密林里射击移动目标几乎是不可能完成的事情，管锥收起枪，戴上面罩，跳下树，这时候体力已经恢复了点儿，下树的动作流畅了许多。

绕过搜寻的人群，朝那个小院接近，接近之后踩着墙外的一口水缸，正好可以看到里面，里面只有一个人在墙根下看守被五花大绑的武进，看清这些的管锥轻松不少，直接从墙上跳下来，朝着后脑一枪托砸下去，那人晕了过去。

武进被五花大绑躺在墙根下，看到管锥卸下面罩之后，竟然笑出声来，笑得上气不接下气："真是奇人，第三次了，每次到人命关天的时候就见到你。说在远处给我一颗子弹，你都不知道刚才我有多紧张，结果你又莽莽撞撞地杀进来了。前面看到你的计划觉得你多智，现在看终究是个只会用蛮力的村夫啊。有句诗叫'山重水复疑无路，柳暗花明又一村'。村夫的村，你就是个村夫。"

管锥没有笑，顿一顿说："我带你回家。"说完走过去帮武进解绑，刚解开双手就被武进给推开了。武进说："刀给我，自己来。"

管锥没有多想，把匕首递过去，武进接过刀毫不犹豫地扎进了自己胸口。管锥惊得愣在原地不能动弹，深吸了一口气扑过去想给武进的伤口止血，说："你这是干什么？！"

武进疼得龇牙咧嘴，调匀气息之后说："现在梁氏正是紧要关头，眼看就要分崩离析了，我不能就这么一走了之。再说，你来这里肯定不敢走大路，必定是翻山越岭徒步过来的，你没多少体力了。我这些天被折腾得连站起来也很吃力，我们两个都走不掉。现在因为你这个村夫，原计划有变，但原计划的思路还可以执行。你帮我把手捆起来。"

管锥没理武进，他在找一个合适的角度，试图把武进背在身上。武进接着说：“别费力气了，现在这把刀拔出来我肯定失血死掉，刀在你就背不走我，大门上了锁，你甚至没办法把我运走。照我说的做，不然等他们回来，咱俩都得死。”

管锥心有不甘，但觉得武进说的似乎是唯一的办法，只好又把武进的手捆上。

这时大门处有人开门，管锥朝门看去，正好和开门的人四目相对，双方同时愣了一下，管锥率先反应过来，迅速从刚才被打晕的人腰间掏出一把手枪，门外的人也举起手枪，双方开始隔着铁门的栏杆射击。

门外的两人射出四颗子弹，其中两颗被管锥躲开，管锥在快速运动中射出两枪，一枪打中其中一人的头部，使其当场毙命，另一枪打中另一个人的腹部。门外中枪的两人在仰面倒下前各自又射出了一发子弹，这次的子弹直接打向了天空。

管锥看向武进，武进放低的声音透着焦急：“快走，他们现在所有人都在回援，再拖下去不但你要死，还会害死我。”

管锥站在原地呆呆地看着武进，武进一急下意识扶墙想要起身，结果伤口吃痛，人又躺了下去，勉强靠在墙上说：“你要是不走，现在就给我一枪，然后你再给自己一枪，你蠢成这样只能下地狱，我死在你这种蠢货手里，也应该下地狱。”

管锥回过神来，连忙戴上面罩对武进说：“我叫管锥。”

说完举枪朝武进连开三枪，子弹打在武进身后的墙上，武进下意识闭眼，等睁开眼睛的时候，管锥已经从另一面墙翻出去，武进斜靠着墙根舒了一口气。和武进说的一样，管锥刚刚落地，丑人的守卫就赶到了，并且发现了逃走的管锥。

乱枪过后，管锥借着密林越逃越远，连续用枪干掉两名跟得太近的守卫，才让对方彻底放弃了追击。为了吸引对方追击，管锥故意放慢了速度。因为他发现这样的密林对追击者来说绝对是一场灾难，尤其是追击管锥这样的人，只要子弹足够，管锥完全有能力使这帮浑蛋全军覆没。

第五章

牛鬼蛇神

对于刚才发生的事情，丑人也是一头雾水，梁道安通知他说武进可能是老猫的时候，他将信将疑，加上武进在丑人的小集团里有些威信，有些兄弟是看中了武进的能力才决定跟着丑人的，他自己也离不开武进，可以说任何一个不愿动脑子的人都希望身边有一个武进这样的人。所以他不想对武进下死手，面对梁道安的步步进逼，他能推则推，但始终要给梁道安一个交代。一方面，他推辞说自己想从武进嘴里掏出有用的情报，挖出可能存在的更多老猫。所以才有了梁道安设定的这个最后期限，可以说为管锥的营救争取到了时间。但另一方面，武进抵死不认，毕竟陈汉生的消息是先给梁道安的。丑人虽然对梁道安忠心耿耿，但也知道自己这位干爹现在在风雨飘摇的处境下，并不太信任自己，而丑人对陈汉生也是极度不信任。

丑人和陈汉生之间的互相猜疑要从两个月前金三角的另外两股势力说起。

两个月前，当地私人武装之一的南北联盟军的总司令楚隆与另一支私人武装陈培耀开战，陈培耀要求梁道安支援300个人。鉴于和陈培耀的同盟关系，以及和楚隆的敌对关系，梁道安责无旁贷，他派丑人带着他的部下过去，但陈培耀请梁道安吃饭时说："你派来的人连地图都看不懂。"

梁道安是刀口上滚过来的人精，自然明白陈培耀的意思，老老实实把自己唯一的儿子梁志派了过去，为了保证梁志的安全，他将自己的卫士陈汉生也一同派去，保护梁志。

梁志是在西方国家长大的，又在军校受训三年，回到金三角以后一直没有地方练手，这次算是真正的实战。梁志过去之后，梁道安立即进入了戒备状态，天天派人去打听消息，一旦察觉梁志可能会有危险，便立即派兵增援，毕竟那是自己唯一的儿子。事实证明梁道安的担忧是对的——这场仗一直打到最后才有消息传来。但传来的却是梁志的死讯。

梁志在一处高地上观察地形时遭到敌方狙击，一枪毙命，丝毫不讲道理。当时和他在一起的还有丑人。狙击发生后，丑人迅速躲进一处天然掩体，过了很久才连拖带背地把梁志的尸体带回驻地。

陈培耀对此事的反应极为冷淡，只是给梁道安写了一封亲笔信，信里对梁志的死表示沉痛哀悼，又对丑人的英勇无畏大加赞赏。与此同时，他把梁志带过去的兵力全部扣押，这种趁火打劫的行为在陈培耀的信上成了"现在都不容易，我先帮你养着这些兵，等你需要时我再派给你"。

更过分的是，陈培耀甚至想把丑人带过去的300个士兵也一起扣下来，只要这件事做成了，梁氏就名存实亡了。但当他拿这个想法去试探丑人时，丑人的表态也很干脆，丑人召集了自己的300个人，要立即带着梁志的遗体回国。陈培耀当然不允，准备强行扣下丑人，双方一度陷入对峙，最后在武进的斡旋下，双方谈定的条件是丑人可以带着自己的300个人走，但梁志的300个人以及武器必须留下。

陈培耀答应这个条件主要是看见丑人摆出了拼命的架势，现在这个时机确实不适合起内讧，这才有了上面那封给梁道安的亲笔信。

见信之后，梁道安痛不欲生。以他的地位，再找个女人肯定不难，只要他喜欢，可以找一群。但以他的年纪，要想生孩子就是天方夜谭了，这种事又不能找帮手。即便他能生，再把孩子养育成人、培养成才更是难上加难。

但对当下的梁道安来说，梁志的死还不是最大的问题，最大的问题是梁道安要在痛不欲生之后立即想办法苟且偷生。

丑人把自己的300个人从陈培耀那里带回梁氏驻地老八寨，金三角山路崎岖，300个人的队伍走在山间小路上也算是浩浩荡荡了。部队行军总是需要时间的，在丑人到达老八寨之前，另一个人已经先到了。

出事当天，陈汉生也在现场。梁志和丑人用吉利服伪装起来在高处观察地形，陈汉生背着地图随后赶到，说是觉得梁志会用到地图，特地赶过来的。陈汉生的气还没喘匀，只听耳边一声枪响，他下意识卧倒，再一回头，梁志已经倒在地上，脑袋被打穿，血液和脑浆溅射到地图上，把原先单调的白底地图染得分外鲜艳。而几乎和陈汉生同时卧倒的丑人却就地一滚，滚进一块洼地里，然后就从陈汉生视线中消失了。陈汉生回到镇上找熟人借车开回了老八寨。

到了老八寨，陈汉生是用膝盖“走”进梁氏自卫军大门的。见到梁道安，他什么话也没说，哇的一声哭了出来，连连磕头，说自己对不起梁道安的信任。

许久，陈汉生面前那一袭长衫的下摆微颤，梁道安没有转过身来，陈汉生一动也不敢动。终于，那双青布鞋转了过来。陈汉生赶紧匍匐在地，一双手用力拉起他，头顶上响起苍老而平静的声音：“出事的时候你在哪儿？”

陈汉生抹了一把眼泪：“当时我背上放着地图架，梁志哥和丑人在看地图。”

“谁开的枪，看到了吗？”

“枪响之后我马上转身，扑到梁志身上，没想到还是晚了一步。”陈汉生声音哽咽。

“丑人当时在哪儿？”

“这……”

捏着他肩膀的手开始收紧，梁道安脸上变化不大，仅左眼皮跳了一跳：“说，在我这儿不需要含着骨头露着肉。”

汗珠从额头滑进眼睛，辣得眼睛生疼，陈汉生顾不得擦，马上应道：“我确实不知道，当时我没注意他在哪儿，等回过神来就没见到他了。不过后来听说他回陈培耀那儿了，我急着回来向您汇报就没等他。”

梁道安一反常态，薅住陈汉生的衣领不放，眼中陡然间精光暴射：“你的意思是，枪响之后丑人就不见了？”

陈汉生两腿一软，颤声说：“我、我真的没见到他啊！”

梁道安手一松，袖手踱步，转向墙壁，再次陷入沉默。望着他的背影，陈汉生似乎无法再正常呼吸了。他不敢走，也不知道是不是该留，进退两难之际，梁道安举起手来挥了一挥，陈汉生如蒙大赦，连滚带爬地退到门外，这才发现浑身上下都因汗水湿透了。

陈汉生没回自己的住处，虽然他的房子离这里才两三百米，但他知道，如果以后还想住在那儿，现在就不能去。他转头进了梁氏的思过室。思过室是梁氏的牢房，同时具有禁闭室的功能，名字是梁道安亲自定的，没人知道他的想法。如果没有高层的特别关照，那么思过室里只有两样东西——持续不断的空气和定期扔进来的窝头。除此之外，和外界是完全隔绝的。

陈汉生自罚进思过室两天后，卫兵向梁道安汇报，说丑人回来了。

梁道安问：“带了多少人？部队现在在哪儿？”

“听说丑人原想带回来的，被武进拦下来了，现在那300个人跟着武进在山下。”

这个主意确实是武进出的，本以为丑人直接带300个人上山，会让梁道安感受到威胁，但没想到此时梁道安手指抠着红豆杉书桌：“让丑人进来。你去通知石正和叶介良，盯紧山下的300个人，一旦情况有变，马上动手，不需要经过我同意。”

“是！”

陈汉生的汇报让梁道安对丑人产生了深深的怀疑——唯一的亲儿子死了，最大受益者自然是干儿子丑人。而且，陈培耀扣留了梁志的军队，却把丑人的部队齐装满员地放了回来。这一行为也让梁道安感到不安。

梁道安坐在桌前，丑人低着头走到他面前。两人都没有说话，甚至连眼神交流都没有。梁道安不动，丑人偶尔抬起手偷偷抹眼泪。

梁道安先发话：“回来就好。”

丑人抽泣着说：“干爹，我哥他不该死的，咱们要报仇！让我准备几天，我带人去给我哥报仇！”

梁道安脑海里闪过的第一个念头是丑人要借报仇的名义夺取军队的指挥权，但他不动声色，语重心长地说：“我这辈子有两个儿子，现在大儿子死了，你能回来已经很不容易，我不想你再有什么闪失，报仇的事，不能太着急。”

听到梁道安这时候还关心着自己，丑人心里的悲痛和感动交织着，抽泣声越来越大。这情形连梁道安看了都有些暗暗责怪自己过于多疑。丑人虽说不是亲儿子，但怎么说也是在自己身边长大，他对这个干儿子的秉性也算了解。虽然贪玩，大多数时候表现得有勇无谋，但也确实没做过什么狼心狗肺的事情。

丑人说：“我没什么本事，所有事情我全都可以听干爹的，但是你必须要答应我，等咱们喘过气来一定要给我哥报仇。”

听丑人这么说，梁道安有几分感动。尽管他平时总是一副稳如泰山的样子，但突如其来的重大打击让平日里的笃定荡然无存。但无论怎么说，在梁道安眼里丑人都有重大嫌疑。只是目前没有抓到真凭实据，加上丑人又在军中有一定威信，现在不适合做得太明目张胆。

梁道安面沉似水，暗中却留意着丑人的一言一行：“梁志的死责任在我，他刚回来，是所有仇家的靶子，我开始就不该让他去的。这叫前人撒土迷了后人的眼。不过你也是我的儿子，梁志不在了，你更不能做那些没出息的事情。”他停顿了一下，不待丑人说话，紧接着说，“梁氏现在处在生死关头，南北联盟军的楚隆让我断子绝孙，陈培耀让我跟他的姓，越是这种时候，越不能把鸡蛋放到一个篮子里。你还记得东边的积星堆吧？西南有楚隆，西北有陈培耀，咱们就往东去。那座山我关注了很久，土壤不错。你去把它开出来，租给当地人种罂粟。一定要快。只有这样，咱们来年才能扩大军队，才有能力报仇，懂吗？”

梁道安还有一个孙子，但从小跟着儿媳长在美国，一次都没有到过金三角。梁道安为孙子规划的人生是远离这块土地，过正常人的生活。作为毒枭，他也知道这条路走不远，要是他哪天不想做了，除了弄一笔钱留给孙子之外，还必须找个接班人，否则不要说其他仇家，光是楚隆也不会放过他。梁氏想找人接班，丑人是不二人选。当然，前提是他还有忠诚可言，才能为他挡住仇家。

丑人是梁道安从新庙街上捡来的弃婴，很可能是妓女和赌客的一次交易中的副产品。梁道安给了他活下去的机会，他对此也始终心怀感激，因而对梁道安言听计从。所以当梁道安说要派他去开辟积星堆的时候，丑人毫不迟疑地答应了下来。在他看来，梁志去世之后，梁道安的事情自己责无旁贷，这样的临危受命使他热血沸腾。可梁道安接下来的话却将他的满腔热血浇了个透凉："老八寨是咱们的根据地，现在都盯着这儿，说不定什么时候就会打到老八寨来。老八寨是他们所有人去中国的咽喉要地，谁想从这里过，都得交钱。不能因为我们往东就把这里丢了。我担心南北联盟军趁机将我们赶尽杀绝，所以你的兵要留下。你先少带些人去，等两边都稳定了我再派兵过去。"

丑人虽然对人情世故的了解远不及梁道安，但从小在自卫军中长大，军队和兵力意味着什么他非常清楚。梁道安这番话的意思连普通人都能听得出来，丑人不可能不明白。眼前这位老人再也不是昔日那个慈祥的干爹了。

丑人一时间有些转不过来弯。从 16 岁起，这些兵就一直跟着他，现在突然要他放手，他是真的舍不得。但他就是再蠢，也知道梁道安把话说到这个份儿上，自己还握着军队不放的话，那就是找死。丑人正在犹豫的时候，余光瞥到本该在山下的武进此时站在窗外盯着自己。武进是丑人最信任也是最得力的部下。丑人向武进投去询问的目光，武进缓缓点了点头。

武进点不点头，丑人都必须服从梁道安的安排，但此时此刻，武进的点头又十分重要。

丑人从梁道安屋里出来，武进追了上去，走到没人的地方，丑人问："你不是应该在山下吗？"

武进："我看到石正和叶介良过去了，我上来他们更放心一些，反正那 300 个人咱们也不打算用。"

丑人明白是怎么回事了，武进接着说："现在老八寨这么乱，对我们来说拿一笔钱走得远远的，去开辟新的地方未尝不是一条出路。只要不犯大错就不会有什么危险。万一成了，那就是咱们自己的根据地。"

丑人疑惑："咱们的？"

武进装作刚反应过来，说："咱们梁氏的。"

听武进这么一说丑人也觉得在理，甚至觉得到了积星堆之后会更自由，所以没过几天，就带着十来个亲信到了积星堆，先找好住处，然后立即出钱雇佣当地劳动力修路。眼看路快要修好的时候，积星堆却来了另外两支地方武装，一支是当地民兵团，另一支是东西寨联合军，都声称这座山是自己的。这两支武装本来对山没什么兴趣，甚至丑人修路的时候还雇他们干活，但路修好后，他们见丑人并没有什么人手，就双双打起了主意。

面对挑衅，丑人也没什么办法，虽然这两伙人分别都只有四五十人，也没有像样的武器，但这里离丑人的大本营至少上百公里山路，让梁道安派人过来他肯定起疑心，而这两支武装都是当地寨子里的人，得罪了他们以后一定会麻烦不断。就这样，三方竟然形成了奇怪的平衡，谁也不敢先动。

丑人心里急，这是他目前的立身之本。只是现在三方僵持不下，加上连绵不绝的雨已经下了许多天，再这么拖下去连新修的山路也会被水冲走——毕竟那条路最豪华的路段也只是砂石路。梁道安给的钱快花完了，现在卡在这儿进退两难。

钱没了要想办法赚，对丑人来说最好的赚钱办法就是贩毒。梁道安虽然剥夺了他的人手，但海洛因的库存还是允许他调用的，毕竟梁氏大部分的货都是丑人安排出掉的。经梁道安批准，丑人拿到十万克高纯度海洛因，打算分两批卖掉。为了保证安全，他亲自规划了两条路线，挑选了最信任的人运货。

梁道安现在对任何事都疑心重重，难以揣度，这两批货不能再有闪失，丑人现在每一步都必须小心翼翼。

第一批货他让自己最信任的部下武进带两个人去送。武进虽然以前没亲自送过，但之前丑人卖出去的毒品大部分都是武进安排的，丑人现在急需成功，身边也没有人手，派一般人去他也不放心，这才咬牙让武进上场。送货人除了武进和另一个人之外，梁道安还派了一个人，就是陈汉生，梁道安声称要为丑人保驾护航，但丑人却觉得他碍手碍脚，经过梁志的事情，丑人隐约感觉到陈汉生哪里不对，至于具体有什么问题，他也说不清楚。总之就是不喜欢。

以上这些就是“11·11”案件的由来，也是这些事情促成了黎耀祖和武进的第一次见面。

这次被管锥奇袭之后，丑人连派人出去追人的勇气都没有。金三角虽然乱，但说到底高手还是不多。从这次的袭击手法来看，肯定不是一般的枪手。这样的高手来袭，没人敢保证他不会再杀个回马枪。自己这里一共不到十个人，现在死了快一半，把剩下的几个人派出去之后，枪手的下一个目标会不会是自己？

一开始他觉得是中国那边来抢人的，但看到武进胸口的军用匕首之后，又觉得是中国军队派人来灭口的。

管锥并没有逃得太远，他直接昏睡在草丛里，这一觉睡了十几个小时。如果这段时间里丑人派人来搜，说不定就能抓到，可是他错过了绝佳的时机。醒来之后，管锥才发现自己早已经遍体鳞伤，动哪里都是一阵剧痛，连眨眼都不敢太快。管锥小心翼翼地钻出草丛，收拾好装备开始上路。他要尽快离开这里，多待一分钟就会多一分钟的危险。

武进虽然身中一刀，但并没有伤到要害，出血量也没到致死的地步。丑人的内心被疑云笼罩：武进本就该死，到底什么人要抢在武进被杀前来杀死他？这个问题不搞清楚，丑人晚上睡不着，本来武进必须死去，现在变成了必须活着，丑人从新庙请来医生为武进治疗。无论是老猫还是毒贩，武进现在都有很大价值。

武进到第二天中午才醒过来，丑人到床前问话，问题只有一个：“到底是谁干的？”

武进虚弱地摇摇头，说自己不知道。丑人当然不信，在他的穷追不舍之下，武进才吐出“实情”：“可能是中国人来寻仇了吧？”

“寻仇？”丑人龇着大牙露出难以置信的表情。

“送货那天我被一个中国军人追了很久，最后被他抓到了。抓回去以后我看那个士兵拿着一沓自己的资料，就故意激怒他，他隔着铁栏杆用资料砸我，我看到了他的名字和家庭住址，还有家庭成员。”说到这儿，武进闭上眼稳定呼吸。

“然后呢？”丑人迫不及待地问。

“我被转移去其他地方，他们用人体藏毒检查仪查我身体里有没有毒品，检查结果出来之前，我被关在有人体藏毒检查仪的那间小屋里。那间小屋不是专门关人的，防守不严，我想办法弄开了窗户的螺丝，逃了出来。”

武进被丑人的冷笑打断了一下，丑人笑完示意武进继续：“我逃出来之后，怕他们封了附近的山，就想从西边逃出中国，这样虽然绕点儿路，但比较安全。然后随便搭了个黑车，但那黑车是到大理的，我当时没想那么多，逃出当地再说，从大理再往西走也方便。去大理的路上我突然想到，那个军人的老家在大理，我顺路过去把他爸弄死了。”

跷着二郎腿坐在椅子上的丑人猛地站了起来，指着武进半天说不出话来：“你不但要害死我，还要毁了整个梁氏啊！”他停下来拍了拍胸口接着说，“你知不知道犯了这种事是要被中国人抓回去杀的，当场击毙都不行。手铐、囚服、法庭，一点点被弄死，哇呀呀呀呀，太可怕了。”

武进半倚在床上，平静地说：“我把谋杀做成了意外，以为很隐秘，但没想到还是暴露了，后来我也后悔，做了这种惹祸上身的事情，你和八爷不会放过我。所以我不敢把这件事说出来，只好说我没被抓到。”在这一带，大部分人称梁道安为八爷。

丑人说：“那逃回来之后，陈汉生说有人想在新庙杀他，他怀疑是你，这个你怎么解释？”

武进苦笑：“的确是我先到新庙的，但我是想在新庙等陈汉生，我知道他受伤了，觉得他回来应该会去医院，所以我就每天去医院转转。要是碰到他，就和他商量一下，毕竟我们丢了五公斤的货，但我一直没有在医院发现陈汉生。直到那天晚上，医院停电了。我觉得不对劲，就跑了进去，正好看到一个蒙面人，那人走路很快，当时环境很暗，普通人不敢走那么快。我不放心，就跟了上去，没想到他直接进了病房，举起刀就想杀病床上的人，我仔细一看，病床上躺着的正是陈汉生，我就把他救了。现在回想起来，和我这次一样，对面不确定那个士官的父亲是我杀的还是陈汉生杀的，所以就想把我们两个都做掉。连手法都一样，都是用刀。但我实在不明白，我明明是救了陈汉生，他为什么要说我想杀他？”

这番解释可谓严丝合缝，而且在一定程度上是可以被证明或证伪的——丑人也发现了这一点，转身朝外走，走到门口又回头和武进对视了一眼：“你最近什么都不要做，如果中国人知道你还活着，我一定会主动把你交出去，”说到这里顿了一下，脸色一变，龇着牙说，“哇呀呀呀呀，那太可怕了。”

虽然嘴上这么说，丑人离开之后马上找了在中国的三家关系，三伙人分头去管锥老家了解那个叫黎耀祖的士官的家庭变故。丑人为这三伙人规定了先后的次序，第一家打探，第二家利诱，第三家威逼。

丑人在金三角摸爬滚打这么多年，他认为自己有能力查清关于黎耀祖的情况，他的父亲有没有死？是不是武进杀死的？这些没有办法造假，中国的军警系统在内部可以制造一些假象迷惑对手，但不可能在这么短的时间内让当地所有人都统一口径，这种情报只要肯花钱，可以轻易查清真相。

一个星期以后，丑人得到了他想要的三份几乎一致的情报：当地确实有一个叫黎耀祖的青年在边防部队从事缉毒工作，而黎耀祖的父亲也确实被毒贩害死了，当地所有人都知道是毒贩报复。

丑人接受了这个结果，从感情上说，武进是跟着他多年的兄弟。丑人虽然是个毒贩，但还是讲义气的，他不希望武进死，从一开始他就不太相信武进是老猫。从利益上说，如果有切实的证据证明武进不是老猫，那么丑人的一切就都还有机会。一旦武进是老猫这件事坐实了，那么金三角将不再有人信任丑人。

管锥那天离开丑人的积星堆之后，需要找一个地方将这支狙击步枪藏起来，这枪太显眼了，不能带到人多的地方。他遇到一个巨大的马蜂窝，里面并没有马蜂，管锥把枪拆了之后，将零件一个个塞进马蜂窝里。这枪实在重要，这是除了把它扔掉之外能找到的最好的处置办法了，只要不发生自然灾害，一般的风雨不会有什么问题。

管锥回到新庙已经是几天后了，身上的伤虽然多，但都是皮外伤，回来的路上伤口已经在逐渐愈合了。到了地方他直奔罗大佐的住处，不过发现罗大佐并不在家。他没有急于找人，而是找了个地方好好地吃了顿饭。这几天要么是压缩干粮，要么是生肉，这让他对烹饪好的饭菜无比向往。酒足饭饱后，他上街闲逛继续找罗大佐，这家伙应该还在新庙。他首先想到的就是金城公馆，那儿是罗大佐最可能出现的地方，也是他最有兴趣的地方。

在这破败的边境小城，这座金碧辉煌的赌场像是外太空掉下来的陨石，虽然层数不高，但占地面积极大，走廊宽阔得像是高速公路，两侧分别矗立着两座塔，塔顶闪耀着霓虹灯。走廊下徘徊着十几个戴着耳机的保安，守卫着中间那道巨大的门，其实这道门形同虚设，因为不论白天黑夜或是节假双休，门从未关上过。偶尔有衣着光鲜的人从门里出入，会和这些保安招手打招呼。

管锥在赌场外的小卖部买了包烟，拒绝了商店老板推销的“冰糖”，管锥发现这家小卖部里不仅卖冰毒、麻古、海洛因，还卖戒毒药物脱毒舒。但他对这些都没兴趣，只是打听了一些关于赌场的消息，这里虽然有保安，但人人都能进，里面同时具备了吃住玩、黄赌毒的一条龙服务，只要有钱，在里面过上一年都不会腻。

踩灭烟头，管锥大步走进赌场，进门首先是安检，和国内机场安检相似。安检人员检查完之后问他是不是第一次来，他点点头。在告知了一些注意事项之后，冲他做了一个放行的手势。

虽然早有心理准备，但走进金城公馆一楼大厅的那一刹那，管锥还是被震撼到了，震撼来自眼前的一切都是金色的，房顶是巨大的吊灯、弹钢琴的白人、穿着裸露的服务员。宽敞的一楼竟然没有一根柱子。虽然这里人头攒动、摩肩接踵，但管锥还是感到空旷，赌客们在疯狂交换着筹码，根本没有人注意到他的存在。

但是这种被忽视的感觉并没有持续多久，很快便有一个穿着西装的公关走到管锥面前热情招呼：“你好，中国来的吗？”

管锥上下打量了他一下，装作怯生生地点点头：“是啊。”

“谁带你来的？”

“朋友带来的，让我先进来等，他一会儿就到。”

“你朋友姓什么方便告诉我吗？也许我可以帮你联系他。”

“我也不知道，以前跟他都是电话联系。”

“电话押注吗？”

“是，电话押注。赢了些钱，他就让我过来看看。你忙吧，我等会儿他，先看看。”管锥说完也不管她，自顾自地走开了。

这里摆了几十张桌子，玩法各不相同，有百家乐、法国轮盘、21点、加勒比海等，年轻的荷官穿戴整齐，面带微笑熟练地洗牌发牌。每张桌前都围满了人，口音各不相同，但说的几乎全是汉语。

转了两圈之后，他终于在人群之中锁定了罗大佐。

和他想象的不同，罗大佐并没有参与赌博，而是站在一个 50 多岁的赌客背后，正在帮人家按摩捶背，那手法极为熟练，每一下都像是电视里的慢放动作，等力道从手指传递到客人身上，再一点点深入皮下，透过脂肪到达肌肉，一气呵成。

管锥在旁边看了他半个小时，直到那人把手里的筹码换成钱，又随手递给罗大佐一张百元人民币，罗大佐才嬉皮笑脸地走开。

走出赌场，罗大佐在小卖部买了点儿东西，然后火急火燎地赶回自己的小屋。管锥在屋外守着，他知道罗大佐进去做什么。又过了半个小时，罗大佐从小屋出来时精神好了许多。

罗大佐又回到了赌场，把剩下的钱全部输给了老虎机，然后又开始在赌场寻找需要按摩的赌客。直到监场告诉他有位玩 21 点的客人点名要他按摩，他才像看到希望似的，赶紧跟着监场走了过去。

那赌客始终都在专注赌博，任凭罗大佐在身后按着。按了 20 多分钟，那位赌客赢了 2000 多。和刚才一样，筹码换成钱之后递了两张给身后的罗大佐。

罗大佐在接钱的一刹那，还没来得及道谢就看到给钱的人竟然是管锥，此时管锥正举着钱朝他笑，罗大佐放在管锥肩膀上的手突然发力，顺势往后一带，想把管锥当场放翻在地，没想到管锥早有准备，提前用脚钩住了桌子，罗大佐用尽全身力气，竟然没能掰动分毫。

管锥站起来，把钱递到罗大佐面前："拿钱啊，我要走了。"说完朝赌场四周打量一圈，暗示罗大佐不要乱来。

罗大佐眼神阴鸷地看着管锥，他恨不得把眼前这个人大卸八块，但现在的情势，为了不引起注意，也只好把钱接过来，跟管锥走了出去。

两人走到一个僻静的角落，管锥转身问："武进怎么样了？"

罗大佐余怒未消："他死没死都跟你没什么关系了，我说不必再见，你还回来干什么？”

“我要知道武进的情况，只有你能告诉我。另外我还要查一个人，不然武进不安全。”管锥要查的人是老萝卜头儿，也是武进这次暴露之后第一个将消息告诉丁卓的人。这个人知道武进的身份，但丁卓却不知道他的身份。举报人可以匿名，但一个知道武进的匿名人士，就太要命了。

“我不会告诉你。”

“那你就不想知道你让我帮你干的私活儿干得怎么样了？”

罗大佐的眼睛里这才放出点儿光：“你杀了他没有？”

管锥往墙壁上一靠：“我又不是杀手，凭什么帮你杀人？告诉我武进现在的情况，我受累再跑一趟，保证他活不过三天。”

罗大佐咬牙切齿：“王八孙子，老子早晚都被你害死。”

“你说不说？不说我回国了。”

和管锥用眼神对峙了几分钟后，罗大佐的态度有所软化：“武进没事了，前两天丑人花重金把裴万岁的私人医生请了过去，应该就是去给武进治伤的。”

管锥深深地叹了口气，双手插兜里慢慢往远处走去，罗大佐跟上去，小声问道：“我让你杀那个人，你到底杀了没有？”

“放心吧，”管锥把双手放到头上，做爆炸手势，“Boom！子弹从鼻梁进去，后脑出来，耶稣也救不活他。”

“那就好，那就好。”罗大佐兴奋得忘记刚被管锥骗过，嘴里一直不停地重复这句话。

管锥看他情况可疑，随口说了一句：“他真像你说的那样吗？”

管锥本来就是随口一问，没想到罗大佐干脆地承认：“我让你杀他是因为我欠他钱，已经还不清了，他一放假就满世界找我，这下你帮我了结了一桩麻烦事。”

罗大佐说得极为得意，管锥却摇了摇头："幸好我没杀。"

管锥嘴上说得轻松，实际上他也不知道自己杀了没有，当时情况极为混乱，自己的确杀了几个人，但并没有分辨杀的是不是罗大佐的债主。

不管这一次罗大佐的阴谋有没有得逞，管锥都必须再一次重新审视自己所处之地的游戏规则，原先熟悉的那一套在这里土崩瓦解，彻底玩不转了。

"走，我请你喝酒去。"管锥想了一会儿之后，拉着罗大佐就走。

罗大佐甩开管锥的手说："我用得着喝你的酒吗？"

管锥摆出一副笑脸说："我实话跟你说了吧，我找你还有别的事。"管锥挤了一下眼睛说，"你帮我这一次，算我欠你的，下次你要是有什么事要我去办，我再还你个人情。"

说完管锥拉着罗大佐朝酒肆走。黑漆漆的酒肆里只有一个老板，叫酒肆李，门口摆着四张矮桌子。桌子旁边立着一根青色竹竿，上挂一面小旗，写着"酒肆"两个字。

管锥拉着罗大佐找了张桌子坐下，坐下的时候，罗大佐顺手扯了一把桌子，金属桌腿和水泥地摩擦发出尖锐的声音，管锥还来不及难受，就被身后的怒吼吓得僵在板凳上："拉什么拉，吃个饭这么多动作，不吃就滚！"

回头一看是个穿着白色汗衫的驼背老头儿，脖子上挂着条毛巾，正怒气冲冲地瞪着罗大佐。罗大佐倒是没当回事，风轻云淡地说："新来的别这么横，这里是新庙，我叫你今晚入土，明天太阳就照不到你脸上。"

那老头儿没接话，转身进屋提了把菜刀出来，冲着罗大佐就砍，罗大佐后仰躲开，从板凳上倒了下去。管锥赶紧上去拉开酒肆李，一个劲儿地说好话。罗大佐爬起来还想说什么，被管锥推去了一边。

见两人的矛盾实在不好化解，管锥只好对酒肆李说："我是管锥。"

酒肆李盯着他的脸看了两秒，这才收起扬起的菜刀，没好气地问：“要吃什么？”

管锥：“来瓶酒肆李的酒和一盘花生米。”

酒肆李很快把酒拿了上来，一瓶自酿白酒倒插在托盘底座里，旁边放着一盘炸煳了的花生米。

罗大佐问：“你事情做完了，怎么还不回去？”

管锥往嘴里塞着花生米，不紧不慢地说：“主要目标是完成了，但我还有其他事，暂时回不去。”说完朝酒肆李瞟了一眼，发现酒肆李也在看着自己。管锥知道，现在说的每句话都会进到丁卓的耳朵里。

两人不再说话，只是频频举杯，这酒度数不高，酒过三巡，话匣子慢慢打开。

罗大佐几杯酒下肚，交谈变得容易很多，管锥问他毒瘾问题，罗大佐说：“我第一次来赌钱的时候，赌场见我有点儿钱，整夜整夜地玩，就给了我些冰毒，说是能提神。当时我家里刚出事，我对自己这条命都不在乎了，哪里还顾得上这些，它就是毒药我也会吃下去。只是没想到最后成了这副鬼样子，死不了也活不成。”

“那你怎么不回国呢？”

罗大佐嘴角扬了一下，自嘲似的说道：“回国哪有那么容易，早习惯了这里。吸惯了店铺里的药，看惯了金城公馆的金山银山，回去你让我怎么活？”说着又从口袋里拿出一小包白色粉末，指着对管锥说，“50块钱买的，国内你出十倍的价钱，还只能买到一半。另外从品质上来讲，国内的是垃圾。”

“难道你喜欢这里的生活？”管锥问道。

“喜欢啊，你看那边。”管锥顺着罗大佐手指的方向看去，街角的墙根下蹲着一个衣衫褴褛的乞丐，罗大佐说，“那人原先是浙商，没来这里的时候，资产可以买下两个金城公馆。来这里有十年了吧，你觉得他现在这样的生活怎么样？他怎么不回去？”罗大佐被自己逗得咯咯笑，笑完又说，“这里是为我们量身定制的地狱，你明知不是什么好地方，但还是会来，而且来了就不想走。”

罗大佐说完起身回家，管锥付了酒钱赶紧跟上，边走边问：“你让我帮你杀的那个人，他们每天都到新庙来找你要钱吗？”

“哪有那么容易，他们一个月一天的假，放假了就过来玩。山路有多远你又不是不知道。”

“我就说，要是天天来找你要钱，你还能活得这么自在？”

“自在什么呀，我就盼着哪天我这身体被毒品掏空了，然后就可以死了。我要谢谢你啊，你把他杀了，不然他可能杀了我，我就不能再死于吸毒了。”罗大佐说完从口袋里掏出一张锡纸……

“要不要来一条？”罗大佐笑着问管锥。

管锥不置可否地盯着他，然后突然出手把罗大佐手里的东西打翻在地：“不准你在我面前来这一套。”

罗大佐也不在意，只是很扫兴地叹了口气。管锥接着问了一个他真正想知道的问题：“这么说梁氏自卫军里没有人能天天下山啊？”

罗大佐低着头眼皮上翻盯着管锥，不屑地笑了一声说道：“你不会也欠他们钱吧？”

管锥也跟着笑了一声：“我怎么会欠他们钱呢。但我如果顺利办完事，说不定你欠的债就一笔勾销了。”

虽说债多了不愁，但那也要看是欠谁的。不过这定律在罗大佐身上是无效的，那帮人为了讨债，对罗大佐可谓用尽了各种手段，光是拴上狗链子游街就不知道进行过多少次了。听到管锥这么说，罗大佐就是块石头，也该动心了：“这段时间那里没人能下山，梁道安刚死了儿子，丑人原先的部队也被收回梁道安手里，军心不稳，假期都少了，随便哪里出点儿岔子，随时都可能翻天。梁氏部队里谁都知道梁道安支撑不了多久了，未来是丑人的，人心思变啊。”

“你确定没人能天天下山？”

“你放 100 个心吧，保证没人。裴万岁是我以前的老板，梁道安见到他都得喊三哥，我还不了解梁氏的情况？”罗大佐得意地说。

管锥感到奇怪，梁道安认为有线电话不安全，老八寨也绝对没有手机信号，要打电话最近的地方就是新庙，从老萝卜头儿的来电追踪，也可以确认这个推测。

如果老萝卜头儿不是梁道安的人呢？应该不可能，老萝卜头儿的消息都是第一时间传回去的，只有梁氏的人才能做到这个时效，难道老萝卜头儿是个团队而不是一个人？这个解释似乎是成立的。但常年的卧底和情报传递，如果是一个团伙，要做到不被发现又有点儿匪夷所思。

那么最大的可能是罗大佐提供的情况是错误的，一定还有一个他不知道的人。但管锥怕把罗大佐问毛了，不打算再问下去。

管锥追上罗大佐，换了个话题：“我听李牛说你在裴万岁那里挺吃香的，这个裴万岁做什么生意的？我以前听说这个人在这一带大人物里是个例外，从来不碰毒品。”

罗大佐笑：“对啊，他现在的确不碰毒品了。”

管锥疑惑：“现在？那他以前做过吗？这么一说那你是不是也做过？”

罗大佐停下来，回头看了一眼，难得非常有耐心地解释说：“我跟他十几年，至少我跟着他的时间里，他就没碰过毒品生意了。我说得够明白了吗？人家金盆洗手的时候恐怕你还在撒尿和泥呢。”

管锥又问：“那你说说这个裴万岁的故事，他为什么要金盆洗手？”

罗大佐走在前面摇了摇手臂：“太长了，不想说。”

见他不说，管锥也不便再问，跟着他进了屋子。进去以后罗大佐点燃蜡烛，管锥再次展开攻势，罗大佐死活不说，直到管锥捧出 200 块钱，唱戏一样说:“大爷喂，这点儿钱孝敬您的，您明天拿去喝酒喂。”

或许是金钱打动了罗大佐，抑或是烛光激发了他讲故事的欲望，反正罗大佐用一副不情不愿的样子，津津有味地说起裴万岁的故事来。

裴万岁本人不涉足毒品生意，但在这儿却是个风云人物，他的经营范围涉足外贸、赌场、矿产资源、森林资源等，自己还养了一支雇佣军。这支军队称得上是金三角各种杂牌军里的特种部队，人员组成极为庞杂，集齐了地球上的三种肤色，大部分成员都有在各国军队服役的经历，当然，除了罗大佐。由于名声在外，所以这支雇佣军永远有接不完的单。

裴万岁如今 70 多岁，平时深居简出，见过他的人也越来越少。他的来历要追溯到 20 世纪了。1965 年的东南亚海滨国家，内战已经进入胶着状态，美国军队和它一手扶植的南方政权正疲于应付北方军民的游击战。另一方面，他们的军队需要不停地消耗一种“战略物资”——毒品。军队对毒品的渴求日甚一日，毒瘾影响着部队战斗力，士兵为了获得毒品，不得不将军人视为生命的武器偷偷拿去卖，以此换得少量毒品来慰藉那具岌岌可危的躯体。

当时地球上还没有裴万岁，只有 22 岁的青年裴三金，裴三金就是在这种情况下被南方政权派入金三角的。他的秘密使命是采购毒品。这份工作对裴三金来说并不难，因为金三角的关系早已经被打通，他要做的只是验收和护送。他原来不叫裴三金，只是为了跟合作方交流，才取了这么个中国名字。

裴三金在金三角的工作非常顺利。毒品在运输途中最大的威胁是强盗，不过以裴三金不俗的财力和武装能力，他最喜欢的就是强盗，每次送货的路上遇到强盗他都能从对方手中抢来或多或少的武器和补给，这些战利品最终都成了他的私有财产。后来强盗看到裴三金的马队全都主动躲开。再后来，裴三金每次运货都不得不把武器藏起来，以求强盗们出手。

裴三金在金三角这块罪恶的土地上渐渐打响了名气，而裴三金对此也非常享受。他原先只是一个精通汉语又懂点儿英语的翻译，现在已经逐渐成长为金三角的一方势力。派他来的人并不介意这一点，他们只想按时拿到配方稳定、不会毒死士兵的毒品，其他方面并不干涉，甚至屡次主动在媒体上与裴三金划清界限。正规军谁也不想跟一个毒贩扯上关系，裴三金由此获得了更高的自主权，甚至有了自己的军队。虽然一开始还不到 100 人，可单兵武器之精良，是当之无愧的金三角第一。而裴三金又注重军队的训练，培养出了一支精良的队伍。可以说，只要当时流落金三角的国民党残军不出手，裴三金打当地那些土著简直就像用开水浇蚂蚁一样。而且既然他为美国人做事，国民党残军是不会出手为难他的。因此，一时之间，裴三金在金三角几乎是所向披靡。

22 岁的青年裴三金在金三角一待就是八年，直到迎来了他 30 岁的人生转折点。此时美国军队宣布停战撤军，裴三金的资金链瞬间断裂，原先轻易就能得到的武器和资金一夜之间成了梦幻泡影。

他所效忠的南方政权自顾不暇，更加不会看他一眼，裴三金完全被遗忘在这片森林里。八年间，他所积累的身份和名气此时成了负资产。一切努力都只会引来杀身之祸。他用了两年时间，好不容易通过台湾的线人与南方建立了联系，还没来得及商量下一步的对策，南方政权就被消灭了，他的祖国进入了和平状态。

后来，裴三金隐匿起来，他觉得像自己这样的风云人物，一定会被抓回去判死刑，当然，也可能被暗杀在金三角的丛林里，反正敌人不会放过自己。

但他很快发现这是杞人忧天，因为祖国完全忘记了他。

认识到自己的渺小的裴三金心灰意冷，甚至连原来的死敌都完全没有意识到还有一个裴三金在这里。他被彻底遗忘了，这才是他最大的悲哀。裴三金希望被祖国记起，哪怕此时有人来暗杀他，他也会感到欣慰，但并没有。

至此，裴三金彻底成了金三角流浪的浮萍。

后来几十年的沉浮，他见过坤沙、罗星汉等人的兴起和衰败，自己也有过生死与共的兄弟，更有过后来的兄弟反目。他的结拜兄弟里，其中之二便是现在梁氏的梁道安和南北联盟军的楚隆。后来金三角局势大变，第一代大毒枭纷纷倒台，裴三金顺应时势，也就金盆洗手了。最终，他成了金三角今天的裴万岁。

听罗大佐说完，管锥竟然生出一种遗憾，那时候的金三角是真正的群魔乱舞，管锥遗憾自己没能早生 20 年，来这里杀他个七进七出。

“那他和梁道安、楚隆是怎么反目成仇的？”管锥问。

“太长了，他们兄弟八个，梁道安排第八，所以现在梁氏的地盘叫老八寨。算上楚隆，现在他们八个人在那场斗争中只剩下这三个了。楚隆一直觉得是梁道安挑起的那场斗争，所以他们两个现在是死仇。裴万岁不得罪人，所以这些年一直在竭力撮合，只不过效果并不理想。”

管锥瞪着眼睛还想再问，被罗大佐止住：“不许再问，我说得够多了。”

话到嘴边被堵了回去，管锥转而在自己身上摸了又摸、左右寻摸，问罗大佐：“你床头那本书呢？”

罗大佐：“用完了。”

管锥说：“你睡吧，我出去一下。”罗大佐自顾自地躺在床上睡觉。管锥出门之后，直接去了酒肆，他不死心，还想从那儿打听一些当地的情况。

在酒肆的地窖里，管锥找到了酒肆李，没想到私下里酒肆李依然是一副火冒三丈的样子，血压永远保持在即将胀破动脉的水平。管锥虽然自信动起手酒肆李绝对不是自己的对手，却时刻感觉到面前这个老头会冲过来给自己一拳，似乎不打一架就没办法交流一样。

在对方的万丈怒火中，管锥心惊胆战地把想知道的事情问清楚，就赶紧逃了出来，在地窖里时刻处在你死我活的气氛中，实在是令人非常紧张。只是管锥并不知道，因为武进的事情，酒肆李记恨自己到现在。

再回到罗大佐的小屋已经半夜了，管锥一脚把鼾声如雷的罗大佐踹到里面，直接躺下睡去。罗大佐的床虽然又破又脏，但这是他出境以来第一次睡到床上，顿时觉得舒适无比。

第二天一早，管锥早早就醒了，但是他没动，也没有睁眼。罗大佐到晌午才迷迷糊糊地醒来，先是看了一眼管锥，见他正闭着眼睛，又仔细听了会儿管锥的呼吸。可管锥刻意把呼吸控制得十分均匀，罗大佐确定管锥还没醒之后，悄悄下床。他先是在房间里找了一遍，没有任何发现。又站到床边，将手伸进管锥的外套口袋里摸了一通，也是没摸到什么。想摸里面的口袋，可管锥抱得太紧，他明显摸不到。

实在没有任何希望了，罗大佐只好摇摇头轻轻走了出去。

他先是去商店里花 12 块钱买了个凉席，还顺便要了个巨大的编织袋，然后带着凉席和编织袋走到两公里外的一个同样破败的竹屋里，屋里只有极少数的摆设和一张床，床上躺着一具女尸。

罗大佐把女尸装入编织袋，然后用草席捆上，再把草席两头扎起来，最后扛着往外走。他上了一座山，去到山的另一面，拐过树林，进入那片他早就选好的空地时，他吓了一跳。那里原本是他选好的地方，坑都挖好了，如果管锥不来，他准备将女尸埋在那里。但现在坑旁边多了一口棺材，管锥斜靠在棺材上看着罗大佐。

管锥昨天晚上出去主要就是问罗大佐在新庙这些年的情况，受丁卓委托，酒肆李也确实在关注罗大佐，管锥来问，酒肆李夹枪带棒地把打听到的情况说给了管锥。其中一件事就是罗大佐在新庙有一个姘头，是当地卖淫的，前几天死了，可能是得病死的，但没有人关心她的死因，罗大佐也不怎么关心。

酒肆李说罗大佐也算有情有义，姘头死了之后他到处借钱，希望弄到 600 块钱给这位相好买口棺材，经过他的不懈努力，三天时间，终于凑齐了 600 块钱，但筹钱的三天时间里他吸毒用了一半钱，剩下的一半输给了赌场。所以，酒肆李说罗大佐八成会用草席葬了这个女人。因为酒肆李打听到前两天罗大佐在西山挖了个坑，那个坑放不下一口棺材。

听酒肆李说完，管锥不知道该怎么评价罗大佐。最后管锥只好叹着气连夜去买了口棺材，又加了钱请卖棺材的送货到西山的坑边，自己才回去睡下。

而现在，罗大佐看到管锥后愣了一下，不过他很快反应过来开始大吼："谁让你来的？你是不是真不想活了，把自己棺材都准备好了？"

管锥走到罗大佐面前，盯着他半晌，一脸鄙夷地说："真是三百六十行，行行出人渣。人家怎么说也跟你睡过，你居然连棺材本都拿去吸毒。连赌棍、嫖客、瘾君子都做得这么失败，你还好意思跟我吆五喝六的！"

罗大佐笑："那你昨晚还跟我睡了呢，我要不要也给你准备棺材本？"

管锥从未受过这种角度的挤对，瞪着罗大佐，气得说不出话来。憋了半晌才说："行了，咱俩的事咱俩解决，别跟死人较劲，死者为大，入土为安吧。"

罗大佐点头，默默地葬了他这位相好。管锥一直在旁边看着，并没有伸手帮他。罗大佐不知道管锥是怎么探听到这些消息的，不过他对此也没什么兴趣。如果管锥连这点儿消息都拿不到，反倒有些奇怪了。

回去的路上，管锥问他为什么不戒毒，罗大佐摇头说没有那个必要。管锥一路上都在试图劝他戒毒，甚至建议他尝试一些戒毒药物。罗大佐像看疯子一样看着管锥："戒毒药比毒品贵二三十倍，你疯了吧？"

这种药在中国的很多地方是免费提供给戒毒者的，管锥不理解贵在哪儿：“这些药是哪里来的？”

“这地方主要有两伙人卖，其中一伙就是我的前老板裴万岁，另一伙是你的老冤家丑人。他们各有各的路子。丑人卖的货是从东边来的，裴万岁的货是从中国来的。”罗大佐漫不经心地回答。

“中国的？国内的药都是严格管制、免费发放的，确实有人削尖脑袋想带点儿出来，最多不过就是戒毒的人从疾控中心用嘴巴含点儿偷偷带出来，怎么可能在这里大量供应？”

罗大佐停下脚步几乎要笑出声来：“你是来假扮幼儿园小朋友的吗？幼稚成这样真是可爱啊。”

管锥顾不上理会罗大佐的嘲弄：“这到底怎么回事？”

“跟你说了是中国来的，这是特色产业。国内发放这种药物的机构那么多，有人想办法弄点儿出来卖怎么了？大惊小怪。”

“谁能把那里的药弄出来卖？”

“那我就不知道了，我以前不负责这个。”

“听你这意思，裴万岁卖很久了？”

“是啊。你不要小看卖这个药，这里吸毒市场大，很多人是过来赌钱的，大多数待个十天半个月，那些赌鬼有些控制不住吸了毒，回国前都会妄想戒毒，这些人只要钱还没输光，就是潜在客户，”罗大佐停下脚步，“想不想赚点儿钱？”

管锥冷笑：“我翻山越岭不是过来做生意的。”

罗大佐的脑袋像是被什么开了光，穷追不舍地说道：“你真的不做？”

“不做。”

“帮裴万岁也不做？”

“不做。”管锥说。

“那就算了。”

管锥像是想起了什么，突然停下脚步，转身看着罗大佐，疑惑地说：“你是说接近裴万岁？”

罗大佐：“是啊。”

“你没给我下套？”

“我只是想还你一个人情，你不要就算了。”

管锥还是不太相信：“这件事对我有什么好处？”

罗大佐有些起急：“好……好……那我再问你最后一个问题，你不想了解梁氏的内部情况？”

这个问题值得认真思考，管锥再次停下脚步，不可否认，打入梁氏内部对他的吸引力实在太大了，只是怎么看罗大佐都不像个能够踏实共事的战友，想到这里管锥气泄了一半，半带嘲弄地问道：“你还能帮我和梁道安搭线？”

罗大佐说：“跟裴万岁说上话，你的一只脚就算进了梁氏。”

第六章

“李”字房间

等武进的身体稍有恢复，丑人就带着他去往老八寨。丑人将来龙去脉跟梁道安说了一遍，陈汉生所列的两个重大疑点被武进全部推翻，再佐以丑人去黎耀祖老家的调查结果，基本上铁证如山。

梁道安也许是不想让武进这么轻易过关，也许是真的发现了哪儿不对：“这会不会是对面为了解救武进而安排好的？”

站在旁边的武进一声未吭，心是悬起来的。果然姜还是老的辣，梁道安一句话把事情的真相猜出了七七八八。不过梁道安的目标是丑人，而武进的死活好像从来没有进过梁道安的法眼。对于这一点，丑人也很明白，同时这也是丑人最反感的地方，因为武进对丑人来说亦师亦友，他实在不能接受梁道安把武进当作棋子。

“黎耀祖的父亲死于 12 号。根据我查到的情况，当地人 19 号就知道了黎耀祖父亲被武进杀害。而武进是25号才被我们怀疑是老猫的。这些东西你都能去查，”说到这里，丑人从椅子上站了起来，“如果是个局，那么从时间上来看，对面在武进暴露之前就准备好了这个局，这是不可能的。而且陈汉生在新庙的时候，也遭到了和武进一样的刺杀，是武进救了他，他却反咬一口说想要杀他的人是武进，到底什么地方才会有这么荒谬的道理？”

丑人话刚落音，梁道安猛地转身，瞪着丑人：“你是在说梁氏的理不正，难道是怪我拉偏架了不成？”

丑人历来不懂得服软，梁志出事之前他的确不需要向谁服软，无论他怎么闹，梁道安都能容忍，甚至有时他希望丑人多闹腾一些，以供自己原谅，这样才能突出自己公平公正的慈父形象。现在，面对梁道安的责问，丑人依然迎头撞了上去：“这个理放到哪里都偏，根本就不是拉偏架就能拉过来的。”

梁道安气得全身颤抖，指着丑人说不出话来。双方僵持不下，最后还是武进开口对梁道安说：“丑人他在您身边长大，他的性格您是知道的，不管是以前带兵，还是现在开荒，他都没有变。一直以来您也很欣赏他的这种作风。所以他今天说的这些话，只能代表他所相信的真相。但不管怎么样，这些事情都是因为这次货沉了才导致的，货沉了我有责任。也愿意承担任何责任。”

梁道安脸上依然暴怒，只是手臂已经放了下来，他缓缓转过身，思考了很久，至少对武进来说是一个漫长的过程。直到梁道安摆摆手让他们离开。

梁道安最矛盾的就是对丑人的态度。一方面，以他的阅历来说，他内心深处不相信丑人会杀梁志。但另一方面，丑人始终无法像梁志那样与生俱来地让梁道安信任。梁道安早已经过了花甲之年，他自以为已经活明白了，但这一次他也不知道自己在担心什么。夜晚辗转反侧时，也只能感叹年龄并不能解答源于人性的困惑。

回去的路上，丑人和武进同坐一辆越野车，车上丑人问武进对最近发生的事情的看法。多年以来，丑人早已习惯了这样的提问方式，现在梁氏内部乱成了一锅粥，丑人自然要问问武进，也是道歉加示好的一种方式。

“八爷不信任你，我只是棋子，你才是目标。”武进说话的时候看也没有看丑人一眼。

丑人未说先叹气：“我到底比不上我哥，但他把我养这么大，我不能在这时候给他添乱。至于你，你可以完全放心，我不是那种人，你对得起我，我就不会对不起你。你觉得这件事什么时候是个头啊？”

武进这回把目光放到丑人脸上，郑重其事地说：“这件事没有尽头，他想抽身，但又不太敢把梁氏托付给你。因为他要保证自己抽身之后，梁氏依然能为他的晚年遮风挡雨。所以本来交给梁志是最好的选择，现在梁志死了，只有交给你。没想到陈汉生这时候冒了出来，他不会像信任梁志那样信任你，他担心你没能力，或者不愿意保护他安度晚年。梁氏这些年，仇人满天下，金盆洗手没那么容易。”

丑人心痛地说：“他虽然怀疑我，但我不会对不起他，毕竟他把我养这么大。”

武进做苦口婆心状：“你这样想没什么错，只是再这么下去你会很危险。”

在此之前，丑人其实已经察觉到了危险，只是他不愿意说出来。他一直把梁道安当成亲生父亲，有些东西放在心里还能自欺，一旦说出来，就真的令人寒心了：“那现在我该怎么办？”

“自保。”

“怎么自保？”

武进对着车窗外的森林发了会儿呆，半晌，咬了咬牙，像是下定了决心，看着旁边的丑人说：“我知道我的办法不算光明磊落，但这是目前最好的办法，如果你是明智的，就会照做。”

“你说。”

“下车说。”

车队停下，只有武进和丑人下车，两人往旁边走了一截儿，武进才开口说道：“梁志不在了，嫂子和梁啸在美国不合适。你在那边也有熟人，找人帮忙，把嫂子和梁啸接回来，你亲自照顾……”

丑人用一巴掌打断了武进的话，恶狠狠地说：“我哥不在了，谁都别想打人家孤儿寡母的主意。我哥在的时候对你不错，他死了才几天，你竟然能说出这种话。”

丑人的反应在武进预料之中，正是因为对丑人有完全的了解，他才提出这种恶毒到连丑人都不愿去实施的计划。武进需要用这样的方式证明自己的清白，重获丑人的信任。

罗大佐最近有些烦恼。原来新庙的戒毒类药物主要是裴万岁和丑人在卖，卖的方式也很简单，就是在新庙的商店里摆上这些药物，然后按成交数量给商店一部分利润。新庙的戒毒药物市场裴万岁和丑人大约每人占一半，这种模式维持了很多年，一直相安无事。梁道安见到裴万岁喊三哥，丑人见到他喊三爷，所以一般情况下这点儿小生意是很稳定的。

但最近丑人缺钱缺得厉害，梁道安又不给他支持，他只好动起了歪脑筋。在武进被囚禁的那些天里，他去找了裴万岁。裴万岁原先就很喜欢这个侄子，在丑人十岁以前不止一次跟梁道安提出要把丑人留在自己身边，但每次梁道安都只报以微笑，说两句丑人的缺点，这件事就不了了之了。这次见面丑人一口一个三爷，哄得裴万岁很高兴。丑人提出最近缺钱，想要裴万岁把新庙西城的戒毒药物生意让给自己，当然，丑人承诺一旦缓过劲儿来，就将新庙所有的戒毒药物市场交还裴万岁，包括原先自己在东城的那一半。

裴万岁表态很干脆："你是我侄子，我的那一半全部给你，不用还了。"

丑人在回积星堆的路上心情不错，一路都在哼着小曲，心里觉得裴万岁更加亲近了几分。但如果武进此时没有被控制，或者丑人出发前问问武进，武进绝不会让他去。因为裴万岁其人并不是像他所展现出来的那样。20 多年前，在他还叫裴三金的时候，就能将自己尚未成年的女儿送给当地军头填房，仅仅是因为那个军头在吃饭时多看了他女儿几眼。这件事连梁道安都感到不齿，在后来许多年里他给裴三金的评价都是"一个人可以多媚上，就可以多欺下。反之，一个人可以有多欺下，就可以有多媚上。"

对于这些，梁道安清楚，武进清楚，至于丑人，应该也是清楚的。但是，人的幼稚往往表现在认为自己永远都是例外。

裴万岁在将药品市场让给丑人之后就联系了罗大佐，裴万岁想让罗大佐去把药品市场夺回来，连丑人的那一半也吞进来，以罗大佐的名义经营，裴万岁自己在幕后给罗大佐撑腰。这个安排原本没有问题，让罗大佐去做也应当是个合适人选。一来裴万岁了解罗大佐，二来罗大佐现在至少名义上和裴万岁没有任何关系。

罗大佐也缺钱缺得厉害，但即使这样他也不想再回到那个伤心地了，裴万岁三番两次派人来游说的行为让罗大佐很烦。这时候管锥的出现，让罗大佐捕捉到了一丝机会，在说服管锥之后，他决定带管锥去见裴万岁。

去见裴万岁，管锥是有些紧张的。他还没有完全准备好以这样的身份和金三角真正的人物打交道。好在裴万岁现在已经不再经营毒品，所以对"老猫"并不敏感。所有人都相信不会再有任何国家会派出卧底对裴万岁进行渗透。

管锥的紧张在见到裴万岁的那一刻烟消云散了。他面前的人不是想象中电影里的黑帮大佬，也不是《教父》里的黑手党，而是一个须发皆白的矮胖老头。坛子脸、铜铃眼、鹰钩鼻子、自来卷、脖子短、肚子鼓，身上一套旧西服，整个人从长相到装束看上去倒是十分有亲和力，这样的人管锥在老家到处都能看到。但他的住处倒是令人大开眼界，简单说就像是一个缩小版的金城公馆。大到柱子小到扶手，大到桌椅小到烟斗，甚至连墙面都是金色的。管锥感到有些错愕，眼前这个人怎么看都不像是个镀金爱好者。

看到罗大佐带管锥进来，裴万岁赶紧起身迎接，一一握手之后裴万岁朝两人做出请坐的手势，然后自己扭过头去，喉咙里发出一种难以形容的嘶鸣，让人感觉像是有一种力携万钧的东西迎头击来，紧接着一口痰以极快的速度射向地面。裴万岁似乎很满意这次的痰落点，舒了口气然后按住一侧鼻孔，朝地面上痰的落点喷了两团鼻涕，然后用脚在上面来回搓动几下，这才心满意足地拿起保温杯，在正位上坐了下来。

裴万岁坐下之后，指着罗大佐说："一遍两遍还请不动你对吧？你再不来我就自己开车去接你了。"

管锥注意到罗大佐的气质再也不是印象中那般阴冷了，取而代之的是一副无赖嘴脸，笑着说："三爷，这可不是摆谱儿，我也是给你请人去了。就是这个管锥。"

裴万岁认真看了看管锥，仰天大笑："哈哈哈哈，这个年轻人看着不错。"

管锥微笑着点头，罗大佐介绍说："中国来的，以前去过美国呢，比我厉害……"

裴万岁摆手："哈哈哈哈，你不用介绍这么细，你有个帮手我也放心。具体该怎么做你知道的，我只要你记住一点，做戒毒生意是善事，这种事怎么能交给一个毒贩去做？所以这次你要拿回来。你不要怕那个丑人，梁道安也不敢把你怎么样，有我给你提供一切支持。”

罗大佐举起右臂，做发誓状：“我会圆满完成三爷交代的事情。”

“你打算怎么做？”裴万岁问。

罗大佐指了指管锥说：“他脑子比我好用，先听听他怎么说。”

裴万岁微笑着把目光转向管锥，管锥笑笑说：“这次的事情不用动脑子，咱们就来硬的，丑人现在不敢硬碰硬，他能看破但不敢说破。”

“好。有你们两个我就放心了。记住，不能跟我的丑人侄子说是我让你做的。但你也不要因为这个就放不开手脚，反正你说不说他心里都有数。管锥说得对，他就算心里知道是我，也会装作不知道的。”

裴万岁在交代细节的时候，脸上依然和颜悦色、满面春风，有时候他的表情和他说出来的话是完全分裂的，一个人很难在那么温和的表情之下说出那么杀伐决断的话。

离开裴万岁，管锥和罗大佐就立即着手收拾丑人了，现在是丑人最虚弱的时候，管锥也不想在这件事上耗费太多时间，在摸清楚丑人的路线之后，他和罗大佐带着人连续四天堂而皇之地在新庙东边的山路上劫了丑人的四批药物，这四天里一枪未开，几乎全都是把车拦下，然后赶走驾驶员。做法简单粗暴，但十分有效。

一星期之后，丑人断货，罗大佐和管锥开始以各自的名义在新庙铺货，罗大佐负责西城，管锥负责东城，货源是抢劫丑人的和裴万岁提供的。

丑人听说这个消息之后就疯了，他马上去找武进商量，武进这才知道丑人去找裴万岁的事情。他责怪丑人举止轻浮的同时，告诉丑人当务之急是保住原先在新庙的一半市场，因为这次罗大佐和管锥的行动看起来是要把整个新庙全部吃掉。

丑人立即派手下到新庙找罗大佐和管锥，此时这两位已经各自住进了裴万岁安排的房子里。丑人的手下态度蛮横，到管锥的门口吹丑人有多少地盘、多少人马，差点儿被管锥从五楼扔下去，只能灰溜溜地回到积星堆。

管锥知道丑人的实力绝对不够，现在不能把自己怎么样，而实力够的像陈培耀这种大佬，对这点儿小生意又没什么兴趣。另外，大多数人还不知道他是谁，更不知道他背后的靠山是谁。对多数人来说，管锥出现得很神奇，也很及时，一切都好像提前准备好了一样，这么一个人，要么有靠山，要么有实力，除了丑人这种愣头青，一般稍微有点儿脑子的都不会轻易找他麻烦。

在派来的人被轰走之后，丑人没有放弃，第二次他派来了自认为得力的助手——武进。

武进能活着，是管锥这次出境最主要的目的，见到武进他异常高兴。两人聊了很久，武进跟管锥说了丑人近期的计划，而管锥也对武进说了自己的计划，以及关于老萝卜头儿的事情，叮嘱武进小心应对丑人。

最终管锥同样拒绝了武进此行的目的，不同意将东城的药品市场交还丑人。管锥的有恃无恐来自他对梁氏内部信息的精准把握，这点还是要靠武进。丑人如果知道自己的底裤都被武进交给管锥了，不知道会做何感想。

管锥屡次拒绝的原因是他必须亲自见到丑人，他也相信丑人最终会来。丑人不可能放弃东城。

武进回去的时候，管锥笑着说过几天还会再见的。他认定了丑人会亲自来见他，而武进很可能陪同前来。

管锥的计划是对的，武进回去之后和丑人说了情况，丑人就知道自己必须亲自去见管锥了。这也是武进给丑人的建议。

丑人先是派人下山去跟管锥约定见面时间，时间是三天后，地点是金城公馆的五楼包厢。

三天后丑人出发时，并没有像管锥以为的那样带着武进，而是另有安排。有位国内的大学教授在新庙度假，丑人给武进的任务是把这名教授绑架回来，从教授那里获得更先进的冰毒结晶技术。

武进觉得这个任务奇怪，他试图说服丑人现在没有必要考虑冰毒的事情，因为中国市场并不缺冰毒。但这个合理的建议并没有像往常一样被丑人采纳。武进拿着这位教授的照片以及资料带着丑人指定的三个人前去执行绑架任务，而丑人则带着五个人开车去新庙找管锥。

包厢里，管锥第一次近距离见到了丑人，上一次只是在瞄准镜里匆匆一瞥，这次面对面，他才感受到丑人的丑确实不同寻常。那张脸像是刚被炮轰过的阵地一样凹凸不平，坦克都没办法从嘴巴开到眼睛。眼睛跟脸上的麻子差不多大小，鼻子瘦，但还算挺拔，一张樱桃小嘴下挂着一个拳头那么大的下巴。乍一看像是画像里那个长下巴的朱元璋，南明最后一任皇帝朱由榔曾经逃到缅甸栖身，这位丑人是朱家皇室后裔也难说。

丑人对管锥还算客气，经过武进的点拨，他已经基本可以肯定管锥是裴万岁安排的人了。在简单了解了管锥的背景后，他没有怀疑什么，而且对管锥产生了很大的兴趣。因为管锥不但说美沙酮是自己从美国找的技术团队合成的，还对金三角的局势做了一些极有见地的分析，包括各方势力与政府军的关系，以及地方军阀如何在政府军的步步进逼下相互依赖和相互竞争。当然，这些东西都是丁卓强行灌输给他的，而丁卓的资料来源包罗万象，既有地下情报，也有外交人员。这些极为专业的分析讲给丑人听，只要他能听得懂，自然会有醍醐灌顶的感觉。

两人越聊越投机，管锥甚至让酒店送来一瓶假茅台，好在没人在乎真假，意思到了就行了。两人边喝边聊。管锥从刚见到丑人开始，就有点儿奇怪武进怎么没有来，几次想旁敲侧击问问，但都硬生生给憋回去了。武进现在的身份实在过于敏感。

聊到正题时，丑人也不善于绕圈子，直接说要管锥把东城市场还回来，作为回报，丑人说自己有一批海洛因，本来正在为运往中国发愁，现在他愿意将这批货低价提供给管锥，让管锥想办法销售。

对于这个提议，管锥表现出了极大的兴趣，说自己国内有路子，只要价格公道，就能卖出去，但目前刚起步，打算先把东城的戒毒药物市场稳定下来。

听管锥这么说，丑人脸色变得有些难看，目光也渐渐变得凌厉起来，但管锥不为所动，依旧是面无表情地看着他。

丑人："你为什么现在对我下这种狠手？"

管锥："我要在这时候下手，是顺应这里的生存法则做事。你们梁氏内部的情况我知道一些，也知道你现在处境艰难，我很同情你。但这对我来说，是最好的下手机会。我敢在这里下手，是因为有人帮我。"

丑人默默点点头："这儿有这儿的规矩是不错，可我丑人从来没有做过落井下石的事情，你们现在这么做就不怕我给你来个鱼死网破？"

管锥低头轻轻笑了笑："鱼是肯定会死的，但网破不破就不一定了。你要是真想拿回东城，就好好谈，如果你这个态度，我们就没有必要再谈下去了。"

丑人恶狠狠地盯着管锥："我现在就去找我三爷。"

"别费劲了，这次既然东城让我一个外人出面，你还不理解这里面的意思吗？他就没打算承认。你现在去找他，他肯定反过来怪你丢了整个新庙的市场。这时候他会给你两个选择：一是他就当不知道这件事，你自己把新庙市场夺回来；二是他把新庙市场夺回来，这样新庙的市场还是跟你没什么关系了。"

丑人一想也对，好不容易蓄起来的气势顿时泄了一大半，管锥端着酒走到他面前，拍拍他的肩膀说："虽然我来新庙不久，但知道你为人慷慨仗义。我也不是落井下石的人，只是受人之托不得已而为之，东城我也只是挂个名而已。我愿意为你当一回说客，但结果怎么样我不敢保证。"

听管锥这么说，丑人激动得嘴唇颤抖起来："真是这样的话，那我太谢谢你了。"

送丑人出门时，管锥想要送丑人下楼，结果丑人说自己还有其他事，暂时不走，管锥只好在自己房间门口和丑人道别。管锥转身进屋，掏出口袋里提前静音的手机，突然看到了几个未接电话，最近的一个就在十秒钟前。

武进接受丑人的命令带队出发，一路上都在思考对策。但事出突然，时间又很急，可操作的范围实在太小，武进感到绝望。他已经做好准备，实在不行就带着教授逃回国内，总不能连累这么一个学者。但现在的问题是，武进不知道这件事情的虚实，现在通知丁卓也来不及了，这么短的时间内他来不及去调查真伪。

武进是和丑人差不多时间出发的，而且目的地也相同，那位教授住在金城公馆，只是武进的车比丑人的要慢上很多，加上武进故意拖延，所以比丑人晚到了一会儿。武进带着三个人到金城公馆门前的时候，丑人已经快和管锥谈完了。武进找了个买烟的机会冒险给管锥打电话，但前面几个电话管锥都没接到，直到最后一个才打通。

大致说了下来龙去脉，由于事发突然，管锥一时也没什么办法，只是让武进尽量拖延时间。武进带着三个人进了金城公馆，这三个人不但是丑人派给武进的帮手，也是监视武进的眼线。

金城公馆的客房不像传统酒店那样以数字编号，而是以汉字命名，每个房间的门上都挂着一块长约十厘米的方形木牌，上面写着这个房间的名字。武进要抓的那位教授住在一间叫“李”的房间。

带人进入金城公馆，武进首先在楼梯口注意到了导视牌，他迅速在导视牌上找到“李”——那个在三楼的房间，同行的人没有注意到导视牌，武进安排两人搜索四楼的客房，而自己则带着另一个人上了三楼。

上三楼之后分别朝东、西两个方向搜索，武进负责往西，那是“李”的方向。找到“李”之后，武进迅速将挂在门头上的木牌取下来，跟走廊尽头的“段”对调。在武进的计划里，李房和段房对调之后，自己再带人明着是查李房，实际查的则是段房，这样一来肯定就找不到那名教授了，回去也好跟丑人交差。

四人搜索结束之后在一楼大厅碰头。

武进把“李”的大概位置告诉了其他三人，这三个人都建议立即进去抓人，但武进认为动静不能太大，最好的办法是等教授出来，浑水摸鱼，直接将他丢进车里。

四个人就一直在大厅等着，武进甚至玩起了 21 点，没过多久，他意外地在自己这张桌子上看到同样在玩牌的管锥。两人短暂的对视之后，管锥大声说:“我不怕，你牌该怎么发就怎么发，继续发。”说完还朝武进笑了笑。

武进江湖经验比管锥深得多，自然领会了管锥的意思，他带着另外三个人上楼，直接朝“李”房走去，他提前把门牌换掉，这样就算把门打开，进去的也不是真正的“李”房，真正的“李”房门上挂着的是“段”字。

可真到楼上的时候武进惊呆了！他换掉的门牌不知道被谁换了回来！

情急之下武进也想不出什么好办法，只能硬生生地敲门，当门被从里面拉开的时候，从里面走出来的却不是教授，而是嘴角吐着烟的丑人。

这令武进脸色发灰，丑人以为武进还在赌气，拍拍他的肩膀说“我也没办法，是我爸的意思”，然后就下楼了。

信任的裂痕是不治之症，缝隙一旦产生，几乎没有消除的可能。因为即使怀疑错了也没有成本损失，但信任错了必会付出代价。

丑人和武进一起吃了晚饭，然后又一起返回山里。

到山里之后，丑人立即又给武进派了一件差事。上次准备两批货，第一批在武进手里沉了，但还有一批没出，他希望武进再次负责运输这批货。

对这个安排，武进开始是拒绝的，但在丑人看来，这么安排是向武进表达信任。而武进的拒绝表面上是因为生气，实际上是惊魂未定，教授那件事中诡异的转折使武进现在每一步都如履薄冰。

不过最终武进没能说服丑人，只好答应三天后带着最后一批海洛因进入中国。三天，他有足够的时间去准备一切。

武进照例通过酒肆李将消息带给丁卓，而丁卓收到消息后制订抓捕计划，其中管锥的任务是在武进入境之前，为武进提供暗中的保护，但绝对不允许现身，一旦发现武进被我方人员抓获，不得接近。

丁卓计划把武进一起抓起来，他就可以撤出金三角的任务，这次可以看作武进的告别金三角之旅。

第三天，武进按照计划把十公斤海洛因装在车上，运往边境。这次按照丑人的安排，这批货从小路进入中国之后，会先去一个货场，装进货车，以货物做掩盖，运往昆明。为了不走漏风声，这一次在进入中国领土之前，武进只带一个人上路。

离边境线越来越近，武进甚至知道边境线就在附近了。但如果是用眼睛看的话，很多地方的边境线其实只能看出个大概，因为并不存在所谓的线，大多时候只是一条不起眼的河或是路边一块若隐若现的界碑。

武进猜想用不了多久丁卓的人就会出现，将自己逮捕。想到这里，武进还看了旁边的驾驶员一眼。

驾驶员并没感觉出什么异常，直到山路前方突然出现了一辆警车将武进截停，驾驶员想要倒车，但路边的树林里也突然蹿出一辆警车，将武进的车夹在中间。

武进并不紧张，警车的出现使他产生一种如释重负的安全感，那代表着自己安全了，一定程度上也代表着自己职业生涯的句号。

武进和驾驶员没带武器，被警车上下来的六个人按在车里，戴上手铐、脚镣和头套，然后武进的车被警察接管，一路颠簸着不知道开向了哪里。

管锥带着罗大佐在远处的越野车里看着这一切，虽然没有看到丁卓，但亲眼见到武进被抓走，也算是安心了。管锥马上掉头，他要回去把武进的下落汇报给丁卓，这是丁卓的命令，必须执行。

第七章

铁汉柔情

武进被抓上车之后车里一路都很安静。

三辆车开了大约半个小时，在距离一个村子 200 多米的地方，到了一个派出所。三辆车依次开了进去。

武进被带下车的时候，不知道谁顺手把他头套摘了下来，他这才知道自己到了一个派出所。院子里停着一些警车，围墙和建筑外墙画着蓝色线条，廊下那几个办公室分别挂着所长、教导员、副所长之类的牌子。这是一个典型的中国派出所。

武进并没有被带进主楼，而是进了旁边一间不大的房子。两个警察把武进架了进去，就在武进以为手铐要被同志们解开时，腰上却挨了重重一脚。整个人往前一栽，由于他的胳膊被铐在身后，头结结实实地撞到了墙上。

武进疼得倒抽了一口气，转头怒视身后的两个警察。他开始意识到这些警察并不是丁卓派来的。

“知道为什么打你吗？”其中一个寸头黑面、五大三粗的警察问。

武进没说话，他需要弄清楚事情的来龙去脉。

警察又抬起一脚踢在他的脸上，武进顿时觉得眼前一黑，耳朵里像是有人在敲锣。此时武进想起丁卓多年前的叮嘱，当时两人聊到万一被其他执法单位抓捕后应该怎么办，丁卓说：“保持沉默，我会接你出来。”

见武进一言不发，警察开始疯狂殴打武进。

“说，你犯了什么事？”警察问

“你以为不说话就没事了？”

“老子把你弄死在这里都没人管你，还冒充什么忠臣良将。”

“反正你是出不去了，早认罪就少受罪。”

……

殴打和逼供一直进行到武进昏迷。

武进醒来的时候是半夜，是被一阵烟呛醒的。警察在他睡着的时候把一支正在燃烧的香烟倒过来吹气，烟嘴对着他的鼻孔，浓烟从烟嘴处喷出，正好被昏迷中的武进从鼻孔吸了进去。咳嗽中醒来的武进昏昏沉沉，突然感觉心窝处一阵剧痛，那个警察把烟嘴摁在了他心窝上，武进咬紧了牙齿发出了一声说不清是愤怒还是痛苦的虚弱叫声。烟头在胸口熄灭之后武进发现自己双手和右腿一起被吊在一个铁架子上，只有左脚尖着地，被吊起来的手臂和右脚踝已经严重红肿，没有了知觉。双臂本能地引体向上，但手腕立即又恢复了痛感，挣扎被迫停止。

武进感觉自己的胳膊被无限拉长了，脚怎么也够不着地，重心飘飘忽忽的，胳膊像是有一万只寄生虫在里面进行万米冲刺，又像有人要把他的胳膊从关节处生生拽掉。刚刚恢复的那点儿意识本来就像风中的蜡烛一样岌岌可危，此时他的鼻孔里又被插入一个喷头，辣椒水很快从喷头射入武进的鼻腔，武进只是张张嘴，哼了几声，眼泪、鼻涕、口水、呕吐物伴随着从胸腔里来的气体喷涌而出，胸腔里的气体吐完之后，身体本能地抓住极短的间隙吸一口气，然后接着吐……

旁边的两个警察抱着胳膊欣赏着武进的痛苦，不时劝上几句，武进也听不清他们在说什么，他脑子里只有丁卓那句“保持沉默”。作为一个卧底，所有的坚持都源自心中的信念，但如今的遭遇，面对自己的同志都无能为力，武进的信念还会存在吗?

武进没时间考虑这些，此时他又成了沙袋，他的姿势使裆部成为最容易被攻击的部位，仅有的一只没有被拴住的脚在空中来回画着圆圈，动力来自那只不停踹向他裆部的脚。

“出去了你也是个太监，老子让你绝种。”

“再这么下去恐怕是出不了这个门了。”

这是武进在迷迷糊糊中听到的声音。与此同时，在漆黑的院子里，他清楚地看到猪在飞、鸟在跳、老鼠追着猫在跑。整个世界似乎都是欢乐祥和的气氛。

武进被解了下来，又被拖进另一间屋子，手脚被锁在一把钢制的铁椅子上，连头也被固定在那里。一盏在武进看来比太阳的光照还要强烈的射灯被放在他的面前，武进感觉那光能射进人的脑浆里，耳朵里胀得要爆炸。

没人再打武进了，或许他们累了，只留下一个瘦高的警察看着他。那个人不像其他人那么凶，只是给武进摆事实讲道理，他很有耐心，讲了大约一个小时，武进不说话他也不急，还是继续劝。每次在武进快要睡着时，会突然跑进来一个人，狠狠地抽他几巴掌，打完之后，那个瘦高的警察会站起来把打人的警察拉出去，然后再回来劝武进。

再次睡去的时候，那人还是会冲进来，拿着老虎钳，钳住胸肌靠近腋窝的那一块，直到武进发出虚弱的惨叫才停下来，然后又被那个瘦高的警察推出去。他们整整折腾了武进一夜。

天亮了，武进的双手被绳子从手腕处绑起来，蹲在地上，胳膊环套在腿上，然后用单杠的钢管从小腿腿弯下穿过去，再由两个人抬起来挂在单杠架上。还没挂上去，武进已经被那种骨折般的剧痛折磨得流出了眼泪，他已经叫不出声了。他被推着以单杠为轴转动，离心力使武进头部充血，意识渐渐消失，但剧痛又使他始终清醒。

折磨累了之后，武进重新回到了那把钢制的老虎凳上。不会等太久，殴打、折磨、睡眠剥夺，一切都会继续下去，武进除了少量的水和维持生命的葡萄糖之外，粒米未进。如果偶尔昏死过去算是睡眠的话，那么武进还是睡过几分钟的。

警察们好不容易停手是因为他们累了，武进经过连续的折磨已经面目全非，大小便失禁、便血，整个人形同腐肉一般瘫倒在椅子上。短暂的休息使武进的大脑有了点儿思考时间。

他知道再这么下去自己可能活不过几天了，在金三角这么多年都过来了，绝不能在最后一刻死在自己人手里。他对这里的警察也是恨透了，只有活着出去，才能找他们算账。

那位瘦高的警察吃完午饭，捧着茶杯再次坐到了武进面前。他劝了两天，今天已经失去了劝说的耐心。

“怎么样，还不说？”

武进慢慢睁开眼，缓缓摇了摇头。

此时外面，有一辆军绿色越野车开了过来，车牌是用黑色塑料袋蒙起来的。

昨天管锥与罗大佐返回新庙后准备找酒肆李汇报情况，但酒肆李并没在酒肆。两人看天色已晚，只好先吃晚饭，吃完后在新庙又找了一圈，还是没找到。管锥不敢睡觉，一直在酒肆附近，等到半夜酒肆李才回来。

管锥汇报了武进的情况后，马上就被酒肆李抓住胳膊扔进了房子里，酒肆李说 049 没有在预定地点遇到武进，现在正在到处找人。管锥愣了一下，问酒肆李消失这么久干吗去了？酒肆李突然发怒："我能干吗，还不是去找你们了！"

管锥压着火，尽量温和地说："不是约好我们回来会跟你汇报的吗？"

"出了这种意外，你让我就坐在这里等吗？"

吵下去不是办法，但管锥并不像酒肆李那么着急，因为他觉得很可能是跟公安撞线了："我们看到武进被公安的人抓了。"

酒肆李听到这个消息并没有一点点轻松，转身进去给丁卓汇报。几分钟之后又出来告诉管锥说："撞线这种事经常发生，049 一直跟公安保持着沟通，公安那边这两天没有抓到过符合武进特征的人，武进应该是出事了。你们现在马上去事发地点附近寻找可疑线索。049 已经在风雪垭口做好准备，你们如果找到武进，不管死活伤亡，都要第一时间去往风雪垭口，那里的人在等你们回家。"

管锥郑重地点头，然后和罗大佐一起朝事发地赶去。

关押武进的派出所里，绿色的越野车停在派出所门前，两个穿着便衣的人走了下来，径直走进了所长室。那个打武进的胖警察正坐在里面喝茶，见两人进来，赶紧站起来打招呼。

便衣问："三天时间到了，招了没有？"

警察摇头。

"今天是最后期限，一定要问出点儿东西，然后记得录下来。天黑以后让这个人消失，不能留下任何痕迹。尤其不能让八爷的人知道。"

警察点点头。

便衣转身往外走的时候，又回头补充道："我说的消失是连骨灰都没有。"

警察说："明白，放心吧。"

两个便衣启动车子原路返回，在返回的路上，他们看到迎面开过来的一辆越野车。那辆车里坐着的是管锥和罗大佐，管锥开车，罗大佐在副驾驶上端着望远镜努力消除车身抖动造成的成像抖动。罗大佐端着望远镜喃喃自语："怎么是他们？"

管锥问："谁？"

罗大佐想了一下说："我朋友，你不认识。"说完有些不好意思地补充道："我还欠他钱呢。"

管锥问："这人和武进失踪有关系吗？"

罗大佐面色凝重："我真希望没关系啊，有的话就麻烦了。"

"怎么麻烦了？"

"你来自黑白世界自然不懂，我们这里雾蒙蒙的，没有什么黑白之分。"罗大佐放下望远镜。

在罗大佐说这句话的前一刻，管锥也意识到了，武进是罗大佐的朋友，前面车里的也是罗大佐的朋友。对罗大佐来说似乎没什么区别。但管锥没有第一时间说出来，脸上还是一副不解的表情，因为他没时间去说服罗大佐了。

两辆车狭路相逢，双方同时停下，因为路太窄，必须有一辆车停下让路，另一辆车才好过去，但看样子两辆车的司机都没什么绅士精神。

罗大佐打开车门，先是装作指挥对方倒车的样子，走到对方车前，然后一脸惊讶地看着驾驶员说："梁哥！你怎么在这儿？"

被罗大佐称作梁哥的人下车，看上去比罗大佐年轻不少，站在车门前提了提裤子，递给罗大佐一支烟："来办点儿事，你怎么在这儿？"

"我买的东西今天到了，我来接一下。"罗大佐朝管锥招了招手，管锥下车。

"你最近搞得不错，听说梁氏二少爷都被你敲竹杠了。"

罗大佐不好意思地摸摸头："都是小生意，我上次去找过歌丹，但他不在。"罗大佐指了指管锥："就是和他一起去的。你到这儿来是不是跟梁氏的武进有关系？"

梁哥突然警惕起来："你怎么知道？"

罗大佐笑笑："我最近不是经常去我们裴三爷那儿嘛，裴万岁和梁氏八爷是兄弟，梁氏的事情我比谁都清楚。"罗大佐摇头晃脑地说完，朝管锥偷偷瞥了一眼，一副得意扬扬的样子。

"我就说你最近怎么敢捅梁氏的马蜂窝，原来是又回到三爷那儿了。行，回去了总比之前好，这几年你差点儿烂在新庙。除了欠我的钱，你外面还欠不少吧？欠我的先不说，欠别人的你总得还。你那身烂毛病该改就得改。吃喝嫖赌抽，你五毒俱全了你。"

罗大佐挠头苦笑，脚尖在地上胡乱踢着碎土，踢了几脚抬起头来问："昨天我在三爷那里听说，这回武进要完蛋了？"

梁哥不置可否地摊了摊手："你还是少关心这些跟你没关系的事情吧，怎么年纪越大越八卦了。以后就没有武进这个人了，你可不能对外说我和武进有什么关系，还有你这个小兄弟，也不能说。"

管锥笑着点点头，朝梁哥走过去，最后站定在罗大佐身旁，距离梁哥也就一米左右的距离。

可能觉得和管锥不熟，梁哥伸出手和管锥握了一下就松开了："你们去忙吧，我也得赶回去了。"

罗大佐看管锥脸色不对，赶紧在他们握手结束后站到两人中间，满脸谄媚，对梁哥说："梁哥，我也不知道武进犯了什么事，但他是我朋友，你看这次能不能放了他？"

梁哥看了罗大佐两秒，冷笑一声，突然掏出手枪对准罗大佐："你能提出这个要求，可能你是真不知道他的身份。这个人是对面的卧底，杀是一定要杀的，你这个面子我给不了。但你要是还想做朋友，这件事你最好别往外说，这个人的事情你也不准再碰。”

话说完的时候，管锥还在罗大佐身后，突然伸出右手挡开梁哥的手枪，然后顺势把梁哥拉向自己，左手持匕首迎面一刀，双面开刃的匕首刺中梁哥腹部，接着管锥朝右跨出一个弓步，持刀的左手换成右手，把匕首往前一推，在梁哥腹部划出一道口子，肠子像是打翻的面条一样流了出来。梁哥倒地，一脸不可思议地看着管锥。罗大佐还没来得及惊叫，梁哥的脖子又挨了管锥一刀。

等罗大佐反应过来去抱梁哥的时候，管锥已经冲出去追另外一个人了。这样的环境中很少有人能逃过管锥的追捕，那人只逃了十几米就被管锥扑倒在地。

“你不会还想跑吧？”

那人木讷地摇摇头。

“说，武进在哪儿？”

那人还是木讷地摇头。

“你也看到我是什么样的人了。”管锥用还滴着血的匕首从那人鼻尖划过。

那人闻到刀尖上的血腥味的时候马上就招架不住了，他开口说：“派出所是假的，警察也是假的……”说到这里他喘了口气，正要说下去，却猝不及防地被罗大佐一刀割断了颈动脉。

罗大佐的动作快到管锥也来不及反应，甚至都没来得及说话，只听到罗大佐杀完人之后红着眼睛质问管锥：“你为什么要杀他？他是我的朋友啊。”

管锥没想到罗大佐会是这个态度，回答道：“枪都指你脸上了，还你的朋友？我不是在杀人，我只是保护你。也许今天这里会死很多人，无论武进是死是活，也无论我是死是活。只要有人活着，你我都脱不了干系。我们做这一切，都只是为了保护应该保护的人。”管锥见罗大佐不说话，反问道："你为什么要杀了我抓的这条舌头？"

罗大佐说："你杀我一个朋友，我杀你一条舌头，这叫公平。"

管锥被噎得无话，现在的形势也的确不是抬杠的时候。两人把尸体放到自己车的后座，再把车藏好，然后开着梁哥的车直奔那间"派出所"，路上罗大佐开车，管锥在后座不出所料地发现了之前武进带的十公斤海洛因。

见到梁哥的车折回，派出所里的两个警察笑眯眯地走到驾驶室车门前，由于是隐私玻璃，他们看不到驾驶室里的人，还以为是刚走的梁哥，也就更不知道后排坐着的是管锥了。

驾驶室的玻璃缓缓降下，那缝隙刚刚好足够伸出一个拳头的时候，突然从里面伸出一只手，抓住一个"警察"的衣领往里一拉，接着侧面一把匕首插进了他的脖子。

与此同时，后车门打开，管锥从身后抱住另一个"警察"的头，活活拧了一圈，又把他的脸折到脊梁上，这才转身看向大楼的所长室。

罗大佐先冲进去的，里面的两个人看见罗大佐，一时没回过神来，直到管锥把匕首从一人的背后捅进肺叶，另一人才抬起脚把举着匕首的罗大佐踹出一米开外。管锥的匕首此时被第一个人的肋骨卡在身体里拔不出来，只好顺手捞起一把椅子，劈头盖脸把第二个人砸到地上，罗大佐从地上爬起来，顺势朝第二个人的喉咙补了一刀。

打斗声不可避免地传到了外面，另一间屋子里的人听到动静，跑到门口，看到里面的情况蒙了一秒钟，啊了一声，话音没来得及落下，呼出的气体几乎喷到了管锥脸上，管锥甚至闻到了他的口臭。很快他的脖子被管锥捏住，努力想咳嗽却又咳不出来，憋得满脸通红，罗大佐又顺势朝颈动脉补上一刀。

管锥注视着面色阴森的罗大佐一秒钟，虽然罗大佐给他的印象并不好，但是他没有想到这个人杀起人来竟然这么干脆。时间不允许他继续想下去，奄奄一息的武进被最后一名“警察”锁喉带了出来，当然，同时还有一支手枪顶着他的太阳穴。

现实和那些无聊的电影情节一模一样，那个“警察”露出了电影里反面角色垂死挣扎时的表现，战战兢兢地要求管锥和罗大佐放下武器并后退。但让这位假警察失望的是，电影情节转瞬即逝，接下来他将面对的是血淋淋的现实。

作为一个习惯了以命相搏的战士，管锥不可能放下武器。

他拒绝得很干脆，“不放”，但答应了后退，主要是利用后退的机会，慢慢调整自身位置。

三人现在的相对位置是一个三角形，此时无论“警察”先朝谁开枪，另一个人都有机会把他杀死。反之，如果管锥和罗大佐放下武器，或者后退，“警察”可以轻易地将三个人击毙。

“放下武器一个都活不了。”这是管锥凭直觉就能给出的判断，他对自己的判断有强烈的自信。

管锥开始和他讲道理，说到手枪的时候还会用手比出一个手枪的手势。“警察”一时半会也没什么办法，而在他认真听管锥老师讲《敌我实力的对比》课程的时候，并没有注意到怀里奄奄一息的武进的头挡住了他的视线，使他看不到罗大佐的动作。而武进此时却用尽所有力气看着罗大佐。

管锥继续给这个“警察”手舞足蹈地讲课，摆事实讲道理，不厌其烦。管锥的余光始终关注着罗大佐，刚才他表现出的杀人不眨眼的凶残本性使管锥对他有着十足的信心。

但罗大佐接下来的表现让他越来越失望，他至少有一分钟的时间瞄准那个警察的脑袋，一枪毙命，而且这个距离几乎不存在精度问题。但管锥感觉罗大佐的手在颤抖，刚才割断几条颈动脉都面不改色的罗大佐此时表情开始变得复杂。

管锥的耐心被消磨殆尽，罗大佐一旦被发现，对方很可能选择同归于尽，武进必死无疑。他努力吸引对方的注意力，只要对方有任何异动，管锥都会毫不犹豫地开枪。

手枪在罗大佐的控制下越抖越厉害，他右手食指努力将扳机下压，耳边似乎又听到了那个声音“爸爸”“爸爸”，声音像个兴奋的孩子，对大多数人来说，这几乎是世界上最美妙的声音之一，但却是罗大佐的地狱。

枪响了，子弹沿着弹道不知道射去了哪儿，罗大佐在开出这一枪之后抱着头瘫坐在地上，像是被摧垮了所有意志。

武进失望地闭上了眼睛。

那个“警察”听到罗大佐的枪声，似乎是出于本能，举枪准备朝罗大佐射击，但管锥已经抓住机会冲上来抓住了对方持枪的大臂，已经瞄准罗大佐的手枪被管锥推开一截儿，那人一枪没有打中罗大佐。“警察”的大臂被管锥抓住，小臂却折了回来又瞄准武进，但在最后关头又被管锥抓住了小臂。只是抓的位置偏上段，管锥想把对方胳膊掰回来需要更多的力气。

那人右臂被管锥抓住，手枪离武进的头越来越远，但锁住武进喉咙的左臂却突然用力，武进很快因为窒息而面色泛红。管锥看到武进张嘴试图吸进空气的时候，知道不能拖太久，但那人偏偏臂力惊人，一时之间竟然拿不下来，而管锥也不敢调整抓在对方小臂上的右手。眼看武进就要不行了。

情急之下，管锥只能冒险抬高对方的手臂，然后整个人下潜，同时前进一步，进入到对方的右臂弯里。管锥的左手依然是抓住对方右大臂的，但右手抬起，狠狠地朝对方右侧颈动脉窦处来了一记肘击，趁对方短暂晕厥时推开武进。

那人后退几步，定神之后马上举枪瞄向武进，管锥这时手才刚放到腰间的手枪上。

举枪还击是来不及了，扑过去更是不太可能。管锥脑子里没有思考这么多，因为他没有时间去盘算，他选择了最直接的办法，挡在了武进的身前。

武进在管锥身后，他想把管锥推开，但只剩不到半条命的武进哪儿能推得动管锥。

用身体挡住武进之后，管锥已经抽出了手枪，正准备瞄准对方时，感觉腰间一麻，和四年前被毒蛇咬的感觉很像，但这次扩散得很快，右腿似乎失去了知觉。

管锥知道自己腰部中弹，他不确定自己还能站多久，必须尽快解决，想到这儿的时候，其实管锥的手枪也已经瞄准了那人左胸，他果断开枪，一枪将人击倒，又连开了两枪，自己才倒下。

武进在管锥身后，半跪在地上，管锥中弹的位置对着的正是武进的头部。武进眼看着管锥右边的身体受到剧烈冲击，导致重心全落到左腿上。管锥最后坚持连开了三枪，倒在武进旁边。

武进趴在管锥身旁，想伸手检查管锥的伤口，却发现只有手指还能动弹，眼睛看东西都模糊了，只能隐约看到管锥的小腹伤口不停地往外冒血。他努力伸出手，想爬到管锥身边，却发觉手背突然被拍了拍。武进的视力越来越模糊，几乎用尽了所有力气才看到管锥正瞪着眼睛看着自己。看到管锥至少还活着，武进总算松了一口气，整个人也垮在地上。

管锥笑了，笑得很开心，声音里除了有些虚弱之外，听上去真是兴高采烈。笑完了喘着气说：“这两天被整惨了吧？我那几枪开得怎么样？你说我前面被开了口子怎么觉得是屁股疼？”

连续三个问题武进已经无力回答，过了一会儿才再次试图往管锥身边爬去，管锥摆手，说：“停停停停，我死不了，就是腿有点儿麻。你要是死了我挨这枪就亏大了，你趴在那别动，罗大佐这废物呢？”说完目光投向罗大佐，管锥从地上捡了一块石头，朝罗大佐砸了过去。

罗大佐坐在地上，看到了整个过程，但谁也不知道他在想什么，直到额头被一块石头砸中，突然像回了魂一样看着管锥。

接着管锥的骂声传来："这是哪位废物啊？还不赶紧来把我哥，也就是你武大爷扶车上去。"

罗大佐对管锥的讥讽毫不在意，先是把武进抱到车子的副驾驶座位上，又来抱管锥，抱起管锥的时候还是有点儿吃力的，接连使了几次劲才总算把人抱起来，管锥抱怨："慢点儿，我的血不要钱啊，好不容易捂住的，又洒了一地，你是不是想吃血旺了啊？"

罗大佐做事倒是利索，把人放到车上之后，又拎着一桶备用油进屋点了把火，然后开着车到酒肆李指定的地点。

罗大佐开车走在路上，每隔几分钟就得分心检查一下两个伤员。武进似乎已经陷入昏迷，整个人瘫在座位上，耷拉着脑袋。管锥躺在后排，手捂着伤口，眼睛还会动，但脸色越来越苍白。

"小子，你怎么样了？"罗大佐问。

管锥虚弱地回答："你个老废物别跟我说话，好不容易止了血。"

"是不是很晕？"

"还不是被你害的。"

"是不是想睡觉？"

"求你，让我休息。"

罗大佐说："别呀，要不唱首歌吧，我起个头儿……"

"唱什么唱？"

罗大佐回头看了看管锥，小声说："你看看武进，他快不行了，他要是现在睡着，就死定了。"

"救他。"管锥说话越来越困难。

罗大佐拍了拍武进，武进"嗯"了一声，罗大佐又看了看管锥，说：“唱首歌吧，我起个头，一起唱。”

还记得那年报名参军吗
还记得第一次穿上军装吗
还记得营房前的那棵树吗
还记得爱训人的排长吗
还记得我们一起巡逻吗
还记得那次抗洪抢险吗
还记得炊事班的饭菜香吗
还记得庆功会的锣鼓吗
我们曾经一起训练
也曾经一起摸爬滚打
我们一起翻山越岭
也曾经一夜行军百里
我们曾经一起喝醉
也曾经一起谈天说地
我们曾经梦想当将军
……

开始只有罗大佐一个人唱，其他两人只是偶尔小声附和，几句之后，罗大佐声音渐小，三个人形成合唱，虽然声音始终不大，但歌循环了很久。

罗大佐的车到风雪垭口的时候，车里已经没了声音，另外两人彻底陷入昏迷。罗大佐把车停在救护车旁边，走下车，武警医院的医护人员接管了伤员。

丁卓走到罗大佐面前：“谢谢。”

罗大佐晃了晃脑袋算是点头，看到武进和管锥被医护人员分别抬上两辆救护车之后，罗大佐抬头对丁卓说："我要立即回去处理后面的事情，武进如果这次不死，我建议你别再派他出去了。"

丁卓点点头："武进不会再回金三角了。"

罗大佐："那就好，我会在那边安排好一切，管锥如果没死，他可以来找我。"

丁卓问："如果他不去找你呢？"

罗大佐："那我继续跟着裴万岁，做我该做的事情，那些事跟你都没有关系。"

丁卓犹豫了一下："你的身体……"

罗大佐没有躲闪，迎上丁卓的目光："戒了。"

丁卓没再说话，罗大佐回到车上掉头，丁卓目送罗大佐出境。

半个月后，管锥的伤基本痊愈。除了取出被髂骨挡在体内的弹头之外，最难办的是失血过多。

20天后，风雪垭口，管锥出境前问丁卓武进怎么样了。

丁卓没有丝毫犹豫，回答得很干脆："死了。"

管锥猛地转过身，一脸诧异地看着丁卓，丁卓也看着他："你消失的这段时间，我安排人用'管锥'的身份去越南、马来西亚走了一圈，大概就是吃喝玩三件事。回去之后，如果有人问起，你就这么说，经得起查。"

管锥从丁卓的话里听不出任何情绪，或者他将情绪掩饰得太好，或者他的确没有情绪波动。但管锥可以确定，再追问下去，恐怕自己是否被批准出境都是问题，他也尽量使自己不带任何情绪地回答："是。"

"罗大佐失手枪杀自己儿子这件事，前因后果你都清楚了，武进的事情到此为止。你们同是天涯沦落人，他老婆因为这件事离家出走很多年了，你别再跟他计较什么。”

管锥：“明白。”

“时刻记住自己的任务。”

“明白，我的任务是替武进完成未竟之志。”

丁卓：“还有件事，听说丑人派武进去金城公馆绑架那个教授的时候，出现了一些怪事，他明明换掉了牌子，却又莫名其妙地被换了回来。”

管锥：“那是我干的，我看到丑人进了‘教授’的房间，就知道是个局，帮他解了围。”

丁卓冲他摆摆手：“没有什么事的话，你就去吧。”

管锥转身朝境外走去，边走边自言自语：“一定要为武进报仇。”

走出国境之后，罗大佐的越野车等在那儿。罗大佐上次回去之后，处理了梁哥的尸体和车子，自己主持着整个新庙的药品市场。面对丑人那边的催问，罗大佐只得尽量周旋。

管锥上车之后，两人半天没有说话，罗大佐只听管锥低声念叨：“一定要弄死他，一定要弄死他。”

罗大佐问：“弄死谁？”

管锥说：“武进死了。”

罗大佐大惊：“死了？”

管锥：“你觉得是谁干的，梁道安，丑人，陈汉生？”

“武进真的死了？”

“真的，丁卓亲口说的。回答我的问题，你觉得是谁？”

罗大佐想了一下说：“你说的这三个人里，丑人没有理由这时候杀武进。陈汉生没有设计这种精密行动的能力，可梁道安做这种事也不会请歌丹来做。这就很奇怪了，这件事还是不能急，要一步步来。”

“不管是谁，一定要弄死他。”

罗大佐侧脸看着管锥，把车刹停在路边，管锥问：“看着我干吗？”

罗大佐：“报仇这件事是不是让你觉得很过瘾？”

这句话让管锥失神发愣，罗大佐接着说：“问你一个问题，假如有一天，梁氏制毒集团和梁道安，你只能消灭其中一个，你消灭谁？”

管锥还陷在罗大佐的上一个问题里，对罗大佐紧接着抛出的新问题完全没有思想准备，更不知道该怎么回答，管锥反问：“如果是武进，他选择消灭谁？”

罗大佐长叹了一口气：“他会毫不犹豫地选择消灭梁道安。我不知道你有没有听过武进的故事，他这一辈子囿于仇恨，至少从我认识他开始就是这样的。我不是说不能仇恨，但你的人生里一定要有比仇恨更重要、更有意义的事，不然你就会成为仇恨本身。那就是你被仇恨击垮的时候。”

管锥讥讽：“死的又不是你，你有什么资格代替死者说这些话？”

罗大佐的目光从管锥脸上移开，透过车窗盯着远方说：“我仇恨过自己，也许这些话只是自我纾解吧。”

管锥想到丁卓说的，罗大佐失手杀死了自己的儿子。此时罗大佐不提，他也不想再勾起对方的回忆。他只是拍了拍罗大佐的肩膀：“我不该那么说你。”

管锥和罗大佐回到新庙的时候，丑人已经急不可待地去找梁道安了。丑人有理由着急，他怀疑武进的失踪和北方边境那场大火烧掉的建筑有关，据说大火中有好几个人丧生，但当丑人派人去查的时候，遗体却全部失踪了。没有人知道遗体去了哪里，当地的警察也不知道来龙去脉。被烧了的那栋建筑原先的主人已经不知道多少年没有出现过了，只有一个名字，查不到其他任何资料。

按照丑人原先的计划，武进在入境中国之后，是有一组人暗中盯着他的。一来货丢了可以第一时间得到消息，二来他对武进的身份多少是有些好奇的。但他派出的人并没有在武进入境的地方见到武进。预定进入中国的位置正好在那栋烧了的建筑附近，这很难不让人产生联想。

丑人找到梁道安就一件事：哭诉。先是说了武进带的十公斤货丢了，再是裴万岁把新庙的药品市场全拿走了。丑人也是真的没有办法了，眼看着就没米下锅了，梁道安是他最后的希望。

梁道安也很满意，其实他一直关注着新庙药品市场的动向，管锥和罗大佐在新庙的行动背后有裴万岁撑腰，梁道安摸得一清二楚。他之所以按兵不动，是想看看丑人在这种情况下还有没有什么招数。现在丑人上门求救，说明他确实没有什么底牌了。梁道安感到欣慰，这个险些失控的干儿子现在又被自己紧紧地攥在了手里，没有什么比这个更让他感到安心的了。为此，他答应这两天去找一趟裴万岁。

丑人总算松了口气，裴万岁不会为了这点儿小钱驳了梁道安的面子，新庙东城的药品生意是肯定能拿回来的。此时他又想到了管锥，想到他气就不打一处来，明明答应好了，现在却玩起了失踪。他决定亲自去找找管锥，好好羞辱他一番。

丑人从老八寨出来直接去了管锥的住处，敲门。其实他也没抱多大希望，因为前面几次派人来敲门都没人开门。但这次只敲了两声，门便开了，管锥脖子里挂着毛巾，看到丑人还一副惊喜万分的样子。面对管锥的笑脸相迎，丑人拿出一副趾高气扬的气势进了屋，随行的两个手下把守住门口。

管锥有点儿紧张，因为他刚做完一件事回来。他和罗大佐到新庙之后，第一件事就是让酒肆李准备了车和人，然后找到那个乞丐贺煌。因为这个人知道他的一部分身份，留在新庙十分危险，必须把他送回国去。

贺煌正在毯子上躺着，看到管锥有些意外："你怎么来了？"

"来看看你，顺便送你回家，"管锥指了指身后的人和车说，"上次的事情我很感谢你，现在你还是自己上车吧。"

贺煌摆出防御的姿势："别动手，先听我说，我不能回国。"

管锥摇摇头："这次你一定要走，对不起了。"

贺煌喊："老子在国内欠了几百亿，你让我回去送死吗……"贺煌的嘴被堵上了，然后被塞进了车里。车一路向北，开往中国。

送走了贺煌，管锥回到家冲了个澡，丑人就敲门了。管锥问丑人有什么事，丑人不打算说梁道安要去找裴万岁的事，而是说："你不是说去给我当说客吗？你有没有去找三爷？这段时间我到处在找你，你跑哪儿去了？"

管锥听出话里有话："对不起，对不起，我刚回新庙，明天一定去找三爷把这件事给办了。"

丑人说话时扬起的下巴像是力携千钧的铲车："你到底能不能办？不能办就别办了。我自己想办法。"

丑人这次有恃无恐的态度跟上次完全不同，这引起了管锥的警惕，对方硬他就软："能办能办，你不要那么着急。"

"要不就算了，不麻烦你了。"丑人虽然嘴上这么说，但心里想的是裴万岁命令管锥交出东城时管锥的表情。

管锥继续以退为进："你不是真的打算跟三爷来硬的吧？"

丑人见管锥当真，心里更加得意："那又怎么样？"

管锥一把拉住丑人胳膊，压低声音："疯了吗？现在去和他拼命就是送死。"

丑人不以为然："反正我就这一条命，也被折腾得差不多了，不在乎这最后一刀。"

管锥说："你还有很多事情没有做，就算所有事情你都不管，你哥的仇也不报了？"

丑人看向管锥："你怎么知道？"

"整个新庙还有谁不知道这件事的？人人都说你杀了梁志，连八爷也对你起了疑心。但是，我相信梁志不是你杀的，不然当初你不会把300人留在山下，自己孤身一人去见八爷。我敬重你的为人，所以劝你不要和三爷硬碰。只要你活着，梁志之死的真相就有可能被揭开。至于东城的生意，我答应为你当说客去找三爷，我一定做到。如果三爷不同意，那我就把属于我的那一份报酬给你，这是在我的能力范围内能给你的最大承诺。我愿意和你这样重情重义的人共渡难关。"

丑人最近心中最大的症结就在这里，现在梁氏自梁道安以下，似乎所有人都怀疑是丑人杀了梁志，至少在丑人心里，所有人都是这么看的。但碍于丑人往日的地位，没有人当面指责而已。而在这种情况下，丑人又不能见人就替自己解释。他今天本来是想羞辱管锥，发泄一下，但没想到管锥的这些话句句都说在他的心坎上："就冲你这份心，我把你当兄弟。不瞒你说，我爸这两天会去找三爷，不出意外的话，这东城我很快就能拿回来。是我小人之心了。但你今天的话我记住了，你这个兄弟我认下了，无论我丑人是好是坏，也不管你管锥是好是坏，你都是我的兄弟。"

管锥被丑人的转变吓了一跳，这份意外收获的友谊让他突然间感到无所适从。但想到双方身份，竟然有些失神，不过马上警惕起来，脸上不露声色："我敬重你的为人，其他的都不重要。"

送走丑人，管锥坐在沙发上发呆，他想到武进跟着丑人这么多年，会不会也有过这样失神的瞬间，会不会也像今天这般对未来不可避免的矛盾感到恐惧和彷徨？来自内心的危险是不是比外部的危险更加致命？武进是怎么处理这种注定走向背叛的友情的？他是否也思考过是抗拒还是接受？有一瞬间，他似乎理解了武进。他这么多年并不是跨不过仇恨这道坎，仇恨是他在内心给自己设定的保护机制。管锥突然有些羡慕武进，在内心彷徨焦虑时，有这么一个简单直接的理由说服自己，的确会轻松不少。

想到这儿，管锥坐起来，倒了两杯酒，碰杯之后，洒给武进一杯，他说：“仇恨支撑我们活下去，但仇恨不是我们的目的。”说完把自己那杯一饮而尽。他从未有过像此刻这样想念武进的时候。

不管管锥怎么想，事情都在不可避免地发生着。梁道安去找裴万岁的时候，裴万岁很热情，走出大门来迎接，梁道安下车被裴万岁一把拉住：“哎呀八弟，都老了，都老了，我上次见你还是两年前，怎么老成这样了？这么长时间你也不来，三哥心疼你啊！”

梁道安轻拍裴万岁拉着自己的手：“看到三哥身体健朗，我也就放心了。”说完又看向裴万岁的头顶：“三哥的白发又多了，咱们都老了。每每想到咱们年轻的时候，兄弟八人在这山窝里白手起家，硬是打下了今天的天下。但现在故人凋零，我们兄弟八人也只剩三人，五哥还天天盼着我死。现在是年轻人的天下了，可我那个不争气的儿子……唉。”

梁道安说得几近落泪，裴万岁则抹着眼泪把梁道安拉进屋，叹着气说：“是啊，是年轻人的天下了。老天爷没长眼啊，我那么好的侄子啊，就这么没了。老五也是糊涂啊，在这世上除了三哥我，也就你这么一个八弟了，都没有多少时间了，还想着那些陈年旧事。”

梁道安坐下，端起茶喝了一口：“五哥的事不提也罢，这辈子我和他的缘分早就尽了。只是我儿梁志死得不明不白，这件事不搞清楚我不敢下去见阎王爷。好在还有一个不成器的干儿子丑人，这小子太莽撞，又不懂礼数。我现在是无人可用，我羡慕三哥新人、旧人都源源不断。好在丑人本性不坏，这次还是他在我耳边念叨说不知道三爷身体怎么样，经他提醒我才想起来已经很久没见到三哥了。”

两人形影不离地聊到午饭后，太阳偏西时梁道安才启程返回老八寨，整个过程里没有提一句新庙药品市场的事情。不过裴万岁倒是提了一句管锥，但梁道安走后，裴万岁很快找到罗大佐，让罗大佐将新庙东城的市场还给丑人。

罗大佐将这件事告诉管锥之后，管锥决定亲自去一趟积星堆，以转让东城市场的名义，去摸摸丑人的底，也好进一步加深与丑人的“友谊”。

第八章

近墨者“黑”

丑人的近况还是那样，没什么起色，民兵团和联合军依旧紧咬不放，他想开荒的那座山头眼看着就没什么希望了。

见管锥来拜访，丑人十分高兴，尤其是管锥这次来归还了东城市场。让丑人高看一眼的是，管锥说是裴万岁下令归还的，至于原因他不知道。实际上，管锥早就从罗大佐那里知道了梁道安拜访裴万岁的事。

丑人原以为管锥要说这是自己努力的功劳，但管锥没有贪功，这让丑人对管锥高看一眼，对他的好感再一次加深了。丑人对管锥的印象一直不错，自己现在穷途末路还愿意结交，丑人打心底觉得这个人值得交。

两人出屋走到一口枯井前，管锥问这井为什么没有水？丑人笑着说这井不是用来吃水的，而是用来关人的，这口井新挖不久，只关过一个人。丑人接着把武进怎么跟了自己，怎么立下功劳，怎么被梁道安怀疑，怎么杀黎耀祖父亲，怎么被中国军队报复的事全部对管锥说了，说到中国军队派人刺杀武进时，他说自己派人封锁了四周山脉，连续封锁一星期都没搜到人影，把对手吹得神乎其神。但他隐瞒了自己几次试探武进的过程，武进的结局，在他嘴里成了送货途中被中国军队掳走。

管锥面对着深井，似乎看到武进坐在井底。那时武进的天，应该只有井口这么大。想到这里，他意识到自己若稍有不慎，或许也会亲身体会一下武进当时的感受。所谓以管窥天，“管锥”这个名字说不定最后会以这种方式实现。

管锥嘴角露出苦笑，好在目前丑人心里需要另一个“武进”，管锥的出现让他多少有些欣慰。管锥收起心绪，对丑人连连点头，夸赞丑人行事滴水不漏。

可能是为了纾解心中的苦闷，丑人把管锥拉到山头上，指着不远处的一座大山说：“我这次要开的就是那座山，但现在民兵团和联合军卡住不让我开。他们自己也没有开发能力。要是放以前，我把他们全都剥皮抽筋丢山里喂狼……”

管锥适时地把话接下来：“要不试试用钱能不能买通？”

丑人：“每家 100 万，少一分都不行，这价格太高了，够我开荒成本了。”

管锥分析这不是个死局，丑人如果能静下来想想，应该就能想明白。只是他顾忌太多，展不开手脚，这才没了方寸。他知道这时候丑人需要推一把：“要不让兄弟我试试看？”

丑人抓着管锥的胳膊说：“你要是帮我解决了这件事，这个恩我记一辈子。”

管锥说：“那你得相信我，按我说的做，一个月之内你应该就能把山攥到手里。”

现在丑人手下满打满算只有十来个士兵，天天吃糠咽菜，一副病入膏肓的样子。士兵们如果不是身穿梁氏军装，完全看不出一点儿战斗力。这个状态下的丑人见到似乎成竹在胸的管锥，自然是像见到救命稻草一样。

不过管锥并没有跟丑人说具体计划，因为他根本就没有什么计划，只是觉得这两帮乌合之众很容易搞定，管锥答应这件事完全是凭直觉做出的决定。好在他在回新庙的路上想到一个办法——他打算让罗大佐来做这件事。但他疏忽了一点，没有想到这个思路后来会被罗大佐加码，导致他后悔当初这个决定。

罗大佐答应管锥去了积星堆，丑人见到罗大佐还是有些惊讶的。在他心中罗大佐是裴万岁的老手下，而管锥只是个新来的，论资排辈也应该是管锥给罗大佐打下手，可现在管锥却把罗大佐派来做这件事。丑人暗自庆幸，因为他不止一次地在管锥身上找到了武进的感觉，这两个人似乎都能帮自己处理好一切复杂的事务，原本毫无头绪的事情，在他们手里似乎都变得简单了。

罗大佐让丑人继续去开发那座山，但别再和联合军或者是民兵团的人起任何冲突。只要丑人不先动手，对方也不敢动手。毕竟丑人背靠梁道安，联合军和民兵团在梁道安眼里都只是可以轻易捏死的蚂蚁，他们的主要目的也是求财，而不是自杀。

重新开荒的第二天，民兵团和联合军就来人了。开始只是嘴上叫嚷，丑人雇来的工人不理不睬，砍树的砍树，挖地的挖地。这样一来，民兵团和联合军来叫骂的人显得有些尴尬，又不敢直接动手，更不能就这么走了。

第三天，在罗大佐的运作下，有人给民兵团长出了个馊主意，说咱们也去开荒。这是个好主意，于是他们就和联合军一起，各自也开起了荒。于是这三方竟然搁置争议，共同开荒了。丑人雇来的工人穿着当地的麻布衣服在中间，左右两侧分别是民兵团和联合军穿着军装的士兵，看上去有一种军民一家、其乐融融的感觉。

第四天，丑人将雇来的工人解散了，并对外说自己不在这儿开荒了。当天下午丑人就去新庙找管锥喝酒去了，只留下六七个熟悉当地的士兵在收拾东西。看上去丑人真的要撤走了。这招使联合军和民兵团愣了几天，后来觉得开荒好像也不难，以前丑人没来，没有路，所以山一直荒着，现在丑人修好了路，在山上开几块地随便种点啥都是不错的。

他们在原先的位置继续开荒。丑人不在，利益关系就突然改变了，民兵团和联合军各自视对方为新的竞争对手，毕竟有土壤的山就那么多，谁先开辟出来就是谁的。一时间他们都开始提高开荒速度。双方场地中间的一块地是丑人留下的，那是已经挖出来的土地。开始都没人动，结果后来有一天不知道谁先动的，反正双方都想要那块地，争了半天就打了起来。民兵团伤了两个，联合军重伤一个。

这不算什么大事，按说双方领头人坐下来谈谈话喝喝酒也就可以结束了。但没想到第三天晚上，民兵团三个士兵收工后在驻地喝酒，喝完之后在回家的路上遇到几个穿着联合军军装的人，双方又打了一场。民兵团的士兵只有三个人，自然不是对手，没几下就被抓了一个，剩下两个逃回了民兵团驻地。

民兵团的人回去一报信，当时就炸了窝。士兵们都喝得醉醺醺的，扛着枪就去联合军驻地要人，结果刚到联合军驻地门前的路口，就看到被抓走的那个人的尸体被分成了好几块扔在地上。要人，是可以坐下来谈的。但是寻仇的话，就只有你死我活了。

那天晚上，在联合军驻地，双方士兵大多都是喝醉的，打起来更加不要命。双方都损失过半，民兵团损失更严重些，只剩下十几个人。联合军勉强还有 20 多人，但驻地被民兵团一把火烧了。

两拨人各自回家，酒醒之后还要扛枪开打，但鉴于双方都损失惨重，一时也没人敢开第一枪，都忙着安葬自己兄弟呢。至于那座山、那块地，就更没人顾得上了。

后面的半个月，双方只有一些小摩擦，但都在计划着消灭对方。从来没人想过最初的矛盾是怎么产生的，更没有人会想到第一个死去的民兵团士兵到底是不是联合军杀死的。那天晚上他们互相把对方往死里整的时候，只有罗大佐站在积星堆的山顶上嗑着瓜子欣赏着那吞噬了几十条人命的火光。

管锥斜躺在沙发上，听了罗大佐的描述有些震惊，他原先的计划是拉拢一个，按下一个，至少给丑人在当地留点儿制衡力量，将来对付丑人会方便得多。没想到罗大佐下手这么重，但事情已经到了这一步，也只能顺势而为。他转过身，对丑人说："差不多了，你回去收割吧。"

丑人临走之前问管锥："如果我干爹问起来该怎么回答？"

管锥之前想过这个问题，答案在嘴边等着："如实回答。"

丑人当天就回到积星堆，接下来的几天按照管锥计划的，低价买通联合军，让联合军去消灭民兵团，然后再雇佣联合军当工人，大家都很满意。

丑人第二天将事情报告给了梁道安，梁道安经过上次新庙药品的事情就对管锥感到好奇。罗大佐他倒是了解，而管锥这个人像是天上掉下来的，而且在抢丑人生意的时候，虽然蛮横，倒也算是雷厉风行。

这次管锥又帮助丑人夺回积星堆的控制权，梁道安开始对这个年轻人刮目相看，自古以来以少胜多都是指挥艺术里最令人折服的，梁道安不至于被管锥折服，但至少会对这样一个人有了一些兴趣。只是管锥现在热衷帮丑人做事，让梁道安多少有些不满。

梁道安第三天就派人去找管锥了。梁道安派来两个人和一辆车，向管锥说明来意，来人倒是非常客气，从始至终都是商量的语气。在对方说完之后，管锥露出受宠若惊的样子，说自己稍稍准备一下。

见梁道安最好还是带上罗大佐，于是管锥先找到罗大佐，之后又让罗大佐准备了些礼物，然后开车跟着梁道安派来的车朝老八寨进发。管锥此行一来是探探梁道安这只老狐狸的底，二来他想弄清他感兴趣的“老萝卜头儿”是何许人也。

去往老八寨只有一条单行道，砂石路，这是梁道安年轻时修起来的。越野车在山间跋涉两个多小时后，管锥才看到远处山顶上隐约的几个风力发电设备。据罗大佐介绍，梁道安出于安全考虑，在驻地唯一的电器就是电灯和空调，连电视机都没有，所有人包括梁道安本人都不用其他任何电子设备。

管锥有些疑惑：“这么大一个军阀毒枭，总要获取外界信息吧？连新闻都不看？”

罗大佐想了一会儿：“看报纸。”

路上罗大佐又交代了一些见到梁道安之后要注意的事情，比如不知道说什么的时候就什么都不要说。直到看到梁氏的建筑两人才收起话头。远处一座红墙黄瓦的中式建筑矗立在山腰上，远看像寺庙。车开到门前，有十来个士兵站岗，他们肩上挂着步枪，两只手背在身后来回踱步，看上去给张床就能睡着。

前车点了下喇叭后直接被放行，两辆车开进院子，管锥和罗大佐下车，首先看到的是院子中间竖着的一个旗杆，旗帜上一只栩栩如生的老鹰抓着一支射出的箭——这就是传说中的梁氏鹰箭旗。环顾四周，管锥觉得自己置身于一个迷你版的中国皇宫。

没作停留，两人跟着梁氏的人走入“主殿”，主殿只有一座，其他房子都沿院墙而建。

进入主殿后，管锥惊讶地发现这是个两层建筑，从外面却一点儿也看不出来。管锥在二楼见到了身穿一袭瓦灰色长衫的梁道安，此刻梁道安正伏案读书，银灰色的头发一丝不苟地往后背着，脸上挂着一副圆形眼镜，乍看上去，没人会相信这是个毒枭，倒像是晚清或民国穿越而来的老学究。

直到管锥等人放下礼物，梁道安才缓缓回头，眼睛扫过管锥，像是在看一截木头一样无动于衷。或许是对管锥相助丑人的事情不满，或许是对管锥有些戒心和好奇心，梁道安故意表现得反常，只是想看看这个年轻人会怎么应对。管锥倒的确被梁道安搞得有些手足无措，但想到来的路上罗大佐交代的话，便什么也没做，什么也没说。“你梁道安把我当木头，那我就当好一根木桩。”管锥心里想。

梁道安看到罗大佐，眼神才有些改变，却又低下头接着看书，嘴上说:“一个天聋一个地哑，都不说话。你叫罗大佐吧？”

罗大佐笑笑说:“八爷还记得我呢？”

“以前是裴三哥身边的红人，怎么会忘了你。不过我有几年没见到你了吧？出什么事了吗？”

罗大佐只说自己因为家庭原因受到一些打击，所以就没有继续在裴万岁那里做事了。引得梁道安好一阵唏嘘，他说:“你早该来找我，我这个裴三哥对兄弟真是一点儿情分都不讲。我们都是中国人，我这儿不缺你一双筷子。”管锥听他嘴里说出的每一个字都是语重心长，像是长者对晚辈的谆谆教诲。

罗大佐笑道:“怪我自暴自弃，现在我不是来见八爷了嘛。”

梁道安把眼神慢慢挪到管锥身上，像是礼贤下士又似漫不经心地问:“你就是管锥吧？”

管锥忙点头称是:“八爷，我叫管锥，来新庙没多久。”

梁道安做思考状，过一会儿才指着椅子让两人坐下。

管锥主动提起丑人找过自己的事，就是因为这件事才有了梁道安的邀请，与其等梁道安问起，倒不如自己先说出来。一来显示自己对梁氏内斗一无所知，二来能适当地表现出一些功利心。梁道安这种人不会排斥功利心，在这片利欲熏心的土地上，没有功利心才令人怀疑。

听到管锥主动提起，梁道安漫不经心地问管锥对丑人的印象如何，一时半会管锥也想不到更好的回答。他以往对梁道安的了解都是片面的、脸谱化的，而真正面对着这个老人的时候，只觉得像是面对一潭死水，水面看似波澜不惊，但每靠近一步都让人如临深渊。

面对这样的角色，管锥不敢下脚太深，他小心蹚过这片雷区：“他还年轻，有的是机会。”

“你说得对啊，是棵好苗子，苗子就需要有人护着，长起来就成了栋梁，长不起来那就是杂草。”梁道安不紧不慢地说。

管锥连连夸赞：“丑人做事努力，很有开拓精神。”接着话锋一转，“上次丑人来的时候，还打听了美国那边的毒品销售情况，还问我在美国有没有熟人。他还是有志向的。”

管锥这些话一出口，梁道安脸色有变，这正中管锥下怀。梁道安当然知道丑人现在没有能力往美国输送毒品，所以一听说丑人对美国有兴趣，肯定会立即联想到自己的孙子，那是梁道安的命门所在。

今天的目的已经达到了，管锥现在只想迅速脱身，匆匆向梁道安道别后带着罗大佐回了新庙。

从那天开始，梁道安似乎对管锥有很大的兴趣。隔三岔五地就派人来把管锥叫去老八寨，倒是似乎忘记了罗大佐的存在。虽然梁道安话说得好听，但因为罗大佐和裴万岁的关系，他未必真的敢用罗大佐。管锥则不同，梁道安见到管锥第一面的时候，就断定这个人不会屈居罗大佐之下。在从管锥口中了解到他和罗大佐的相识过程之后，更加坚信自己的判断。

现在的梁氏，无论从哪个角度，都需要一个强有力的新人介入。梁氏的现状让梁道安觉得自己已经被架空，虽然实际上他仍然掌握着梁氏的一切，但在调查梁志之死这件事上，梁道安不相信梁氏的所有人。梁氏内部派系林立，利益纠葛盘根错节。梁道安觉得除了自己，没有人真正在乎梁志的死因。而他现在也不敢用丑人，因为梁志死了，如果这时候起用丑人，梁氏的大部分人都将倒向丑人一边，他接受不了这个结果。一句话，梁道安觉得梁氏内部需要有一个靠得住的强人出来破局。

管锥无疑是个合适的人选，他尤其满意管锥的身份。

有一种说法叫镀金，指刻意用某种经历将身份变得更加光彩。而管锥是通过帮裴万岁做事出场的，这种行为算是镀墨，刻意把自己染黑。没有人会想到一个帮裴万岁做事的人，真正的目标会是梁道安。

管锥第四次被梁道安叫到老八寨的时候，正好赶上饭点，梁道安招呼管锥一起吃，这次只有罗大厨一人陪梁道安吃午餐。直到午饭快要结束的时候，梁道安才终于说到正题，冷着脸问管锥和丑人熟不熟。

管锥抹了抹嘴："熟，我第一次来这里就跟您汇报过，他找过我，前几天我帮他收拾联合军和民兵团。"管锥把纸巾扔进垃圾桶，咽下嘴里最后一口饭，盯着梁道安停顿了一下，说道："他那边不会是又有麻烦了吧？要是有什么需要我做的，您尽管吩咐。"

梁道安转而一脸疑问："你就这么想帮他这个忙？"

"他是八爷的干儿子，那就是我……那就是我哥。我哥有事我能不帮吗？"这些话早已经了然于胸，管锥现在说出来脸不红气不喘。

梁道安笑眯眯地问："你收拾积星堆那两拨土匪的手段我听说了，四两拨千斤，稳坐钓鱼台。你哪来的这些手段？"这是只老狐狸，不像丑人那么好哄。

"八爷，您也是中国人，年纪比我大，懂的比我多，阅历比我深。我这点儿捏泥人的把戏在您面前算什么？"

梁道安突然笑了起来："口气不小，不过你说得对，我们中国人要猴的时候，他们还在树上吃香蕉呢。"梁道安停顿了一下，突然凑近了问：

“你当过兵吗？”

管锥猝不及防，他需要思考的时间，哪怕几秒钟，但这又是个不容思考的问题，他只好顺着话往下捋：“您说哪国的军队？”

梁道安：“中国人还能当哪国的兵？”

管锥露出奸诈的笑容：“没有，那时候我想过去美国当兵，人家给的钱多。中国穿军装的都穷。”

没想到梁道安竟然露出几分不快，管锥猜不准哪句话没踩准。梁道安接着说：“中国人当什么外国兵？中国人当年那么穷，还不是照样把美国人赶过了三八线。你说你当了美国兵，以后要是打起仗来，难不成你还要杀个回马枪打回中国来？”

这几句话超出了管锥对毒枭的理解，他顺着梁道安的话接道：“没想着打仗，美国哪还敢跟中国打仗。我就是想挣点儿钱，没想那么多。”

“那你做过美国大兵没有？”梁道安问。

管锥说：“我家有亲戚在美国，我旅游签证去的，附近住的都是中国人，待了小半年，连句英文都没学会，全耗在华人圈子里了。不过倒是玩过不少枪，后来又跑到日本练了一段时间武术。”

“中国人跑日本练什么武术，我们中国的武术，哪家不比鬼子的强？”

管锥尴尬地笑笑说：“我就是好奇去看看。”

梁道安皱皱鼻子说：“我这辈子最恨日本人，要是跟日本打仗我把我这辈子挣的钱全拿出来雇军队从越南出海去打日本。你看我做出来的毒品从来都不卖给日本人。我告诉你，我的货分两种，好的我印的鹰箭旗，次品印日本国旗，就是外面叫的红日。”

管锥突然不知道说什么好，这样一个毒枭做这样的表达，谁听了都会觉得匪夷所思。管锥只是一味地点头，看梁道安咬牙切齿的样子，他担心稍微反驳一下就会引来杀身之祸。

梁道安见管锥不反驳，一腔情绪也发泄不出来，注意力又回到管锥身上。“你从日本回来就到新庙了？”梁道安问。

管锥有些不好意思地说：“不瞒您说，我在日本还拜了个老千师父，学了两个月，本来想去澳门的，但听说那边查得严，只好来新庙了。到了之后认识了罗大佐，当时没想到他和裴万岁还有这么深的渊源，就跟着他做事。”

“不错不错。你对白药有没有兴趣？”

管锥挠挠头，显得不太在意：“前阵子丑人说要送给我点儿，我还没去拿呢。”

梁道安抬头看着管锥，若有所思地说道：“他没什么好东西，不但白药不行，大药小药都不过关。年轻人轻浮，觉得卖出去挣到钱就行。其实我们做这个生意，最要讲诚信，你骗人家一次，后面人家就不跟你做了，本来就要防着对面的部队和公安，九死一生的生意，到最后要是被自己人骗了，说不过去嘛。丑人他就生在这里，秉性就这样，我也拿他没有办法。我们中国过来的人，是要讲诚信的。”

梁道安每次让管锥感到意外时，都让管锥答不上话来，只能双手搭在桌子上尴尬地笑。梁道安接过下人送来的茶喝了一口，继续说：“你要真能卖白药，我给你一些好的。”

管锥刚想推辞，被梁道安的手势打断：“五公斤，你拿去练手。至于钱，现在卖的钱归你，以后你要是能帮我卖，我也不会让你白干。”

怕引起梁道安怀疑，管锥只好点头对梁道安表示感谢。为了表示诚意，管锥把贩运的时间和路线告诉了梁道安，他说自己认识一个勐腊县的买家，自己只负责把货运到江口之后交货就行。梁道安点头表示认可。

临走的时候，梁道安说：“我让丑人去那边锻炼锻炼，以前遇到事，他哥能帮他兜着，现在他哥不在了，我也老了，纵有千年铁门槛，终须一个土馒头。我早晚要死的，没人能帮他，让他现在自己学学怎么办事，磨炼磨炼，我也能放心些。还有你，你要做白药的生意，就要做好拼命的准备。我这辈子是一路拼杀过来的，这条路不轻松。但一味蛮干也不行，我们不是造反的，要会算账。比如你杀一个警察要花 10 万块钱，那就把这 10 万块钱拿出来，看看能不能收买他，能的话大家皆大欢喜。如果他要 11 万，那就只好花 10 万把他干掉。你知道吧？”

管锥为梁道安的精打细算暗抽了一口冷气，不过梁道安这种人把人命输入计算器里也不奇怪。管锥装出一副受教了的样子说道：“我明白了，我会努力的。后面我可能要忙一阵子了，丑人那边恐怕也顾不上了。八爷你多保重，那五公斤的白药我安排好就来取。”

梁道安满意地点点头，目送管锥离去，直到管锥的车离开院子，才转头对罗大厨说：“这是个聪明人啊，丑人要有他的悟性，我也不用把他赶那么远了。”

管锥回去之后就让酒肆李通知丁卓准备接货，五公斤的海洛因，除了让丁卓安排“毒贩”来接货，没有其他处置办法。

第四天，管锥按照约定，开车去老八寨，梁道安派石正带他去仓库取货，管锥上了一辆改装过的皮卡车。

车很快开到仓库，石正带着管锥下车，一个身着泛黄军装的军官远远迎了上来，石正介绍说这是总军需官，仓库全都归他管。管锥远远地就觉得这位军官有些面熟，等走近了看清长相，不由自主放慢了脚步，连鞋子里的脚指头都收紧扣向地面。他清楚地记得，面前这个和自己打招呼的军官就是几个月前逃跑的“蓝衣”目标陈汉生。管锥在梁道安的营地留意了很久都没有看到陈汉生，还以为他早就出去隐居了呢，没想到在这儿替梁道安管理仓库。

现在借故溜走是不可能了，而且要接近梁道安，这是必过的一关。管锥只能赌上一把，赌这个人那天没看清自己。

管锥站到陈汉生面前。

“管锥吧？”陈汉生伸出手。

两人握手完毕，管锥说：“让你久等了。”

陈汉生连连摆手：“八爷叮嘱我好几遍了，说你是青年才俊，让我千万不要怠慢了。”

管锥往里走，有意避开陈汉生的目光，尽量不把自己的脸长时间暴露在陈汉生的目光下，但偏偏怕什么来什么，还没进大门，身后就传来陈汉生的声音：“虽然第一次见面，但我怎么总觉得兄弟你有点儿面熟？咱们是不是在哪见过？”

管锥回头看了看，没有停下脚步：“我在新庙的时间也不短了，说不定以前街上碰到过。”接着管锥觉得这个回答有些心虚，所以又补了一句：“我看你也挺面熟的，总觉得在新庙见过你。”

陈汉生哈哈大笑：“我很长时间没去新庙了，你怎么可能见过我？”

管锥又停下来，仔细端详着陈汉生说道：“是吗？我真觉得在新庙见过你。”

陈汉生被管锥盯得有些不自在，说道：“你一定看错了，我有个弟弟在新庙，就在金城公馆工作，和我很像。”

管锥假装想了想，又自言自语似的：“那估计是我看错了。”

陈汉生跟在后面又问道：“你来新庙多久了？”

“我这几年都是到处漂，新庙有的玩，我就跑得勤些。”为了避免陈汉生有其他联想，管锥故意避开了某个时间点。看陈汉生还想问下去，管锥赶紧岔开话题说：“带我看看货吧，看完要赶紧给下家送过去。”

陈汉生不好再问，五公斤的白药已经提前准备好，出库的手续需要石正和管锥一起确认，两人签完字便将货拿了出来。

货拿到手之后管锥用公用电话打了一个号码，那号码自然是丁卓安排好的买家，两人在电话里像是普通毒贩一样沟通了交易的各个环节，这是防着梁道安窃听电话内容。打完电话之后，那些货在管锥的安排下准时送往边境，交给前来接货的“下家”。梁道安没有告诉管锥的是，这批货在运送途中他一直派人跟踪，直到管锥交了货，跟踪还在继续。

管锥相信梁道安一定会派人监控这宗交易，在送货途中他也没有试图甩掉身后的跟踪者，反正丁卓会做好一切。

丁卓的人在接货之后没过多久就上船走了水路，岸上的两个跟踪者只好骑摩托沿岸跟着船只，但当船靠岸时他们的跟踪对象早已经不见人影。不过这不重要，对梁道安来说，管锥没有骗他，这批货管锥确实卖了出去。至于卖给谁，他不会去问，这是这里的规矩，每个人都有自己的渠道，而渠道就是钱。

虽然管锥已经暗示梁道安自己不会再为丑人做事，但他不能让丑人真的在地里种上罂粟。

管锥找来罗大佐，想听听他对这件事的想法。罗大佐比管锥更了解这儿，也比管锥更能理解这些毒枭行事背后的逻辑。

两人在一家饭馆的二楼靠窗位置见面，按罗大佐的分析，梁道安在梁志死亡之前就计划退休了，但梁志的死让这个计划无限期推迟了。即使不考虑为梁志报仇的事，他现在也不能放心地退休。以前这里有梁志顶着，梁道安无论去哪儿，隐姓埋名安度晚年总是没有问题的，但现在丑人接班会不会保证他的安全已经是个未知数，梁道安有些怀疑是丑人杀了梁志。就算丑人愿意对梁道安的晚年负责，但他有没有能力负责也是问题，梁道安知道自己是怎么起家的，早些年梁道安的恶名在金三角可以说是无人不知，光那些仇家就不会放过自己，丑人会不会为了一个退休的老头儿不顾一切？有梁志在，他可以放心退休，梁志一死，一切都不确定了。

这个死亡逻辑是毒枭们的黑洞，沾上就休想脱身。金盆洗手是一件比贩毒奢侈百倍的事情。除非你有一个得力又忠心的接班人，为你挡住一切仇家。否则玩一半想走，也得看老伙伴们答不答应。

梁道安既希望丑人闯出一番天地，又不希望他发展过快，超出自己的控制。

管锥突然又想到一件更重要的事，对罗大佐说："我今天看到梁道安手下的那个陈汉生了，他好像已经开始怀疑我了，这个人很危险。"

罗大佐突然紧张起来："他知道你的身份？"

管锥摇摇头："他就算有印象，应该也是模糊的。他说他还有个弟弟在金城公馆看场子，你知道吗？"

罗大佐想了一下，说道："估计就是他了。"

管锥问："谁？"

罗大佐说："就是那个陈经理，名字叫陈汉星，你知道的。"

管锥知道这个人，但以前只知道他姓陈，平时金城公馆的常客都叫他陈经理，是金城公馆的黑手，负责盯那些欠了赌债的客人。在管锥来新庙之前，罗大佐也不止一次地被他扣过，不过罗大佐一来欠的钱不多，二来也确实没有被追债的价值，属于那种杀了都嫌麻烦的角色，所以这才没有死在陈经理手下。罗大佐说这个陈经理追债相当有手段，如果你欠了钱，他会让你始终处在被弄死或弄疯的边缘。

罗大佐摊摊手，一脸无所谓地说："陈汉生既然还在梁道安那里，你早晚都要碰到的，他如果怀疑你，就不会放过你。早杀早了，越早越安全。"

管锥摇摇头："要是能杀的话，这件事就简单多了。现在我不知道他有没有把对我的怀疑告诉梁道安，如果他已经说了，然后再突然死了，那就太明显了，梁道安就是老年痴呆也能看出问题来。"

罗大佐不屑："他还成老虎屁股了。"说着开了瓶白酒，话随酒一起倒出来："不过这个人虽然来头不大，但还算有心机，以前一直不动声色。他上次和武进一起送毒品去对面，又从你们的枪口下逃了回来，一般人早就不知道跑到哪里藏起来了。可他呢？他竟然跑到梁道安那里去告状，这不像一个没有野心的人干出来的事。我还是觉得应该杀了他，不然你可要小心了。”

“这件事再小心都没用，我又不能跑回国去。我不招他他说不定也会主动找上门来，现在轻不得重不得，不过你也别怕。梁道安恐怕还要靠我去查梁志的死因，一般情况下他不会把我怎么样。”

管锥本来只是情绪失落随口说了句丧气话，没想到罗大佐听完突然有些不高兴，说道：“我怕什么？陈汉生怀疑的是你，又不是我。我现在给你出主意，你不听也没关系。但我劝你不要去碰梁志的事情，梁氏未来的接班人死于非命，这件事情背后一定有人操纵。为安全着想，你离得越远越好。还有，我帮你只是帮忙，你别想跟我捆在一起。”

罗大佐突然转变的态度让管锥始料未及，但管锥不想再像以前那样逼罗大佐做事情，他盯着罗大佐看了会儿：“行，你现在要走，门就在那儿。”说完指了指饭店楼梯口，“好走不送。”

管锥的逐客令反而使罗大佐放松了一些，他站起来拍了拍屁股：“这还差不多。我看啊，你今天这两件事可以放到一起解决。我先走了，上次带你去借枪不在家的那个朋友现在回来了，让我把他的车开去修一下，没时间跟你绕。”

管锥刚想追问怎么把这两件事放到一起解决，罗大佐却急步走了出去，明显是不打算蹚这浑水。

管锥想了几天，没有想出更好的办法。但他意识到现在的问题是因为梁氏过于平静，这潭死水困死了武进，自己不能再困在这样的平静里，必须要把水搅起来，在波涛汹涌中寻找机会。

管锥把自己一直琢磨的计划告诉酒肆李，让酒肆李请示丁卓。他同时隐瞒了眼前的困境，他担心丁卓知道之后把自己调回去，他几乎可以确定丁卓一定会这么做，毕竟自己有暴露的危险，随时都有可能因此丧命，丁卓绝不会让武进的悲剧在管锥身上重演。

后面的几天里，管锥一直有种引颈待戮的感觉，他认识到再拖下去就是等死，所以决定再去一次老八寨，这一次没有带罗大佐。他出发得很早，在午饭前就赶到了老八寨，但他并没有直接去找梁道安，而是和叶介良一起闲聊了一上午。上次一起吃饭管锥就知道这是个头脑比自己还简单的人，所以想先从他这里探探口风。

叶介良不是丑人的旧部，但是当管锥有意无意提起丑人时，叶介良却开门见山地说："八爷不准我们私下议论这些事，所以还是不说为好。"

管锥笑着点点头："理解理解。"接着话锋一转，夸起梁道安来，"八爷是厚道人啊，凭良心说，我作为一个初来乍到的晚辈，八爷对我很是关照了。"

叶介良说："对啊，那天是石正带你去的仓库吧？给你 15 块大药，我们这是做生意的，白送是亏本生意，以前从没见过。"

管锥说："那天我看守仓库的陈汉生都有点儿心疼。"管锥低头笑了几声继续说道："不过可以理解，毕竟他对八爷是忠心的，看八爷白送有点儿舍不得也是很正常的。"

管锥没想到叶介良满脸不屑地说道："他这个人花肠子多，我不怎么和他接触的。"

"你们都是帮八爷做事，花肠子再多不也是为了帮八爷把事办好？有点儿心眼也是可以理解的。"

叶介良听管锥这么说有些激动："梁志哥死了以后，梁氏一直不消停，大部分事情都是陈汉生搞出来的。"

"这阵子我也听说你们这里够乱的，他能搞出什么事来？再说八爷都不管，说明还是信任他的，库房这种地方，在哪儿都是重地，能交给他说明他还是有点儿本事的，也说明八爷确实器重他。"

叶介良被管锥这一通话说得哑口无言，想反驳，话到嘴边却又咽了回去，手抬起来又放下去，气氛一时间沉默了下来。最后还是叶介良憋得难受，不吐不快："我跟你说你可别跟别人说啊。"

管锥认真地点了点头："咱俩闲聊，哪儿说哪儿了，我怎么会去跟别人说呢，我在这儿也没有什么朋友。"

叶介良平日不服陈汉生，背后说闲话解解气："在梁氏知道这件事的人一个手掌就数得过来，连丑人都不知道。"

管锥看着叶介良，惊讶地说："这事还跟八爷那干儿子有关系？"

叶介良说："怎么没关系啊，梁志死那天就两个人在现场，一个是丑人，另一个就是陈汉生。结果陈汉生先回来找八爷谈的话，谈话内容只有八爷的两个贴身警卫员听到了，我以前是八爷的警卫班班长，现在还有一个警卫员是我表弟，就是他告诉我的。陈汉生那天每句话都在暗示是丑人害死了梁志。"

管锥听到这件事心里也是一惊，他原先以为梁道安疏远丑人是出于不安全感。没想到是自己把这件事想简单了，看来丑人是明确地被陈汉生设计了。虽然震惊于这里的人心之险恶，但管锥脸上还是挂着事不关己的表情："还有这种事，这人也真是够坏的。那个丑人好歹是在梁氏长大的，平时抬头不见低头见的，他这么做是为了什么？"

叶介良冷笑着说："还能为什么？梁志死了，大家都以为以后梁氏的接班人只有丑人。这个时候对丑人下手，接班人是谁就不好说了。"

管锥也跟着冷笑："我看就是丑人死了，也轮不到陈汉生，前面有你和石正两个带兵的呢。"

叶介良赶紧挥挥手说："我就是个粗人，也管不了这么大的摊子，石正有些本事，但我们俩都没什么资历，不会想这种事情。"

管锥说："不能凡事都论资历。再说了，就是论资历，陈汉生也比不上你们吧。不管怎么说，你们这些梁氏的老人，都不能眼睁睁看着别人把梁氏搞乱。"

叶介良怒气冲冲地说："当然不能，要不是八爷护着他，我早就把他给宰了！"

管锥摆摆手说："那可不行，既然尿不到一个壶里那就各玩各的，不也挺好的嘛，他又不敢把你怎么样。"

叶介良露出憨笑："我也就是说说。"

这时候叶介良手下一个小兵来报告，说八爷听说管锥来了点名要见，同时让叶介良派人去把陈汉生叫来。管锥听到"陈汉生"三个字心中一凛，心想陈汉生那天肯定认出了自己，至少是事后想起来了。更要命的是，陈汉生应该已经把事情告诉梁道安了。

事情再也没有回旋的余地，管锥正在琢磨怎么脱身，石正却带了两个人过来跟管锥打了个招呼，听说梁道安叫管锥过去，石正说："这么巧，八爷也叫我过去，走，一起吧。"

第九章

罂粟遍野

石正身后的两人背着枪，这里又是梁氏军营，管锥思量现在逃跑的胜算不大。再说即使成功逃脱了，他也必须撤往国内，他不甘心就这么一走了之。管锥觉得自己必须坚持下去。“坚持”是一个讨人喜欢的词，人们认为凡事坚持到底就会成功，但管锥知道，在成功的阴影下，有更多的人死于坚持，坚持不一定会成功，但终归能得到一个无怨无悔的结果，跟抱憾终生比起来，这个结果好像也不算太坏。

管锥跟着石正走进梁道安的住所，梁道安坐在椅子上，虽然看上去一如既往的轻松，但复杂到难以描述的眼神骗不了人，管锥觉得这复杂有很大概率是冲自己来的，他突然有种引颈待戮的感觉。

没有人说话，梁道安挥挥手示意管锥和石正坐下，平淡地说：“你们来了。”

管锥和石正对视一眼，各自坐下，石正先开口："八爷找我们来，是有什么事吗？"

梁道安的眼睛微微睁大："有点儿小事。"

管锥站起来说："八爷，要不我出去一下，你们先聊。"

梁道安摆摆手："我一早听说你过来了，就一起听听。既然让你过来，也就没拿你当外人，你自己倒见外了。"

管锥挠挠头应道："八爷说得对。"

梁道安嘴角挂着淡淡的笑意，有些无奈地说道："其实也没什么大事，早上罗大厨下去买菜，带回来的报纸上面有一则消息，你们看看。"

警卫员把报纸上的一则消息指给石正和管锥看，管锥看到上面写着独立军总司令陈培耀在一次公开演讲中表示要加大自己辖区的禁毒力度。

管锥有点儿摸不着头脑，从他在金三角这段时间的观察来看，这种加大禁毒力度的废话已经不知道在各种场合见过多少遍了，现在陈培耀说这个话就更不奇怪了。

石正接下来的话印证了管锥的判断，他说："如果我没有记错的话，类似的说法陈培耀已经不是第一次说了，这次有什么不同吗？"

梁道安："以往他只是说说罢了，现在恐怕是要动真格的了。"

说到这里，管锥佯装懵懂地问："要是禁毒，那他自己的毒品生意怎么办？"

梁道安苦笑着说道："他以毒品起家，先成了毒枭，后又组织了自己的军力，他涉足政治，自然想要把身份洗干净，就扛起禁毒的大旗，摆出一副与毒品势不两立的架势。在几年前就喊着要禁毒，他的确不做毒品生意了，转而拿着钱让人去投资搞开发。但是他管不住手下那些人，那些人依然在贩毒。要让人家死心塌地跟着你，光靠义气是不行的，谁都要吃饭，义气只是美化利益的工具。所以陈培耀这些年也只是睁一只眼闭一只眼。”

石正接话说道：“八爷你刚才说他这次是想动真格的，他是有什么行动吗？”

梁道安说：“他之前不知道从哪儿搜罗了一些次品，对外说是在自己地盘上缴获的，今天就会把这些毒品烧了，请了很多记者来现场观看拍照，那些记者又不懂毒品的真假，恐怕还以为这又是一次虎门销烟呢。看上去是打算用禁毒的大刀砍断我这鹰箭旗啊。他还带话过来，说是今天要派人过来清点我们的库存，然后平价把我们的货买走，让我们明年改种玉米。”

石正一拍桌子说：“笑话，他养我们吗？”

梁道安看着石正：“他倒是愿意养，你愿意去吗？”

石正自知说错了话，马上从椅子上起身立正：“八爷，我不是那个意思。”

梁道安挥挥手说：“好了，知道你不是那个意思。今天叫你来，是要让你把人带去守仓库，这种事不能指望陈汉生，我看他最近歪心邪意狐媚魔道，不太靠得住。记住，没有我的命令，无论是谁，都不能踏进仓库一步。想清点我的库存，他还不够格。”

石正从椅子上站起来，立正站好说道：“是，八爷。只要我这颗脑袋还长在肩膀上，就没有人能进得了我们的仓库。”

梁道安点点头：“嗯，你回去准备一下，马上把人带过去。”

石正转身出去，管锥开口问梁道安：“八爷，我有一点想不明白，既然陈培耀愿意平价把库存买过去，为什么不能卖给他？”

梁道安笑笑说：“别指望他会老老实实跟你做生意。几年前他以同样的方法从别人那里拿货，他是怎么还债的你知道吗？他派了 200 个人的部队，说是用劳动力抵债。这 200 个人在债主那里白吃白喝一个多月，债主实在养不起了，主动找陈培耀，说欠的货款早就还清了，求他赶紧把人调回去。你说我们应该对这种人抱有什么幻想吗？”

管锥苦笑着说：“这样一个无赖是怎么能走到今天的？”

梁道安也苦笑：“这又是一个很长的故事了，我的几个哥哥要是都在，哪轮得到他。唉，可惜啊，等以后有时间我慢慢跟你说。现在陈培耀来势汹汹，仓库里的货他是肯定提不走，他肯定也没指望过这么容易就把货提走。但看他准备得这么充分，难以保证他没有留后手。”

“八爷的意思是他以后还会想办法逼梁氏就范？”

梁道安思忖片刻：“他恐怕是担心我把梁志的账算在他的头上。还有一个消息你恐怕不知道，梁志出事不久，陈培耀就跟南北联盟军的楚隆达成了停战协议，说是什么为了民生，暂时停止互相征伐。”

管锥知道陈培耀跟南北联盟军和解这件事，只是这里的地方军阀一直都是打打停停，无论开战还是停战都不奇怪，管锥开始就没当回事，没想到梁道安还挺重视这次停战的。想来也是，梁志是为了帮陈培耀打楚隆而死的，现在梁志一死，陈培耀却停战了，梁道安心怀不满也是正常的。管锥嘴上说：“什么为了民生，像陈培耀这样的人怎么可能会考虑普通人过的是什么日子？”

梁道安见管锥的关注点不对，马上挥手制止：“民生这个幌子再打一万年都不会过时，这不足为奇。重要的是停战之后陈培耀着手禁毒，这是冲着我来的。我儿子是在和南北联盟军打仗时死的，他不再担心我要跟南北联盟军修复关系了，所以梁氏就成了他眼里的肥肉。”

管锥惊讶梁道安会跟自己说这么多，这远远超出了他之前的设想，梁道安的反常表现让他感到有些不安，他不敢过多说话，只好顺着梁道安的话头问道：“八爷的意思是，这次不成他还会继续针对梁氏？”

梁道安赞许地点点头：“他不会轻易放手的，梁氏的事情他不处理好就不能安心去和南北联盟军较劲。”

管锥说：“陈培耀这样接二连三地找麻烦，倒也是个威胁，得想办法解决才是。”

“你有什么办法没有？”梁道安突然问道。

管锥愣了一下，面对梁道安的询问，他模糊地意识到一个轮廓，一个能解决很多问题的办法，但他有些拿不准，毕竟交谈中留给他思考的时间很短，管锥只能凭着自己的行事习惯来代替理智的判断：“就凭八爷对我的照顾，有用得着我的地方，我义不容辞。现在想让陈培耀收手，办法倒是有一个，但得有人去做。”

梁道安：“你说说看。”

管锥说：“八爷您之前说陈培耀近些年转行做正规生意了，他在中国有投资，现在他想洗白从政，必然对中国有几分忌惮。不管他生意有多正规，陈培耀这种人，天生不想引起政府的注意。”

梁道安点点头：“陈培耀肯定不想跟邻国闹出什么不愉快。”

管锥点点头说道：“这样最好。既然陈培耀最怕对面，那我们就做出一副要跟对面合作的样子。”

见梁道安还是有些疑惑，管锥索性把话说开：“不知道八爷听说没有，中国有一个工作组长期在我们新庙，和当地政府合作，帮助这里搞替代种植。禁毒的大旗陈培耀能扛，咱们也能扛。咱们索性做彻底点儿，去和对面的替代种植工作组合作。”

梁道安问：“你的意思是让我收手不再做海洛因生意？”

管锥说：“和工作组谈谈停停，随便拖个三五年也是正常的。这里的局势三天一变，三五年之后陈培耀会不会改姓梁都不一定。”

管锥说的这些梁道安不用问也知道，他只是想试探管锥提出这个方案的动机。听说管锥的想法之后，梁道安苦笑道：“狐假虎威，这倒是个不错的主意。我刚开始就觉得你小子在投机取巧上是个天才，看来我没有看错人。但这件事不好办，梁氏底下的人如果知道我要去搞替代种植，这是要翻天的事，咱们梁氏的人，大多都有自己的罂粟地，少则三五亩，多则上百亩，他们表面上是梁氏的人，实际上只是在跟梁氏做生意。他们对这方面的事情是很敏感的。”

管锥说：“是啊，要让陈培耀知道您搞替代种植，同时还要让梁氏有地的人相信您不会搞替代种植，这有点儿难。”

梁道安又苦笑了一下：“得有个得力的人帮我做这件事情，还要绝对可靠，还要跟梁氏的土地、人员没有任何利益关系，这样的人不好找啊。”

管锥听到这里就明白了，梁道安是想让自己去做这件事，这对管锥来说是正中下怀。对外表现出梁道安想要搞替代种植，陈培耀投鼠忌器就会有所收敛。对内要表现出这是管锥一个人的鬼主意，跟梁道安没有关系。这样一来，梁氏所有人的矛头也将对准管锥而不是梁道安。

“真是两全其美的算盘啊。”管锥心里感叹，梁道安这是打算牺牲自己。但事到临头，管锥想到那个陈汉生马上就会过来，这个人不知道会给梁道安出什么馊主意，管锥也只好把这个差事应承下来：“只要对梁氏有帮助的事情，我就做。”

梁道安赞许地点点头：“好孩子。本来我是打算让你去查梁志的事情，但现在事到临头，先做这件事吧。不过你要记住，光明正大地去办这件事，这样陈培耀才能第一时间知道。但是，对内要有一种蛇入鼠出的感觉，要让他们相信，我不会搞替代种植。这样才能保证梁氏的稳定。”

管锥刚点完头，陈汉生就带人走了进来，微笑着跟管锥点点头算是打招呼，管锥看到他手里拿着部照相机，将一沓纸递到梁道安面前，他们交谈的时候管锥就坐在旁边。原来梁道安让陈汉生过来是汇报仓库进出货情况的。

梁道安草草地看完，对陈汉生手里的单反相机产生了兴趣，两人闲聊了会儿，陈汉生把相机里的照片翻给梁道安看，说自己新买了相机，为的是及时把库存拍下来拿给梁道安看。

梁道安："拍得还很清楚嘛。"

陈汉生手快，举起相机随手拍了一张，然后在相机里调出来递到梁道安面前："八爷你看，那边茶杯上的字都能看得很清楚。"

梁道安戴上眼镜凑近看了一眼："还真清楚，管锥这脸上的面疮都看得清清楚楚。这是个好东西，但以后只准在仓库里用，不准再带到我这儿来。"

陈汉生马上点头说："我明白，八爷。"

管锥听梁道安说自己脸上面疮时心里就一惊，陈汉生这时候装作无意拍下自己的照片肯定有鬼，在陈汉生说完之后，赶紧凑上去说："拍了我啊？赶紧给我看看，我一大老爷们平时也不照镜子，都快忘记自己长什么样了。"

当着梁道安的面，陈汉生不好推辞，只好把照片调出来给管锥看，管锥一看，正是自己刚才坐在椅子上的正面照："这么难看啊，赶紧删了。"

陈汉生一听管锥说要删了照片，想来制止，但一时间又找不到理由，正在他犹豫不决的时候管锥已经把照片删了，又把相机递到陈汉生面前："这张照片拍得太丑了。"

看着陈汉生那副欲言又止的样子，梁道安笑着说："好了好了，小陈你的仓库这几天先让石正帮你管着，你回去休息几天。管锥你大老远来一趟，留下来陪我吃个午饭吧。"

第二天一早，管锥去了那个替代种植工作组的办公地点，这是两个国家合作搞的一个机构，但不巧的是，接待管锥的并不是中国人，好在有翻译在场，沟通倒没有问题。只是一个小时谈下来，对方并没有对管锥报出的土地面积产生什么兴趣，一副公事公办的口吻告诉管锥改种粮食后提供多少补助和政府收购粮食时的底价，甚至没有问管锥的地在什么地方。

回来后，管锥把情况告诉梁道安，梁道安并不惊讶，但十分着急。这几天陈培耀在报纸上接二连三地表态，语气越来越严厉，虽然没有明说，但稍加留意就知道这些话是针对梁氏的。这是十分反常的情况，以往陈培耀从没公开对梁氏有过只言片语。

梁道安的耐心被这些新闻消耗殆尽，他不想再浪费时间。所以他也没再绕圈子，告诉管锥说替代种植的拨款在下发过程中早就被当地官员一层层瓜分了。替代种植只是个面子工程，是当地政府工作报告里的一个数字，没有人会真正监督。

至于解决办法，梁道安让管锥想办法见到中国方面负责这件事的人。只有和中国方面直接联系才能对陈培耀产生足够的震慑。为了帮助管锥，梁道安给了管锥一个电话号码，告诉管锥说："你去找这个人，虽然他不负责这方面的工作，但他一定乐于给你指条明路。"

当管锥听到名字的时候汗毛都竖起来了，梁道安说的军官正是丁卓。

管锥小心翼翼地问："这个人是做什么的？跟我们有什么关系？"

梁道安："这个人当小兵的时候我就有一批货沉在他手里，后来我越做越好，他也凭着那次的军功保送了军校，从军校回来一路升迁，他的升迁之路是我的货铺就的。我和他交手少说也有 20 年了吧。你说他跟我们有什么关系？"

管锥生硬地笑笑："原来你们是死对头啊。"

梁道安："都是职责所在。我选了这行，天生就得面对他们，换作是谁都一样，对面那张网一直都在，我们‘忙忙似丧家之犬，急急如漏网之鱼’，在人家网眼里讨口饭吃罢了。”

管锥听梁道安话里竟然还有点儿委屈，要不是亲耳听到，他一个工作经验丰富的老兵都不敢相信恶贯满盈的毒枭梁道安会说出这种话来。管锥虽然心里满是不屑，但嘴上还是问道：“那我找这个丁卓做什么？”

“你就说你是这边承包土地的，现在梁氏遇到了点儿问题，你承包了梁氏几百亩土地，你不想种罂粟，所以想打听下替代种植的事情。他会帮你这个忙的。”

管锥答应之后拿着那个座机号码返回新庙，那个号码他无比熟悉，是边防部队对外公布的号码，甚至座机所在地他都一清二楚，和丁卓的办公室在同一个楼层。回到新庙后，他立即拨通了那个号码，接电话的士兵一听是找丁卓，马上一副推托的口气说丁副今天在外面忙，不在单位，让管锥有什么情况直接说明，他们会记录之后转给丁卓。管锥也没办法，只好说下次再打。

简单地思考后，管锥决定去找酒肆李，只有他有联系丁卓的渠道。

听过管锥的简单叙述，酒肆李当着他的面把床头那台破旧的黑白电视机拆开，插进一个比手掌大一些的电路板，然后把电视机装好，再用天线接口连接了另一个稍大的电路板。

直到酒肆李手指在电路板上敲击的时候，管锥才知道那是个键盘。过了几分钟，电视机里出现了丁卓有些卡顿的头像。这是管锥第一次见识到酒肆李的厉害之处，还没从震惊中缓过劲来，屏幕上的丁卓问管锥：“发生了什么事你这么急着见我？”

管锥：“你采纳我的计划也不跟我说一声就直接执行了，今天我差点儿露馅儿。”

“我们对你这个计划的评估是短期内对你的行动没有影响，频繁联系反而增加你暴露的风险。这个计划虽然简单，但需要专业的人去执行，你以为调包那么容易吗？我忙着找人执行，就没有急着通知你。”丁卓的考虑应该说是有道理的。

管锥把替代种植的来龙去脉跟丁卓说了一遍，丁卓说：“这老狐狸，竟然想到这个办法。你待会再打一遍举报电话，接电话的人会去喊我。到时候我会答应帮你。”

“梁道安能查到我的通话内容？”

“你怎么现在还问这么业余的问题？他想查自然是能查到的，要做到有备无患。你那边老萝卜头儿的事情查得怎么样了？”

“只有怀疑对象，没有具体进展。”

丁卓切换到新的话题：“上次你通知我说梁道安送给你的海洛因，让我安排人买下，在接到你的货之前我也接到一个老萝卜头儿的举报电话，路线和贩运方式和你说的一模一样。”

管锥瞪大了眼睛：“这么重要的事情怎么不早告诉我？”

丁卓：“老萝卜头儿的事情不急于一时。”

“老萝卜头儿很可能就是那个厨子。梁道安答应给我那批货的时候，我把贩运的时间、地点以及贩运方式告诉了梁道安，当时在场的有三个人，梁道安、我，还有一个是梁道安的厨子。梁道安应该不会泄密，他没有动机，只有那个厨子，梁氏内部叫他罗大厨。”

丁卓：“那就对了。梁道安身边伏着这么一个老鳖，梁氏不遇到麻烦才怪。这个人你要多注意，他不是我们的人，你的身份要对他绝对保密，同时也要注意保护他。”

管锥：“我明白，会注意他的安全问题。”

丁卓又简单地叮嘱了几句，通信结束之后酒肆李将一切恢复原状，看着正在收拾的酒肆李，管锥问：“丁副能不能看到我？”

酒肆李头也不抬：“少说废话，该干什么干什么去。”

管锥赶紧趁着面前这座火山喷发前离开，再次打了那个举报电话，这次接线人员爽快地喊来了丁卓，两人把对话按流程走了一遍。

第二天，管锥按照丁卓给的联系方式联系了中方在这边的工作人员，谈了替代种植的事情，这次谈得比较顺畅，只是让管锥提供土地归属的证据等手续，谈完之后管锥将经过汇报给梁道安，梁道安让管锥继续谈下去。

管锥就这么三天两头去谈替代种植的事情，半个月过去了，这半个月里他每次去见梁道安都能感觉到气氛在变化，连叶介良这种老实人见到他都绕着走，他能感觉到梁氏人的怨气日甚一日，这些本该梁道安承担的东西现在全都落到管锥的身上。

而梁道安本人却一天比一天显得轻松，陈培耀那天去梁氏清点库存被石正带着部队赶了回去，却令人意外地没了后招。一直到现在，都没再有什么动作，虽然禁毒的口号喊得震天响，但他手下的人一棵罂粟都没有少种。

管锥不知道的是，除了这些怨气，另一张暗网也在向他接近。

事情一直拖到罗大佐都忍不住了，他在一个傍晚跑来问管锥："你知不知道梁氏现在有人嚷嚷着要把你剁了做肉丸子？"

管锥不以为然："知道，由他们嚷嚷去，就梁氏那几块料能把我怎么样？"

罗大佐虽然也知道梁氏那些人就是说说而已，在弄清楚梁道安的意向之前没人敢动管锥。可梁道安在梁氏内部一直装作不知道管锥的动作，梁氏的人也都认为梁道安不知道这件事。

罗大佐说完自己的焦虑之后就走了，临走时对管锥说："有什么需要帮忙的说一声。"

管锥点点头，罗大佐走了之后他洗洗睡下，睡到半夜有人敲门，管锥从猫眼里看到敲门的是酒肆李。

老头儿这么晚来敲门，肯定有急事。管锥马上把门打开，酒肆李走进来说："没时间跟你解释，我先走，你随后到酒肆来找我。"

酒肆李说完转身出门，到门口转身用正常的音量对管锥说："这是最后一瓶，等下次货到了我再通知你。"

等酒肆李走远，管锥换了身衣服，戴上鸭舌帽，在新庙的街上逛了几圈，确定没人跟踪才走进酒肆。还是那台电视机，这次画面上的丁卓有些急躁，管锥走到电视机前，酒肆李说："049，你找的人来了。"

画面里的丁卓点点头："我现在问你，你必须老实回答，现在那边有没有人怀疑你？"

管锥略作思考答道："上次抓武进时逃掉的那个陈汉生，他在梁道安这里管库存。我去取那五公斤货的时候见过他，他看我眼熟，但估计当时没认出来，又有些怀疑。所以第二次见的时候他拍了我一张照片，当时就被我删了。"

画面里的丁卓举起一张照片问道："是这张吗？"

管锥一看正是那天自己从陈汉生相机里删除掉的照片："是这张，你怎么拿到的？"

丁卓："我在你家那个寨子里有线人，昨天有两个人带着这张照片去寨子里核实，还带着摄像机，装作记者采访。现在人在我的控制下跟陈汉生交差。这个陈汉生现在必定盯上你了。"

管锥还是疑惑不解："照片我明明删除了啊。"

丁卓："你把刚才的话重复一遍。"

管锥："陈汉生拍的照片我当时就删除了。"

丁卓："我还以为自己听错了，你这句话不应该从一个情报人员的嘴里说出来。中学生都不会犯你这种错误。"

管锥知道丁卓不会无端责怪，有些心虚地说："我才接受过几天的专业训练，不可能什么都知道。再说当时不是说梁道安不喜欢电子设备吗，所以相关知识都没有专门学习。”

丁卓一想也对，管锥和那些经过系统培训的人有一些差距是不奇怪的，口气转而缓和一些说道：“相机里存储的照片被删除后是可以通过技术手段恢复的，现在初中生都能做到。”

管锥：“是不是要把内存卡销毁才行？”

丁卓答道：“一般来说是这样，但还是要看情况，也许人家上一秒拍了照片，下一秒照片就出现在千里之外了，遇到这种人你拆了相机都没用。现在不是说这个的时候，这个陈汉生太危险了，你必须马上撤回来。”

管锥坚定地摇了摇头：“我不回去，我走了武进就白死了，那我过来一趟等于什么都没做，就这么回去我不甘心。”

丁卓问：“那你有没有什么办法解决陈汉生的事情？”

管锥：“陈汉生刚见到我就对我有怀疑，他调查我不奇怪。他上一次告武进，结果翻盘了，这一次只要不拿到确切证据，他不敢再去梁道安那儿告状。”

丁卓摇摇头：“你这个推测不能确保你的安全，我不同意你继续执行任务，酒肆李会妥善安排你撤回来。”

管锥有些无奈：“梁道安就是现在知道我的身份，一时半会他也不能把我怎么样。替代种植的事情正在进行，他让我用替代种植这件事迷惑所有人，他自己装作不知道。所以现在除了梁道安本人，其他人都仇视我，甚至觉得我是个卧底。这些都是梁道安的计划，现在有人告发我是卧底，梁道安只会觉得这些人想害我。再说，梁道安真的把我当成卧底，替代种植计划就没了，这样一来梁氏能不能存在都两说，梁道安在这时候不会不顾大局。这层身份对我来说就是一道免死金牌。”

这番话令丁卓陷入了沉思，事情本身管锥说得已经很明白了，他惊讶于当年只知蛮干的老兵如今已经懂得掌控和利用局势，这段时间管锥的变化令他有些刮目相看，他被说服了："接下来我会安排人在新庙，由酒肆李指挥，随时准备应对你那边的突发情况，我还是那句话，发现不对，立即撤退。"

管锥干脆地答道："是！" 这种声音只有在部队里才能听到，声音里自带一个军礼。

管锥不能回去的理由除了要查清武进死亡的真相之外，还有一个不能走的理由是丑人的那些地。他无论如何不能让丑人在那些地里种上罂粟，否则自己就成了帮凶，这是他不能容忍的。但他没有把这些事情告诉丁卓，有些事情让他知道也是徒增负担，管锥相信自己能够解决好，他心里已经有了计划。

为了计划的实施，他又等了一个星期，这一星期里他天天去找替代种植的人，什么都谈，就是不提带人家去看地的事情。那边的人烦了，说一定要见到土地，不然就不见管锥了。

这时候管锥来到老八寨，见到梁道安说："那边的人说再不让他们看地，替代种植的事情就不再继续谈了。我也没有办法，现在整个梁氏除了八爷您，其他人都觉得我是老猫，如果替代种植谈不下去，我这两头儿都不讨好，这活儿我看是干不下去了。"

梁道安听说管锥有退意有点儿不高兴："你懂不懂什么叫成人不自在，自在不成人？遇到点儿麻烦就退缩，现在的年轻人这都怎么了？我年轻的时候要像你这样，现在肯定在给人家做长工呢。"

管锥不接话，梁道安接着说："说吧，你有什么想法没有？"

管锥面露难色："我是真没有办法了，又不能真拿梁氏的土地去种玉米，那样的话底下的兄弟们不得把我活剥了。我不敢做这样的事情，我知道八爷你也不会同意我这么干。但不弄点儿地搞替代种植，其他的不说，时间长了陈培耀也能看出问题来。”

陈培耀的看法才是梁道安最在意的，听到管锥这么说，梁道安笑了笑，用手指隔空点了管锥几下说道：“看来你不但不傻，还很狡猾。”

管锥一副摸不着头脑的样子，呆呆地问道：“八爷的意思是？”

“你比谁都明白，这件事我不会中道而止。你现在抛给我的问题你自己知道怎么解决，只是你不愿意说。”

“我……”管锥想为自己辩解几句，却被梁道安的手势打断。

“不用说了，在这件事情上，本来就让你受了委屈，这次我来吧。”

梁道安这次的坦诚令管锥有些愕然，管锥像个犯错的孩子般低下头一言不发。管锥今天来的目的达到了，本来就是要把梁道安往这条路上逼，没想到被梁道安识破，他还主动把事情揽了下来。管锥顿时觉得轻松不少，可耳边又响起了梁道安的话：“马上有个人要来，说是要来反映你的问题。”

这句话使管锥再次紧张起来：“什么问题？”

梁道安：“我也不知道，他说得神眉鬼道的。”

管锥：“要不我先回避一下吧。”

梁道安挥挥手：“你不妨到里屋听听他说的是什么。”

梁道安的这个安排，既可以看成是对管锥的信任，也可以看成是对管锥的软禁。事已至此，管锥只好听从梁道安的安排去里屋坐着。

没过多久，管锥听到有脚步进来，接着来人开口说话，来的正是陈汉生。

陈汉生进门第一句话火急火燎的：“八爷，管锥这个人有问题，您不能再用他了！”

梁道安平淡的声音传进来：“嗯，有什么问题？”

陈汉生的声音再次响起：“第一次见的时候我就觉得他面熟，上次我带相机过来拍他的照片，他很警觉地把照片删除了。这个行为很可疑。我恢复了他删除的照片，盯着看了整整两天才想起来，新庙我被刺杀的时候，他好像在场。”

梁道安的声音提高了几度：“有这种事？你查了没有？”

可能是听出梁道安话里有些兴趣，陈汉生的声音也带着兴奋：“我让对面的人拿着照片去那个老兵的老家核对了，但到现在还没有回声。”

梁道安的声音又变回原先的低沉：“没有回声你打算跟我汇报什么？”

陈汉生赶紧说道：“我查到了一些其他线索，现在可以证明这个人绝对还有其他身份。”

“什么身份？”梁道安问。

陈汉生说：“中国和这边政府合作搞替代种植，这您是知道的。我怀疑这个管锥跟替代种植有关系。前段时间他频繁跟中国方面这个工作组的人联系，这点我有证据，我的人拍到了照片。”

梁道安声音相较之前又低了下来，像是奄奄一息的老人从牙缝里挤出几个字：“嗯，很好，这事办得不错。说说你的想法。”

“这个人很可能是想趁咱们现在局势不顺，在咱们的地盘搞替代种植，地里种上粮食，命根子就被人家攥住了。八爷，这个人不可留啊！”陈汉生把管锥和替代种植工作组接触时的照片递到梁道安的面前。

梁道安草草翻看了几张，原本陈汉生打算梁道安能褒奖几句，却没料到眼前一黑，一摞照片全砸到了自己脸上，紧接着耳朵里传来梁道安的声音：“你还记得自己是干什么的吗？你是不是连我也要查！丑人被我派那么远，你还是不放过他，要查他手下那个武进。结果呢？被人家翻案了。被人家翻案你还不服，你给我老实承认，武进第二次送货路上失踪了，最后还烧了一座房子，是不是你动的手脚？”

“八爷……”

“说！”

“那个武进他确实是有问题。”

“也就是说只要你觉得有问题，梁氏的人你就可以随便杀掉对吗？他是丑人的心腹你知不知道？丑人是谁你还记得吗？他是我的干儿子。你连我是谁都快要忘了！”

陈汉生“扑通”一声跪在地上，他没有料到梁道安会发这么大的脾气：“八爷，我错了，但我确实没杀他啊！那是发生了意外，我不知道怎么回事，我派去的人和武进都失踪了。”

梁道安似乎余怒未消：“你有这么多心思别总想着挑别人的刺。管锥就是最近和我走得近点儿，你连这都忌妒吗？你在怕什么？怕他把你那一亩三分地种上玉米还是怕他哪天把你挤走？不要再在我面前搞罗织罪名的那一套，我还没老眼昏花。回去好好想想，把人都挤走了你自己又能干成什么事？”

“是，八爷。”陈汉生此时感到了绝望，他深感天威难测，原本抱着立功的心态去做的事情被彻底否定，还差点儿把自己搭进去，只好战战兢兢地回去。

梁道安和陈汉生的对话，不仅替管锥解了围，还解开了管锥心头最大的一个疑问。武进的死因现在终于查清了。不用想也知道，当初武进洗清嫌疑，陈汉生心里肯定不服，想出了这么一个损招，企图拿到证据。没想到梁道安把一切都看在眼里，没有拆穿也算是默许。这次无意间透露出来，倒省了管锥许多事情。

陈汉生走了以后，管锥从里屋走了出来，梁道安语气一转：“你都听到了，这人腹有鳞甲、佛口蛇心不是一天两天了。你先回去，你今天提的要求我知道了，我会给你安排一条出路。”

管锥：“我现在还不想回去。”

梁道安不解："还有什么事吗？"

管锥："这个陈汉生背后对我搞调查，我要去找他。"

梁道安劝道："我刚才已经跟他说清楚了，你不要和他计较，大局要紧，年轻人不要为了争一子而坏了整盘棋。"

管锥本来也只是说说而已，顺便表达一下自己的愤怒。听到梁道安这么说，便就坡下驴。管锥回去的路上有些担心，陈汉生几乎在打明牌，好在他没有确切的证据，梁道安又有不能言明的隐忧，自己这才暂时获得了点儿喘息之机，不过按照陈汉生对武进的迫害来看，他应该不会仅凭梁道安一句话就收手，自己后面的麻烦还会有很多。

可怎么解决这个问题？这时候杀了陈汉生肯定不行，太明显了。管锥有点儿后悔没有听罗大佐的早点儿动手，在他跟梁道安汇报之前干掉他，那样至少还有机会把锅扣在丑人头上，现在说什么都晚了。

回去之后，他去找了罗大佐。在裴万岁提供的房子里没找到罗大佐，找来找去，最后在街上看到了醉醺醺的罗大佐。刚一走近，酒味夹杂着臭味飘了过来。他这德行让管锥又想到相识之初。

把罗大佐扶到家里，扔到沙发上，管锥自己开了瓶饮料坐在旁边一边听他鬼话连篇，一边等他酒醒。

凌晨两点，罗大佐哼哼唧唧醒了过来，罗大佐看到管锥先是一愣，但很快便明白了怎么回事，接过管锥递过来的饮料，揉了揉眼睛，嘴里嘟囔着："真是的，又喝多了。"

管锥拿他没办法："你这么喝下去，哪天暴尸街头我都不知道是谁干的。"

罗大佐把杯里的饮料一饮而尽，明显不过瘾，直接夺过饮料瓶，对着瓶子猛灌了一口，也不理会管锥刚才的话，直接问道："你那边事情怎么样了？"

"不太好，陈汉生昨天跟梁道安汇报了。不过好在他没有拿到证据，梁道安现在又用得着我，暂时没有什么危险。”

罗大佐放下瓶子，瞪着眼睛说：“这太危险了，我跟你说，陈汉生这个人肯定得死，越早越好，晚了咱俩都有危险。”

“你不怕跟我捆绑了？”

罗大佐用从未有过的语气，缓慢地说道：“唉，还提那个做什么，我那是恨铁不成钢，随口说了那么一句，你还往心里去。”

“就算你是恨铁不成钢吧。还有一件事我得跟你说一下，梁志死了之后，丑人被梁道安怀疑。”

罗大佐插话：“这件事我知道啊。”

“那你知道梁道安为什么突然对丑人起了这么大的疑心吗？”管锥问。

“梁道安生性多疑，没了梁志，没人能牵制住丑人，所以他不敢让丑人坐稳接班人的位置。怎么了？有其他的发现？”

管锥点点头：“我前两天在梁氏听人说，这事陈汉生从中作梗了。”管锥把那天从叶介良那里听来的事情跟罗大佐复述了一遍。

“听上去不像是编造出来的。在排挤丑人这件事上，陈汉生满足了时机、动机、心机三个条件。梁道安这只老狐狸不一定会被陈汉生骗，但为了牵制丑人，顺水推舟也是合情合理的。而且后面抓住武进的小辫子对丑人穷追猛打，更是暴露了他的野心。被这种人盯上，也是你的福分。”罗大佐幸灾乐祸地笑着说道。

管锥倒是一点儿也笑不出来：“是福不是祸，是祸躲不过。好在我已经有办法对付他了。”

“说来听听。”罗大佐眼里的管锥一直是那种头脑简单、四肢发达的生物，他对这种生物想出来的办法一直怀有强烈的好奇，急切地想让对方说出来，以供自己嘲笑一番，为此不惜缩短自己的发言时间，只说了四个字。

“丑人还不知道陈汉生下了这么深的套，如果把这个盖子掀开，估计就不用咱们动手了。”

罗大佐预备好的嘲笑没有说出口，反而一脸凝重：“你现在的处境不能去开这个盖子，那会显得太刻意，梁道安远不是你看到的那个慈祥长者，你认识的梁道安和真正的梁道安差了十万八千里。”

管锥一挑眉毛：“有那么厉害？”

罗大佐：“我随便跟你说件事吧，你知道梁道安住的地方为什么叫老八寨吗？当年梁道安他们8个结拜兄弟，梁道安最小，排行老八，所以他住的地方就叫老八寨。这兄弟八人现在除了梁道安，只有老三和老五还活着，老三就是裴万岁，老五是现在南北联盟军的楚隆。”

“既然是结拜兄弟，那梁道安跟南北联盟军的梁子是怎么结下的？”

“从表面上看，南北联盟军在西南，梁道安在东北，陈培耀在西北。梁道安和陈培耀更近，所以不得已只好跟了陈培耀。但这里面其实还有旧事。”

“什么旧事？”

“当年这八兄弟的土地连在一起，一般没人敢动他们。梁道安在八兄弟中年龄最小，当时没有自己的地盘，是前面七个人每人让出一些土地给他，慢慢把他带上了道。没过几年，老六阿玉宛和梁道安因为地盘和骡马队过路费的问题闹得不可开交，还互相打了一阵子。老大刀罕当时想从中调和。因为当时大家一致认为是梁道安过于霸道，刀罕作为说客上门时说了梁道安几句。梁道安也没说什么，好吃好喝地招待，刀罕说的他都答应下来了，临走还派一辆当时非常稀有的吉普车送刀罕回去。哪知道回去的路上出了车祸，刀罕连人带车翻下了山，但那辆车的驾驶员却活了下来，对外说是跳车及时，但没过多久也不明不白地死了。刀罕死后，其他几个人都指责梁道安杀了刀罕，关系越闹越僵，后来大打出手。除了老三裴万岁之外，其他人都卷了进来。

也可以说一直打到现在，只剩下梁道安和老五楚隆，他们可能还要打下去。裴万岁保持中立，也是从那之后，就放弃毒品生意了，开始做雇佣军的生意。楚隆丢了土地之后，韬光养晦，现在搞出了个南北联盟军。所以啊，梁道安和楚隆之间的恩恩怨怨积攒了这么多年，恐怕是很难再有合作了，梁道安算计了一辈子，自己人都被他算计了，最后转过身发现很可能是帮了陈培耀。梁道安甚至连自己儿子都没保住，想想也是可叹。”

罗大佐说的这些往事管锥之前毫不知情，金三角毒枭间的历史很难真实地用文字载明，官方资料也不可能做到这么翔实，和罗大佐知道的事情比起来，那些资料是千疮百孔的。

管锥觉得这件事很棘手：“不知道梁志死那天会不会有其他人在场？”

罗大佐摇摇头：“现场知情人就两个，陈汉生和丑人，你看梁道安会信他们俩之间的谁？哦，还有一个知情人，就是刺杀梁志的那个杀手，但又不知道他是谁。”

管锥想了想：“不行，我明天要再去见见丑人。你去吗？”

罗大佐皱眉：“你不会真的想查梁志的死因吧？”

管锥：“查啊，怎么了？”

罗大佐：“听我的，不要碰这件事，梁志之死是金三角毒枭间的内斗，跟你的任务没有任何关系，你忽略即可，不要引火烧身。”

管锥摇头：“既然总有人要葬身火海，那我就给他煽煽风，添添柴。我总觉得梁志之死是扳倒陈汉生的突破口，而且是唯一的突破口。你不用再劝，我明天会再去找丑人，问问梁志死的当天到底发生了什么。”

罗大佐叹了口气：“好吧，既然你执意要做，我也拦不住。正好上次说让我修车的那朋友，让我把他的车开去换把锁，我正想找个长途路线玩玩那辆车呢。”

管锥好奇：“什么车让你这么激动？”

“陆地巡洋舰。车其实没坏，我也不知道他为什么要换锁，我们明天先开一趟，回来再修。”

第十章

歌丹是谁

第二天，管锥背上背包，坐上罗大佐开的陆地巡洋舰去往积星堆。罗大佐只把管锥放到附近，说自己表面上还是裴万岁的人，不方便公开和管锥、丑人走太近，就没跟着上山，而是自己找地方打猎去了。

管锥一个人背着包上山，再次见到丑人的时候，丑人已经不像之前那么落魄，开荒工作已经基本完成，整个山的东南面大部分变成了黄色的土地。丑人见到管锥倒还是像之前一样热情，也毫无顾忌地说出了自己的不满："听说你和我爸走得很近，还搞什么替代种植，这是怎么回事？"

管锥想要解释，但又怕泄露计划让梁道安不高兴，也觉得要解释清楚太过麻烦，就回答丑人："梁氏早晚有一天是你的，我现在帮八爷做的事情，也等于在帮你做，无论发生什么，我始终会站在你这边。你要是相信我，现在就别打听太多。我来是有重要的事情问你。”

丑人对管锥始终心存感激，但他实在不是一个能沉住气的人，又继续追问了几句，管锥甚至没听见他问的是什么，只说了一句：“我想调查梁志的死因。”

一听管锥要调查这事，丑人立即来了兴趣，梁志的死不但使他背上了沉重的包袱，也让他失去了一个兄弟。梁志在世时丑人从未想过接手梁氏，只是一心想着为梁氏做事，平心而论，丑人觉得梁志也是把自己当亲弟弟对待的。这段时间被梁道安放逐，他时常想，若梁志不死，一定不允许梁道安这么对待自己。

调查梁志死因是丑人一直想做而没有能力做的事情，现在管锥要做，丑人自然全力配合：“好，为了这件事，一切东西我都能放下，想问什么你就问吧。”

管锥看着丑人突然不知道从何说起，像是忘掉了之前准备的一箩筐问题，叹口气说：“算了，你就说说梁志死那天的情况。”

丑人一五一十地描述完当时的情况。管锥开始提问：“你确定那天你和梁志是穿着吉利服的？”

“确定。”

“你确定梁志是被远距离射杀的？”

“确定，听枪声至少在另一座山头。”

“你确定和梁志上到山顶不到五分钟他就被爆头了？”

“确定。”

管锥实在想不明白什么人能在三分钟之内，隔着一座山头发现穿着吉利服的目标，并将其精确射杀。要完成这样的射击动作，必须提前做好对弹道环境的测量计算工作，五分钟是远远不够的，除非枪手提前知道梁志的行程。

管锥继续问：“你们那天的行动还有谁知道？”

丑人："就我哥和我，还有陈汉生知道。"

管锥一拍大腿："我怎么把他给忘了，听说那天他是在你们后面到的？"

丑人："他背着一个地图架，我哥说不需要，他非要带着，说是好记性不如烂笔头。他坚持要带就没人再管他了。"

管锥左思右想想不出什么问题，印象里陈汉生似乎是个通信员的角色，他的行为似乎符合他的身份。管锥随口问："背的是军事地图吗？"

丑人回忆了一下："我不懂地图，但没记错的话，军事地图都是暗色的，但那天陈汉生带上山的是白色的。"

这个回答像是突然给一串灯泡通上了电，管锥的脑袋瞬间明亮了。在梁志身处的环境里，隔着山头，身穿吉利服，基本是能达到隐身效果的。陈汉生突然背着一张白底地图出现，无疑是直接暴露了梁志，给枪手标定了一个射击目标。

管锥："我想我知道是谁了。"说完迅速起身，拿起手边的包，指着丑人说："不要告诉别人我来过，我们说话的内容也不能说，不然杀梁志的凶手你这辈子都找不到。"

管锥说完就往外跑，丑人在身后问："到底是谁啊？"

管锥边跑边说："你等着我来通知你去抓人吧。"

管锥下山之后，那辆军绿色的陆地巡洋舰就停在路边，管锥走到车窗边，看罗大佐不在车里，喊了几声也没人应。他急得围着车转了几圈，突然想到罗大佐说这车锁坏了，就伸手试着拉了一下，没想到不知哪里黄灯一闪，车门一拉便开了。

管锥坐进车里以后，按了几声喇叭，事实证明喇叭比人喊来得有效率，罗大佐很快便回来了，之前说去打猎，却什么也没打到。

罗大佐见到管锥倒是很惊讶："你怎么进来的？"

管锥："人家不是让你换锁吗？应该是锁坏了吧。"

罗大佐斩钉截铁地说："不可能，我也试过很多次，没钥匙进不去。老实说，你是不是撬人家锁了？"

看罗大佐的样子不像是开玩笑，管锥拿起自己的包，从驾驶室下来，坐到后座上："别闹了，还有很多事要做，先开车回去。"

罗大佐便没再说什么，反正管锥非法开个锁他也不奇怪，上车后左脚放掉制动，右脚踩下刹车，按下点火按钮，车子启动开往新庙。

管锥坐在后座上，从包里摸出了一串钥匙，那是武进刺杀陈汉生那天晚上，他从后来赶到的不明人士腰间拽下来的，那串钥匙里正好有一把带着丰田标志的汽车钥匙。刚才一拉车门就开了，很可能是触发了汽车的"无钥匙进入"功能。再看另外一把挂锁钥匙上模糊的图案，管锥突然想到了借枪那天铁门上的"梅花"牌挂锁。

管锥问："你这朋友是干什么的，开得起这车？"

罗大佐："什么都干，但不贩毒，你别见谁有点儿钱就打人家主意。"

"不会是裴万岁吧？"

"不是，"罗大佐扭头看着管锥，"你好奇心越来越重了啊。"

管锥不接话，继续问："到底谁啊？你神神秘秘的。"

"你肯定不认识，打听那么多干吗？"罗大佐继续绕圈。

管锥不再追问，罗大佐反常的态度让他警惕，但一想到车主与陈汉生之间很可能存在某种关联，就让他感到兴奋。

车在山区跋涉的时候，天空不知不觉间从艳阳高照变成了乌云压顶，雨很快下得又急又快，雨水顺着车窗流向地面。风吹动树，远处的山随着树摇摆，路边很快出现一条流淌着黄色污水的小溪，流速很快，似乎在跟罗大佐飙车。这样的天气下，坐在车里是一件让人感到幸福的事情。但这一路两人谁也没有说话。

车子到新庙时雨已经停了，或许这里根本就没有下雨。罗大佐直接开进了城边一家修理厂，罗大佐和管锥两人下车。修理厂的人明显是知道他们的来意的，罗大佐只是将钥匙递给他们，就和管锥一起走了。两人似乎有某种默契，明明已到晚饭时间，却没人提出一起吃饭，他们各自回家了。

管锥到家之后只一杯茶的工夫就出门了，出门后直奔刚才的修理厂，在修理厂门口就能看到那辆陆地巡洋舰还停在院子里。管锥在门口按了一下手里钥匙的锁车键，车身黄灯闪烁，说明管锥手里的钥匙的确能够操控这辆车。

管锥凭着记忆，一路找到上次罗大佐带他去的第一个借枪的地方，上次来这里没有人。这次来是夜晚，黑乎乎的院子依然看不到任何灯光，四米高墙让这里与世隔绝。管锥用电筒找到地上的轮胎印，跟丁卓以前开的帕杰罗是同样的 grandtrek 越野轮胎花纹，而那辆陆地巡洋舰也是这样的花纹。

管锥走到门前，检查了门上的挂锁，发现锁已经被换成了一把新的，虽然有点儿失望，但管锥依然想尝试一下，可钥匙却连插都插不进去。

无奈之下管锥只得回到住处，躺在床上辗转反侧。这么下去只要那辆陆地巡洋舰被人开走，如果罗大佐不说，这条线索就算断了，可到现在连车主到底是谁都不清楚。不过他总觉得答案已经在自己脑子里了，只是被遗忘在某个角落里，还没有被发现。

管锥仔细地回忆从武进在医院刺杀陈汉生开始，至今为止发生的所有和那个神秘人有关的一切。

这个人和陈汉生有着某种紧密联系是可以肯定的，而陈汉生是害死武进的主要嫌疑人之一，但当时的推断是陈汉生没有能力设那么大的局去害武进。如果是这个人帮助了武进呢？这个局里，主要的执行者之一便是被杀死的“梁哥”。

管锥猛地从床上弹起来，他想到了。在杀梁哥之前，罗大佐和梁哥的对话中，曾无意提起过一个叫歌丹的人。

想到这儿，管锥几乎是从床上跳起来的，随手套上件衣服就出门了。到了罗大佐住处附近，管锥在楼下止步，抬头往上看了看，转身继续朝酒肆去了。

管锥可以确定，这个歌丹绝不是无名之辈。查这种信息最快的渠道是通过酒肆李让丁卓调查。

酒肆李冷着脸开门，把管锥拉进地下酒窖，开始咆哮："有什么事不能白天说？你这时候来很容易被人跟踪你知不知道？"

管锥："我绕了好几圈了，没被跟。我现在来是有要紧事。"

酒肆李拿起抹布擦酒坛子，不看管锥："有什么事你快说，我年纪大了，还要睡觉。"

管锥："转告 049，让他查个叫歌丹的人。"

酒肆李抬起头问："查他干什么？"

管锥反问："你知道他？这个人很可能跟武进的死有关。"

酒肆李惊得把擦洗的酒坛掀倒在地："武进死了？"

管锥这才知道酒肆李并不知情："049 告诉我的。"

"什么时候的事？"

"上次武进被我们从那个假派出所救出来，回去之后没抢救过来。"

酒肆李愣了愣，接着"哦"了一声，从地上捡起抹布，扶起酒坛继续擦，说："歌丹这个人我听过一两次，听说跟楚隆走得近，不过都是些传闻。我让 049 帮你查查确切消息。"

管锥对这个歌丹的消息如饥似渴，追着问："说说你知道的那些传闻。"

没想到酒肆李把抹布砸在桌面上吼起来："都说了是传闻！传闻！传闻！要我说多少遍你才知道是传闻！一个不确切的消息能害死人的，你知不知道！我不是说了让 049 查！你为什么还要问！为什么！”

管锥被吓得屁滚尿流，连滚带爬地逃出酒肆，临走时候丢下话：“派人盯着东城修理厂的那辆军绿色陆地巡洋舰，有什么消息立即通知我。”虽然管锥表现得像是见了阎王一样，但这是一种在安全区域内的恐惧感，自从离开丁卓以后，就很少有人能让他产生这种感觉了。管锥渴望这种恐惧感。

从那之后，他每天只敢远远地看一眼酒肆门前的桌子。五张桌子代表一切如常，若是桌子变少，则需要管锥找时间去一趟。桌子越少事情越紧急。如果桌子变多，则管锥需要离开新庙，越多事情越紧急。最多可以摆十张桌子，那时候管锥需要不管不顾地扔下一切，然后利用所有可能的办法离开新庙。

第三天管锥才见到酒肆李门前的桌子少了两张，天黑以后，管锥摸到酒肆李门前，犹豫了一下，怯生生地敲门。即使做足了心理准备，在门打开见到酒肆李的一刹那，管锥还是后退了一步。

酒肆李把管锥让进门去，锁上门，把抹布扔到桌子上说：“歌丹，还有一个名字叫昂登。这几年用昂登的名字帮楚隆做了不少事情，在新庙用歌丹这个名字，除了吃喝嫖赌之外，基本上是个独来独往的人，据说南北联盟军除了楚隆没人能直接联系到他。”

“只有这些？”管锥问。

“说是有一张照片，但我还没有收到，明天，最迟后天会有人送过来，到时候你再来取。”

“明天才到？”管锥略显失望。

酒肆李突然脸红脖子粗，鼻翼急速翕动：“你也是干这行的，不懂考虑一下信源风险吗？光考虑自己的这点儿事。不管是明天还是后天，都是冒着杀头的风险弄来的。”

管锥被噎得哑口无言，再一次落荒而逃。

隔天下午，管锥见酒肆李门口少了一张桌子，管锥进屋后还没来得及开口，酒肆李擦着柜台头也不抬地说：“照片在柜子上那卷卫生纸里，你连那卷纸一起拿走。”

管锥双手插在裤兜里，像个犯错的孩子般靠在门边半天没说话。酒肆李见他半天没反应，抬头训斥道：“还不滚？”

管锥摇头晃脑了一阵，支支吾吾地说：“昨天的事……对不起……是我太心急了。”

酒肆李又把头扭回去继续擦洗厨具：“不用道歉，大家都有自己的任务。”

管锥讨了个没趣，反倒放松起来：“好好好，反正我昨晚憋到现在的话已经说了。我没吃午饭，给我一碗米线。”

“三块。”酒肆李依然没有抬头。

“这是五块，不用找了。”管锥把一张五块的纸币重重地拍在了桌面上。

酒肆李被声音惊了一下，抬头看了一眼桌上的钱：“五块钱用出了五万的气势。”说着随手扔了两个硬币过来，“我不占你们小孩便宜。”

管锥说：“五万一张的那是冥币。”

吃完米线，管锥把那卷卫生纸带回了自己家里，把卫生纸扯开，见到了里面夹着的照片。照片像是使用缺了墨的打印机打印出来的一样模糊，不过这个人的特征极为明显，头部整个左侧都是凹陷下去的，正面看去像是一张圆形的饼被切掉了四分之一。

管锥很想把照片给罗大佐看，这样可以省下很多事情，但从梁哥被杀时罗大佐的表现来看，至少在这件事情上，罗大佐这个人是应该打个问号的。

管锥去了老八寨，刻意和叶介良、石正等带兵的聊起金三角的杀手，但遗憾的是这些人嘴里并没有什么有价值的信息，不知道是故意隐瞒还是确实不知道，从他们嘴里出来的那些消息全都透着股地摊读物的味道。

管锥意识到不能寄希望于从别人口中获得有关昂登的信息，一个名满天下的杀手是一个悖论，好的杀手一定是隐姓埋名的。

这里的春夏之交闷热而潮湿，管锥坐在窗前吹着电风扇，当下的局面令他一筹莫展，管锥的情绪随着天气的恶劣变得越来越糟。

苦闷的情绪肆意蔓延，甚至让管锥这种人都开始思考人生的意义了，但还没来得及得出“人生无意义”的结论，管锥就听到有人敲门，把门打开后见到酒肆李捧着一个本子站在外面。

管锥盯着那个本子问道：“你这时候来干什么？”

酒肆李硬邦邦扔过来一句话：“你要是不想见到我，我马上走。”

“别，您请进。”说着管锥抱住酒肆李的胳膊把他拉进屋里按在沙发上，又给他倒了杯茶。

酒肆李把茶放到嘴边闻了闻，吹了一口也没喝，放下茶杯，说道：“我给你带来一个重要的东西，账本，金城公馆的账本。”

管锥疑惑：“账本？”

看管锥一脸迷茫，酒肆李接着说道：“这是一些特殊的客人在金城公馆兑换筹码和欠债的账本。”

管锥不知道酒肆李说的是做什么的。酒肆李重重地叹了口气说：“你要找的人，很可能就在这个账本里。昂登是个酒色之徒，他平时用歌丹的名字在新庙周边生活。在这一带，酒色之徒最好的去处就是金城公馆。”

管锥等着账本问：“所以你推断这个人在账本里？”

“对。”

“你是怎么弄到账本的？”

酒肆李："不是我弄到的，是049。"

"他有这么神通广大？"管锥伸手接过本子。

酒肆李："金城公馆是开放场所，要是连个账本都拿不到，他真的应该下岗了。"

管锥接过账本看了半天也没有头绪，酒肆李喝完茶一把夺过账本："你这个睁眼瞎，这么明显都看不出来？这里面有个人叫歌丹，看仔细了，就是他了！"

管锥拿出纸笔统计了一下歌丹参与赌博的时间，发现每周三都有他参与赌博的记录。按照这个规律统计下去，发现他每周都会到金城公馆玩，一般每次来都待两天，偶尔也有待一天或是三四天的。

只有去年11月份第二周没有歌丹的记录，这个时间非常重要，因为梁志就是在这周四被人打死的。管锥又看了赌博的数额，梁志死前，他每次来玩输赢大多是三四千块，很少上万，而梁志死后一周这个数字飙升到四万左右，然后逐渐下降，到上周三这个数字降到了一万左右。

管锥看着这些数字慢慢理出思路："如果他还能继续活下去，恐怕用不了多久，赌博的数额又会下降到原来的水平了。"说到这儿，他突然想到一个问题，继续说："他这么频繁来这儿玩，特征又这么明显，你怎么会一点儿印象也没有？"

酒肆李说："参照物会改变的，上次给你的照片是他受伤后在医院拍的，凹陷的那一侧头骨粉碎性骨折，现在已经做了假体，当然看不出来，况且这个人还戴着鸭舌帽。别废话了，你就在金城公馆找。"

今天是周二，管锥不敢耽误，隔天在金城公馆守了一天，在傍晚的时候，一个戴着黑色鸭舌帽，帽檐压得有些低，看不清眉眼，但能看出肤色黝黑的人出现了。他身穿迷彩夹克，轻车熟路，一进来就引起了管锥的注意，同时他也注意到了管锥。那些与人搏命的经历造就的气场使他们一眼便感觉出了对方的不同，管锥感受到这一切之后马上把眼神从那人脸上移开，但心里已经断定他就是那张照片上的人。那人刚经过安检就熟络地和工作人员打招呼，然后兑换筹码、挑选座位，整套动作一气呵成。

管锥见他短时间内不打算走，为了不引起注意，自己也换了些筹码，在附近找张桌子坐下边玩边看着。

管锥的判断没错，歌丹一直玩到后半夜也没有离开的打算，中间兑换了几次筹码，看样子是输了不少钱。一楼大厅里大麻的腥臭味令管锥昏昏欲睡，就在他准备出去透透气的时候，一个西装革履的人影引起了他的注意，来的人是陈汉星，走到歌丹身边拍拍他的肩膀，做了一个“跟我来”的手势之后，转身朝里间走。

金城公馆后半夜依然人头攒动，没有人会注意管锥的行动。歌丹跟着陈汉星走到人群之外的卫生间拐角处，管锥则在拐角的另一边蹲下，旁边是一排不知道是抽了毒品还是困了的人或坐或躺。管锥抱着头，装作精神萎靡的样子。

只听一个人说：“他不是叫你离开新庙吗？你怎么还在这儿？”

另一个答道：“三弟，他只说让我别在家待了，又不说到底是谁要跟我过不去。我在这儿玩，你也在这儿，谁能把我怎么样？”

那个人看来不为所动：“我看他不像是开玩笑，你还是出去躲一阵子比较好，现在就离开。”

另一个叹了口气：“我现在太累了，走不了。我上去睡一觉，明天再说。”

“正好他也在，我让他在房间等你，你明天必须得走……”

两人的声音渐渐远去，歌丹一人摇摇晃晃地上楼，陈汉星却不见了，多半是进了旁边的卫生间。

管锥跟上歌丹到了三楼，看到歌丹进了一个房间。按照陈汉星说的，房间里应该还有个人，管锥到门口想试试能不能听到什么，却发现这房间隔音格外好。

这可能是抓住歌丹的最后机会，但现在即使抓住了歌丹，有陈汉星在场，又很难将人带出去。最好的办法是去找丑人，但如果离开之后歌丹也走掉，又是得不偿失。

必须尽快做决定，越往后拖越不好处理。管锥最终决定去找丑人，歌丹的身手他领教过，仅凭自己，拿下这个人都要费一番力气，要运出去更加不可能。

做了决定之后，管锥在歌丹的房门最顶端贴了一截儿透明胶带做标记，这是目前最容易弄到的标记物，歌丹如果开门，他就能看出来。

准备妥当，管锥下楼，直接开车去往积星堆，坑坑洼洼的山路上越野车差点儿被开翻了，好不容易在天亮之前见到了丑人。没想到丑人见到管锥表现得并不像上次那样热情，从床上爬起来睡眼惺忪，不咸不淡地问这个时候来有什么事。

一听话音管锥就觉得不大对劲，不过这个态度管锥也不奇怪，只是问道："这么不欢迎我？"

丑人冷着脸说道："哪敢不欢迎您啊，我爸身边的大红人，我在梁氏这么多年，都不如您在耳边吹个风。"

管锥笑了一下："这是怎么了？"

丑人斜眼看着管锥说道："真不明白？"

管锥："我在八爷那边做事你一开始就是知道的，而且迄今为止我没有做过任何对你不利的事情，我一直在努力消除你和八爷之间的隔阂。"

丑人露出戳穿他人谎言后的笑容说道："那替代种植这件事是我听错了？"

管锥盯着丑人，装出一脸无辜的样子说道："因为跟八爷有约在先，所以这件事不能告诉你，不过替代种植的事情从头到尾跟你都没什么关系吧？”

丑人死死指着管锥：“跟我没关系？我好不容易弄点儿地，现在老八寨一声令下让我改种玉米，让我到这里来做个农场主吗？”

丑人说的这些事管锥是知道的，他上次和梁道安讨论这个问题的时候，两人都没说出口，但心里都明白，梁氏必须拿出一部分土地来搞替代种植，只有这样才能吓住陈培耀。而出于特殊时期对军心的考量，梁氏原先的土地是动不得的，这样一来就只有牺牲丑人，正好梁道安不想让丑人在积星堆生根发芽。管锥明白这些道理，但他选择不亲口说出来，依现在形势看，当初的选择是非常正确的。

管锥瞪大眼睛装无辜：“搞替代种植为什么要用你的地？”

丑人看着管锥摇摇头：“你还演，虽然我离老八寨远，但还没聋，替代种植的事一直都是你在搞，一开始我爸还装作不知情，整个梁氏都觉得你是个老猫，专门过来搞替代种植的。结果到头来他突然让我把自己的地都种上玉米，这件事你怎么赖？”

不同于丑人的激动，管锥始终不紧不慢：“这事我可以向你解释，但你要保证不告诉任何人，包括八爷。”

丑人怒极反笑，露出一口黄黑相间的牙齿，在烛光下显得尤其瘆人：“你不用解释，今天过来正好，省得我去找你。你以前帮过我，我不杀你，这是我的道义。这些地本来也是你帮我拿下来的，你现在要收回去我无话可说。但我把地还给你之后，如果江湖再见，那就只有你死我活了。”

管锥盯着丑人说：“话别说太早。你不想知道你那个手下武进是怎么死的吗？你不想知道梁志死了之后八爷为什么对你百般刁难吗？你不想知道是谁杀死了梁志吗？”

这三个问题使丑人来了兴趣，略一思考之后，丑人说：“难道你知道？”

管锥调整了一下坐姿："先问你一个问题。"

丑人："问吧。"

"八爷派谁来传达命令，让你改种玉米的？"

丑人："是陈汉生啊。"

管锥："那就对了，你知不知道这个人背着你做了哪些事情？"

丑人皱眉问："我知道这孙子一肚子坏水，武进第一次送货，货沉了之后他跑到我爸那告了武进一状。"

管锥苦笑着说："在他干的事情里，这是最微不足道的。我告诉你，你那个死不见尸的手下，就是叫武进那个，就是被陈汉生害的。"

管锥把那天在梁道安那里听到的话一一对丑人说了，丑人听完问道："你说的是真的？"

"我没必要骗你。"管锥把从叶介良那儿听来的，关于梁志死那天陈汉生先跑回来告了丑人一状的事情说了一遍。

丑人眼睛瞪得像是要把眼眶撕裂一样，两只眼球摇摇欲坠地挂在眼窝里，像是随时要掉下来："我长这么大还没被人这么阴过！"

管锥不顾丑人的愤怒继续说道："本来我觉得现在到了算账的时候了，这也是我今天来的目的，想帮你洗清冤屈，没想到他又快我一步，把替代种植的事情栽到了我的头上，他们棋高一着，你就是杀了我，我也无话可说。"

丑人摆摆手："说的哪里话，你继续说正事。"

管锥踌躇半晌才开口："这件事本来不应该告诉你的，不过事情既然到了这一步，我也只能说出来了。陈培耀前阵子要搞禁毒你听说没有？"

丑人笑了笑说："他都搞了十几年禁毒了，天天喊着禁毒，我怎么会不知道？我爸还喊过禁毒呢，有时候还说不往中国卖药了。我跟你说个有意思的事，每年的八月十五，就是对面中秋节那天，我爸都会跑山顶上面朝北方坐一整天，说自己对不起祖国，往祖国卖药罪孽深重什么的，可没用啊，咱们这儿的货，不往中国去往哪里去？难道从船上走？一天就那么几艘船，谁会给咱们带这个？所以啊，别听陈培耀喊得响，离了白药，他们一天都混不下去。”

管锥对丑人嘴里的梁道安产生了很大兴趣：“八爷对中国还挺有感情的啊。”

丑人：“那是当然，你别看他是个毒枭，在梁氏没人敢说中国哪里不好的，提到中国都必须说好话，说中国坏话我爸是要不高兴的。他每年八月十五都让罗大厨做很多月饼发给下面人，晚上还要赏月，总是说什么异乡的月亮没有家乡的圆。你说这不是很奇怪吗，月亮它圆不圆得看日子，怎么能看地方呢？我小时候有一次，应该是 1997 年，夏天，那时候梁氏还没这么大。我也不知道那天是什么日子，反正是庆祝对面的什么事情，那天放了一整天的鞭炮，把附近寨子里的人都吓跑了，以为打仗了呢。第二年他又搞了一遍，这次提前通知了当地人，他们才没跑。”

梁道安的形象在管锥心中更加复杂了，复杂到一时难以消化。他接着丑人的话头说道：“刚才说陈培耀禁毒这件事，这次他是借禁毒的名义，想把梁氏的库存收了，八爷没办法，只好让我出来，佯装要跟中国合作搞替代种植，只是吓唬一下陈培耀。”

丑人脸色又变回之前的冷峻：“所以就把我的地拿去种玉米？”

管锥摆摆手：“不管你信不信，这事我真不知道，我和八爷原先的计划是边谈边拖，但没想到最后竟然让你种玉米。这件事我怀疑和陈汉生有关，不然八爷怎么会让他来执行呢？不让我来，恐怕也是顾忌我和你的关系。”

丑人想了想觉得管锥说的还算在理：“那你今天是为什么来的？”

管锥推心置腹：“本来我是来给你送份大礼的，但没想到被当头一棒。算了吧，这件事你还是不知道为好，现在这个时间点，你做得多就错得多，这是为你考虑。好了，我要说的话说完了，人就在这里，任你处置。”

烛光下丑人的脸因为笑容拧在了一起，跟哈哈镜照出来的怪物似的，但少了一分滑稽，多了许多阴森的气质：“我都说了不会杀你，我们在这里混，法律可以当擦屁股纸，但必须得讲道义。这些地都是你帮忙拿下来的，你今天就是全拿走，我也不会多说一句。你先说到底什么事，就算我不去做，我也应该知道啊。”

管锥佯装思考了许久，叹了口气：“算了，告诉你也没什么。但不管你知道之后做了什么，都不能说是我告诉你的。前段时间因为替代种植的事情，那个陈汉生还怀疑我是老猫，你说多有意思！我做老猫的目的，是来帮你丑人拿地种罂粟的吗？所以我不想过多介入梁氏的事情，只是这件事太重要，我是出于义气才来告诉你的。”

丑人点点头：“好兄弟，我答应你。”

管锥闭上眼睛，像是做了个重大决定：“杀死梁志的人，被我找到了。”

丑人握紧的右拳重重地砸在左掌心里：“太好了，我哥的仇终于能报了，他在哪儿？”

管锥对着丑人做出一个停止的手势：“你现在想的不应该是报仇，而是要洗清陈汉生栽给你的那些脏东西。另外，我必须提醒你一句，我现在找到的这个人，只是个拿刀的刽子手，并不是决策者。怎么办你自己决定。”

丑人摇头说：“没听说过，不过不管他是谁，我要立即把他干掉。”

管锥也跟着摇头：“不行，干掉这个人对你一点儿价值都没有，而且到时候陈汉生说你杀人灭口，你更难洗白。况且金城公馆是谁开的不说你心里也有数，在那儿闹事不好收场。你现在最应该做的，是把这个人弄出来，交给八爷，这样才能洗清八爷对你的怀疑。也只有这样，才能把陈汉生欺骗八爷这件事揭出来。这对你来说是个翻身的机会，你心里不能只装着积星堆，以后整个梁氏都要靠你，你把眼光放长远，别让陈汉生这种小人最后占了便宜。”

丑人忙点头：“也对也对。现在马上去抓人，我听你的，不杀他，把他交给我爸。”

积星堆没有信号，管锥先一步回到金城公馆，丑人带着人紧随其后，但车速还是比管锥慢了一大截儿，管锥到金城公馆的时候天已经亮了。管锥上三楼，从歌丹门前走过，看了眼贴在门上的胶带，可以确定在管锥离开的这段时间里，歌丹没有出门。

丑人到了之后给管锥发了一条短信，说自己已经到了金城公馆附近。管锥想到陈汉星之前说歌丹房间里有人在等歌丹，管锥不确定这个人是谁，这种不确定让他有一种莫名的不安，他觉得不应该把所有真相全部铺在丑人面前。

走出金城公馆，管锥在街角和丑人交代了一番，接过手枪顺着公馆后面的排水管道爬上了三楼。由于带着手枪无法通过公馆正门的安检，所以他之前就选定了这个潜入地点。上三楼后他直奔歌丹的房间，起脚踹开房门，反脚把门带上。他举枪四望，两室一厅的套房只有客厅灯亮着，小吧台上的冰箱门是开着的，电视里的画面还在动，但没有声音，墨绿色的沙发上放着一条毯子，沙发前是一个黑色茶几，茶几上放着几罐打开的啤酒。他又穿过客厅，对准主卧的门又是一脚。

破门之后，管锥看到一个穿着睡衣的人坐在床边，一只脚刚刚落地，看样子是听到声音想起来看看。

“歌丹？”管锥压低声音。

见到管锥举着枪进来，歌丹摊摊手：“原来是真有人要杀我。”

“是不是你杀了梁志？”管锥问。

歌丹说：“你又是谁？管得这么宽？”说完收回那只已经放到地面上的脚。

管锥说："不许动。听好，我确定是你杀了梁志，武进的事也跟你脱不了干系。我现在要带你走，你最好配合点儿。"

歌丹又耸了耸肩："你觉得你能把我从这儿绑出去？"

管锥："都到这一步了，你不该问我这种问题。"

管锥感觉后脑勺被硬物一杵，知道背后有人，又不敢回头，凭着头皮触感，他知道那肯定是一把枪："谁？"

那人没出声，歌丹嘿嘿笑着坐在床上。当那人缓缓移到枪口前方时，管锥看清那是罗大佐。

不理管锥的目光，罗大佐站在管锥和歌丹中间，对管锥说："他是我朋友，救过我的命。你放他走。"

管锥说："武进不只是你的朋友。"

"武进已经死了！被烧成了灰！一把灰会在乎你有没有给他报仇？今天就是没有我，你也不可能把人带出金城公馆，你恐怕还不知道，他也是陈汉生的弟弟，陈汉星的二哥！"罗大佐吼道。

"不管他是谁，我今天都一定要带走。"管锥压住扳机的食指用力，他可以确定扳机已经在击发的临界点，再稍微用力一颗子弹就将射出去。

"有我在，你别想带他走。"罗大佐说完，歌丹叹着气从床上下来，低头找到拖鞋，然后走到卧室门口，跟管锥挥挥手，去往客厅。

管锥咬着牙对罗大佐吼："你再犯浑别怪我不客气！"

罗大佐也急红了眼："那你就不客气给我看看！"

罗大佐话音刚过，目光越过管锥的肩膀，几乎同时子弹也从管锥耳边穿过，客厅里的歌丹应声倒地。歌丹倒地之后，依然举枪想要朝管锥射击，又被管锥一枪打中手腕，手枪被甩出一米多远。

管锥冲上去把歌丹的手枪捡起来，狐疑地看着罗大佐，刚才发生的所有事情都太过奇怪，管锥一时消化不过来。罗大佐倒是走过去抱着歌丹尝试给他止血。歌丹问："为什么开枪打我？"

罗大佐说："他也是我的朋友。"

歌丹气得上气不接下气，咬牙说："你到底有多少朋友！"

这时丑人已经接到管锥的信号，带人冲上三楼，一拥而上的还有被枪声吸引来的金城公馆的人，不过陈汉星并不在其中。两拨人几乎同时到了房间门口，丑人只看到一个人中枪倒地，罗大佐立在一边，管锥则面无表情。

见丑人赶到，管锥才把人推到他面前："人在这儿，交给你了。"

歌丹回头看了一眼丑人，笑笑说："原来是你啊。"

丑人举起枪对着歌丹："就是你杀了我哥？"

歌丹再次斜着眼看了丑人一眼说："你这人是不是有病啊？我把你们梁氏的太子杀了，你这个二公子不正好接班？你不好好当你的梁氏太子，跑这里来跟我穷横。"

丑人怒目圆瞪："我杀了你！"

这时管锥一把攥住丑人的枪，在他耳边叮嘱："说好把他交给八爷的，现在杀了他弄不好八爷说你杀人灭口，得不偿失。"

这时金城公馆的人也走上来说："在金城公馆你可不能这么对我们的客人。"

丑人笑着把一沓钱塞进那人的西装口袋："这人拿了我们很多货到现在都没付钱，我带他回去理论理论。你放心，不会有人知道他是从公馆被带走的。"

对于丑人明显敷衍的说辞，那人毫不在意："你小心点儿，公馆的事情不说你也知道，别太不像话。"

丑人点了点头。管锥见金城公馆的人似乎还不知道歌丹和陈汉星的关系，刚想提醒丑人速战速决把人带走，歌丹却发话了："愚蠢，把陈汉星给我找来。"

酒店的人虽然收了丑人的钱，但对歌丹的话也不敢装作听不见，毕竟歌丹张口就叫出了陈汉星的名字。那人吓得赶紧回头把钱还给丑人，然后迅速下楼，管锥想拦，但又怕拦不住耽误了时间。

酒店的人走了之后，丑人蹲在歌丹面前，拍了拍他的脸："不用我再解释一遍为什么找你了吧？你自己交代，我让你痛快上路。"

歌丹一声不吭。

丑人继续说："你叫歌丹吗？"

歌丹还是不说话，管锥看他有恃无恐的样子应该是在等陈汉星。管锥觉得不能再等，在丑人耳边小声说了一句，丑人站了起来："既然不说，那就带走吧，从后门走，不要打扰了公馆的客人。"

丑人的手下将人绑了起来，正准备带出门的时候，一个人带着十来个携枪的保安出现了。管锥看到来人正是陈汉星。这人穿着西装，白白净净的，看上去跟陈汉生那未老先衰的样子形成强烈的反差，说他俩是父子也有人信。

现在这么个角色出现，丑人怕是不好对付。管锥刚想到这里，陈汉星对丑人说道："我还以为是谁呢，原来是梁氏二少爷。"陈汉星说到这里顿了一下，眼睛看向歌丹，脸上闪过一瞬间的紧张，不过很快恢复平静问道："这家伙到底是谁啊，要梁氏的二少爷亲自来抓？"

丑人的脸色凝重起来："他在我们那儿犯了事，我把他带回去处理。"

陈汉星双手环在胸前，说道："要是今天我没来这里巡场多好，我真不想跟你闹出什么不愉快的事情。但现在我既然看到了，那真是对不住，这是我们金城公馆的客人，谁也不能就这么把人带走，不然传出去，会觉得是我镇不住场子。"

丑人知道事情变得难办了，不过也咽不下这口气，脸色变得越来越差："陈汉星，我教你一句，以后见到梁氏的人，你最好别拿这个态度出来。我今天必须把人带走，你拦不住。"说完丑人举起手里的枪，对着陈汉星，陈汉星也举起了枪。两拨人人数相当，火力也差不多，就这么互相举枪指着。正剑拔弩张的时候，又一个人带着十五六个人走到门口。带头的人看上去年纪比丑人大上几岁，也跟陈汉星一样穿着西装，只是寸头上已经能看到不少白发，但眼神一看就十分精干，嘴上留了短胡楂，皮肤比陈汉星还要白净，完全不像本地人。那人敲了敲已经打开的门，面含笑意盯着丑人。

丑人扭头看到门口的人，歪着头看了会儿问道：“是刁毛辉吗？”

那人大笑着露出八颗牙齿，拿手指隔空点了丑人几下：“还记得我呢？小家伙现在长大了啊，我走的时候你胡子还没刮过呢。”

丑人满脸的不敢相信：“你怎么会在这儿？这些年你去哪儿了？”

被称作刁毛辉的人答道：“你哪儿来的这么多问题，在哪儿都是帮八爷做事，当年八爷让我走我就走了，现在八爷让我回来我就回来了。”

丑人又问：“那太好了，都说你死了，我就一直不信。你什么时候回来的？”

刁毛辉说：“回来好几天了，听说你被派去积星堆，我想去看你但没有时间。没想到在这里碰到你了。”

丑人像是突然想到了，问道：“那你来这儿做什么？”

刁毛辉指了指被捆上的歌丹：“当然是为了他，不过看来你比我快了一步，我回来的第一功又让你抢了。不过现在看这架势，你要抢这份功，恐怕还要我帮你一把。”

丑人不好意思地笑笑，陈汉星被晾在一边满脸不高兴：“今天这个人你们不能带走，谁都帮不了。”

刁毛辉笑了笑，先把丑人的枪按下，又上前去按下陈汉星的枪说：“别那么大火气。我来之前八爷跟你们金爷打过招呼了，本来是让你先把人控制住后交给我们的，我怕麻烦到你，就亲自过来拿人了。你尽管去问。”刁毛辉见陈汉星将信将疑，索性掏出电话，直接打给那个“金爷”，也就是金城公馆传说中的老板之一。接通后刁毛辉把手机递给了陈汉星。

趁着等陈汉星打电话的间隙，丑人问：“你是怎么知道他在这儿的？”

刁毛辉答：“我刚回来八爷就让我负责这件事，我这么多年都不在这儿，又没有什么关系，所以用了好几天才查到点儿线索，就过来找他了。这人叫昂登对吧？”

丑人笑着说：“你搞错了吧，他叫歌丹。”

“不会错的，他有两个名字，杀梁志的时候他叫昂登。你连这都没搞明白，是怎么找到他的？”刁毛辉问道。

这个问题问得丑人一愣，不过很快反应了过来：“他昨晚喝醉酒自己说连梁氏梁志都敢杀。我想不知道都难啊。”

刁毛辉看了看丑人带来的人说道：“你知道了也不跟八爷说一声，多带几个人来，你看你就这几个人，要是让他跑了多可惜。”

丑人反问：“你不也就带着这几个人来吗？”

这时陈汉星打完了电话，一脸无奈地看了看歌丹，看来是他的老板让他放人了。陈汉星将手机递给刁毛辉，没再说什么，只是打了个手势把自己的人带走了。

刁毛辉也不在意，笑笑跟丑人说：“这里不是聊天叙旧的地方，我们把他带回去吧。”

丑人一愣：“带去哪儿？”

刁毛辉说：“当然是带去老八寨了，你不会是想把人带去积星堆吧？”

丑人原先是想把人先带去积星堆，审完再送去老八寨，以免直接送到梁道安面前闹出什么乌龙。但现在刁毛辉出现，就没有再审的必要了。刁毛辉要把人带去老八寨，倒是省得去了积星堆再出什么意外：“当然是带去老八寨，不然还能去哪儿？”

刁毛辉笑着走上来拍拍丑人的肩膀：“好了好了，把人带回去之后咱俩好好喝一杯。”

丑人和刁毛辉带着歌丹大摇大摆地走出金城公馆，管锥和罗大佐走到一楼的时候，隐入赌博的人群里。等他们的车走远，两人也离开了金城公馆，管锥问：“这个刁毛辉你认识吗？”

罗大佐想了想：“人倒是认识，但他已经好几年没有出现在梁氏了，至少有五年了吧，都说他死了。以前梁道安还比较喜欢他，他也经常去裴万岁那里，刚才我都没敢正脸对着他，怕他认出我来。现在为什么突然回来我就不知道了，也不知道这些年他干吗去了。”

管锥问：“这人还挺神秘啊？”

罗大佐说：“以前跟着裴万岁的时候，听说过不少梁氏的事情，也认识不少梁氏的人，但大多是些道听途说。早年都说这个人精明，很多事梁道安都是交给他办。梁氏的几个年轻人，还算有点儿见识，知道靠毒品这条路走不长，不想让梁氏把重心放到毒品上。丑人你都看到了，从小在梁氏长大，也没受过什么正经教育，又在梁氏有点儿地位，所以就长成了现在这样一副模样。但这个刁毛辉，我不太了解，只是前几年听裴万岁说刁毛辉最像年轻时候的梁道安。”

这个刁毛辉刚回来没几天就能这么快锁定昂登，可见裴万岁这句评语并不是空穴来风。管锥不用想就知道丑人肯定不是刁毛辉的对手。这样一来，形势又开始变得云谲波诡了。以前跟丑人说的那些话要是传到刁毛辉耳朵里，肯定会被拆穿。丑人原先在梁氏处在孤立地位，管锥利用他的孤立一步步走到今天，但是现在这个刁毛辉突然出现，原先做的一切铺垫可能都要付诸东流。

接下来的几天丑人那边消息全无，管锥倒不太关心丑人的情况，丑人和刁毛辉的关系他插不上手，目前最让他担心的是陈汉生的命运。歌丹被带去老八寨，只要审出来，陈汉生的谎言必然会被拆穿，栽赃丑人这件事一旦暴露，梁道安会怎么处置陈汉生？刁毛辉会持什么意见？

在管锥计划里，陈汉生这次必须死，不然他站稳脚跟后联合刁毛辉，那自己可就真的在劫难逃了。刁毛辉不像梁道安那样一心只考虑大局，更不像丑人那么好欺骗。梁道安会不会立即处死陈汉生是问题的关键。

管锥让酒肆李通知丁卓，对黎耀祖的老家进行更加严格的监视，绝对不能让陈汉生或者刁毛辉有机可乘。

那天丑人和刁毛辉把歌丹带回去之前，两人不约而同地派人去歌丹的住处抄家。丑人这么做是因为管锥之前交代过，刁毛辉不知其中原委，拍拍丑人的肩膀："行啊，做事越来越上道了。"

歌丹的职业就是取人性命，在面对死亡这件事情上，比常人更坦然一些。由于不想承受多余的折磨，歌丹开始试图否认自己杀了梁志。但得知丑人已经派人去抄家，而且击毙梁志的弹头至今还保存着的时候，歌丹承认了。他知道凭梁道安的威望，想找人做弹道勘测轻而易举。他只希望自己能死得痛快，对于是否留全尸他也没那么在意。他真正在意的，是他内心深处自以为谁也不知道的那件事情，所以他一口咬定是楚隆派他杀了梁志的。

对于这个说法，丑人是绝对不能接受的。因为管锥已经说过了，陈汉生很可能是兄弟三人，而不是之前他们说的兄弟两人。如果陈汉生和歌丹是亲兄弟，再加上梁志死的时候，陈汉生的白底地图确实起到了衬托作用，这一桩桩一件件，陈汉生再也脱不了关系。不过管锥嘱咐过，要到梁道安面前再揭穿他。

梁道安听说抓到了杀梁志的凶手，那双"和蔼"的眼睛突然露出凶光，颤颤巍巍地站起来，扶着桌角走到歌丹面前问："是楚隆那小子让你杀我儿子的？”

歌丹面色平静：“是的，楚隆让我杀了梁志，让你梁八爷绝后。”

丑人插话道：“不是楚隆，是陈汉生。他们是亲兄弟。”

歌丹大惊，赶紧抢话：“是楚隆让我杀的，我不认识什么陈汉生。”

丑人说：“我后来才想明白，你杀我哥那天，你大哥背着白底地图上山，就是为了给你标定射击目标。你们兄弟俩合谋杀了我哥。”

歌丹有些急：“不是，是楚隆。”

凭梁道安的眼光，歌丹的紧张恰恰证明他有意维护陈汉生。梁道安朝身旁的人伸出手，那人递过来一支手枪，梁道安把手枪接过来，想了一下又递了回去。

“把陈汉生叫来。”梁道安说。

歌丹这时候却出乎意料地笑了几声：“都说梁八爷长了一双可以看透人心的猫眼，但那又怎么样，死了个儿子就成老糊涂了。现在竟然要自相残杀。杀吧杀吧，把梁氏的人都杀完。”

梁道安走近歌丹，特意把脸凑上去：“你不用拿话激我，我叫陈汉生过来，只是让他好好欣赏一下你的死状。他心里应该清楚，是他害死你的。”

陈汉生很快被两个人押了过来，梁道安说：“这是你弟弟吗？”

歌丹突然大笑：“谁是他弟弟？你们要是想在梁氏给我找个哥，也得找个有人样的啊，你看他那样子！”

梁道安不理歌丹，问陈汉生：“这是你弟弟吗？”

陈汉生摇了摇头说：“八爷，我不认识他。”

梁道安笑了笑，又点点头：“不是就好，那你好好看着。”

梁道安说完，从旁边罗大厨手里接过一把刀，对罗大厨说：“今天脏了你这把刀，回头我送你一套更好的。”

罗大厨低着头闭上眼睛不说话，只听到歌丹的惨叫，一声盖过一声，中间夹杂着丑人模仿惨叫的声音，罗大厨不用看也可以想象到，丑人此刻一定手舞足蹈地模仿着歌丹的声音。后来就渐渐没了声音，等罗大厨睁开眼睛的时候，也就不到十分钟的时间，歌丹已经成了一团看不出形状的肉，似乎再也找不到皮肤组织，露出来的是纵横交错的肌肉和滴着血的脂肪。梁道安站在一旁浑身是血，把滴着血的刀递给罗大厨说："这把刀不错，以后就用它给我做饭。"

作为观刑人，陈汉生始终面无表情，梁道安放下刀，把血淋淋的手放到陈汉生脸上问："他是你的弟弟吗？"

陈汉生坚决否认："八爷，我真的不认识他。"

梁道安露出了笑容，再次摸了摸他的脸，轻声说："别怕，我不杀你。因为我看不起你，这点你不如你弟弟，他死前毫不犹豫地选择保护你。你不配做他哥，也不配死在我手上。我把你交给丑人，你要是能从他手里走出来，我就放了你。"

杀了歌丹之后的梁道安整个儿软了下去，他感到空虚极了，似乎所有事情都没了意义，人生成了一片混沌，自己也变成了一副行尸走肉的模样。以前有一口气撑着，看上去还算正常，现在这口气出了，整个人就空了。

他卧床三天，除了罗大厨和一个老中医之外，梁道安谁也没有见。直到替代种植工作组派人过来寻找管锥，他才不得不拄着一根崭新的拐杖站起来。

陈汉生已经被丑人带走，梁道安的这个安排等于给陈汉生判了死刑，刁毛辉本来想试着保住陈汉生，主要是听说了陈汉生这些年做的事，觉得他手里一定有大量资料。但看梁道安和丑人的样子，刁毛辉最终没敢开口。

现在的梁氏有人欢喜有人忧，丑人欢天喜地押着陈汉生到了积星堆，陈汉生到了积星堆就被丑人下了井，那井里上次关的人是武进。陈汉生一开始就知道自己不会有什么好结果，但没想到比自己预想的结果还要惨。陈汉生在井底坐立难安，晚饭自然是不敢奢望了，不过他不觉得饿，只是担心丑人是想活活饿死自己，真这样的话还不如直接来一枪痛快。

很快，陈汉生发现自己的担心是多余的，上面有绳子吊下来四菜一汤，三荤一素。在积星堆这种地方，这种伙食相当不错了。

他吃完在井底待了一夜，早餐还算不错，两个鸡蛋一碗粥，还有一块饼，一碟下饭菜。陈汉生很快吃完，喊上边人把盘子收走。

到晌午，陈汉生正在井底琢磨丑人会怎么对付自己，正想着，从井上扔下一根绳子，接着两个人从绳子缓缓下到井底，落地后像是没看到陈汉生一样，陈汉生和他们打招呼，他们也不理，只是互相聊天，说井底比上面还凉快，甚至开玩笑说自己都不想上去了。两人一边说笑，一边抬头看井口，这时候井口又有一个篮子吊下来，看样子是很重，篮子下降得很慢，等落到地面的时候陈汉生才看清那是一个水泥墩。

陈汉生以为是给自己吃饭的桌子，但又不太像，刚想问这是干吗的，那两人就用绳子把他双腿连同那个水泥墩捆在了一起。陈汉生连挣扎的力气都没有，所有自欺欺人的幻想都破灭了，他不知道接下来自己将面对的是什么。

第十一章

神秘弹壳

丑人到新庙看望管锥，还带了两瓶酒，说是刁毛辉送的。管锥叫来罗大佐一起陪着丑人喝。说到陈汉生，丑人哈哈大笑：“我爸把他交给我了。哈哈哈！”

管锥继续问：“那又怎么样？”

丑人笑道：“你看你平时挺聪明的，怎么这时候犯糊涂了。我爸近些年来越来越不愿意沾血了，现在甚至连杀人的命令都不下。这次把陈汉生交给我，这就明摆着让我处置他啊。在我哥梁志的事情上欺上瞒下，这种人我怎么能放过他呢？”

管锥继续有所保留地说：“那你不会把人杀了吧？”

丑人说：“没有没有，我不但不会让他死，我还要好吃好喝招待他，天天让人给他准备大鱼大肉，让他吃饱吃好。”

管锥一脸疑惑地看着丑人，丑人继续说：“我就是把他放进了那口旱井里，他害我兄弟武进在里面待了那么长时间，我也让他尝尝滋味。”

“那你这大鱼大肉地招待他是什么意思？”管锥知道丑人不可能真的像他说的一样去招待陈汉生。

“我把他放到井里之后，怕他跑了，正好我那修路还剩了点水泥，我就把他双腿拴在水泥墩上，然后把井底灌上了水泥浆，漫到他肚脐位置，现在水泥已经变成石头了，虽然他还活着，但谁也救不了他了。”

管锥听着倒吸一口冷气，这种杀人的方法真是闻所未闻：“那你到底想要做什么？”

丑人又大笑了一声：“你脑子坏了吗？刁毛辉一听我这个办法就知道我这是要活活撑死他。你怎么就不想想，整天大鱼大肉地吃，要是拉不出来的话，最后会怎么样？”

丑人这番话听得管锥直打冷战，他自以为见过很多死法，但从没想过还能让一个人以这种方法死去。

丑人接着说：“陈汉生下井的时候，还在跟我说你是老猫呢，还说让我去他家找什么照片。”

管锥轻轻一笑问道：“你去找了没？”

丑人说：“找什么呀？咱们是兄弟，怀疑你就是怀疑我自己。他家被我一把火烧了，还管什么照片？”

管锥笑着点点头：“也对也对，不过没关系，梁氏要是谁对我不放心，尽管去查。陈汉生查我没什么错，要不是他牵涉梁志的死，我真想放了他。”

丑人摆摆手：“我告诉你，想放都晚了，水泥在井底已经生根了，他又跟水泥长到了一起，我就是想放了他，也没办法了。”

管锥无奈地摇头，丑人用手拍了拍管锥的肩膀：“他自己不老实还见谁都怀疑，死了也是活该。你放心，无论谁怀疑你，我都不会怀疑你。”

管锥问：“那个歌丹怎么样了？”

丑人又把歌丹的下场跟管锥说了一遍，两瓶酒很快喝完，丑人也回去了。丑人走了之后，管锥把刚才的酒瓶拿给酒肆李，瓶身上印的全是英文，管锥看不懂。酒肆李第二天告诉管锥，说这酒产自美国。

刁毛辉是从美国回来的，有了这个线索，就不难猜出刁毛辉这些年人在美国。梁志的妻儿都在那边，刁毛辉很可能是在梁道安孙子出世的时候被派过去做保镖的。

现在刁毛辉回来了，很可能是梁道安把自己孙子也接了回来。这件事意味着什么？梁道安绝不会轻易把自己孙子从美国接回金三角，现在梁氏本身处在风雨飘摇中，如果不是在美国有危险，那么这个时候把自己孙子接回来太反常了。

管锥后悔没有跟丑人打听清楚，不然现在至少知道梁道安到底有没有把孙子接回来。现在他要亲自去一趟老八寨打探下情况。

管锥再到老八寨的时候，发现不到半个月的时间，梁道安手里多了根拐杖，说话也不再像以前那样透着风轻云淡，声音苍老了许多，生命力像被什么抽走了，跟他身边站着的那个四五岁的男孩形成鲜明对比。管锥没有猜错，这个男孩就是梁道安的孙子梁啸。

梁道安一边和管锥闲聊一边逗小孙子玩，这时的他更加没有了一个毒枭应有的样子，取而代之的是一个普通老头儿，一心一意地在哄小孙子开心，管锥第一次看到梁道安脸上挂上真心的笑。

这时候一个盘着头发、穿着白衬衫的女人端着果盘放到梁道安身旁的桌子上。管锥一眼就能断定这个女人是梁道安的儿媳妇，当地绝不会有这种女人存在。这女人非常好看，这是管锥唯一的印象，他贫瘠的词汇库很难像个作家一样肉麻地形容一个女人的相貌。不过这女人好看是好看，却透着一股怪异，大夏天的没系领带没扎领结，却把领口第一颗扣子扣了起来。

女人刚一出来，梁道安脸上的笑容就全都收了起来，女人像个木偶，将水果放在桌子上，轻声说了句“爸，吃点水果”，然后低头离开了。除了用眼角扫了一眼管锥之外，连自己的儿子都没看，由着那孩子在身后喊着妈妈，她头也不回地离开了，看上去十分惧怕梁道安。

梁道安留管锥吃饭，管锥也没有推辞。算上罗大厨和梁道安的孙子，这顿饭一共五个人，饭桌上气氛很好，刁毛辉对管锥非常客气，亲自给他夹菜倒水，嘴上说着自己不在的时候，幸亏有管锥照顾八爷。刁毛辉对替代种植只字不提，像不知道一样。而梁道安全程都在和罗大厨窃窃私语，管锥不用听也知道是在研究哪道菜对身体有什么好处。

午饭吃完后梁道安带着孙子去午休了，刁毛辉约管锥出去走走，管锥不好拒绝，只好跟他出去。两人走到陈汉生原先的住宅，那里已经是一堆灰烬了。刁毛辉走到房子边上说：“这里就是陈汉生以前住的地方，你认识他吧？”

管锥点点头：“哪能不认识啊，丑人被他挤走以后，他是梁氏的大红人啊。”

刁毛辉忍不住露出笑，说道：“这个人野心大于能力，永远不知足，到头来发现自己不过是只无头苍蝇。梁氏到什么时候也不会有他说话的份儿。我倒是听说他连你都怀疑。”

管锥摇头苦笑：“让梁氏的人对我恨之入骨的就是替代种植这件事，有句话叫断人财路犹如杀人父母，我这是在梁氏犯下了滔天大罪了。”

刁毛辉笑了起来：“这件事让你受委屈了。丑人很相信你，陈汉生到最后还让丑人去北边哪个寨子查。”

管锥听得直咂嘴：“我知道，丑人最好去查查，也好还我一个清白。现在梁氏谁要是还想查我，我就站在这儿给他查，想查哪儿查哪儿。”

刁毛辉笑着拍了拍管锥的肩膀：“好了，丑人跟我说过你的一些事，我知道他的那些地都是你帮着拿下来的。那个陈汉生他死就死了，听说还害死了武进。我也认识武进，梁氏的老人了。可惜啊，他是丑人手下最得力的人，没想到最后死在陈汉生手里。听说武进死前可是经历了一番波折。”

管锥：“那个武进我也听说了，丑人确实很依赖他。”

两人你来我往聊了一个钟头，刁毛辉不停试探，管锥每次都巧妙地避开话锋，从不对某个事件做深入交谈。面对刁毛辉这种人要格外提防，言多必失，一不小心可能就被他抓住把柄。

管锥要回新庙，刁毛辉送他出门后自己回到住处，他打算第二天去积星堆，此行的目的是要查件事。

前几天，丑人告诉刁毛辉说武进被抓的时候，中国有派人来杀武进，只是子弹打偏了，武进才没死。刁毛辉觉得此事蹊跷，这不是中国人的行事习惯。要说武进掌握了中国的什么机密也不大可能，而不久之后管锥的出现也显得有些巧合。刁毛辉隐约感觉到这两件事之间可能有关系。

管锥到新庙找来罗大佐，满脸堆笑又给罗大佐倒上茶，弄得罗大佐一时间手足无措：“你……有什么事就说，你这么客气我挺害怕的。”

管锥把客气做足：“您是我的救命恩人，给您敬碗茶还不是应该的嘛。”

罗大佐接过茶看着管锥：“茶我接了，你可以说人话了。”

管锥一屁股坐在沙发上，说到重点：“这几天大家都紧张兮兮的，我还没来得及问你，你那天为什么不准我抓歌丹？”

“我那天就说了，歌丹是我朋友，我只是不想让朋友死而已。是你自己想多了吧？”

管锥：“本来歌丹是能杀了我的，你为什么要救我？”

罗大佐：“我见到他朝你开枪，下意识地就朝他开枪了，如果那天是你先朝他开枪，我也会朝你开枪，就这么简单。这些话我在现场都说过了，你反复问有意思吗？”

罗大佐的回答让管锥觉得无趣，而且罗大佐的表现也的确像是下意识反应。罗大佐见管锥不说话，问道：“陈汉生死了没有？”

管锥叹了口气，仰面倒到沙发上：“他要是死了，我就开心了。我看那个刁毛辉还想从他嘴里掏出点儿东西，所以恐怕一时半会儿死不了。”

罗大佐站了起来：“那我有时间去看看他，毕竟武进死在他手上。”

管锥几乎脱口而出：“武进是死在歌丹手上的吧？”

罗大佐几乎吼出来：“你有完没完，你说的我都知道，我知道错了还不行吗？我现在去杀了陈汉生赎罪，行不行？”

管锥被吓了一跳：“我的错我的错，都怪我这张贱嘴。”说完抽了自己一巴掌。

罗大佐出去后买了一个锂电池驱动的手电钻，配一根 15 厘米长的麻花钻头，又从家里拿了两个被单，准备好这些之后，开着车去往积星堆。丑人的积星堆没有什么防御，陈汉生被困在井底，半截身体又被砌进了水泥，就是大白天请别人来救，没有重型机械也是救不走的。

到积星堆之后，罗大佐见四下无人，井沿上随意地扔着一卷绳子，那是给陈汉生送饭用的工具。罗大佐先是把绳子扔下去，然后利用八字环下到井底。陈汉生果然半个身子都在水泥里，而水泥此时已经硬了。

陈汉生本来已经昏睡过去，被罗大佐手电一照，又醒了。他看不到罗大佐长什么样，不过经过这些天的折磨，他早已万念俱灰，没有力气叫，也不想叫。

罗大佐压着嗓音说："别叫，我是来救你的。"

陈汉生的眼睛里这才有了点儿光，冲罗大佐点点头没有说话。

罗大佐又问："刁毛辉让我问你，你确定那个武进是你干掉的吧？"

陈汉生的意志力已经被彻底击碎，哪里还能分辨真假，听说来人是救自己的，也就有问必答了，他点了点头。

罗大佐见他承认，扬起手里的被单，说："我要把水泥打开，为了防止碎石头砸到你的头，我得用这个被单裹住你的头，但会留嘴巴给你呼吸。"

罗大佐说着就用被单把陈汉生的头裹上，从眼睛裹到脖子，脖子里裹了厚厚一大层。

裹上之后罗大佐问："能不能听到我说话？"

陈汉生点头，罗大佐说："我差点儿忘了，你渴了吧，张嘴，我先给你点儿水喝。"

陈汉生听到之后张开了嘴巴，但伸进嘴巴的并不是水壶，而是一根麻花钻头。钻头到达上颚之后，不由分说开始转动，直接将口腔黏膜搅碎钻了进去，进到一定深度之后，罗大佐将钻头上下左右地摇摆了足足一分钟。

等陈汉生血流得差不多了，罗大佐将被单收起来，装进背包，现场除了陈汉生嘴里有点儿血迹之外，没有留下任何一滴多余的血液。

刁毛辉第二天到积星堆的时候，先去看了陈汉生，丑人给他看的是一具尸体，丑人说早上起来就死了，正准备挖土把井填上。陈汉生的尸体像是广场上的雕塑，大半截插在水泥底座里，从刁毛辉的角度朝井底看，只能看到他已经垂下去的头颅的后脑勺。

不但丑人没有想到陈汉生真正的死因，连刁毛辉也没有怀疑，刁毛辉只是觉得失去陈汉生这个消息源头有点儿可惜，不过死都死了，死法又太过残忍，刁毛辉也不想多看，让丑人赶紧弄些土来把井填上。

接着他又和丑人一起还原了武进被囚禁在这里时的遇袭过程，细致到子弹射入守卫身体的角度。丑人把自己推断的射击位置告诉刁毛辉，因为丑人的住处地势较高，附近只有两座山头能把子弹打进院子。刁毛辉表示认可，不过当他到那两座山顶上的时候，发现这两座山都没有射击条件，因为它们都太矮了。

再次找丑人确认了地形之后，刁毛辉坚信自己的判断，又去了那两座山头，最终在更远的那个山头上发现了管锥当时所借助的那棵树。更要命的是，刁毛辉成功找到了管锥遗留下来的弹壳。管锥不是职业刺客，没有带走弹壳的习惯，没想到这个疏漏在今天被刁毛辉抓住。

找到弹壳的刁毛辉总算松了口气，至少有了一些线索。但当他看到弹壳上雕的那只鹰时马上就惊得目瞪口呆，站在原地半天都没有动。

弹壳上的鹰他再熟悉不过，那是许多年前还没有梁氏的时候，梁道安和七个兄弟一起共用的海洛因品牌标志。直到今天，全世界很多地方的禁毒博物馆都有这头鹰的身影，它怎么会出现在弹壳上呢？难道是对手故意调侃丑人？这个想法很快被刁毛辉否决了。不会有这么无聊的刺客。

为了搞清楚这些事情，他决定把弹壳拿给梁道安看看。

梁道安见到刁毛辉拿来的弹壳也是一惊，厉声问刁毛辉是从哪儿弄来的。刁毛辉把事情的原委说了一遍，梁道安狐疑不定："都什么时候了，你还管那些旧事，我让你回来是办正事的，你把我交代的事情办完，咱们就彻底跟这里划清界限，过去的就过去吧。"

刁毛辉沉默半晌说道："我想最后帮帮丑人，不能让他被别人害了。毕竟我们是这么多年的兄弟了。"

梁道安叹了口气，点点头说道："好吧，也难得你有这份兄弟情义。这样的子弹全世界只有八颗。这头鹰是当年我大哥刀罕找人雕上去的，当时还开玩笑说我们兄弟八人哪天要是被逼上绝路，就一人吃上一颗，也算是同年同月同日死。后来大哥车祸死了，剩下的六个人都说是我杀了大哥，你说我当时连六哥阿玉宛都没杀，我怎么会去杀大哥呢？说远了，这个子弹当年就在我大哥手里，大哥死后去了哪儿，我就不知道了，要不是今天看到这子弹，我恐怕这辈子都不会想起来了。你事情办完之后，把这弹壳给我留着，我要带到地下，阎王殿上还给我大哥，也让大哥给我做个见证，看看到底是不是我害得他丧命。"

刁毛辉点点头，转身出去了。他出去之后立即去找当年刀罕家的人，金三角制毒圈子就这么大，要找人本来就不难，何况刀罕当年也算家大业大，散落的人不难打听。

刁毛辉一层层剥下去，很快就找到了木材商李牛头上，但势如破竹的刁毛辉这时候却没了办法。李牛回了中国，去中国境内找人可没那么容易。可事情既然已经查到了这里，他不会就此放弃。

丑人派人叫管锥来金城公馆的一个套间，管锥敲门进去的时候看到里面站着一个女人。见管锥进来，丑人拍了拍那女人的屁股，又给了几张钱，把人打发走了。

管锥坐到沙发上问："今天怎么有时间过来玩了？"

"积星堆没我什么事了，我决定听我爸的，种庄稼。现在陈汉生死了，我想用不了多久我也回老八寨了。我暂时没事做就过来玩玩。"

"八爷还没让你回老八寨吗？"管锥想知道矛盾点在哪儿。

"听刁毛辉说应该是快了，让我再等等，也不知道他们在搞什么。"管锥听出丑人话里对老八寨多少有些不满，接下话头说道："这就有点儿奇怪了，你前面那些事不都搞清楚了吗？八爷安排的事情你完成得也很漂亮，凭什么到现在还不让你回去？”管锥话里颇有些为丑人抱不平的味道。

听管锥这么说，丑人感到一丝欣慰：“不想这些糟心事了，那边有刁毛辉在，我正好有时间出来玩玩。你不知道，在积星堆这几个月可憋死我了。”

“一个陈汉生折腾了这么久，又来了个刁毛辉，希望他别使什么坏招才好。”管锥说。

丑人摆摆手：“不会，多少年的关系了，谁害我他都不会。”

管锥点点头：“我还是有点儿不放心，他最近在忙什么呢？为什么总不让你回去？”

丑人想了一下说：“我也不太清楚，陈汉生死了以后仓库归他管，石正和叶介良也都听他的。上次他去了我那儿一趟，我看他对上次刺杀武进的事情还挺关心的，还拉着我给他演示当时的情况，然后又去找射击位置。你说那荒山野岭的，几个月前有个人在那儿趴了一下，你现在怎么还能找到嘛。”

管锥心里暗惊，但尽量保持面上的平静：“他最后找到什么了？”

丑人说：“好像是找到弹壳了，但那天我给他演示完就没跟着他了，所以也没问什么。你说武进会不会真的有问题？我总觉得不太可能，跟我在一块儿那么多年，我对他也不差，他就真的是个警察，这么多年下来，也应该把我当兄弟了。”

管锥想到武进，心里一阵难过，这难过带着一些对自己跟武进相同命运的无奈。但他仍然面带笑意说：“不好说，既然现在刁毛辉这么感兴趣，那说不定你这个兄弟还真是个老猫，真那样就太有意思了。”

“说什么呢，我是无论如何不相信他是老猫的，算了，就不说这些了。”

管锥点点头：“不说这些了。我上次去老八寨见到个女的，那人是谁？”

“肯定是谭清逸，就是我嫂子，梁志的老婆。我也就见过一面，还没看清长什么样，我从来没见过那么白的女人，胳膊快把我眼睛晃瞎了。”

“那就对了，我还看到八爷身边有个小男孩，估计是八爷孙子吧。八爷这时候把他们母子接回来做什么？”

丑人摇头说道：“我也不知道，而且把谭清逸的弟弟也弄过来了，现在跟着刁毛辉。我爸跟她的关系好像不太好。”说到这儿，丑人停下来猥琐地笑了笑，“上次我在老八寨的时候，亲耳听到我爸让下人去转告嫂子，说让她把胸口那两颗肉卵子藏好，别到处露。”

管锥这才知道上次见到谭清逸时，她为什么把衬衫第一颗扣子都扣上：“八爷管儿媳妇管得还挺严。”

丑人说：“那当然严了，她刚回来介绍自己的时候还说自己的英文名，被我爸那一顿臭骂，不光是祖宗十八代，沾上点儿血亲的都恨不得拎出来骂一顿，说中国人叫什么英文名，丢老祖宗的人什么的。这才改回来叫谭清逸。我爸说了，谭清逸要钱给卡，要房给建，要车给买，但就是不能改嫁。我爸还说梁啸既不能没有妈，也不能有后爸，要让谭清逸给我哥守一辈子寡。”

管锥默默地点点头：“八爷对自己儿子真好啊。”

丑人叹了口气：“我说句良心话啊，我爸他想看看梁啸还说得过去，但是让刁毛辉把人家从美国弄回来就太过分了。我哥他已经死了，这么软禁人家是不对的。谭清逸跟我哥的时候也不知道他是毒枭的儿子，人家在美国有正经工作，现在连她弟弟谭超都被弄过来了，想想还挺可怜的。”

管锥没想到丑人还能说出这样一番话，苦笑着说道：“你这话可别让八爷听到，也别跟外人说。”

“我跟别人说不上这个，也就是今天聊到这儿了。她死还是活跟我都没关系，我自己还一堆烂事呢。”

两人聊完，天已经快黑了，让金城公馆的人随便送了点儿吃的过来，吃过饭，丑人开车回了积星堆，管锥说是要回家睡觉，实际上去了酒肆李那儿。

事情紧急，一分钟也不能耽搁。听丑人的意思，刁毛辉是要彻查武进那件事，这让他想到那支 M21 的主人李牛曾经说的话，那支枪开始是一个毒贩的，几经辗转到了李牛手上，最终交给了管锥。而那几颗子弹是那个毒贩找人特制的，应该是作收藏用，所以弹壳上面的鹰也不难辨识。

刁毛辉顺着这个线索查下去，查到李牛头上只是时间问题。好在李牛现在已经回到中国，刁毛辉不会这么快找到李牛。但事情已经到了这一步，就不能再耽误了。

酒肆李帮管锥接通丁卓的电话，管锥把事情详细地跟丁卓说了一遍之后，丁卓恨得牙根痒痒：“你是个老兵，把弹壳留在原地这种错误怎么能犯呢？”

管锥说：“在国内执行任务的时候一般也不避讳这些，没养成习惯，加上那天跑了太多路，就疏忽了。”

丁卓要的不是解释而是如何解决：“现在说这些没用，我尽快找到这个李牛把他保护起来。你那边做好准备，随时撤回国内。”

事情到了这一步，管锥也不好再说什么，毕竟错误是自己犯下的。如果刁毛辉真的咬住了这条线索，那么撤离是在所难免的，不管他有多不甘心。

第二天，管锥刚刚起床，见到窗外酒肆外的桌子多了两张，这是遇到最紧急的事情了。管锥马上随手拿了件衣服套在身上，往酒肆走去。

事情和管锥预料的一样糟糕，丁卓连夜找到李牛的详细住址，委托当地公安去的，结果反馈回来的消息是李牛一星期前前往云南，准备出境访友。本来李牛的电话能联系上的，但从警察去他家的那时候起，李牛就完全没了消息。更要命的是，之前还有个自称李牛朋友的人到李牛家里找他，李牛的家人把李牛的电话号码跟目的地都告诉了那个人。李牛本来要找的那个朋友也说从没见过李牛。

酒肆李在说完这些之后，没等管锥细想，便用命令的口气说道：“现在把你房子钥匙给我，后面的事我来处理，你立即撤回去。从新庙北街口右转，有一个停车场，那里有人接应你。”

这时罗大佐也走了进来，问：“我看这儿添了桌子，出什么事了吗？”

管锥撇了撇嘴：“那支枪惹的祸，刁毛辉在积星堆找到我当时留下的特制弹壳，顺藤摸瓜，查出了李牛。酒肆李现在让咱们撤回去。”

罗大佐一时有些发蒙：“咱们这么撤走了，李牛怎么办？”

酒肆李接话道：“会有人想办法救他，你放心吧，我们不会不管他。”

罗大佐疑惑地说：“你们？不要拿这套说辞糊弄我，管锥是你们在梁氏最后的人了。他走了你们在梁氏还有人吗？”罗大佐又转向管锥：“你想清楚，你这一走，李牛就只有死路一条了。还有，你最好想想武进是怎么死的，也别忘了李牛当初是怎么帮你的。算了，是我带你去借枪的，要走你走，我一定要留下来救他。”

管锥笑着看着罗大佐，脸上似乎写着“欣赏”两个字，抛下李牛这种事，他是万万做不出来的。当初借枪已经欠了李牛天大的恩情，现在无端把他拖下水，心里已经有万分歉意，他不可能抛下李牛。管锥对罗大佐说：“我也不会走的，咱们想办法救李牛，如果不能送他回国，那就陪他上路。”

酒肆李指着两人的鼻子不知说什么好：“现在的情况你们都知道，能保一个算一个，李牛我们会尽力去救，你们俩现在很可能已经暴露了，留下来也帮不上什么忙，梁道安的人说不定已经在来抓你们的路上了。”

管锥把罗大佐前面提的问题抛给酒肆李：“你们打算怎么救？我走了你们在梁氏就没人了吧？”

酒肆李罕见地做出让步，只是咬着嘴唇默默地点点头，把钥匙塞到管锥手里：“多多保重吧。”说完就做了一个“请”的手势。

管锥和罗大佐面面相觑，一下子不知道该怎么办了。决定留下很容易，但留下来该干什么则是一个问题。

回到住处，管锥看着罗大佐，说：“总不能什么都不做，我们留下来又不是送死的，我现在去找丑人。如果你和我都被抓住，你知道该怎么应对吗？”

罗大佐看着管锥，眨了下眼睛说：“还能怎么办，你先说说你的想法。”

管锥说：“如果咱俩不幸都被抓住，就说武进……”

罗大佐插话道：“就说我欠武进很多钱，想抵赖，所以花钱雇了你去除掉武进。”

管锥苦笑着说：“这个办法虽然很难瞒过去，但也只能这样了。”

罗大佐说：“那还是不被抓为好。”

“你这几天别回家，到街上找个旅馆住着，我从丑人那儿回来也不会再住这儿了。”管锥站起来，准备出发去积星堆。

这时候突然有人敲门，罗大佐说到嘴边的话生生咽了回去，两人对视一眼，管锥朝后窗比了个手势，示意罗大佐有情况跳窗逃跑，罗大佐点了点头。

又沉默了一会儿，敲门声再次响起，同时传来了丑人的声音：“管锥！”

管锥略一思索，问道：“谁啊？”

丑人说：“是我，我还以为你不在家呢，快开门，外面热死我了。”

管锥把门拉开，丑人一头钻了进来说道："罗大佐也在啊，你们俩在屋里搞什么呢？半天都不开门。"

"外面满大街都是吸毒的、醉酒的，你敲门又不说话，谁敢乱开门。"罗大佐往沙发里一躺，腿跷在桌子上说道。

丑人不再纠缠这个问题，说道："你们俩不是在溜大药呢吧？"

"没有，你怎么这么问？"管锥一脸疑惑地问道。

"那还不赶紧把空调打开，这天气，我本来还说去找个丫头泻火，这一下车就被晒蔫了。"

管锥问："这么热的天你非要出门干吗？"

丑人有所迟疑："那个刁毛辉，非让我带着谭超来新庙帮他找人，这大热天的，我不知道他长什么样，去哪给他找人去。"

管锥偷偷和罗大佐对视一眼，马上反应过来，问："什么人这么重要？"

"还不是上次他查武进那件事。他还真有本事，就凭一个弹壳，就找到这个李牛头上了，也不知道他怎么就这么确定李牛在新庙的。"

管锥给自己倒了杯水，问道："这么快就有眉目了，他什么时候让你来找李牛的？"

"就我来之前，说是本来都锁定这个人了，结果莫名其妙地没抓到。我告诉你啊，我来之前刁毛辉可是让我别把事情告诉你的。"

管锥笑笑说："那你还跟我说干吗？"

丑人说："我们俩什么关系，刁毛辉这次回来变了，和以前不一样了。我是从老八寨来的，来之前听说了不少事情，你知道刁毛辉最近在干什么吗？"

"干什么？"

"我听说他在清点库存，这次把我叫到老八寨，还把我的买家渠道全要去了。我爸要清仓啦！唉。"听丑人的语气消沉到了极点，管锥不太明白“清仓”二字的含义，但感觉到这里面有问题，问道：“清仓又怎么了？”

丑人：“怎么了？这么说吧，自从有梁氏以来，仓库就没有空过。这次清仓就算了，还瞒着我，先不管他们要干什么，光是瞒着我做，我心里就不痛快。”

“看来清仓是很大的事情啊，八爷现在有多少货？”管锥漫不经心地喝着水问道。

丑人说：“白药和大药加一起至少一吨半。”

管锥刚喝进去的水差点儿没从鼻孔喷出来：“有这么多！”

丑人摇头晃脑地说：“几千万的交易，提都不跟我提，他们现在已经不把我当自己人了。”

“难道八爷是急着用钱吗？”

“不可能，这些年他转到国外的钱早就不止几千万了，还存着那么多黄金古董，缺钱也不在乎这点儿。好了，不说这些烦心事了，我带你们俩去玩好玩的。”

管锥知道“好玩的”是什么，马上摆手说：“这里传染病太多了，我可不敢在这里玩。我劝你们也少玩。”说完转头看到罗大佐倒是一副跃跃欲试的样子。

丑人被扫了兴，不由得感叹：“我在这儿从小玩到大，要有病也是我传染给别人。”

对一个处男来说，情场老手是最难伪装的。管锥红着的脸上挂着难以名状的微笑说道：“那你去，这太阳晒得我有点儿困，睡一觉再说。”

丑人走了以后，管锥和罗大佐算是松了口气，看样子刁毛辉没有抓到李牛，至少目前还没有抓到。但这样一来摆在面前的是两个新问题：一是李牛到底在哪儿？二是丑人这次透露的消息会不会是刁毛辉为了稳住管锥放出来的烟幕弹？

暂时管不了那么多了，既然决定留下来，管锥将消息通知酒肆李之后，和罗大佐分头在新庙找到天黑，但没有任何李牛的消息，酒肆李说丁卓那边也开始动用了所有可以调动的关系在找李牛。

管锥知道这么找下去希望渺茫，第二天一早他就去了老八寨，他必须亲自去看看刁毛辉葫芦里卖的什么药才放心。

却没想到第一个碰到的是坐在门口抽烟的丑人。

管锥也不避讳和丑人的关系，走上去问："你昨天不是在新庙玩吗？怎么没过夜？"

丑人朝管锥斜了一眼，小声说："别乱说，我跟他们说我在新庙找人。昨天我也没去玩，不是被你恶心到了吗，说什么有病。"

管锥笑，小声说："那今天怎么不去找了？"

"不找了，刁毛辉说那人回中国了。这人动作够快啊，也不知道从哪里得到的消息。"

管锥脸上保持着刚才的微笑站起来："那你这下更清闲了，时间多了，要多保重身体，没事多跟八爷学学养生。"

丑人扬起巴掌作势要打管锥，被管锥躲开了。管锥脸上虽然挂着笑，心思却早就不在这里了。丑人说的话不一定是真实情况，李牛如果回国丁卓肯定会第一时间知道并且会立即通知自己，现在的问题是刁毛辉拉丑人做局，还是他把丑人给骗了？不管怎么样，既然来了，还是要去见见梁道安的。

管锥到了梁氏的大院，刚准备进屋，迎头碰上刁毛辉。刁毛辉看到管锥略有一些惊讶，但马上恢复平静，微笑着问道："你今天怎么有时间来了？"

管锥脸上也挂着笑意说："我在搞替代种植，前段时间不是被那个陈汉生弟弟打断了嘛，今天来问问进展。"

刁毛辉说："我听说地已经测量过了，这件事你费心了。"

管锥说："我做的这些都是小事，真正为梁氏费心、为八爷分忧的是你和丑人。"

刁毛辉指了指管锥："你就别瞎谦虚了，好了，八爷在里面，我外面还有事，先走了。"

管锥目送刁毛辉离开，进去见了窝在沙发上看书的梁道安，看到管锥进来，梁道安放下手中书。

管锥先开口说："八爷今天精神不错。"

梁道安摘下眼镜说："恐怕是老健春寒秋后热了。你来得正好，丑人今天也在，我正想派人把你叫过来。"

管锥在梁道安对面的沙发上坐下说："有什么事吗？"

"替代种植还要搞，你应允了人家，咱们要讲信用，"说到这里梁道安顿了一下，把头往前伸了伸，小声说，"陈培耀现在看得紧，不能让他看出破绽来。"

管锥笑着点点头："八爷，我看刁毛辉很能干，替代种植这件事他来做会不会更好？"管锥断定梁道安不会让刁毛辉去做这种事，这种触动梁氏老人利益的事情，刁毛辉也做不成，说出来只是想探探梁道安的口风。

梁道安果然拒绝了管锥，说道："刁毛辉刚回来，我这边还有很多事要他去处理。我看你自己做这件事也有点儿力不从心，要不这样，让丑人去帮你，你们俩就在积星堆把替代种植的事给我做好了。"

管锥没想到自己随意探一下口风，梁道安却顺带着把丑人也给推了下去。丑人现在去积星堆也帮不了什么，反而是留在老八寨能多了解些东西。管锥觉得梁道安和刁毛辉最近一定有动作，管锥不敢怠慢："那也好，积星堆那边我先盯着，需要人手的时候再叫丑人过去。他现在毕竟是你的儿子，多留在这儿照顾你，我们在外面做事也放心些。"

梁道安听管锥这么说，不知是动了恻隐之心还是有其他打算："也好。那你就要多辛苦一些了。还有，你那边有可靠的买家吗，能不能介绍给刁毛辉认识一下？”

管锥有些迟疑，他来之前就想到过这个问题，他们连丑人的渠道都要了过去，现在找管锥并不奇怪。管锥故意表现出迟疑，因为毒品生意渠道是非常重要的，梁道安当然更懂这里的规矩。见管锥迟疑不说话，梁道安补充道：“我知道这种事不太好做，放心，价格好说，货走了之后不会让你吃亏。”

管锥马上否认说道：“不是这个意思，八爷，我的渠道现在还真不太方便，那几个城市现在在严打，我听说是外松内紧，最近那边有关系的、没关系的，都不敢动，这不是价格的问题。八爷平时对我不错，我不是那种有恩不报的人。”

梁道安点点头，中国在严打的事情他有所耳闻，这导致了他原先的很多渠道失灵，逼不得已才向管锥开口。

和梁道安盘过道，管锥没有留下来吃饭，说是要赶着去忙替代种植的事情。回到新庙时已经是傍晚了，管锥直接去找酒肆李，想打听一下有没有李牛的消息，但酒肆李非常确定地说李牛现在还是失联状态，在中国的可能性很小。

管锥怀疑李牛还是在刁毛辉手里，至于为什么刁毛辉现在还不动手，是李牛还没有招供？这个可能性也不大，李牛在刁毛辉手里最多挺不过半小时。这不是小瞧李牛，主要是他没有隐瞒的理由。就算是李牛知道了管锥的真实身份，凭刁毛辉的手段，那他一样挺不过半小时。

管锥叫来罗大佐，问：“你在金三角这么多年，这些毒枭有没有可能明知道一个人是老猫，而装作不知道的？”

罗大佐想了一下，摇摇头说：“没有，以前有个记者说是要到梁道安那里采访，也不知道是谈得不开心还是怎么了，梁道安非说人家是老猫，就这么把人给杀了。你说连记者都杀，他们怎么可能放过老猫呢？”

罗大佐顿了一下，像是反应了过来，紧张地看着管锥问："怎么？他们发现你的身份了？"

管锥说："我也只是猜测，李牛现在下落不明，刁毛辉却停止搜捕并且对外声称李牛回国了。现在看来，李牛应该就在刁毛辉手里。"

罗大佐点点头，经过一天一夜，罗大佐也想明白了一些事情，说道："你留下来太危险，要不你先回去，我留下来看看情况再说。"

管锥摇摇头："既然他们知道我的身份了还不抓我，肯定是有其他原因，我留下来未必就有危险。再说了，我暴露就等于你暴露，我离开你就一定得跟我离开。"

罗大佐若有所思地问道："那他们为什么还不抓你？"

"我怀疑，梁道安想退隐了。"

罗大佐一惊，问道："从哪儿看出来的？"

"现在梁氏外患严重，陈培耀急于吞并梁氏的土地，楚隆就不用说了，本来就跟梁道安不共戴天。内部他紧急召回刁毛辉，回来就抓着仓库清点库存，然后收集了所有能收集的国内买家渠道，这些动作放到一起看就很可疑了。他现在把李牛抓在手里，知道了我的身份又不点破，只有一种可能，就是我的身份对他已经不重要了。他现在把我抓起来，反而会引起国内的关注，这种关注对他来说是致命的。他现在最需要的是神不知鬼不觉地把库存换成钱，然后远走高飞。"

罗大佐对管锥的分析表示了怀疑。管锥不管罗大佐怀疑的眼神，问："既然他知道我的身份了，为什么今天还让我介绍买家给他认识，这样一来不是主动向我泄密吗？"

这才是管锥心里最大的疑问，酒肆李和罗大佐也都想不明白，今天刁毛辉跟梁道安的表现互相矛盾，这中间一定有问题。自己会不会对刁毛辉与梁道安的关系有什么误解？现在一切都在水面之下，凭着推理去做事，差之毫厘谬以千里。他不敢这么凭着感觉走，这样很容易掉进别人的圈套。

要搞清这些疑问只能再去梁氏，管锥第二天天还没亮就把替代种植相关的问题列了一张单子，这是他今天去找梁道安的理由。到老八寨的时候太阳刚刚从远处山顶升起，不知名的鸟叫声此起彼伏，亚热带的秋天即使是早晨也能让人轻易汗流浃背。现在这个时间估计梁道安已经在吃早餐了，管锥走到门口，听到梁道安正在发火，管锥在门口听了会儿才搞明白。

原来是梁氏的一只母狗生了小狗，小狗本来已经长到有 30 斤了，腿却不知怎么回事摔断了。更倒霉的是，那条狗正好被丑人碰见，丑人觉得反正腿都断了，也没什么用了，就把狗杀了做成了狗肉火锅。这本来不是什么大事，梁道安也不是什么爱狗人士，但丑人吃了那条狗之后，突发奇想，把所有骨头都给母狗吃了。也就是说，丑人让狗的母亲吃了自己孩子的骨头。

梁道安早晨一起床听说这件事据说气得脸都白了，管锥只听梁道安骂丑人不顾纲常伦理之类的话，丑人好像也不服，说那只是条狗，没想到梁道安几乎是吼着说：“可你是个人！”

梁道安骂完之后让丑人去思过室待一天，丑人也没说话便走了出来，到门口跟管锥对视一眼，还扮了个鬼脸。

梁道安见管锥进来才收起怒火，让罗大厨给管锥端来一碗弥漫着中药味的粥和两个鸡蛋，还说这粥喝了能降血压、血脂和血糖。管锥虽然不太相信这套东西，但也不好推辞，只好一边喝一边说明此行的目的。

本来是想跟梁道安商量替代种植的事情的，但管锥发现梁道安完全对替代种植心不在焉，很多问题的回答都只是“你看着安排就好”，管锥不敢再问下去，因为梁道安心里很可能也在怀疑管锥为什么连这种问题都要请示，管锥只好跟梁道安打声招呼走出去。在门口迎面碰到一身红色卫衣的谭清逸，她脸上还挂着汗珠，看样子是刚跑步回来，管锥礼貌性地朝她笑笑，谭清逸却怔怔地盯着管锥看了至少有五秒钟，然后才轻轻扬了一下嘴角，顺带点了下头走了进去。管锥被她这么一看，心里有点儿发毛，这个眼神太不正常了。

第十二章

谭氏姐弟

眼神的事情先放到一边。管锥去找丑人，在思过室没见到人，最后发现丑人正在跟叶介良以及另外两个军官一起打牌，身后还有一群人围着看。见管锥过来，丑人就把牌给了另外一个人，跟管锥走了出来。管锥问他怎么不去思过室，丑人说那只是气话，这么热的天思过室根本不能待人。

丑人问管锥又来做什么，管锥先把昨天梁道安让丑人去积星堆，协助自己搞替代种植的事情跟丑人说了一遍，又说丑人现在这个阶段，还是留在梁道安身边比较好，所以自己拒绝了。

随着形势的发展，丑人并没有发觉自己和管锥越走越近，却跟梁道安越来越远了。听管锥说这些事的时候，丑人不禁苦笑："他们现在做什么都瞒着我，我爸现在估计见都不想见我。干脆我还是去积星堆吧，免得在这儿碍眼。”

管锥马上摆手制止：“现在你走了就真的什么都没有了，这个时候你千万不能走。”

丑人自己其实是没有什么主意的，这么多年以来他在梁氏的位置都是梁志的助手，连个替补都算不上，所以没有任何斗争经验，在感觉到梁道安的疏远之后，反而对管锥言听计从：“在哪儿都一样，你说这儿好我就待在这儿。”

后面的闲聊管锥想从丑人嘴里套出些自己不知道的事情，但又不能直接问，只能旁敲侧击，但几个回合下来，并没有套出什么东西。正在管锥准备回去的时候，刁毛辉的车却意外停在了旁边，车窗放下，刁毛辉的头从车里伸出来，先跟管锥打了个招呼，又问丑人：“谭超有没有在跟你打牌？”

丑人想了一下说：“没有，这两天我都没见到他，怎么？他偷懒了？”

“刚来的时候还挺勤快的，熟了之后天天不见人影，也不知道跑哪儿去了。”说完刁毛辉朝管锥挥了挥手：“你们玩，我还有事先走了。”

管锥见到刁毛辉几次他都行色匆匆，一副诸事缠身的样子。刁毛辉走了之后管锥问：“他每天都这么忙吗？”

“很忙，从他回来我就没见过几次。”丑人慵懒地说。

“他说的那个谭超是谁？”

“就是谭清逸弟弟，我记得跟你说过的。”

管锥点点头：“多大啊，还这么贪玩。”

“20出头吧，挺老实一孩子，就这两天不知道在干什么，刁毛辉这两天到处找他。我昨天听说谭超还去金城公馆玩了，被我嫂子一顿骂。”

“我今天还看到你那个嫂子了，好像刚从外面回来。”

丑人说：“估计是跑步回来吧，她天天都去后山那条路上跑步，也不知道在哪儿养成的坏毛病，有时间在家闲着不好吗，非要找罪受。”

管锥笑：“那就对了，我看她穿那身衣服就是跑步的。她那个弟弟胆子还挺大，刚来就敢去那儿玩。他以前是干吗的？”

“在中国读书吧，听说是什么研究生呢。念书有什么用啊，一到这里还不跟我们一样黄赌毒一样都离不开。”

管锥纠正道：“读书还是有用的，不然八爷为什么把梁志送那么远去读书。这个谭超你跟他也不熟，要是和他多说说话，恐怕你就知道读过书的人还是不一样了。”

丑人不关心这种在他看来毫无意义的讨论，但基于求胜的本能，还是辩驳道：“我又不是没跟他说过话，上次去找那个李牛的时候，我就是跟他一起去的新庙，同一辆车。不过到新庙之后我们分头找，我玩去了，他估计也去玩了吧，你看着读过书的跟我没读过书的有什么区别，我哥倒是读了一肚子书，回来不也是扛不住一颗子弹。”

“你怎么知道人家去玩了，说不定人家确实去找了呢。”

丑人摆摆手否认：“不可能，肯定是在新庙找女人去了，你看这两天，尝到甜头之后天天见不到人影。你还嫌新庙女人不干净，你看研究生不照样魂都被勾走了。”

管锥当天没有回新庙，而是在老八寨丑人的住处借宿了一晚，第二天他起了个大早，独自在后山的山路上闲逛。他从小在山里长大，对山很熟悉，熟悉到每天都视而不见，而自从到这儿后，虽然每天也能看到山，但却完全没有仔细看过。

管锥被眼前挂着薄雾的山拉回到童年的记忆里，小时候的远山晨雾石桥木屋，悬崖山路竹林老树，一一在脑子里出现。他闭上了眼睛，这里的空气很像家乡的味道，只是缺了点儿炊烟。管锥还记得老家山里空气里弥漫着的那股炊烟的味道，虽然闻上去一点儿也不舒服，但此刻却令他如此想念。

正沉浸在思乡情绪里的管锥冷不丁听到一句：“这么早就一个人来山上，不像梁氏人的作风。”

管锥一惊，马上转头看到了谭清逸，赶紧打招呼：“早啊，嫂子。”管锥不知道该怎么称呼眼前的女人。

谭清逸穿的还是运动服，只是由昨天的红色变成了现在的蓝色。她停下脚步，对管锥突然叫自己“嫂子”也不惊讶，平静得像是遇到自己的老朋友：“早啊，竟然能在这里听到有人叫我‘嫂子’。”

管锥露出一副不好意思的表情说：“那他们叫你什么？”

“他们不敢跟我说话。”谭清逸自嘲似的笑了笑。

管锥装作不知道梁道安对她的管束，直接跳过这个话题：“我叫管锥，在新庙做点儿生意，有时还帮八爷做些事。”

谭清逸微微一笑：“我知道，听说你想把这里的地都种上玉米，这是好事。贩毒这条路不能走一辈子。”

管锥把视线从远处山顶收回来，看着谭清逸说：“什么好做就做什么，人要跟着趋势走。”

谭清逸也把视线放到管锥脸上：“你看到的趋势，不过是那些比你强的人随手一挥袖口带出来的一股风而已。”

“是啊，所谓趋势是人造的，”管锥叹了口气接着说，“不过是挣点儿小钱，却忙得不行，昨天我看刁毛辉在找你弟弟，我也在找人，怎么都在找人？”

“我弟弟是贪玩，估计又去新庙玩了。他跟着……”谭清逸顿了一下，脸上显出有些不好意思的神情，但很快接着说，“小辉找他不奇怪。你在找谁？”

管锥若无其事地说：“一个老朋友，到处都找了，一点儿消息也没有。”

谭清逸看着管锥，摆出一副事不关己的样子：“那也别急，只要是活人，就不怕找不到，说不定哪天他主动来找你呢。”

和谭清逸道别之后，管锥没敢在老八寨久留，以梁道安对谭清逸的管束之严，这几句对话已经有些冒险，要是让梁道安知道，说不定会产生什么联想。在老八寨这种男人窝里，谭清逸这样的女人很容易惹来是非。何况谭清逸长得那么好看，太好看的女人都是这样，这里任何事涉及这种女人，都会成为男女之事。越是这样，越是需要谨慎。

回到新庙的第二天晌午，管锥正打算去找酒肆李商量下一步行动，却突然听到门响。管锥听声音就知道不是罗大佐，因为“罗氏砸门”完全不可能如此和风细雨；也不可能是酒肆李，酒肆李敲门的节奏很慢，但会一直不停地敲。现在的敲门声是三下一组，非常规律。

管锥到门前，手放到把手上问：“谁啊？”

门外意外响起了一个小男孩的声音：“有人让我告诉你，到金城公馆二楼楼梯口的椅子上等你要找的李先生。”

管锥略一思考，右手拇指迅速打开手枪自卫，一把拉开门，但门口此时已经没了人影，门外只有一条破败的街道，街道上少有的几个行人在烈日下全都是一副行将就木的样子。

管锥把罗大佐叫来，把事情简单叙述一遍，罗大佐认为这是个圈套，至于设套的人，可能是陈氏三兄弟仅存的陈汉星，但管锥说陈汉星已经被他老板不知道调去什么地方了。罗大佐又说可能是刁毛辉，但管锥却认定这如果是刁毛辉的圈套，他应该直接过来抓人。

管锥觉得自己一定要去。罗大佐犟不过管锥，说自己也要跟去，但管锥说时间不够，让他赶紧去通知酒肆李，做好营救和撤退的准备。

交代完，两人分头行动，管锥直奔金城公馆，进门过了安检之后抬头往二楼楼梯口的椅子看了一眼，但一张桌子四把椅子上空空如也，并没有人。管锥先上了四楼，这个时间段四楼是很少有人经过的，管锥掀开过道上的一幅画，在画的后面取出一支手枪，那是歌丹事件之后他让罗大佐藏进去的，罗大佐执行得很到位，在金城公馆的每层都藏有手枪。把枪放到腰间之后，管锥直接下到二楼，在椅子上坐下。

一分钟后，有个年轻人走了过来，在管锥对面坐下，来人白白净净的，像个学生，应该不是本地人。管锥正在琢磨这人的来路时，那人先开口说道："你好，你是来找李先生的吗？"

管锥点点头："你知道他在哪儿？"

年轻人咧嘴一笑："不知道叫你来干吗？别紧张，我是在帮你。"

年轻人在前面带路，直接走到二楼距离楼梯口较远但能看到楼梯口的房间门前，年轻人停住脚步："你要找的人就在里面，别被吓到。"

管锥敲敲门，门缓缓打开，门里的竟然是谭清逸。管锥先是惊得后退了一步，紧接着一脚踹开那个年轻人，然后掏出手枪，冲上去一把将谭清逸拽过来，左臂锁住她的喉咙，右手的手枪指着她的太阳穴。

那个年轻人被管锥踹到地上之后爬了起来，刚想冲上来，管锥小声说："别动！"

年轻人马上停下，举起双手说："好好，我不动，你别伤害我姐姐。"

管锥这才知道这个年轻人就是谭清逸的弟弟谭超，更加警惕："你们这对姐弟请我过来干什么？屋里还有谁？"

谭超："屋里还有一个人，就是你要找的李牛。"

管锥踢开门，拖着谭清逸走了进去，同时对谭超说："你也进来。"

半信半疑地进了屋，管锥果然看到了李牛被绑在椅子上，嘴巴被堵死。管锥看这姐弟俩的样子，也不像是来抓自己的阵势，刁毛辉不会布这种脑残局的。此时谭超开口说道："我们没有恶意，你看我们俩能抓得住你吗？"

管锥还是不太放心，先是把门反锁，然后检查了后窗和屋里的各个位置，确定没有藏人，后窗可以作为逃生通道之后对谭超说："你先把李牛解开。”

谭超说：“我绑他是怕他没等你来就跑了，今天叫你来就是把他交给你的。”

管锥没有理谭超，而是低头在谭清逸耳边问：“是吗，嫂子？”

谭清逸点点头，这时谭超把李牛解开，重获自由的李牛马上冲到管锥面前，这个七尺壮汉面对管锥似乎有千言万语要说，却明显因为过于激动，几次张嘴都没说出话来。管锥说：“别说话了，先去把那小子给我捆上。”

李牛转身，想用同样的方法把谭超捆上，谭超这时却突然发火：“够了啊，我们是在帮你，我抓了李牛也就说明知道你的身份，我们没有把人交给刁毛辉，而是交给你，你现在这样对得起我吗？”

管锥刚才过于紧张，现在停下来仔细一想，谭超说得似乎有理，加上现在的实力对比，自己明显不是这对姐弟俩的对手，语气有些缓和：“那你们是什么意思？”

谭超：“我懒得跟你说，你把我姐放开，她会告诉你的。”管锥将信将疑地松开手，谭清逸责备道：“你用这么大力气干吗，不怕把我勒死啊。”

管锥被说得有些不好意思：“这到底是怎么回事？”

谭清逸把事情的前因后果说了一遍。原来刁毛辉在美国保护谭清逸的这些年，跟她关系一直不错，回到老八寨之后跟她也是无话不谈，谭清逸甚至知道武进的事情，当然也知道刁毛辉对管锥的怀疑。

再后来刁毛辉派谭超和丑人来抓人，丑人自己玩去了，谭超找到了李牛但没有交给刁毛辉，而是把他带到了金城公馆，询问李牛那支枪的下落，李牛自然就说出了管锥。谭超从刁毛辉那里拿到了管锥的照片，跟李牛核对了一下，也就确定了管锥的身份。

管锥试探对方的意图：“那你们这么做的目的是什么？”

谭清逸："梁道安把我从美国骗回来之后，就时时刻刻把梁啸带在身边，睡觉都要跟着他睡。我只是来这里坐牢的，今天出来是我说自己要买卫生用品才可以下山的。即便这样，为了梁啸我也忍了，但他为了困住我跟梁啸，把谭超也骗了过来。谭超还是个学生，在这里会毁了他一辈子的。我绝对不允许我的弟弟跟着梁道安成为一个罪人，我的儿子长大以后要接受教育，要有一个健康的世界观，光明正大地面对这个世界，绝不能让他在这个充满金钱和罪恶的世界里跟着那个魔头长大。所以，我希望你能救救我们，至少救救谭超和梁啸。"

管锥盯着谭清逸："你凭着那把枪就知道我的身份了？"

"你是唯一的希望，小辉说如果那把枪是被你拿去了，那么你肯定是卧底，小辉很聪明，他不会判断错的。"

管锥明白谭清逸这是在对自己进行敲诈，这是一场交易，但此刻他没有更好的解决办法。况且谭清逸的要求也不过分，这对姐弟并没有参与贩毒。管锥虽然心里这样想，但嘴上还是说道："你对刁毛辉还真是信任，我要是不救你们呢？"

谭清逸脸色一变，冷冷地回道："你要么现在杀了我，要么就赶紧逃走，我回去之后一定让小辉派人来抓你。"

管锥看事已至此，也不再隐瞒："我有我的任务，暂时没办法把你儿子从梁道安手边带走，这样一来你也不能走。你知道我要做的是什么，如果我成功了，一定会把你们带回国内，过自由的生活。"

谭清逸摇头说道："这件事不能再拖了，这也是我冒险来找你的原因。梁道安把小辉从美国叫回来，就是为了退隐，小辉最近在清理库存，要把货全都卖了，然后带着钱去南美。"

管锥问道："他们真的要走？"

谭清逸点头："是的，他们要去南美。"

管锥问："那梁氏这么多人和土地怎么办？"

“他们说的是这些都留给丑人。”

“那丑人知道这些吗？”

“他应该是不知道，否则不可能愿意。梁道安把值钱的东西都带走，不能带走的全都卖了，留下一个空壳给丑人，外面还有那么多仇家，丑人留下来能有什么好下场？”

管锥突然觉得丑人有点儿可怜，梁道安留他下来肯定是为了让他断后。断后的意思是军队撤退时，留下一队人在后面掩护，迟滞追兵。但这个词的另外一个意思是断子绝孙。按梁道安现在的安排，再从丑人和敌人的能力对比来看，这个“断后”八成是断子绝孙的意思。

管锥想到前阵子梁道安和刁毛辉收集国内买家信息的事情，明知故问地说道：“他们这么多货想一下子卖出去，有谁能吞得下？”

谭清逸说：“不是卖给同一个人，我听说小辉最近一直在忙这个事，这些货他们要分很多批卖给不同的人。”

“原来是这样，”管锥问，“你能拿到这些人的名单吗？”

谭清逸有些犹豫，她可以对梁道安肆无忌惮地下手，但是这么多年她一直把刁毛辉当弟弟看，现在要她出卖刁毛辉，多少还是有些不忍的，但想到自己所遭受的不公，谭清逸没有别的选择：“我可以试试看。小辉很信任我，有些话他不跟梁道安说，也会跟我说。但我也不能直接问他，这样会让他怀疑我的动机。好在我从美国回来之后没有流露出不满，所以他现在对我没有什么防备。”

管锥点点头：“你们姐弟俩今天从这里走出去就要更加小心了，不能对梁道安和刁毛辉再抱任何希望，我们才是同盟关系，也只有我才能帮你们达到目的。我们一荣俱荣，一损俱损。”

在房间里管锥把注意事项交代完之后，又跟谭清逸说了罗大佐，说如果有事找不到自己，那么找罗大佐也是一样的。然后带着李牛先行离开，到门口的时候管锥转身问：“你既然这么不喜欢梁家，那为什么还要嫁给梁志？”

谭清逸苦笑：“梁志当年在美国是优秀留学生，他跟我说他家是做生意的华侨，没想到做的是这种生意。我是这次回来的时候才知道真相。”

“知道了，保重。”管锥转过头去把门带上，和李牛先后匆匆离开金城公馆，直奔酒肆，见到酒肆李之后，罗大佐冲上来想说什么，却被管锥拦住：“现在不是闲聊的时候，酒肆李，送李牛回国的车准备好了吗？”

酒肆李点点头：“049安排了人在这里，准备随时接你们撤退的，现在可以把他送回去。交给我吧，你最好不要和他一起出现。”

管锥拍拍李牛肩膀：“对不起，给你添麻烦了，酒肆李会把你送回国内，回国之后你可能要委屈一阵子，但你放心，一切都是暂时的。对了，我会让人把枪的钱给你。”

李牛也不知道听没听到管锥的话，只是看向罗大佐，好像有很多怨气想对罗大佐发泄，管锥知道让他这么一说肯定没完没了，索性把罗大佐拉了出来。后面还有很多事要做，李牛的事情算是告一段落。只是没想到因祸得福，获得了谭清逸这个得力内应。

谭清逸能不能拿到名单才是事情的关键所在。有了这个名单，丁卓在国内只要按图索骥，甚至只要打掉其中一部分买家，其他买家短时间内肯定也不敢再伸手。但把全部希望放在谭清逸身上管锥又有些不太放心，他想到过罗大厨，他要是肯帮忙，即使拿到一部分名单也很不错，但这个人到底是敌是友还不确定，这时候去找他帮忙不太现实。

按照约定，管锥第二天交代了罗大佐一些必要的事情之后，就带着丑人去积星堆忙替代种植的事情了。本来预计要在积星堆待上四五天才能回新庙，但第四天的时候罗大佐却来了。丑人在场的时候，他说只是来玩玩，等到和管锥单独在一起才说这次来是因为谭清逸送过来一份名单，管锥说那赶紧把名单交给丁卓啊。罗大佐说已经交了，但丁卓说这份名单是假的，有一部分买家的名字是虚构的，还有一部分人是前几年就已经落网的。

管锥听到这里觉得事情比计划的要糟糕得多，谭清逸拿到的名单是假的，说明刁毛辉并没有那么信任谭清逸，有可能他已经在怀疑谭清逸了，甚至这是刁毛辉做的一个局也说不定。

这样一来谭清逸姐弟俩就有危险了。梁道安可能看在梁啸的面子上不杀谭清逸，但一定会审出谭清逸背后的人，也就是管锥和罗大佐。

管锥躺在一块青石板上盯着天空，对旁边的罗大佐说："谭清逸不能再留在这里了，她不是刁毛辉的对手，得想办法把她弄走，不然我们俩都有危险。后面的事情本来就够凶险了，她留下来有害无益。"管锥摇摇头，责怪自己道，"不该让她查到我的身份，一开始就不该留下弹壳。"

罗大佐一脸不解："现在梁道安看得那么紧，你怎么把她弄走？"

"总会有办法的，你回去以后想办法通知谭清逸，她得想办法让梁啸发烧，不管真的假的，要让梁啸住进新庙的康复医院，"管锥想了一想继续说，"让酒肆李在新庙准备好人和车，一旦有机会就把他们姐弟俩和梁啸一起送回国去。"

罗大佐答应之后像是想起了什么，扭头看着管锥说："对了，酒肆不能再开下去了，每天没什么客人，我们俩还常去，丁卓说这么下去时间长了会引起怀疑。他让酒肆李在新庙找个其他生意做，酒肆李让我问问你的意思。"

这个变数正中管锥下怀，他最近脑子里也在想这个事情，酒肆李无论是做菜还是酿酒都实在不怎么样，所以客人很少，长久下去梁道安不怀疑其他人也会查他。所以想都没想就回答说："让他去卖报纸。"

"新庙已经有一家卖报纸的了。"

管锥并没有详细解释自己的计划，随口说道："现在那家我去过很多次，太麻烦了。你让酒肆李在菜市场附近租个门面，就卖报纸。没什么技术含量，成本又低，人还轻松，当地中文报纸杂志那么多，这是最适合酒肆李干的活儿。”

罗大佐没再提出异议，光凭酒肆李做菜的味道就能判断出他不是个厨子，卖报纸倒不会轻易露馅儿。

三天后，是管锥在积星堆的最后一天，替代种植的所有工作几乎已经做完。管锥和丑人正在地里陪着技术人员，这些技术人员说是勘察水利、土质，反正管锥只看他们在工作，但具体做什么他也看不懂，他什么也不用做，只是跟丑人一起闲聊。

太阳眼看就落山了，这时候两个穿着迷彩背心、戴着草绿色作训帽的人风尘仆仆地走了过来，胸前印着鹰箭旗，一看就是老八寨来的。

走近一问才知道，说是梁啸发烧晕过去了，梁道安已经派人把梁啸送去了新庙。梁道安说自己腿脚不方便，刁毛辉又太忙，加上这些年不在新庙也不熟，丑人在新庙熟人多，让丑人去新庙的医院安排个好的医生给梁啸看病。

丑人回复说我马上就去，又回头看着管锥，管锥知道这是在问自己的意思。管锥说道：“去吧，我陪你一起去。”

管锥一听说梁啸要去新庙治病，知道机会来了，没想到谭清逸办事这么利索。

新庙是小城，只有一家中国人开的康复医院才能称之为医院，其余顶多算是诊所。梁啸要看病，一定是去这家。

丑人带着管锥一路到了康复医院，在医院走廊里找到了满面愁容的谭清逸，说是梁啸正在被抢救。丑人让管锥和谭清逸在原地等，自己要去找熟人。管锥一听，赶紧把丑人拉住，说你先去给嫂子买点儿吃的，现在梁啸已经在被抢救了，找不找熟人都一样，丑人点点头下楼了。

管锥把谭清逸带到没人的地方，问她是怎么让梁啸发烧的，谭清逸说自己是学药理的。管锥本来以为她要把梁啸冻病或者用槟榔之类的，没想到遇到个学霸。管锥没再纠缠这个问题，转而问名单是怎么拿到的，谭清逸说："小辉让谭超保管的，谭超就抄写了一份。"

管锥先是告诉谭清逸，说刁毛辉已经不相信他们姐弟俩了，让他们现在就准备回国。

谭清逸说："我早就想着这一天了。"

管锥说："想就行，你暂时什么也别做，什么也别说。"

谭清逸点头之后，管锥也不管丑人，自己直接去找了酒肆李。酒肆已经歇业了，东西也已经清点完毕，酒肆李正坐在门口抱着个水烟袋乘凉。管锥跟酒肆李交代了事情的前因后果，问酒肆李能不能想办法买通医院的医生，酒肆李说："这种事你来找我有什么用？康复医院这么重要的地方，049 肯定有人。"

酒肆李当天晚上就联系了丁卓，获得丁卓同意之后，管锥回住处换了套衣服又回到医院。丑人这时候已经跟谭清逸一起吃完饭了，丑人问管锥干什么去了，管锥说自己在积星堆这几天衣服带的不多，换得不勤，刚才趁没事干回去换了身干净衣服。

谭清逸这时候脸上表情轻松了一些，梁啸已经醒了过来。丑人又提了一遍，要去找这里的副院长，被管锥阻止了，管锥说梁啸已经醒了，应该不是什么大病。再说自己也认识人，不用麻烦丑人。

丑人也乐得省了麻烦，现在是半夜，去找人很可能要等到明天白天。看管锥这么积极，丑人就跑去金城公馆了。

丑人走了之后，管锥告诉谭清逸，明天上午自己会带丑人过来，然后医生会说梁啸得了脑炎，有可能会留下后遗症，包括智力障碍和肢体运动障碍。这里医疗条件不太好，建议去中国治疗。

谭清逸听出管锥话里的意思："那接下来呢？"

"接下来你就让丑人回去把情况报告给梁道安，你不要提去中国的事情，梁道安自己会提出来的。"

谭清逸还是不太放心："他要不让我去怎么办？"

管锥："别担心，他自己不敢过去，不可能不让你去，最多派人跟你们过去。一旦到了那边，他的人对你不会构成任何威胁，我都安排好了，你相信我。"

谭清逸束起长发，无奈地笑了笑："我也只能信你了。"

跟谭清逸交代完，管锥也没在医院久留，他不确定这里有没有刁毛辉的人。管锥回到住处已经半夜，匆匆洗了个澡，倒在沙发上打了会盹，天刚亮就直奔金城公馆，丑人不出所料地还在赌博。

好不容易把丑人从赌桌上拉下来，管锥说："八爷让你过来照应医院的母子俩，你在这儿玩通宵，要是让八爷知道了能不发火？八爷有多心疼他这孙子你又不是不知道。"

丑人自知理亏，也没说什么，跟着管锥一起来到了医院，找到谭清逸，三个人一起去吃了早餐。回到医院时医生已经上班，把三个人叫到办公室，跟他们说梁啸的病情，医生说的跟管锥昨天跟谭清逸说的如出一辙，这当然是丁卓在背后做的工作。

谭清逸当着丑人的面眼泪就出来了，管锥也是唉声叹气的，丑人更是急得直跺脚，过了一会儿丑人先说："嫂子你别急，你在这里等着，我回去跟我爸说，反正不管怎么样梁啸的病总要治，要去最好的医院，要去中国。我爸不让你们去也不行，必须去！"

丑人说完拉起管锥就走，出了医院大门，管锥挣开丑人的手说："这件事你自己去，八爷的家事我不方便管太多。你见到八爷之后，去不去中国的话你最好不要说，等八爷自己说，毕竟那是你嫂子，八爷现在疑心重，你的行为不要让他产生什么不好的联想。要是八爷说让他们去中国，你就说最好让谭超送他们去，毕竟他是梁啸的舅舅。你懂吗？"

丑人点点头说："我知道了，那你在新庙等我，我说完就回来。"

丑人到老八寨之后，跟梁道安汇报了梁啸的病情，刁毛辉也在场。跟管锥判断的一样，梁道安几乎没有犹豫地说："那还等什么，赶紧去啊！"

刁毛辉和丑人都不说话，梁道安好像自己想起什么，说道："得派个得力的人送我孙子去才行。"

丑人说："让谭超去吧，毕竟是梁啸的舅舅，照顾起来也能放心些。"

梁道安听到这个建议点点头，刚要说话，刁毛辉上前一步插嘴道："谭超不行，最近我这边事多，他走不开，换个人吧，反正梁啸是八爷的孙子，换谁去也不能怠慢了梁啸。"说完又朝梁道安使了一个眼色，梁道安心领神会，点点头对着刁毛辉说道："嗯，你说得对，现在把谭超派走很不合适。小辉你那边石正和叶介良谁有时间？"

刁毛辉想了一下说："石正吧，他心细一些，照顾得也能周到点儿。"

梁道安对刁毛辉的话不置可否，算是默认了，说道："丑人你去安排，要快，不要害怕，谭清逸和梁啸跟我们的生意没关系，对面应该不会为难他们母子。这件事绝不能耽误了。"

丑人答应之后就走了出来，径直去找石正，却被后面赶来的刁毛辉拉住，刁毛辉对丑人说："我去帮你找石正，你去把我刚买的那辆车开过来，你和石正开那辆车把他们带到边境，然后你把我的车开回来，我会安排对面的人开车去接他们。"

丑人没有多想，接过刁毛辉递来的钥匙往刁毛辉的住处去了。他把车开到地点等了足足有一个小时，刁毛辉这才带着石正从远处走来，丑人问为什么这么久才来，刁毛辉回答说开始没找到石正。

丑人没多说什么，开车带着石正一路到新庙。车刚开进医院的时候，管锥正跟谭清逸站在医院的窗户前，见车上下来的人是丑人和石正，管锥知道谭超一时半会儿是回不去了，但事已至此，只好先把谭清逸母子送回去，谭超日后再想办法。

谭清逸看到车上下来的是石正，情绪差点儿失控，管锥马上反复提醒她说：“稳住，稳住，你要想带梁啸回去，再没有比这更好的机会了。谭超留下应该是刁毛辉的主意，我会想办法把他带回去。”

谭清逸声音里几乎带着哭腔说道：“不管是谁的主意，扣下谭超就是要他做人质，我和梁啸要是不回来他们会杀了谭超的。我们不能走。”

事情紧急，眼看丑人和石正就上楼来了，管锥说：“你们先回去，谭超交给我，只要我能活着回去，就一定把他带回去！”

说着丑人和石正一前一后从楼梯走了上来，他们看到的只有谭清逸一人愁容满面地站在窗前，两人以为谭清逸是为梁啸的病情发愁，也没有怀疑什么。丑人见到谭清逸一张口就想问管锥在哪儿，但想到管锥交代过自己，现在石正在场，也就没有提及。

在医生的帮助下，三人把梁啸抬到车后座，谭清逸在后座照顾梁啸，石正开车，丑人醉心于刁毛辉这辆车的做工和乘坐体验，四人一路无话。

车到边境的约定地点，刁毛辉安排接梁啸的两个人已经到了，石正把车交给丑人，带着谭清逸和梁啸上了对面的车，丑人独自一人开车返回。

从边境到老八寨途经新庙，丑人自然不会放过这个机会，开着刁毛辉的新车去金城公馆玩到半夜才开了间房睡下。

第十三章

老萝卜头儿

第二天上午，酒肆李的报刊亭开张，管锥过去买了本杂志，杂志里夹着丁卓传过来的消息，说梁啸已经住进了医院，石正一直陪在谭清逸身边。为了不打草惊蛇，暂时没有拿下石正，但医院那边已经安排好了，短期内梁啸不会出院，谭清逸和石正都会被暗中监视。最后，丁卓叮嘱管锥，注意自身安全，名单能拿到最好，拿不到再想其他办法。

虽然丁卓这么说，但管锥知道，如果那份名单拿不到，想靠国内拉网把这批货一网打尽是非常困难的，也可以说是不可能的。货一旦入境，就成了大海捞针，以刁毛辉的办事能力，必然选择化整为零的策略，这样一来不要说丁卓，神仙也做不到滴水不漏。

管锥拿出打火机将纸条烧了。他知道丑人昨晚应该在金城公馆鬼混，于是来到金城公馆门前，看到门口停着刁毛辉的那辆新车，然后找熟人问到了丑人的房间位置，进门后两人聊到梁志的事情，丑人说：“歌丹不是被杀了吗？”

管锥点点头：“虽然凶手已经被处死了，陈汉生也死了，但歌丹生前可是以昂登的名字在帮楚隆做事，这件事很可能是楚隆在背后指使的，只是现在没人顾得上这件事了。”

管锥这么一说，丑人也觉得不能轻易放过楚隆，尤其是这段时间丑人发现和刁毛辉疏远了许多，这令他更加想念梁志。丑人越想越气，恨不得马上去杀了楚隆给梁志报仇。管锥眼看着自己点的火在丑人心里越烧越旺，又立即开始灭火，说楚隆的事情不是一朝一夕能解决的。现在不能让丑人急于报仇。

见丑人平静了一些，管锥又试探性地问丑人知不知道刁毛辉最近清仓是要做什么？令管锥没有想到的是，一提这件事，丑人马上又暴跳如雷。他说自己早就听说了一些传言，只是不能确定，但是从最近事情的发展来看，好像传言就是真的。

管锥也一脸愁苦地说：“他们这么做是想干什么？难道八爷准备让刁毛辉接班？那把你往哪儿放？”

丑人盯着管锥，认真地说：“谁也不会接班，他们在准备后路，把能变现的全都变现，然后带着这些财产远走高飞，最后剩个烂摊子给我，肯定是这样。”

丑人说的这些管锥早就知道，但还是佯装大惊：“这太过分了吧？梁氏这么多年在金三角光仇家就不知道有多少。他们拍拍屁股走了，把你一个人留下来，梁氏所有的仇都要你背，所有的债都要你还。梁氏空壳套在你身上是会让你送命的啊。”

被管锥这么一说，丑人突然感到有些恐惧。他觉得管锥说得有理。形势比他预想到的还要可怕。更可怕的是，丑人发现自己身边只有管锥可以信任，他只能求助于管锥。

他问管锥该怎么办。管锥反问丑人："不是我想怎么办，而是你想怎么办？"

丑人一脸懵懂，问道："我能怎么办？"

管锥叹了口气："我给你出的主意，你肯定不会去做。"

丑人来了兴趣，往前凑了凑说："你说说看。"管锥说："上策是让你跟八爷翻脸。你愿意吗？"丑人叹口气说："他养了我这么多年，我不忍心。"

管锥说："他们把梁氏搬空之后，留给你的只有梁氏这块招牌，但如果你没有自保的实力，这块招牌只能给你带来灭顶之灾，所以不能让他们把所有东西都带走。"

丑人沉默了很久。他好像终于给自己的优柔寡断找到了一个合适的理由，说："如果翻了脸，还是不能把那些东西留下来呢？"

这也是管锥在考虑的问题，要想说服丑人跟梁道安鱼死网破就必须有一个理由，但管锥在情急之间也想不到更好的说辞，只好敷衍道："鱼死网破不是我们的目的，这件事你提早没跟我说，现在短时间内我也没有更好的办法，让我再想想吧，你先回去，暂时不要和他们说这件事。另外，你最好找八爷要点儿人。"

丑人听到管锥让自己去要人，脸上一惊，问道："你不会是想让我跟我爸拼命吧？"

管锥故作轻松地说："我怎么会让你去跟八爷打呢？毕竟亲疏有别，你和他有几十年的父子情，我只是个外人。"

丑人感到有些不好意思，说："我不是那个意思。"

管锥点点头："知道知道。"

管锥表现得越是失落，丑人越是觉得不好意思："我真不是那个意思。现在他们打算跑路，把我一个留在这儿，这等于让我自生自灭。现在能跟我同进退的只有你了。"

管锥突然觉得有些同情丑人，他甚至觉得如果自己不是身负使命，面前的这个人或许能够成为自己的朋友。想到这里他有些难过，正邪的悬殊注定他们只是死敌。管锥稍微整理了一下自己的思路，微笑着拍拍丑人的肩膀，说道："好，同进退。虽然我也不知道最后结果怎样，但我们是朋友，我会尽全力帮你做你想做的事情。"管锥说这些话的时候，心里越发难过，这种堂而皇之的欺骗让他几乎不认识自己了。

丑人听到这些话大受感动，抓住管锥的胳膊激动不已："不管最后结果怎样，你都是我的兄弟。"

交谈中管锥一直在想，要不要找个理由让丑人去拿那个名单，但最后还是否决了这个想法。现在梁道安和刁毛辉都盯着丑人，名单应该不会让他轻易拿到，况且丑人办事轻浮，弄不好就会暴露自己。

丑人回老八寨之后，管锥突然想起梁道安的清仓计划连丑人都有所耳闻，罗大厨不可能还蒙在鼓里，按照他以往的行事习惯，应该会照例给边防部队打举报电话。想到这里管锥马上去找了酒肆李。

联系上丁卓后，丁卓说最近都没有接到老萝卜头儿的举报电话，管锥说自己要去跟老萝卜头儿摊牌，丁卓立即制止了管锥，说现在为时尚早，老萝卜头儿最近的沉默很微妙。丁卓说自己要亲自试探一下老萝卜头儿，但需要管锥再确定一下他对梁氏目前的行为是不是真的不知情。

管锥答应下来，这对他来说不算什么难事。

从酒肆李那儿走出来之后，管锥找到罗大佐，问他能不能从裴万岁那里弄些可靠的人出来，罗大佐问："你要做什么？"

管锥说："接下来有些事情不能让梁道安知道。我担心裴万岁和梁道安的关系，会使计划泄露。"罗大佐忍不住嘲讽："你太小看裴万岁了。一行有一行的职业道德，裴万岁这一行，就是花钱请他的人去杀梁道安，裴万岁也会装作不知道的。而且我跟你说，我跟着裴万岁这么多年，也是有不少亲信的。不少中国人都是我带出来的。"

管锥："那就好，找两个人来，这次随便找，不需要找可信的。我现在去一趟老八寨，当天就能回来，你带人在新庙等我。"

罗大佐想问管锥到底想做什么，但管锥没给他机会，跳上自己的车，一踩油门朝老八寨开去。

见到梁道安时已经是中午了，正是午饭时间，士兵们在门口的棚子下面吃饭，梁道安在屋里的饭桌上吃，饭桌上还有罗大厨和刁毛辉。梁道安见到管锥问管锥吃了没有，管锥说没有。罗大厨去取了一副碗筷，管锥坐下来跟饭桌上的人边聊边吃。

梁道安问管锥这时候来有什么事，管锥放下筷子，有点儿不好意思地说："有朋友找我，想拿白药，说鹰箭旗的货没话说，该多少钱就多少钱。"

梁道安也停下筷子，稍加思索后问："你上次不是还说对面在严打，没人敢买吗？怎么这严打的风连一个月都没刮满就过去了？"

管锥一开口梁道安就知道上次说严打是句空话，但没想到管锥这么快就露馅儿了。不过想到自己马上就要离开这里，也没太在意，只是在心里感叹管锥到底还是比不上刁毛辉办起事来滴水不漏。

梁道安等到管锥回话后，吩咐刁毛辉饭后拿五公斤白药给管锥。没等管锥道谢，梁道安又问道："还是上次的买家？"

管锥点头说"是"，梁道安又警告道："你可要小心点儿，对面最近眼睛睁得大，我的货也沉了不少。你还是像上次那样，在江口交货？"

管锥信心十足："对，已经约好了，这边要是顺利的话，明天晚上我就派人把货拿去江口。"

一顿饭下来，刁毛辉和罗大厨一言不发，吃完之后刁毛辉按照梁道安的指示把货交给管锥，除了必要的交代之外没再多说什么，管锥带着货回到新庙时，罗大佐已经带着人在管锥家里等着了。

管锥把箱子里的海洛因往桌面上一放，看着罗大佐带来的那两个人问："知道这是什么吗？"

其中一个人说："这是白药吧？"

管锥点点头："你们两个以前运过这东西没？"

两人点头表示以前送过，管锥也满意地点点头，接着说："把这些东西送到北边的江口，交给那里的人，你们两个，一人5000块钱。"

那两个人还想加价，被管锥的手势止住："江口就在两国交界处，这里不是中国，所以你们也别想拿中国的标准讨价还价。如果你们愿意把货给我送到昆明，一千克一万，你们敢送吗？"

这两个人自然是不敢的，对这里的毒贩来说，毒品进入中国境内所面临的危险系数会陡然升高，管锥吃定了自己面前这两根"油条"不会接。

面前的两个人不出所料地拒绝了管锥的提议，表示只要管锥再出点儿盘缠钱，这活儿他们就接下来。

管锥满意地点点头说："货送到之后，你们两个人每人加1000块钱酬谢。这1000块钱是直接给到你们手里，不需要跟裴万岁分红。"

钱谈成之后，管锥亲自教他们贩毒的技巧，这些东西对管锥来说轻车熟路，毕竟他以前没少在工作中研究毒贩，随便亮出一手也会让人相信他是个资深毒贩。

第二天，太阳升起不久，罗大厨乘坐专车来到新庙。这个人每天这个点都会准时出现在新庙最大的菜市场，为梁道安选购最新鲜的食材。

以往买完菜罗大厨都要到街的另一头为梁道安买当天的报纸，但现在菜市场门口新开了一个报刊亭，听说是以前新庙的一间酒肆老板开的。这对罗大厨来说是好事，因为买报纸不用跑那么远了。

罗大厨买完报纸之后，跟开车的司机说自己忘了买作料，让司机再等会儿。他下车进了菜市场之后却从后门出来，跑去了一个公用电话亭，拨通了那个他十分熟悉的号码。

电话那头传来熟悉的声音，他轻车熟路地报上自己给自己取的代号“老萝卜头儿”，然后将管锥要运货的时间及地点都告诉了对方。

确定对方记下之后，罗大厨补充说道：“一共五千克，钱还是打到原来的卡里。”

稍等片刻之后，对方报出了卡号，请罗大厨确认。

罗大厨明知对方看不到，还是点了点头，说：“对对对，就是这个卡号，要快点啊。”

罗大厨的电话是打给边防部队的，他举报了管锥贩毒的信息。边防部队对提供线索者的奖励是一克一元，罗大厨这些年凭着举报的线索，着实赚了不少钱。他以为奖励会像以往一样打进自己的卡里，却没想到电话刚挂掉，就有一高一矮两个人拍了拍他的肩膀。

罗大厨一脸惊恐地盯着面前的两个人，半天都没说出话来。

“老萝卜头儿是吧？”

罗大厨摇摇头：“我不是。”

对面的人不理他，继续说：“我们不确认你的身份不会贸然来找你。”说着那两人又报出了罗大厨以往接受奖励的银行卡账号。

罗大厨不得不相信这两人的身份，却立即换了副面孔，小声指责：“我是匿名举报，你们不是承诺过不会倒查匿名举报人信息的吗？你们这是违反纪律。这样以后谁还敢给你们提供线索？”

来人说：“说得对，但你的情况不一样，你掌握了我们情报人员的信息，为了我们情报线的安全，不得不把你找出来。这一点还请你能谅解。”

罗大厨点点头：“你们做什么都是一副道貌岸然的样子，也总是有义正词严的理由。我只是个厨子，你们现在来找我干什么？”

“据我们掌握的情况，你可不是个普通厨子，梁道安的专用大厨兼梁氏大内总管。对不对？”

罗大厨只好点头：“你有事快说，司机就在对面街上等我，要是被他看到，我们都得吃不了兜着走。”

来人也不绕弯子了，开门见山说道：“听说梁道安最近有一大批货要运往中国卖给不同的买家，我们需要这批货的情报。”

罗大厨愣住了，他没有想到中国边防部队能这么快掌握这些情况，这说明他们在梁氏还有其他情报源头。不过这批货对梁道安来说，算是收山之作，要不要把情报提供给眼前的人，他还需要斟酌一下，他问道：“值多少钱？”

“这批货在一吨以上吧？如果你提供的线索能帮助我们把这批货打掉，你能拿到的奖励在100万元以上。”

100万，对罗大厨来说不算多但也不算少，在梁氏这么多年拿的巨额工资，加上缉毒奖励，也就100多万。但现在只要提供一些线索，就能把自己的资产翻倍，这对爱财如命的罗大厨来说是个不小的诱惑，他爽快地将这件事答应了下来：“好，我试试，有什么线索我会用原来的方式告诉你们。”

来人点点头，又接着问道：“我能多问一嘴吗？”

罗大厨说：“你问。”

“这么多年下来，你为什么一直给我们提供情报？”

面对这个问题，罗大厨犹豫不决：“我是个老光棍，老婆死得早，儿子估计也死了，又没什么本事，就只会做菜。我在新庙开了个小饭馆，后来认识了一个常来吃饭的人，他见我懂食疗养生，做饭味道也不错，就让我去给他做饭，后来我才知道他是大毒枭梁道安。但我知道他身份的时候饭店也关了，人已经在老八寨了，他给我的待遇也不错，我就在那里做了。但我知道贩毒害人是不对的，所以就给你们打电话举报了。”

“好吧，我给你一个新号码，你以后直接找他，代号049，有情况直接跟他联系。另外，这是一部微点相机，有需要的时候可以用上。”

罗大厨接过纸条看了一遍就把纸条撕了，然后把相机还了回去：“这东西我用不上。”

说完罗大厨从兜里掏出瓶作料，装作刚买完作料的样子往车子走去。

中午，罗大佐找来的两个人开着一辆破车上路了。为了更像资深毒贩，管锥让罗大佐开车跟在他们后面，罗大佐不参与交易，只远远地看着，这是跟货，毒贩们走货时大多会有人跟。因为一旦货在半路出任何情况，跟货的人都可以轻易逃脱，并在第一时间将情报传递给货主。

那两人把车开到江口时天已经黑了，按照管锥事先交代的，在江边一排船里找到一艘挂着三盏煤油灯的小船，上面坐着一个正在抽烟的人，双方对了口令之后，两人把五公斤海洛因交到了对方手里。

至此，这笔交易算是完成了。罗大佐在远处的树林里看着这一切，虽然看得不太清楚，但他能听到双方互道一路平安。

这次来接货的人自然也是丁卓安排的，从水面上走的好处是能防止跟踪，夜晚江面安静，如果有另一艘船跟来，很容易就能发现。

老萝卜头儿的身份被确定后的第三天上午，罗大厨给049打了电话。令人失望的是，罗大厨说自己没有拿到关于那批货的任何信息，梁道安从来不在人前谈论这件事。

丁卓没再多问，照常对罗大厨表示了感谢，叮嘱他多注意自己的安全。丁卓在等待，他知道老萝卜头儿打这通电话绝不可能只是为了说句废话。

果然，罗大厨支支吾吾说自己还掌握另一条消息，丁卓问是什么，罗大厨才慢悠悠地说：“吃午饭的时候，梁道安说南北联盟军这批货是块肥羊肉，只是烫得慌，还是不要管了。”

丁卓听出这里面有事，接着问："他为什么这么说？"

罗大厨分析："今年的新鸦片快出来了，现在都在出旧货。梁氏有人得到消息说南北联盟军有几百公斤的货要卖去你们那里，而且这几天就会开始运。他们的运货路线是要经过梁氏地盘的，按这里的规矩，需要向梁氏交一笔过路费。但这次不知道怎么回事，他们没有交，可能是怕梁道安不给他们过吧，所以这次他们打算偷偷运过去。现在梁氏有人建议梁道安把这批货劫了，梁道安先是跟刁毛辉说'宁撞金钟一下，不打破鼓三千'。所以这个消息就被封锁了，现在梁氏知道这个消息的应该不超过三个人。"

丁卓的声音还是波澜不惊："这个消息非常重要，我们对这件事毫不知情，幸亏你及时告知。也是我工作失职，这么重要的事情竟然没收到一点儿风。"

罗大厨声音又支吾了起来："那个……就是……这个……"支吾了半天也没有说出口。

丁卓听出他的为难，说道："现在时间紧，我们不要绕弯子，有什么事直说，能满足的我尽量满足。"

"南北联盟军这批货如果你们抓到，奖励的钱是不是也跟以前一样？"

"是，肯定一样，这点你放心。"

"那这次能不能快点儿？"

"怎么，急着用钱吗？"丁卓问。

"我准备回老家去买个房子，以后我做不动了，就回去养老。"

丁卓没有急着回答，停顿几秒才说："你的情况上次他们两个回来跟我汇报了。你看这样行不行，这批货一旦落网，化验了质量之后，我争取在规定时间内尽早给你打过去。"

"好好，这样最好。"

丁卓又问:“我听他们两个说，你有个儿子，但儿子不在了，是怎么回事？”

罗大厨:“是有个儿子，贪玩，在这边不知道得罪了谁，突然就失踪了。他们都说被杀了，我不信，我找了很多年，但一直没找到。我也认命了，做好眼前事吧。”

丁卓为自己的提问向罗大厨道歉之后，安慰道:“你这么大年纪了，如果哪天想回来，可以告诉我，我会为你安排好一切。”

罗大厨道谢。

跟罗大厨通话结束之后，丁卓马上联系了酒肆李，让酒肆李把老萝卜头儿提供的情报告诉管锥。丁卓说自己会让南北联盟军那边的关系去查这条线，让管锥提前做些准备。

要是放在以前，管锥恐怕还不知道要做什么准备，但现在他清楚，自己要做最坏的打算。

第二天，管锥还在为这一堆事情发愁，梁道安的货还一筹莫展，现在又来了一个搅局的南北联盟军。如果丁卓在南北联盟军的情报来源失灵了，那就只有靠自己这一条线了。管锥正想着，罗大佐却上门了。

罗大佐从酒肆李那里带回了情报，情报上是最坏的消息，南北联盟军的情报人员弄不到买家名单，唯一拿到的是南北联盟军这批 640 公斤海洛因在当地的贩运路线。但这批货在中国境内怎么走就查不清了。

这是可以理解的，这批货肯定是由南北联盟军的人运送，路线相对容易拿到，但货进入中国以后的情报，就很难知道了，说不定楚隆自己都讲不清楚。

管锥想了一上午，和罗大佐吃午饭的时候突然看到了丑人，丑人这段时间无事可做，肯定是来新庙鬼混，正好也来这家饭店吃饭。丑人没有注意到管锥的眼睛在不远处死死盯着他，看了丑人一会儿，管锥觉得应该给丑人找点儿事情干了。

管锥喊丑人，丑人见到管锥也很高兴，索性三个人拼在一起吃，吃完之后在管锥的暗示下罗大佐自己找地方玩去了。而管锥带着丑人直接回了自己的住处，管锥说自己有一份大礼要送给丑人，丑人急得摩拳擦掌，想都没想就跟管锥去了。

到了住处，管锥给丑人倒水，丑人直摇手，让管锥快说。

管锥把脸上嬉笑的表情一收，正色说道："现在八爷和刁毛辉要走，什么都不给你留，对吧？"

丑人木然地点点头："说重点，说重点。"

管锥吸了口气说："在这种地方什么都没有也就意味着什么都做不成，可能还要背上梁氏几十年来积累下来的仇家。对不对？"

丑人急得直拍桌子："对对对，你说得都对，能不能说说重要的？"

管锥直勾勾地看着丑人："现在有一批货，要偷偷从梁氏的地盘过，不交钱。八爷知道这件事，却给捂下来了，不让人管。"

丑人这下来了兴趣，说道："谁这么大胆子从我们修的路上过不交钱？是谁这么有种？"

管锥说："南北联盟军。"

丑人那张脸像是脱离了脖子悬在半空中久久不能动弹，眼睛瞪得圆圆的，嘴巴张得大大的，等回过神来说："他们往年这个时候都会有一大批货从我们的路上过，新鸦片快收了，去年的存货都会走掉。"

管锥点点头："640 公斤。"

丑人对这个数量倒是不甚惊讶，说道："怎么说？你敢不敢跟我去南北联盟军要钱？那是不小一笔钱呢，我们俩对半分。"

管锥对丑人的这个想法哭笑不得，也不知道武进这些年扶着这个人一路走来到底是有多艰难。不过他也佩服武进，能扶持这么一个人起来。不过在丑人身边开展情报工作要简单得多，要是在刁毛辉那种人身边，工作就很难开展了。

管锥收起思绪，对丑人说：“过路费再多能多到哪里去？”

丑人若有所思：“那怎么办？那么多钱就不要了？路白白给他走了？”

管锥郑重其事地说：“我想把这批货给劫了。这样一来即使八爷把一切都带走了，你也还有资本。”

丑人对管锥的这个想法感到十分受用：“对对对！就这么干，早晚把他们老窝给炸了！”说到这里，丑人像是突然想起了什么，问道，“你说我爸为什么不管这件事呢？”

管锥说：“他们要撤离了，当然不想为了这点儿小钱节外生枝。”

“那我爸要是知道是我干的怎么办？会不会骂我？”

“都这会儿了你还怕他骂你做什么？他现在既然不想惹南北联盟军，也自然不会对你做什么过分的事情，骂两句没什么，你被骂得还少吗？”

丑人不停地点头，两人说干就干。后面两天时间里，丑人开车带着管锥把路线图上标注的路线走了一遍，说是开车，其实也只是开车到附近而已，真正的路线只是一条羊肠小道，必须靠双脚一点点走。

在这条路上，管锥确定了伏击地点。那是两座山中间的最低位置，再往前走有两条路，往右走是山连着山，平时只有猎人会走。这种大山里的路半年没人走就会被茂密的杂树吞没，不仔细分辨几乎看不出有路。往左走很快就能出山，穿过一大片农田，直通中国。南北联盟军的货去往中国，肯定走左边。

确定之后管锥把这件事告诉了罗大佐，让他去找人。在知道管锥的计划之后，罗大佐说管锥疯了，拒绝接受这样的安排，但最终还是经不住管锥的软磨硬泡，答应从裴万岁那里找人，并且管锥特意交代要把上次提到的那几个值得信任的人找来。当然，找人是要钱的，算了价格之后，管锥发现最多只能叫来 50 个人。

根据情报，南北联盟军为这次准备了150个人的军队护送。要是指挥得当，恐怕跟梁道安打上一场也不一定会吃亏，管锥要对付这样的对手多少觉得有些吃力。但不管怎样，事情最终还是开始了，丑人瞒着梁道安、管锥瞒着丁卓开始了。

管锥提前准备了驱蚊药和基本的后勤补给，罗大佐把人马直接带到伏击地点，管锥亲自带队把战斗时的位置和命令演练了整整一天。又找到那个马蜂窝，从里面取出之前藏进去的M21零部件，管锥惊叹马蜂们施工质量之精良，使这支枪经历这么长时间依然毫发无损。把零件全部拿出来之后，开始逐个清理，重新组装。

最后管锥把罗大佐信任的八个人叫到面前，让他们顺着路线往南北联盟军的出发地走，直到遇到送货的队伍，然后暗中跟着队伍，逐个赶回来汇报对方队伍的位置。

第一个人回来的时候，管锥确定了之前的情报没错，150个人的卫队带着十几匹马出发了。傍晚时第二个人回来，说马队停下简单吃了点儿干粮之后继续上路了，他们没有带夜宿工具，应该是要连夜赶路。

这是跟情报上不一样的地方，按情报上说的，他们应该休息一夜，第二天上午通过梁氏的控制区。管锥当时看到这里的时候，还猜是南北联盟军应该知道梁道安不会为难，所以才敢在白天通过。但现在看来这是个烟幕弹，他们连夜赶路是打算在天亮之前通过梁氏控制区。

管锥马上把这些士兵召集起来，由罗大佐发布命令，告诉他们行动提前了。按照预定的计划，管锥把人分成三个小队，布置完任务之后，由各自队长带走。

管锥又紧急叫来丑人，告知他眼下的情况，并交给他一项任务：在把马队逼入绝路的时候，由他下去交涉。丑人对这个任务略有不满，他没想到还需要自己冲锋陷阵。

因为弹药不够，管锥没有能力把南北联盟军的主力当晚消灭在这儿，真打起来也会惊动梁氏的人。他给丑人出主意："让他们把货留下自行离开是最好的结果，真打起来刁毛辉听到枪声，这些货我们一点儿都拿不到。现在别人下去跟他们交涉，他们不会害怕，你出面了，他们会以为梁氏的兵力全都在这儿，这样才能吓住他们。"

丑人虽然有些不大情愿，但想到今非昔比，这些货对他十分重要，不能被梁道安拿走，也只好答应管锥，亲自去办这件事。

临走前丑人指着管锥鼻子说："你可别坑我。"

管锥不以为然："你要是死在下面，现在的烂摊子我收拾不了，八爷也不会放过我的。"

丑人放心地转身下山去了。管锥跟罗大佐在山上紧急布置，一直到凌晨三点，一切才勉强就绪，主要是管锥让罗大佐去紧急采购的物资来得较晚，差点儿没赶上。

准备好一切之后，就等南北联盟军的马队进入伏击圈了。管锥派出去的斥候轮流回来报告马队的位置，可以说一切尽在他的掌控之中。

清晨四点刚过，天色已经泛青，斥候汇报的时间间隔越来越短，马队时间掌握得很准，只要在黎明前走出前面的山谷，他们就能跟接应的车队接头，这次的运输任务也就完成了一大半。眼看就要通过山谷了，此时的南北联盟军人困马乏，很多士兵连肩上的枪也不愿意拿，将枪挂在马背上。就在他们昏昏欲睡以为即将完成任务的时候，却不知道距离他们仅有 20 米的草丛里有一双双眼睛盯着他们，只等他们通过。

马队顺利与管锥布置的第一队人马擦肩而过，却丝毫没有察觉。就在他们通过不久，身后突然亮起三盏大灯，将马队成员的困意一扫而光。马队虽然也有灯，但都是些电筒，与管锥特别准备的大灯自然是没法比的。整个马队像是突然被别人脱了衣服一样手足无措。

慌乱了几分钟，马队队长丹脱突然下令加速前进，冲出前面山谷就可以脱险。整个马队赶着马往前跑去，但道路狭窄，一百多个人的队伍再加上马，很难瞬间达到理想的前进速度，就像高峰期道路上毫无原因的堵车，明明路是通的，但还是会莫名其妙地堵起来，因为只要前车稍微刹车，后面就会有一连串的人跟着刹车。此时的马队也遇到这个问题，丹脱的指挥可以说没有问题，在逃跑过程中还留下了一个班断后，但一个班只有 9 个人，又暴露在灯光下，轻易就被管锥布置的 30 个人歼灭。

很快，丹脱的队伍到达三岔口，丹脱知道要选择左边的路，冲出山谷就行，所以马上下达了命令，不再管身后的追兵，全力往左边冲。但无奈他命令刚下，左边又亮起了跟身后一样的三盏大灯，前后六盏大灯照得马队连自己的影子都看不到了，甚至眼睛都睁不开。丹脱无奈，只好往右面的路口逃去，此时只要能冲出去就是万幸，也顾不得右边的路况了。

令丹脱欣慰的是，这六盏大灯只是不紧不慢地跟在后面，除了刚才跟断后的人交火之外，并没有再开枪，这又给了丹脱逃跑的希望。

但他的希望很快就破灭了，因为很快他就发现右面的道路前方也亮起三盏大灯。这次丹脱并不觉得惊讶，他再蠢也提前料到了这点，最后的三盏灯只是击碎了他残存的那点儿侥幸心理。

这时四面人声大作，喊着让他们投降，声音响彻山谷，回音不绝于耳。丹脱估计梁氏倾巢而出，自己却不知道敌人在哪儿，又被大灯照得睁不开眼，一时半会儿也不知道自己带着这些人还能干点儿什么。整个马队此时开始骚动，恐慌情绪瞬间蔓延开来，第一波灯亮时他们还把挂在马背上的枪端在手上，而现在有些人已经又把枪挂回到马背上了。整个队伍斗志全无。

原本四面八方传来的声音渐渐平息，山谷再次平静下来。丹脱站在马队中间。此时从黑暗里走来一个人，走近了丹脱才看清是梁道安的干儿子丑人。丑人在这一带还是有些实力的，所以他认识丑人并不奇怪，只是丑人不认识丹脱。这使得双方第一个照面丹脱就输了一阵。

丑人大摇大摆地走到丹脱面前，问："这是谁啊？为什么半夜从我这儿过连个招呼都不打？"

丹脱自知理亏，现在对他来说保命是第一位的，只好搬出自己老板，告诉丑人说自己是南北联盟军的。

丑人冷笑，接着又哈哈大笑，笑够了说："你们不来我也正要去找你们。我哥那条命还没找你们算，现在你们又送上门来。我给你们准备了1000多斤手榴弹，你想不想尝尝？"

丹脱虽然也经常与人交火，但还是第一次听说有人用斤来计算手榴弹。

见他不说话，丑人盯着他说："怎么？你还不知道自己应该做什么吗？"

丹脱当然知道自己应该马上缴械投降，但毕竟是南北联盟军干将，在千钧一发之际他又突然看到了一丝希望。自己面前这个人在梁氏地位特殊，要是绑了丑人，也许能够使形势逆转，否则自己就这么回去，肯定会被处罚。如果放手一搏成功了，那又将是另一番景象，自己一生的命运都系于此刻的一念之间。想到这里，他看丑人的目光开始变了，那是从羊到狼的转变，由猎物变成猎人也只在一念之间，他的手开始摸向腰间的手枪。

丑人察觉到了对手的变化，不过并不慌忙，因为管锥早想到了这点。丑人不慌不忙地转身，就在他转身的一瞬间，身后传来丹脱的声音："不许动！"

丑人知道身后应当有上百支枪指着自己，但也知道他们不敢开枪，回头看了丹脱一眼，说道："我既然敢来，还想不到你这一手？"说完丑人举起双手，做投降状。

丑人的手刚举起来，丹脱胯下的马像是被抽了骨头一样应声倒地，丹脱也仰面倒在地上，步枪被甩出两米之外。

丑人耸耸肩，指着爬起来的丹脱说：“你没有议价能力，刚才爆的只是马头，要不你挑一颗，我爆给你看？”

看丹脱呆滞在原地一动不动，丑人大吼：“挑！”

丹脱转身看向身后的人群，手却慢慢摸向腰间。丹脱第一次感受到自己和腰间手枪的距离这么远，当手指触到枪柄的时候，似乎感到非常安心。就在他准备拔出手枪的时候，手腕一麻，低头一看，右手手腕已经被打穿了。

这一枪彻底击碎了丹脱的希望，他知道只要他再有一点儿反抗，自己的头就会像那匹马一样，恐怕连头皮在哪儿都找不到。他没想到梁氏里还有这等枪手，消声武器更为这一切增加了神秘感，丹脱不知道这样的枪手还有多少。更为不利的是，就算他想拼一把，恐怕也指挥不动马队了，毕竟这一切是当着所有人的面发生的。

击穿丹脱的右手之后，黑暗中的管锥放下了手里的枪，这一次他学乖了，把弹壳装进了口袋里。耳边传来丑人的吼声：“说话！你杀了我哥现在还想从我这儿揩油！”说着丑人抓住丹脱的衣领，瞪着眼睛咬牙切齿地说道，“我只说一遍，今天我不想杀人，给你十分钟的时间，带着你的人原路滚回去！你们的货和武器我留下了，楚隆要是有种，就亲自来取，老子等着他。”

丹脱再也顾不上那点儿海洛因，带着自己被缴了枪的手下在灯光的照耀下灰头土脸地返回。

等丹脱走远之后，管锥让丑人自己开车把海洛因运到离积星堆不远处的一个山洞里藏好。丑人本来的意思是直接藏在积星堆，但管锥觉得事情早晚要惊动梁道安，说不定他们会强行把货拿走，所以要藏远点儿，丑人一想也对，就没再坚持。

丑人走后，管锥带着罗大佐和罗大佐的几个心腹把前面打死的那几具尸体运走了。刁毛辉其实听到了一些声音，也派人过来查看了。只是派来的人天亮才到山谷，只见到地上的血迹，还以为是当地猎人留下的，回去汇报说没有异常，刁毛辉也没有多想。

管锥把尸体处理好之后跟丑人会合，管锥让罗大佐遣散了大部分雇佣兵，只留下四个罗大佐比较信任的人，留给丑人看守那批货。

整件事情梁道安跟刁毛辉一直被蒙在鼓里，直到楚隆派的人带着丹脱找上门来。梁道安的第一反应当然是矢口否认，他这时候是最不想多生事端的，但当丹脱要找丑人出来对质时，梁道安才知道坏了。外界一直认为梁志死后丑人是梁氏的二号人物，丑人的所作所为自然是跟自己捆绑的，如果真是丑人做的，那自己跳进黄河也洗不清。梁道安气得直跺脚，但跺脚无用，还是要想办法把事情和平解决了为好。

刁毛辉很快提醒他这是个无法解决的问题，南北联盟军现在唯一的要求是让梁氏归还那640公斤海洛因。梁道安现在就是愿意给，也拿不出这么多货来。倒不是手里没有，而是仓库里那一吨多的货已经许给了买家，大部分定金都已经付了，这时候毁约是要出事的，况且梁道安是打心眼儿里不想被宰。

南北联盟军的人走了，给了三天时间，说三天后如果梁道安不交还那批货，就派人来取。梁道安听到这话气得用拐杖把桌子上的台灯都砸了，罗大厨意味深长地拍着他后背劝他说动怒伤肝。

经罗大厨一提醒，梁道安的怒气还真消了一半，他也不知道自己怎么就这么喜欢养生，以及怎么就这么相信这个罗大厨。

梁道安派刁毛辉去积星堆找丑人，路上他一直在想自己是不是小看了丑人。梁道安清仓跑路的消息现在传得沸沸扬扬，丑人肯定心中有数，梁道安把梁氏值钱的东西都换成钱带走他也心知肚明，只是梁道安带走自己的东西丑人也无话可说。可嘴上说不出什么理来，不代表心里就能接受。

一直逆来顺受的丑人这次突然将了梁道安一军，这步棋实在是妙，一边得了600多公斤的货，一边又让南北联盟军死咬梁道安，两头都不吃亏。

刁毛辉把丑人从积星堆带回老八寨，梁道安一见到丑人抬手就是一巴掌，说：“背着我在老虎头上捉虱子，你是不想活了吗？”

无论梁道安怎么骂，丑人就是抵死不认，还发誓说让刁毛辉去积星堆搜。

刁毛辉在一旁苦笑不说话，他当然知道丑人在说谎。在南北联盟军的人走了之后，他就想起那天凌晨的枪声，后来他去现场看了，确定发生过枪战。除了丑人没人敢在这里截南北联盟军的货，这件事不管丑人承不承认，都是他做的。

但无论梁道安怎么问，丑人都咬死了不认账。

看着面前的僵局，刁毛辉把丑人拉到门外，心平气和地问：“你老实说是不是你干的？这件事的重点不是货的去向。我问了丹脱，那天晚上有人用带有消声器的狙击步枪打死了他的马，有这个技术的人在金三角一只手都能数得过来，歌丹算一个，可歌丹死了。不管这个人是谁，我都应该提醒你，他很可能跟之前袭击武进的是同一个人，明白吗？”

刁毛辉说的这个细节让丑人心里一惊，但很快平静下来反问刁毛辉：“你什么意思？还是陈汉生的那一套，说我身边有老猫？我早就被你们逼成光杆司令了，我倒是想让对面派个老猫过来跟我亲近亲近，但人家对我没兴趣。倒是你，大权在握，应该多看看自己身边干不干净。”

刁毛辉看丑人打算一赖到底，一时半会儿也顾不上太多事，深知不能把希望寄托在丑人身上，只有三天时间，如果丑人硬扛三天，南北联盟军真的有可能派人过来。现在的梁氏上下都知道梁道安想走，人心思变，根本就承受不起南北联盟军的一波冲击。他决定用这三天时间去做更重要的事情。

丑人就这么毫发无损地回到了积星堆，回去之后干的第一件事情是派自己的人去山洞接管了那批刚截回来的海洛因。他虽然当面把刁毛辉的话顶了回去，但刁毛辉的话却让他不得不起疑。那天晚上管锥展示的枪法跟武进遇袭那次太像了，他还能清楚地记得那天自己手下的死状。这一次却是因为注意力都在南北联盟军的货上，不然光凭管锥的枪法就足够引起丑人的注意。但在感情上，丑人是不愿意去怀疑管锥的，想到这么长时间以来，管锥替自己做了那么多事情，他实在无法将这个人跟叛徒联系到一起。

丑人走了之后，刁毛辉简单整理了梁氏最后一批买家名单，带着去找梁道安，虽然这批货由刁毛辉全权负责，但遇到这么大的变故还是要跟梁道安汇报一下。

刁毛辉在梁道安书房说货要提前出，梁道安看了一下名单，指出名单上的几个人，让刁毛辉小心对方压价之后，又提出要去看一眼最后一批货，毕竟这是自己毒枭生涯的封笔之作。

刁毛辉带着梁道安走出梁氏大院，去往仓库，却把名单忘在了书房。两个人谁都没有在意，毕竟书房的钥匙不是每个人都有。

但是罗大厨有，两个人的对话被门外看似漫不经心地扫地的罗大厨听得一清二楚。两人走后，名单上的买家和交货地点被罗大厨抄了下来。在第二天上午罗大厨利用买菜的机会给 049 打了个电话。这是罗大厨拿到这个号码之后第一次拨打，电话一通，罗大厨就问南北联盟军那批货的钱什么时候结算 。

丁卓稍一迟疑：南北联盟军的货根本就没有入境，但老萝卜头儿这么问明显是他认为这批货已经落网了。丁卓想到可能是管锥动了手脚，老萝卜头儿应该也是吃不准，所以才试探性地问一下。想明白这些，丁卓装作一头雾水："那个情报应该有问题，我们没有截获南北联盟军的毒品。我会一直关注，货一旦被我们查获，我尽快给你汇钱。"

罗大厨有些支吾："不用关注了，那批货还没有入境就被截了，梁道安的干儿子动的手，行动果断，难道这里面你们没有动手脚？”

“我们怎么动手脚？你不会觉得我连梁道安干儿子都能指挥得动吧？”

罗大厨不再言语，但也没挂电话，丁卓意识到他还有其他事，说道：“你还有事要跟我说吧？南北联盟军那批货你放心，不管在谁的手里，只要入境被我查获，该你的一分都不会少，但没查到东西，上面怎么会给我批这笔钱呢？这可不是一笔小钱。我们有我们的规章制度。”

罗大厨听丁卓提到钱，咬了咬嘴唇，将他昨天看到名单的事情告诉了丁卓。

丁卓开始还有点儿疑惑是不是又是一份假名单，但当罗大厨把内容说出来的时候，丁卓激动地从自己椅子上站了起来。这样的名单丁卓一眼就能看出真假，这次罗大厨说的名单十有八九是真的。

丁卓再次向罗大厨保证一旦这批货落网，会将举报的奖励汇到卡里之后，罗大厨挂了电话。

当天晚饭时，饭桌上只有三个人，罗大厨照例低头吃饭，梁道安问刁毛辉明天的运货计划。

刁毛辉毫不避讳地说：“本来计划是从仓库分批出货，但现在看来这么做不安全，为了避免重蹈南北联盟军的覆辙，我们要先把货送到边境，进入中国后再分开送到各个交接地点。”

梁道安点点头，问道：“提前交接买方没有说什么吧？”

“除了鱼头，其他人都没有问题。”

“我们都快对半折价了，他还有什么话说？”梁道安不解地问道。

刁毛辉说：“没办法，他是最大的买家，200 公斤的海洛因交接起来不像其他买家那么方便，毕竟中国不像咱们这儿，他们要承担的风险比我们大得多。事先我又让他交了一半的货款，这次的买家里鱼头出的定金最高。”

梁道安点点头："提前交货确实会让他们不安心，不过好在都是老关系了。鱼头说什么了？"

刁毛辉答："他说这次货太多，让别人来不放心，所以派了自己一个堂弟来拿。"刁毛辉苦笑一下接着说，"无非就是警告我们要稳当一些。"

梁道安点点头，似乎有点儿无奈，想说什么张了张嘴终究是没说出来，为了掩饰自己的失语，夹了口菜填进嘴里。放在以往这些买家是不敢这么说话的，不过这些人的鼻子比狗都灵，一看到梁氏甩卖，就知道风向不对，说话的语气马上就变了一个味道。

晚饭后刁毛辉跟梁道安打了招呼之后就回去休息了，第二天他要亲自把货送往边境。回去之后他冲了个澡，这里的生活方式他已经不太习惯了（早睡早起是刁毛辉多年在美国养成的习惯），这也是他鼓动梁道安离开东南亚的原因之一。

第二天，刁毛辉起了个大早，赶去仓库验了货之后，去跟梁道安打招呼。梁道安给了刁毛辉一个红包，这是惯例，大吉大利的意思。罗大厨站在梁道安身后，意外地开口问："怎么你亲自去送货？"

刁毛辉笑笑说："我只送到边境，货到中国之后分开走，我就不去了。估计晚上我就能回来。"

罗大厨也报之以笑容："八爷，那我去买菜了。"

梁道安点点头，罗大厨去找自己的司机了。

刁毛辉也回到仓库，整理好车队，眼看要出发的时候，罗大厨却跑了过来，问刁毛辉："你经过新庙吗？"

刁毛辉想了一下说："我这是车队，只有一条通车的路，肯定要经过新庙。"

罗大厨说："买菜的车坏了，司机正在修，我怕去晚了买不到新鲜的，所以我搭你的车先去买菜，他修好车来接我，行不行？"

刁毛辉说："行，上来吧。"

罗大厨坐到车的后排，刁毛辉在副驾驶回头看着罗大厨说："你这天天都去买菜挺辛苦的啊。"

罗大厨："不辛苦，照顾八爷这么多年，看着他的身体一天不如一天心里才苦。"

说完他看了一眼车子的中央后视镜，趁司机不注意，指了指司机又指了指车门，刁毛辉会意，拍拍司机肩膀说："你去坐其他车，我来开这辆车。"

司机下车之后，刁毛辉坐到了驾驶位上，车队开始在山路上前进，开了大约 20 分钟，罗大厨突然对刁毛辉说："你不能去边境。"

刁毛辉说："没事，我晚上就回来。"

罗大厨抓住刁毛辉肩膀说："中国边防部队已经得到消息，他们说不定正在边境上等着你呢。"

刁毛辉突然一脚把车子刹死，看着罗大厨说："你再说一遍。"

"中国边防部队已经知道了这批货的动向，他们拉好了网，就等着货送过去呢。一克都跑不掉。"

刁毛辉愣了半晌，声音颤抖着问："是你给他们报的信？"

罗大厨紧紧握住车子的拉手，默默点了点头。

刁毛辉压低了声音吼道："你疯了吗？你知不知道我为了这次的货准备了多久？"

"我不知道你会亲自去送。"

"我去不去都不重要！重要的是这么大一批货丢了之后我们会无路可走的你知不知道？有许多人会陷进去，都会来找我们要人要钱！你为什么要这么做？"

罗大厨低头不说话，刁毛辉接着说："我一直觉得梁氏有老猫，每个人我都怀疑过，唯独没有怀疑过你，我是真没想到，我一直在找的竟然是你。"

刁毛辉似乎知道罗大厨为什么会告密，说道："那点儿钱就那么重要吗？"

罗大厨一直等的就是这句话，抬头说："你说失踪就失踪，我要给自己准备点儿棺材本。"

刁毛辉不再说话，启动车子继续往前开，到新庙之后让罗大厨下车，罗大厨不下，刁毛辉催促："赶紧下去，今天不会送了，我现在要通知接货人赶紧撤离。"

刁毛辉挨个发短信通知对方撤离之后将电话给了一个手下，命令他拿着这部手机在新庙等着，有什么消息立即回老八寨汇报。之后刁毛辉就开车回去了。

他们两人都不知道，这一切都被管锥看在了眼里，管锥接到丁卓的通知说今天刁毛辉要出货，猜想他必须经过新庙，所以就在新庙盯着。没想到刁毛辉的车到新庙之后走下来的是罗大厨，更没想到的是车队在新庙掉头又回去了。

在管锥将情况通知丁卓的时候，丁卓的第一反应是老萝卜头儿暴露了，但听管锥的描述又不像是暴露。毕竟他从刁毛辉车上下来还继续去买菜了，而且买完菜像往常一样去酒肆李的报刊亭买了份报纸，买报纸的时候管锥就在里屋跟丁卓通话，丁卓甚至都能从电话里隐约听到老萝卜头儿的声音。

如果不是暴露的话，那就是老萝卜头儿跟刁毛辉达成某种交易之后泄密了。现在的形势丁卓也不敢打草惊蛇，只能先下手为强，能抓一个是一个，好在丁卓事先就在名单上的交货地点布置了人。丁卓梳理了一遍，将那份名单上已经有罪证的人圈了出来，他重点关照了一个叫于子千的人，这是昆明鱼头的堂弟，以前抓过几次都没抓到，这次总算有了机会。

回去之后刁毛辉跟梁道安说自己接到一个匿名电话，电话里说这次行动泄露了，所以不能再送。以前也遇到过这种情况，梁道安没有怀疑什么，问刁毛辉有没有通知接货人撤离，刁毛辉说自己已经通知了。

晚饭的时候刁毛辉还在跟梁道安商量下一步该怎么把货送出去，还没商量出结果，自己派到新庙接听电话的人就回来了，看梁道安在，那人迟疑了一下，刁毛辉说："什么事都不能瞒着八爷，你快说。"

那人支吾了一会儿说："鱼头打来电话，说于子千被抓了。"

刁毛辉腾地从椅子上跳起来，好像被抓的不是鱼头弟弟，而是自己弟弟一样："你说什么？再说一遍！"

"于子千被对面抓起来了。"那人重复道。

刁毛辉愣了一会儿问："他还说什么没有？"

"还说你害得他家人被抓，他也要抓我们的人，要我们把于子千捞出来，他才放人。"

"啪！"梁道安把筷子重重地拍在桌上，那声音根本不像一个老人能拍出来的，拍完筷子梁道安说道："他还想来我老八寨抓人？让他来，我看看他是怎么走出梁氏的！"

不同于梁道安的愤怒，刁毛辉却在冷静思考后几乎是颤抖着跟梁道安说："八爷，嫂子和梁啸现在还在昆明。"

经刁毛辉这么一提醒，梁道安也忽然意识到事情有些复杂，自己孙子现在跟鱼头近在咫尺，万一鱼头知道梁啸在昆明就医这件事，那他说的话就绝不是空穴来风。

梁道安瘫在椅子上，眼前的刁毛辉办的每件事情都看似滴水不漏，最后却没有一个能有好结果的。他已经不想责备刁毛辉了，只是在众人搀扶下伸出颤抖的手指头指着刁毛辉，命令他立即把梁啸接回来。

刁毛辉不敢再耽误，立即启程去新庙。手机有了信号之后，他马上给石正打了个电话，电话刚接通刁毛辉脸色就变了。

石正陪谭清逸和梁啸去昆明的那天，刁毛辉就给他下了一个命令：每次通话在说话前先说一串数字，如果石正是在被控制下通话，就不要说那串数字。这样一来即使石正被抓，被控制下的通话也依然能够传递一些关键信息。

石正每次跟刁毛辉通话都坚持执行这一密令，连梁道安也不知道刁毛辉有这种安排，但这次通话石正却全然当作不知道那串数字一样。刁毛辉可以确定石正跟谭清逸以及梁啸都被抓了，应该是还没见到鱼头，否则应该是鱼头直接跟自己通话才对。

鱼头没让刁毛辉等太久就给他打了电话，电话刚接通，先把刁毛辉骂了一顿。刁毛辉自知理亏，也不辩解，等鱼头骂完才问他是不是抓了谭清逸和梁啸。鱼头毫不遮掩地承认了，但拒绝跟刁毛辉再有其他交流，只是让刁毛辉一个小时之内把电话给梁道安，否则就撕票。刁毛辉还想说什么，但鱼头斩钉截铁地说："我已经开始计时了，你要是愿意在电话里说一小时废话也没关系，可以顺便听听梁道安孙子临终前的哀号。"

刁毛辉不敢耽误，立即回老八寨跟梁道安说了事情的经过，此时梁道安已经睡下了，本来在床上缩成一团，听刁毛辉说完躺在床上意外地没动，只是原先均匀的呼吸变得深一口浅一口，半天都没说出话来。等到终于能吐出字来的时候，已经舍不得耗费体力去骂刁毛辉了，只是拿手指着门说："走。"

刁毛辉带着梁道安到新庙边上有信号的地方，一路上罗大厨一直在给梁道安按摩，等车停下梁道安看上去恢复了不少。

电话接通，鱼头果然夸了自己一通，说不忍心欺负孤儿寡母云云。梁道安问："你抓我孙子有什么目的？"

电话那头鱼头面对梁道安收敛了不少，不再像跟刁毛辉说话时那么跋扈，说道："你们那个刁毛辉在胡闹，现在我弟弟被他坑进去了，我只是做点儿生意，竟然要搭上我弟弟一条命，这说不过去吧？"

"你弟弟被抓的事又不是我们做的，你做这行也很久了，又是在中国，有人被抓这种事应该也见过不少，我们卖货的可没办法保证你们买家不被抓。”

鱼头听梁道安这么说，语气突然变得有些急躁，说道：“你这么说就不仗义了吧？事先你们那个刁毛辉找我要了一半的货款，说是急着周转，我是看在你的面子上才给的。现在你收了钱，我弟弟进去了，货的影子我都没见到。怎么还能说跟你们没关系呢？总之，如果我弟弟被判个死刑或者无期，那大家都别想好过！”

梁道安现在孙子在对方手上，只好问：“那你提条件吧。”

“你把我弟弟捞出来，我把你孙子放回去。”

梁道安知道自己做不到，现在想在中国捞人——尤其是于子千这样的人，全世界也没几个人能做到。他跟鱼头交底：“你一直在中国，应该知道我做不到这一点，还有其他条件吗？”

鱼头提出上一个条件前就知道梁道安做不到这点，提一个肯定会被拒绝的条件，是为下一个条件增加筹码。他说道：“既然捞人你做不到，那货总有吧？我要的200公斤货，现在一克都没见到，还搭进去一个弟弟，我要你把双倍的货给我送来，明天。”

这个条件对梁道安来说不算难事，在他眼里无论多少货也比不上梁啸，现在南北联盟军虎视眈眈，货留着说不定还是个烫手山芋，不如拿出来换回自己孙子。他马上答应道：“400公斤我出了，明天是你来取还是我派人给你送到边境上？”

“我现在去了你那儿还能回得来吗？你给我送到边境，风雪垭口南，0号界碑处，把货给我，我把人给你。”

“一言为定。”梁道安悬着的心终于放下了，鱼头的目的不在于梁啸，而在于海洛因，眼前一切都还有转机。

鱼头这时又说：“我说的是你把货给我送来，是你亲自来，你到了之后要贴着界碑站，我会用望远镜看着界碑，不见到你，我就不出现。”

梁道安眉头一皱问：“为什么是我亲自去？”

鱼头说："我们之间的信任额度已经用完了，那个刁毛辉刚把我弟送进去，我哪知道你葫芦里卖的什么药？万一你们吃了原告吃被告，收了我的货款再把我卖给缉毒的，我怎么办？再说你怕什么？就算他们来了，也只能抓到我。你在界碑外，只要不进中国界，他们还敢出境抓你？"

梁道安这么多年的货都要出入各国边境，他当然知道边境线上的游戏规则，鱼头说得有理，只要自己不进边境线，无论如何都不会被抓的。眼下的形势，自己不答应也不行，只能对鱼头说："好，我明天亲自去。"

鱼头的声音里带着得意："明天下午六点，风雪垭口，0 号界碑。"

挂了电话，刁毛辉试图劝梁道安不要去，梁道安坐在汽车上眼睛都没睁，说："你要是能帮我把孙子救回来，再来劝我不要去吧。我就这一个孙子，也被你给搭进去了，自从你回来办成过什么事？我现在怀疑你在南美的安排我还能不能过去。"

刁毛辉赶紧辩解说："那边的安排绝对没问题。"

梁道安无力地挥挥手："回去吧，救出梁啸之前不要跟我提这些事了。回去你把 400 公斤的白药准备好，明天我们过去。"

刁毛辉没有说话，开车往回走。梁道安思考了一下，说："丑人那边你也抓紧点儿，哪怕把他给我吊起来打，也要让他吐出那批货，我们不能给他背债。"

黑暗中，刁毛辉的嘴角微微扬了一下，说："我已经查到他那批货在哪儿了，这件事你放心，我会处理好。"

依然是在黑暗中，梁道安看刁毛辉的眼神像是能射出子弹来，但很快又恢复到原来的状态，睡眼惺忪地说："你就是太轻敌，这件事我还是不太放心，丑人敢截老五的货，让我给他背锅，后面说不定能干出什么事来，你干脆把你查到的东西告诉老五的人，让老五收拾他。你明天要做的事情就是转移。”

刁毛辉眉头一紧：“转移？”

梁道安已经迫不及待地要离开老八寨了，陈培耀的嚣张气焰日甚一日，眼看着整个局势陷入全面被动，每当梁道安闭上眼睛，似乎都能看到陈培耀在面前摩拳擦掌。“必须要转移，我这几天都睡不好，总觉得要出事。我们还剩那么多的货，现在这个节骨眼上，谁知道都会眼馋。你把货带去云浮洞，这么多年过去了，这个地方现在除了我们俩之外，没人知道。把货运过去之后，你就带人在那里守着，人别带多，就在那里补给，梁氏养他们这么多年，给点儿补给没有问题。其余的人让谭超带着，守着我们仓库，别让人看出破绽。除了我们两个之外，不能让其他人知道云浮洞的位置，”梁道安又说，“你觉得管锥这个人怎么样？”

刁毛辉迟疑了很久，说：“我看他办事倒是够利索，不拖泥带水。但就总觉得跟他隔着一层，我说不好是什么感觉。”

“梁氏九曲回肠的年轻人又不止他一个，”梁道安在黑暗中笑了笑说，“受替代种植这件事的影响，梁氏多数人都对他有看法，但他是在帮我。我想带着他一起去南美，你有什么意见？”

刁毛辉握方向盘的手一紧，很快又放松下来说道：“八爷，这不妥吧？先不说他到梁氏没多久，我可听说他和丑人关系不错。而且丑人截南北联盟军的货这件事，弄不好他也参与其中。我觉得这个人有疑点，只是现在我们再查他的身份已经没有意义了，不然我是想好好查查的。”

梁道安斜着眼看向刁毛辉的背影，说：“我是这样想的，我们到南美之后，人生地不熟，虽然有几个朋友在那边，但里里外外肯定有的忙。我怕你一个人打理不过来，管锥有在美国生活的经历，把他带过去能帮你分担一些事情。就算他身上有疑点，到了南美的话，中国干缉毒的人也不会再盯着我们了，就算他是卧底，盯着我也没什么意义了，他又不是搞暗杀的刺客。这件事先这么说，你明天先转移，其他事情我来安排。”

刁毛辉没再说话，他听得出梁道安话里的意思，明显是不想把身家性命都交到刁毛辉手上。

第二天一早，刁毛辉去准备那400公斤海洛因。管锥一早起床去菜市场旁边随便吃了份早点之后，从酒肆李那花25块钱买了份杂志就回家了，到家后打开杂志，25页，是连载的索命鬼的故事。看完故事之后，管锥已经知道了丁卓的计划和自己要做的事情。不出意外的话，梁道安和刁毛辉这次会进入丁卓的圈套，梁氏的存货会被谭超接管，管锥只要按计划烧毁梁氏的海洛因，任务就圆满完成了。

眼看着任务就要完成，管锥却倒在沙发上有些失神。思绪被一阵敲门声拉回现实，管锥问是谁，门口的人说自己是叶介良。管锥马上警觉，掏出手枪，走到门口，从猫眼里看到门外的确是叶介良，身后还跟着四个背着枪的壮汉。

管锥收起手枪打开门，叶介良有点儿不耐烦：“八爷叫你过去一趟。”

管锥问：“这么早叫我过去有什么事？”

“我也不知道，”叶介良爱答不理的，“不用带什么东西了，八爷说让你快点儿过去，好像是有急事。”

管锥迟疑了一下：“那我通知一下罗大佐，我不在的时候这边的事情需要他打理一下。”

“来不及了，八爷说让你立即过去！”叶介良咄咄逼人，完全不像是在商量。

管锥低头看了看自己脚上的拖鞋说：“等我换双鞋。”

叶介良也低头看到了管锥脚上的拖鞋，点点头没再说什么。管锥转身进屋，换了双登山鞋，然后把原先两只拖鞋的鞋头都指着老八寨的方向，这是他跟罗大佐约定的暗号之一。

管锥被半押解着到达老八寨的时候，看到老八寨门前的两辆车和几十个荷枪实弹的士兵，管锥问叶介良这是要做什么，叶介良只是摆出一副讳莫如深的样子，也不答话。

管锥跟随着叶介良走进梁道安的书房，梁道安坐在里面，看到管锥进来，问道："管锥，你觉得我怎么样？"

管锥点点头："八爷问我这话是什么意思？我这一路上是靠着八爷才走到现在的，我到哪里也不会说八爷半个不字。"

"那你跟我去南美，"梁道安扶了扶眼镜说，"我是真舍不得把你一个人丢在这里，我也是第一次去那么远的地方，身边只有小辉一个。他就是再好，终究也只是一个人，我有点儿不放心。"

管锥满脸惊诧，说话都结巴了起来："八爷你要去哪儿？"

梁道安抬手制止管锥，抢过话头说道："南美，这个我以后会跟你解释，你就说愿不愿意去？"

管锥说："这不是我愿不愿意去的问题啊，梁氏最难的时候就快要过去了，咱们这一走，我们在这里的一切就都没了，我有点儿不甘心啊。"

梁道安笑了，他盯着管锥说："年轻人还是眼光太浅，等到了地方你再回头看这里，都是些不值一提的东西。"

管锥还想说什么，被梁道安制止了："你不用再说了，我出去办点儿事，你就待在这里，哪里也别去，等我回来。"

"八爷你现在去哪里？"

"风雪垭口，0号界碑，这可能是我这辈子和中国的最后一次交集了。我回来就带你走。"

梁道安留了两个人看着管锥，其他人都被他带走了，他们的目的地是风雪垭口，这个地方梁道安还记得，很多年前跟鱼头做成第一笔大生意就在那里。当年那批货也是梁道安亲自送的，那时候人手少，梁道安亲自送货也不奇怪。只是时隔多年，他竟然还要亲自送货，这是他万万想不到的事情。

随着太阳越落越低，梁道安的四辆车子也沿着砂石路越来越接近风雪垭口。0号界碑勾起了梁道安关于往事更多的回忆，从最初的八兄弟创业到如今支离破碎的局面，想着想着梁道安觉得很累，他感到了迷茫。对乡土的情感是人性的一部分，毒枭也不例外，面对几十年没有踏足的近在咫尺的祖国，如今一线之隔依然不能进去。他意识到这可能是自己这一生最后一次接近祖国了，而心中的故乡更是想都不敢再想。

梁道安似乎睡着了，他分不清眼前的画面是梦境还是幻想，他看到自己的青年时代，在中国结婚生子，有了梁志，自己在中国是一个合法商人。梁志长大之后被送去美国留学，学成后回国，跟谭清逸结了婚，生了梁啸。然后自己退休在家，每天或打打麻将或跟老伙伴们练练太极，有时间就带着孙子去放风筝，去爬山，也可以给梁啸做一身太极服，让他跟着自己一起打太极……

“八爷，应该快到了。”

叶介良的提醒把梁道安从失神中拉回现实：“终究还是回不去了啊。”

“要回去吗八爷？”叶介良不解地问。

梁道安说：“不回去，继续往前开，界碑就在这条路上，我记得的，路右边，界碑旁边有一块一人高的石头，好认，看到石头就到了。千万别把车开过石头，石头在中国那边。”

叶介良点点头，继续开车。梁道安闭上眼睛，想重新回到刚才的梦里，可眼前浮现的全是最近发生的一些糟心事。

第十四章

局内之人

梁道安离开之后，管锥一直在想下一步该怎么做，他要出去。现在已经到了千钧一发的时刻，梁道安已经把头渐渐伸向铡刀，这时候千万不能出什么意外。

管锥找到看守，向他们提出要出去的要求，看守的语气很客气，近乎哀求，但手上的枪却顶着管锥胸口把管锥推了回去。

管锥说："那我要见八爷。"

看守说："八爷不在。"

"那见刁毛辉。"

"也不在。"

管锥提出要见梁道安只是装糊涂，他知道梁道安现在不可能出现在老八寨。但刁毛辉也不在倒是有点儿出乎他的意料，按常理这两个人总要有一个人留下来看家的。管锥来不及思考那么多，继续试探道：“那这里谁管事？我要见这里管事的。”

“这里现在是谭超说了算，但他也不在这里。”

“那在哪里？”

“在仓库。”

“这么近，就这几步路，麻烦你们过去喊一声。”

“我们去你了要是跑了怎么办？”

管锥后悔出来的时候身上没带足钱，不然这时候买通他们喊一声谭超应该是可以的。管锥现在只想出去，也没过多思考，脱口而出：“八爷现在有危险，再不去喊人来你们就完蛋了。八爷叫你们看着我，就是想带我去别的地方，我又不是什么犯人，我为什么要跑啊！”

那看守见管锥不像是在开玩笑，而且喊一下谭超实在是一件微不足道的小事，想了想说：“那好吧，我去帮你叫，但你可别骗我。”

谭超很快被叫了过来，支开两个看守，管锥从谭超嘴里得知梁道安刚走，刁毛辉把一吨的货全都转移了，还留下大部分人佯装看守仓库。不过除了谭超之外，梁氏的人都不知道货被转移这件事。

管锥问谭超：“你知不知道刁毛辉把货运去了哪里？”

谭超摇头：“刁毛辉走的时候只说让我守着这里的空库等八爷回来，没有说要转去哪里。”

管锥突然一把抓住谭超的衣领，急切地问：“为什么没有早点告诉我？”

谭超疑惑：“你之前也没说这种事要告诉你啊，再说我也不方便什么事都跟你汇报吧。”

管锥抓住谭超衣领的手在颤抖，梁道安的确死有余辜，但如果刁毛辉带着那些海洛因消失了，那就算抓住梁道安也仅仅是张空头支票。没有人会质疑梁道安是不是该死这件事，抓了梁道安是管锥的大功一件，但梁道安伏法的实际意义是另一回事。抓梁道安也是武进生前的愿望，因为梁道安杀了武进最亲近的战友。管锥对武进始终是充满愧疚和崇拜的，他此时此刻必须一个人做出选择，这将是一个对武进、对自己、对丁卓，甚至对整个东南亚禁毒形势都举足轻重的选择。

管锥的语气突然变得平和，像是没有感情色彩的独白："我们费了这么大劲才给梁道安布置好今天的口袋，他现在正在往里钻，这个时候刁毛辉带着货消失了，这意味着一旦我们扎上口袋，就永远也找不到刁毛辉了，可梁氏的一吨海洛因还在他手里。抓了梁道安我们大家脸上都有光，但有什么用啊！一副臭皮囊换来几块军功章。真正的祸害是那些三九鹰箭旗，可那些货现在失踪了，在刁毛辉手上。要知道那些东西最终是要被吸进人身体里的，是足够生产出千千万万个行尸走肉的，这些行尸走肉背后又会有多少家庭支离破碎？多少父母夜不能寐？我们绝对不能只看眼前这点儿东西！"

谭超也许被管锥说得无言以对，也许是被管锥的样子吓到了，张开的嘴发不出声音来，管锥的声音又提高了八度："没时间了！"

管锥停止了一切动作，僵在那儿一动不动，缓过来才问："你现在能指挥得动多少人？"

谭超："现在都归我管。"

管锥："你去带 20 个人、两辆车过来，跟我走。"

谭超："可我的任务是守仓库……"

"还守什么仓库！"管锥突然吼了起来，"老板都要被抓了，一个被搬空了的仓库还守什么守？"

谭超点头，转身正想出去，又被管锥叫了回来："你去的时候留意一下刁毛辉的住处，看看有没有什么异常。"

等谭超走了，管锥坐在桌子前双臂撑住桌面，双手按在太阳穴上，制止太阳穴疯狂地跳动，突然发生这么大的变故，他要迫使自己迅速冷静下来。

很快，谭超带了20个人和两辆车过来，接上管锥之后，在管锥的带领下开往边境。

途经新庙的时候管锥叫车队停下，说自己要回家拿点儿东西。管锥下车往自己家走去，打开门之后罗大佐果然在房里坐着，见管锥一脸焦急的样子，知道有事发生："这是怎么了？"

管锥："你什么都别说，听我说，你现在带点儿人，去找丑人，我怀疑刁毛辉要对丑人下手。你现在首要任务是保证丑人在我们的控制之下，次要任务是保证他活着。"

罗大佐虽然有很多疑惑，但这是他第一次见管锥这么紧张，知道事态严重，时间紧急，也没再追问。倒是管锥话多了起来："我还有一件事要告诉你，今天之后，我可能会比以往任何时候都要危险，可能会面对更大的麻烦，可以说是生死难料，甚至九死一生。但我向你保证，我做的一切都是为了最开始的那个目的。你不是我们的人，没必要跟我捆绑，你现在可以选择走，我自己一样可以。"

罗大佐怔了怔，点点头，拍拍管锥肩膀："孩子，现在悬崖急勒马，回头不是岸，两边都是万丈深渊。我们俩都没有退路，做你想做的吧。"

管锥冲罗大佐点点头，转身走了出去。往回走的时候，路过酒肆李的报刊亭，酒肆李戴着老花镜正在看报纸。管锥停下步子，想了一下，最终没有让他将计划告知丁卓，而是回到车上带着谭超等人赶往边境。

等梁道安再次睁开眼睛的时候，叶介良指着前方问："八爷，是不是那块石头？"

梁道安点点头："你们下车看看，界碑应该就在附近。"

叶介良下车，果然在那块石头旁边找到了写着鲜红字体的0号界碑，跟梁道安汇报之后，叶介良带人在周边查看了一下。四周远处都是山，近处是矮小的灌木丛，除了这条路上有轮胎印之外，再没有人为踩踏的痕迹，人埋伏进这样的小树林，冲出来都很难。所以看地形这里应该是安全的。

确认安全之后梁道安从车上走了下来，叶介良给鱼头发了个短信，说人已经到了。没过多久，鱼头回信息说让梁道安到界碑旁边，面朝北站着，自己确认了就过来。

梁道安慢慢走到界碑旁，双手搭在界碑上。他没再想鱼头，而是感觉自己跟这经历了几十年风吹雨打的界碑融为了一体，都一样苍老。他很想再往前迈一步，踏进祖国，哪怕一步也好，但他又不会这么做。

倒不是担心踏进一步就被抓，如果真有人来抓，他再把那条腿抽回来就是了。但这一步如果踏进去，好像就破坏了自己背井离乡漂泊半生的仪式感。

梁道安的思绪被远处迎面驶来的四辆车吸引，那应该是鱼头的车队。此时梁道安的心思又全在自己孙子身上了。

四辆车在距离梁道安三米左右的地方停下，叶介良带着人也拿着枪站到了梁道安身后。

四辆车没有任何反应，梁道安站在界碑前盯着面前四辆明显被改装过的依维柯，他不知道鱼头葫芦里卖的是什么药，也管不了那么多，此刻他只想要回自己的孙子。

这时，梁道安的身后突然尘土大作，同样的四辆车从后面开了过来，叶介良大叫不好，连拖带架把梁道安弄回了车里。就在他们往车上撤离的时候，前后两个车队各冲出二三十个人，等梁道安上车，两层防弹盾牌已经架了起来，像是两堵城墙般难以跨越。

梁道安一头雾水，他一时半会儿不知道发生了什么，也不可能是中国警察或者边防部队，因为后面四辆不在中国领土之内的车无法解释。但有一点是可以确定的，情况跟自己想的不一样。

梁道安拿起电话，正要给鱼头打过去，电话却先响了起来，看一眼是鱼头打来的，梁道安接通电话，开口便问："你想干什么？弄这么多人来。"

却没想到电话那头传来的是一个陌生男性的声音："老朋友，我们要见面了。"

梁道安一愣，问道："你是谁？"

电话那头说："交手少说也有 20 年了，你听不出我的声音不奇怪，但要是不知道我的名字可就太不够意思了，我是丁卓。"

梁道安突然握紧了拳头："是你？"

"是啊，是我。你不要生气，我是运气好，听说鱼头跟你有笔大交易，他今天来不了了，我代替他来。"

梁道安有些不信，问道："那我身后的四辆车怎么回事？你们边防部队的手不会都伸到境外了吧？你敢在外国领土上抓我？"

"你错了。你现在已经在祖国的怀抱里了。"

梁道安哼了一声："我虽然老，但也还没老糊涂，界碑就在眼前，我连界碑都不认识了吗？"

"你确实不认识了，你看到的这块界碑是两年前替换下来的，我昨晚才埋上，真正的界碑在你身后 500 米。不过那里杂草太多，我又随手遮了一下，你当然看不到。"

"那界碑旁边的这块石头我总是认识的。"

"你恐怕是在国外待久了不了解国内情况，现在要移动这么一块石头，随便一个人都能找到机器来运，成本不超过 2000 块。"

梁道安这才相信自己落入了圈套，即使以前的罪都能赖掉，现在自己车上的400公斤海洛因也够把自己送上断头台了，与其这样，不如跟对手拼了。几十年的老对手，能够一起死也算有趣。想到这里他对着电话说：“那我们就试试看吧，这么多年来你我还没有正面较量过，今天新仇旧恨一起了结，怎么样？”

电话那头的丁卓沉默了一会儿，笑了一声：“老朋友，你最好不要抱有什么幻想，我的人是什么战斗力你应该清楚。路两边的林子里有雷，我想让哪里炸就让哪里炸，你现在坐的就是飞机，也飞不出我的包围圈。”

梁道安冷笑一声：“我梁道安这辈子什么时候逃过，无非是拼个鱼死网破罢了。”

“我劝你放下武器，争取宽大处理。”

梁道安说：“我告诉你，我车上有400公斤的海洛因，你有本事就来拿，你的宽大处理对我这种人没有意义，治我千分之一的罪都是死罪，哪儿还有什么宽大！”

丁卓没有再说话，但也没有行动。梁道安将手从车窗外伸出，对着天空开了一枪，问叶介良：“你愿不愿意跟他们拼？”

叶介良说：“愿意！”

丁卓从电话里听到他们的对话后，对梁道安说：“现在放下枪，至少不会被当场击毙。”

“我宁可死在这里，也不跟你回去！”梁道安激动地说。

“好吧，那可惜了。你孙子挺可爱的，我出发的时候还哭着要爷爷，我告诉他我就是来接他爷爷的，并且向他保证了晚上可以看到爷爷。现在看来我要食言了，还是向一个小娃娃食言，这让我很难过。”

丁卓这句话明显使梁道安沉默了下来，丁卓接着说：“我们从鱼头手里把你儿媳妇和孙子救了出来，他们是安全的。孩子那么小失去了父亲，以后也不会再有男人去教导他，他的妈妈还年轻，改嫁应该是必然发生的事情，梁啸以后的人生会比你想的更加艰难。梁氏在金三角也算显赫一时，你就没有什么话要跟你唯一的孙子说吗？”

梁道安凌厉的眼神渐渐缓和下来，落入别人圈套、金三角的事业、与对手同归于尽……这些都不重要了，或者说这些都没有再见自己孙子一面更重要，他有太多的话想要对梁啸说，有太多的道理想要教给自己唯一的孙子。

梁道安放下电话，环顾四周，感叹了一句：“这山再高，终究也是遮不住太阳。”

沉默良久，梁道安发令：“投降吧。”

“八爷！投降就死定了！”叶介良瞪大眼睛心有不甘。

“你们罪不至死，不要想着同归于尽，我老了，这一生光阴虚度、岁月空添已经无所谓了。但你们还年轻，我不想让你们去送死。”

叶介良还想说什么，被梁道安制止了，梁道安打开车窗：“听我的，把武器从车上扔下去，下车……”

梁道安的话说到一半戛然而止，眉头一皱，整个人僵在那儿。他从打开的车窗里看到后面有车开来，车型还很熟悉，梁道安的第一反应是刁毛辉来救自己了。丁卓的车队也发现了异常，此时丁卓人在后队，立即指挥后队一辆车横在路中央，后队的一半人掉转枪口朝后，瞄准来车。

驶来的两辆车在距离丁卓 20 米左右的地方停了下来，车门打开，管锥首先下车，怀里抱着仿制的 56 冲，后面的人陆续下车，跟在管锥后面。

丁卓一开始以为是黎耀祖提前撤回了，但看上去又实在不像，丁卓没有贸然说话。不过场面也没有静默太久，管锥率先说话：“你这个口袋真是大啊，我要是来晚一步，八爷就被你装进去了。”

丁卓的心一下掉了下去，眉头紧皱，很久都没有答上话，管锥接着说：“不谈别的，我来就一个目的，救我们八爷回去。八爷要是被抓了，我们这些虾兵蟹将也没活路。”

“你确定要从我手里把他救走？”丁卓的脸上开始出现少见的狰狞，“你知道我是谁吗？”

“我不管你是谁，但你听好，八爷永远是八爷，管锥永远是管锥，我不会背叛我所忠诚的东西。现在的形势，要真打起来你就是把我们全歼，你带来的这帮小伙子恐怕也不会痛快。我向你保证，只要你放了我们八爷，你们不开枪，我就绝不开枪。今天以和为贵。”

两人都面无表情地盯着对方，场面一下安静了下来，只有山风夹杂着树叶偶尔从两人之间穿过。梁道安见到来的是管锥，原本丧失的斗志一下又全都回来了。现在的形势，双方犬牙交错，最高长官又都在对方包围圈里，确实很难打起来。真打起来都不知道怎么开枪，因为只要子弹没有击中对方，就可能穿过去打中自己人，谁也占不到便宜。

管锥率先打破沉默：“别浪费时间了，放人吧。我向你保证过，只要你放人，就绝不开枪。我管锥说话算话。”

丁卓终于开口：“你真是个讲信用的人吗？”

管锥说：“我不但讲信用，而且绝不会改变，从一开始就是这样。”

“你知道你这么做，接下来将要面临的是什么吗？”丁卓说，“如果你和梁道安都在我面前，我会选择先抓你。”

管锥点点头：“少废话了，叫你放人你就放人。这笔买卖你们不亏，真打起来我不敢保证自己能活，但现在这样，我用四个换你一个总是没有问题的，我们有三四十人，你能承受住自己的十个部下死在自己面前吗？”

丁卓在很短时间内做好了决定，回头看了看梁道安乘坐的车：“好，我放你走，但梁道安带来的货要留下。”

管锥笑笑说：“好，我们互相行个方便，这样你回去也好交差。”

管锥说完做了个前进的手势，丁卓也支开旁边的士兵，让出一条路，冲着管锥做了个请的手势。管锥让谭超带人戒备，自己一个人顺着丁卓的手势走到梁道安车下，隔着车窗看着梁道安说：“八爷，我来晚了。”

梁道安下巴上的肉拧成一团，双唇紧闭，冲管锥点了点头，管锥和丁卓的交谈过程他听得一清二楚，所以什么也没说。在叶介良的搀扶下走下车来，到管锥面前的时候，突然抓住管锥的手说：“我们这么走了，梁啸不会有事吧？”

以往梁道安在管锥面前，总是一副泰山崩于前而面不改色的样子，脸上除了愤怒和开心就只剩面无表情。但现在不同于以往任何时候，管锥在他眼里看到了恐惧，为了梁啸而感到极度恐惧。恐惧使他失态，也使他丧失了基本判断力，所以才会冲管锥问出这个完全没有必要的问题。

管锥抽出一只手反握住梁道安的手说：“八爷放心，这是正规军，梁啸母子没有参与我们的任何事情，他们不会把他们怎么样的。”

梁道安听管锥这么一说，悬着的心马上就放了下来，脸上的神态顿时恢复不少。

放开管锥的手，梁道安接过叶介良递过来的大衣披在肩上，带着自己的人从丁卓身边走过。和丁卓擦肩而过的时候，梁道安侧头轻轻点了下头，像是在跟丁卓打招呼，然后就上了管锥的车。

管锥跟梁道安上车后先走，留下谭超殿后。梁道安确定车进入缅甸境内的时候，彻底恢复了以往面无表情的样子。他问管锥：“你是怎么知道我在这里的？”管锥抬头说：“八爷，我后面会跟你解释，但我现在有重要的事情要跟你汇报。”

梁道安："回答我的问题。"

"我真的有重要的事情要报告。"

"我让你回答我的问题！"梁道安话音刚落，叶介良的仿制冲锋枪已经顶在了管锥的头上。

管锥看着梁道安的眼神由急切变得复杂，接着又变成失望，上眼皮渐渐垂了下来，声音也变得低沉："八爷你出发前亲口对我说的。"

梁道安回忆了一下，好像出发前确实对管锥说过来这里，又问道："你是怎么知道我有危险的？"

管锥说："你说要带我走，所以我就想问问刁毛辉我们去的地方怎么样。但我听说刁毛辉不在老八寨，我就有点儿好奇，按说你离开老八寨，刁毛辉不应该离开才对。"

梁道安点点头，管锥继续说："后来我听说你刚走，刁毛辉就运走了一吨多的货，而且没有一个人知道他去了哪里。这就是我刚才想向你报告的事情，我不知道我错在了哪里，但不管怎样，我确实救了八爷，我做了对的事情。"

看梁道安点了点头，管锥接着说："不是我怀疑刁毛辉，也不是我不想团结，但刁毛辉当时的行为太诡异了。你刚走他就消失了，所以我怀疑你来这里是他安排的套。"

梁道安沉默，眼神开始变得凌厉，但并没有看管锥，管锥接着说："我不管别人怎么样，我做好自己该做的事情就行了。我有两件事是必须要做的，首先是保护八爷，其次是赚点儿钱。"

梁道安的眼神再次回到管锥身上的时候开始变得温柔起来："孩子，你没做错什么。"

叶介良把枪收了起来，梁道安脸上已经泛起了诡异的微笑："我越来越觉得带你过去是正确的了。至于小辉的异动，那不是他的私自行动，是我派他这么做的。我们要保证那一吨的货绝对安全，否则就会有10个、

20 个、30 个鱼头冒出来找我们麻烦。”

管锥也放松下来，频繁点头：“八爷说得对，货的事情我不懂，交给刁毛辉管是对的，我负责八爷的安全就好了。”

梁道安连连摆手：“你做保镖屈才，以后你和小辉一起帮我打理生意。”梁道安说到这里几乎是语重心长了，“现在我身边能信任的人不多了，能信任还能干的更少。你算是救过我的命，这样的人跟着我，我放心。”

管锥也不推辞，但也没表现出兴奋，只是微微点头说：“都行，都行。”

梁道安依然用语重心长的语气问：“你对丑人怎么看？”

管锥一愣，这又是一个敏感问题，好在他早有准备，回答起来也不费力：“人倒是不坏，但就是有时候做事太任性，太过蛮横自大，不知道自己的斤两。不过好在有八爷管着不会出大乱子。”

梁道安冷笑一声：“恐怕你还不知道，他现在背着我捅了个天大的马蜂窝。在这个节骨眼上，他去把楚老五的货给劫了，现在人家盯着我要货。”

管锥惊讶地说道：“怎么会这么鲁莽？”

“唉，现在说这些已经没用了。你觉得这件事怎么处理比较好？”

“要是问我意见的话，我觉得我们就不要管了，让南北联盟军的那个楚隆去找丑人要，总不能我们帮他还债。”

梁道安又叹了口气：“孩子倒真是个好孩子，但我就是不想见他，见到他我就会想到梁志。所以这次我打算把他留在这里，梁氏的所有东西都给他，能做多大就看他的本事，你觉得怎么样？”

罗大佐接到管锥的指派之后，先是从裴万岁那带了 10 个人，赶到积星堆，发现丑人并不在那里，罗大佐又去往南边的山洞。山洞被当地人称为老虎洞，洞口不大，同时最多只能供两个人进出。洞口四周寸草不生，全是石头，大的像座房子，小些的也有一人多高，所以不熟悉的人很难在这样的环境下找到洞口，因为远远看去这个洞口和石缝没有区别。

罗大佐也是第一次来这里，但他几乎没费任何力气就找到了洞口，因为洞口前有几具尸体和大量的血迹。罗大佐知道事情不妙，趴在洞口听了一会儿没有听到任何声音，只好打开照明设备，带着人用绳索下洞去找人。

洞里漆黑，落地后的罗大佐差点儿被一具尸体绊倒，这一趔趄使手里的灯光一歪，正好照到角落里的丑人，丑人正半躺在那儿也不知是死是活。

罗大佐慢慢接近丑人，灯光照到丑人胸口，发现胸口虽然有很多血迹，但还在起伏，说明人还有气息。罗大佐走到跟前拍了拍丑人的脸，丑人轻轻“哼”了一声。

听到丑人的声音，罗大佐急促地喊：“丑人，丑人！”

丑人似乎是听出了罗大佐的声音，努力控制自己挤出了一个“嗯”。

罗大佐把灯光朝自己脸上照，说：“我是罗大佐，管锥让我来救你。”

丑人的眼睛慢慢睁开，看着罗大佐的脸，在如此虚弱的情况下他竟然还能挤出一个笑容，并说出一句让罗大佐有些疑惑的话：“救我……”

罗大佐觉得疑惑是因为极度虚弱的丑人无法控制自己的语气，罗大佐不知道丑人在这两个字后面加的是感叹号还是问号。

无论怎样，救人要紧，这是管锥的委托。罗大佐找了一圈也没有发现从南北联盟军那儿劫来的海洛因，只好和自己带来的人一起，把丑人从洞口救出去，转往另一个山洞。这里山洞很多，为了不再被发现，罗大佐尽快在附近找了个山洞把丑人安顿下来，并派人去新庙为丑人找医生。

管锥跟梁道安回到老八寨后，管锥只是坐在一旁喝水，一直没有说话，梁道安说："你一直不说话，是不是想问刁毛辉的事？"

管锥说："既然八爷提前就知情，那我还是不问的好，我没什么好奇心。"

"那你以后还是多点儿好奇心吧，"梁道安说，"是我让小辉把货转移的，一方面各方都盯着咱们，另一方面丑人又捅了马蜂窝。南北联盟军现在就是派人打过来，也是理直气壮。所以咱们应当小心点儿。"

管锥装作事不关己的样子："那现在这里也没我什么事了，我先回新庙待着吧。"

梁道安说："那你先回去，但不要离开新庙，我随时可能派人去找你。"

管锥答应了之后，自己开车回了新庙。到新庙的第一件事是去酒肆李的报刊亭，但发现那里已经关门停业，酒肆李不知所踪。看着紧锁着的报刊亭，管锥在街上站了很久，他前所未有地觉得手足无措，像是被母亲遗弃在大街上的孩子一样迷茫。

酒肆李确实已经不在新庙了，丁卓抓捕梁道安失败之后就去了总队，向总队首长如实汇报了整个过程，包括代号"索命鬼"的特情人员出现的反常行为。

但丁卓向总队首长保证"索命鬼"不会变节，可是能拿出手的证据只有在现场管锥的几句暗示。总队首长不可能相信。

首长在听取了完整的汇报之后说道："首先撤回跟'索命鬼'有交集的所有情报人员，要立即派人把这个'索命鬼'给抓回来，必须要快，要在他对我们情报系统造成损失之前动手，不管用什么方法。当年的

‘盲龙’失踪至今，已经20年杳无音信，这种错误不能再犯。”

首长停下来喝了杯茶，接着说：“同时要盯紧梁氏，我听说他们最近活动频繁，说是要做最后一宗大买卖，要是让他做成了，恐怕在座各位，包括我，我们都没办法交代。”总队长把眼光移到丁卓脸上，继续说道，“丁卓，你知道自己为什么会成为这支部队历史上最年轻的副支队长吗？”

丁卓不说话，首长继续说：“旁人觉得你有海外维和经验，但海外维和不是根本原因，根本原因是你这个人谨慎。现在执法环境对执法人员的素质要求越来越高，一不小心就会陷入被动，所以你这样的性格更加难能可贵，但你今天办的事很令我失望。‘索命鬼’从你手里抢走梁道安，你还敢打包票说相信他不会变节。”

“首长，我还是相信他不会。”丁卓坚持。

“我们会把他抓回来的，接下来的一段时间你就留在这里，好好反思你工作中的问题。这个案子我会安排人负责，你出去吧。”

丁卓从椅子上站了起来：“首长，我们现在应该跟‘索命鬼’取得联系，而不是去把他抓回来。我们有理由相信，境外发生了某种未知的变故，这种变故导致‘索命鬼’临时改变主意。”

“临时改变主意就带着人过来摆出一副拼命的架势？这个案件的资料我看过，他在来的路上完全有机会让人通知你。但他没有这么做，你能保证他不是想打你一个措手不及吗？”

“我能保证！”丁卓也激动了起来。

“给我证据！”首长一巴掌拍在桌面上，杯子里的茶水直接溅射出来，在场的军官们都被首长的怒气吓了一跳。

丁卓的语气恢复平静，整个人松垮下来，像是瞬间失掉了所有活力：“没有证据，我相信他。”

“我不要这种空头保证，除非有证据能够证明他行动的合理性。”

“那你给我自由，我给你证据。”

“你必须留下来深刻反省。”

丁卓突然抬眼逼视着首长，几乎是吼着对这位往日无比尊重的老首长说：“你切断了他跟我们联系的一切途径，连一个解释的机会都不给他，我费尽心血求一个结果，现在这个结果就在眼前，却因为我们之间的信任问题而徒劳无功。他一个人在境外几经生死，所遇到的麻烦和各种突发情况不是我们这些坐在这里喝茶开会的人能想到的。”

“我派出去的那些人，在他们遇到麻烦的时候，我嫌我的手不够长，不能去帮他们，有时候只能在边境线上迎接他们的尸体。我就经常想，我们能给他们什么？最基本的信任总应该要给的吧？我们帮不到他们，但也不能在关键时候抽掉他们的救命稻草！”

首长见丁卓情绪激动，反倒平静下来：“如果你能解释清楚他去救梁道安为什么不提前让酒肆李通知你，我可以考虑相信你的判断。”

丁卓垂着头想了很久，抬头刚准备说，首长抢在前面开口说：“我警告你，我有高血压，你别再吼了。”

丁卓点点头：“他不提前告诉我，是因为他知道自己在冒险，在进行一场赌博。他知道这是九死一生的事情，但他一定要做。对，这就是他的性格，他一定要赌这一把。但是他不能请示我，如果他的计划是经我同意的，那万一计划失败了，责任就在我身上。由于这是一件没有准头的事情，所以他不想让我担这么大的风险。”

首长思考了一会儿丁卓的话，若有所思地问道：“那你知道是什么事吗？”

丁卓说：“我不知道，但我应该能猜到几分。能让他冒这么大风险去做的，只有那批货。应该是梁氏的那批货出问题了。”

“哪批货？”

“梁氏最后的一吨货。那批货之前已经在我们的监控之中了，他们打算出货，但这次突然出了这些变故，货的消息也一并断了。”

“这只是你的推论，你先下去吧，我考虑一下这件事情。”

丁卓还想说什么，结果被现场的督察拉了出去。

第十五章

英雄之路

管锥感到前所有未有的孤独，他再鲁莽也能想到酒肆李在这时候消失意味着什么，他在失落之余还有一丝不安。凭着他对丁卓的了解，丁卓不至于把酒肆李撤走，那么这就说明丁卓也遇到了麻烦。这让他始料未及，因为以往的丁卓在他心里是无所不能的存在，像尊神像立在那里，但现在因为自己挪开了一块砖，整尊神像突然就塌了。这使他像个做了错事的孩子般无所适从。

管锥无事可做，连思考能力都退化了。他买了两瓶酒准备回家来个醉卧沙场，当他提着酒打开家门的时候，门里和门外共有四支手枪对准了他。

“你们是谁？”管锥举起的双手里各握着一瓶白酒。

“我们是来带你回家的，只要你跟我们回去，我们不会开枪。”

“唉，还是来了。行，我跟你们回去。”

管锥慢慢放下双手，身后一个黑衣人喊：“别动。”

“这是白酒，我买回来准备今晚喝的。你们谁要？”管锥转过身，把酒递给身后的人，“看来我是喝不成了，你们拿去吧。”

那人伸出手来接，在他手快要接住酒瓶的时候，管锥松手了，同时右手抓住对方手腕一拉，左臂直接一个锁喉，右手紧接着下了对方的枪。

“都别动，也别吓唬我。我知道你们来干吗的，自然也知道你们是谁派来的。我知道你们不敢朝我开枪。但你们不确定我会不会开枪。现在你们听我的，把手枪都扔到我屋里，然后下楼。我不会伤害他。”

其他三个黑衣人面面相觑，管锥再次后退一步，将原本锁喉的手放到黑衣人眼睛上说：“按我说的做，你们不许说话，敢说出一个字我就挖了他眼睛。”

三个人见管锥一副拼命的样子，只好把枪扔进管锥屋里，管锥松了口气。正准备命令他们下楼时，扔了枪的三个人却像商量好了一样扑了过来。

这样的近身搏斗非常危险，尤其是管锥手里有唯一的一把手枪，即使是不小心扣动扳机，也可能会有人丧命。所以管锥在看清他们扑过来的时候，就把手里的枪顺着楼梯扔到了上面一层，改成一对四的近身搏斗。

先将手里的人质一脚踹了出去，扑过来的两个黑衣人拉住人质，导致对方动作没有同步。先到的一个黑衣人跟管锥交手了 3 秒钟，就被管锥抓住右臂，管锥反身一个肘击打在了他右侧太阳穴上，接着右肋又被管锥用膝盖顶了一下。管锥右膝和对方右肋骨接触的时候感受到清晰的断裂感，像是失去水分的树枝受力断开一样。

后面的两个黑衣人赶到，管锥应付起来开始吃力，好在这栋楼楼梯不宽，下楼的路是被封死的，管锥只好边打边往楼顶退。但楼顶是真正的绝路，真上去了是无论如何也跑不掉的。

管锥很快退到了楼梯拐角，这时之前被管锥劫持的人质也冲了上来，但好在楼梯的宽度只能容下两个人并立，管锥开始发力朝一人攻击，同时又要避免被近身，因为一旦被近身就很容易被缠住，以一敌三几乎没有脱身的可能。管锥瞅准了时机，再次抓住一人的胳膊，这是他能做到的最近距离的接触了。管锥也不客气，拉着对方胳膊，先狠狠地折了一下对方手腕，又朝腋下连踢三脚，最后一脚用上了最大的力气，同时松开了对方胳膊。被踹的黑衣人退了出去，连带在他身后的人质也被撞了下去，两人顺着楼梯滚了下去，管锥面前顿时出现一个逃生缺口。最后一个四肢健全的黑衣人见管锥要跑，紧随其后追了上来，但由于顾及同伴伤势，比管锥慢了一步，在下一个拐角处，他也被管锥踹了一脚，这一脚不但把他踹得撞在身后墙上，管锥也被弹了出去，正好借力下了一层楼。

黑衣人锲而不舍地追了上来，但管锥此时已经有恃无恐了："救你的同伴去吧，你们尽力了，但不可能把我带走。我如果是你们怀疑的那样，也不会站在这里跟你废话。你们回去如实汇报，我还是我，我还有没做完的事。你同伴可能因为肋骨需要住院一段时间，但脾脏不会有问题，你移动他们的时候小心点儿，断了的肋骨可能会戳破内脏。"

那黑衣人自知不是管锥的对手，而且这也绝不是拼命的事情，当下还是救人要紧，只得冲管锥点点头："希望你说的是真的。"

管锥转身想走，但又回头："谁派你们来的？"

黑衣人略作思考："这你别管，我只告诉你，因为你的事，有人已经被停职，你如果变节，会牵连很多人，我们今天抓不住你，但后面还会有人来的。"

管锥叹了口气："还是被我牵连了。你要是相信我，就帮我一个忙，联系被停职的人，告诉他……”

黑衣人点点头：“我有点儿相信你了。”

管锥：“这件事很重要。”

黑衣人：“我会帮你。”

管锥下楼之后坐进自己车里，才发现自己也浑身是伤，眼窝挨了一拳，现在整个眼睛胀痛得不行。他闻到一股血腥味，同时感到后背痒痒的，还以为是最后滚下楼梯时的蹭伤，但伸手一摸才发现后脑勺在流血。

不管怎么样，新庙是不能再待了，管锥不能确定还会不会有第二波人来抓捕自己，如果这时候被抓回去，那就有 100 张嘴也说不清了，甚至还会连累丁卓。

管锥决定去老八寨，这也是目前他唯一能去的地方，他在出发前用黑色纱巾蒙了面，用路边商店的座机给陈培耀打了一个匿名电话。

管锥到老八寨的时候已经半夜了，但梁道安还没有睡，也是坐立难安状，见到管锥浑身是血地跑进来，又被吓了一跳，问管锥怎么回事。管锥说了自己遇袭的事情，只是把情况说得危险了许多。梁道安听完之后拍拍管锥肩膀，抱歉地说：“我早该想到的。”说完又喊人来给管锥包扎。

包扎过程中他向管锥说了件事：丑人失踪了。管锥对此虽然多少有些心理准备，但听到消息还是一愣，问梁道安详细情况。梁道安也没瞒管锥，如实说是自己指示刁毛辉，把丑人落脚的那个山洞地址和货交给南北联盟军，但晚上并没有在山洞附近找到丑人的尸体，也没有找到那些货。

管锥说会不会被南北联盟军的人抓走了，梁道安说：“要是被抓走就好了，我就怕他是自己藏起来，这样一来凭他这些年在这里积累的人脉和经验，要是捣起乱来也是个麻烦。”

管锥问梁道安打算怎么办。梁道安一直在暗中观察着管锥的表情，但他一直没有从管锥脸上看到任何感情色彩，除了包扎过程中偶尔的吃痛。梁道安稍微思考了一会儿，像是下定了决心：“现在顾不上丑人的事情了，没想到中国缉毒人员这么快就开始行动了，我以为至少还能消停几天。既然他们这点儿时间都不给，我们也别硬碰了，你暂时就在山上住。”

管锥没再说什么，跟着罗大厨去找了一间空房睡下。

第二天一早，管锥被院子里的喧闹声吵醒，趴在床上听清事情原委之后嘟囔了一句“这么快”后才爬起来，一脸睡意地问是怎么回事，有人告诉他说陈培耀突然派人来要查梁氏库存，还一口咬定说梁道安已经跑了。

管锥脸色一变，跑到梁道安面前说：“八爷，这事要是让陈培耀知道，他不知道会做出什么事来。”

梁道安眼睛一斜，问道：“你说怎么办？”

管锥被问得一愣，说道：“现在这样子，我们应该先稳住，先让他们回去再说。”

梁道安点点头，拄着拐杖站起来说：“叶介良，管锥，你们俩陪我去一趟仓库，我看他们想做什么。”

还没到仓库，就看到谭超带着人正和陈培耀的人剑拔弩张地对峙，双方都举起了枪，看那样子就差有人开第一枪了。

梁道安下车，陈培耀的人原先以为梁道安已经跑了，现在梁道安这么一现身，所有人都有点儿发愣。梁道安下车之后先走到谭超面前，反手给了谭超一巴掌：“就知道窝里横，发给你武器有什么用？射程之内永远都是自己人，南北联盟军可有一个人进入过你们的射程？还不快把枪给我收起来，滚回去守好自己的仓库！”

梁道安转身看着陈培耀派来的军官，那军官见谭超被打，还以为梁道安怕了自己，之前见到梁道安的惊愕一下就烟消云散了：“八爷，我们的来意你应该已经知道了，我们就是要看看库存，没有其他意思。”

梁道安苦笑着点点头：“我这点儿库存让你们惦记这么久，我也是很不好意思。最近传言比较多，你们非说我跑了，你们的消息也不一定都对。我告诉你，今天你别想进我的仓库。不过你放心，我跑不掉，我南边的工厂新买了一吨稀硫酸和一吨醋酸酐，还新弄了一个压制厂，你们要是有兴趣，可以随时去参观。你回去问问老陈有没有兴趣看，我不走，就在这儿等着你们。”

被梁道安一顿数落之后，陈培耀的人只好回去。而梁道安也承受了非常大的压力，以至于陈培耀的人一走，就让罗大厨收拾东西，只留一个班的人看守仓库，其他人全部撤离，去刁毛辉那里。

还没到午饭时间，一切准备妥当，管锥开车载着梁道安率先出发，在梁道安的指引下，车一直开到傍晚才到目的地。

据梁道安说，云浮洞方圆百里都是荒山和原始森林，是很久以前他秘密练兵的地方，后来那支部队成为梁道安在“兄弟之争”中的决胜力量。后来梁道安不再需要秘密练兵了，但这里的土地和设备丢了着实可惜，所以梁氏很多士兵年纪大了自己愿意来的就会被安置在这里。虽然与世隔绝，但有梁道安的救助，也算能安享晚年。

大多数梁氏的人也都只知道有这个地方，而不知道具体的地理位置。现在梁道安隐匿到这里，自然不会有人知道。

这里确实像梁道安说的一样，有一处村庄和田地，村子旁边一个陡峭的小山头上有一处被修葺过的堡垒样建筑，因为这个山头上常年都挂着一些云，所以梁道安亲自给其取名叫云浮洞。这座小山的四周非常陡峭，看来梁道安当初确实是把这里当避难所修建的。这样一个堡垒，只要有足够的武器和食物补给，不遇到重型武器攻击的话，20 个人坚守几个月没有问题。

管锥把车停在山下，梁道安又派人回去给谭超的部队带路，那些人全是步行，到这里恐怕要两天以后了。

堡垒里刁毛辉正抽着烟用卫星电话不知道跟什么人说话，看到梁道安到来，赶紧把电话挂了。刁毛辉听完了事情原委之后，露出恍然大悟的表情，并对管锥连连道谢，但管锥在那道谢声中听不到任何诚意。

梁道安说完自己的遭遇之后，又问刁毛辉这些天在做什么，刁毛辉说："我这几天没什么事，安顿好之后就在这等八爷过来，同时在找买家。之前我还奇怪，我们的买家怎么这两天全都联系不上了，原来是鱼头出事了。这些人真的比泥鳅还滑。我找了三个新的买家，但对方把价格压得很低。"刁毛辉话说到后面，显得很没有底气。

"价格有多低？"梁道安问。

"一吨货，对方只给 200 万美元。是原来价格的 1/3。"

梁道安点点头："少就少点儿吧，比烂在手里强。"说完又看着刁毛辉手里的电话说，"我让你别用这个东西，容易被人跟踪，你怎么就不听呢？"

刁毛辉："我这也是没有办法，现在被困在这儿，很多事情等着安排，又不能全靠脚跑。"

梁道安："那你也要少用。"

刁毛辉："明白，我把另外一件事做完就不用了。"

梁道安问："除了货，你还有什么事情？"

刁毛辉："八爷你记不记得以前丑人身边有个叫武进的人？"

梁道安点点头，管锥心里也是暗暗一惊，但他立即把脸转了一下，把烟盒拿在手上，在自己身上摸索着打火机。

刁毛辉接着说："不是说武进杀了一个中国武警战士的父亲吗？那个战士叫黎耀祖，我叫人去把他父亲的坟给拆了。"

刁毛辉话还没说完就快速移动到管锥对面，等话说完时立即递上打火机说：“你是在找这个吧？”

管锥在自己身上摸索的手突然停下，整个人僵在那里，盯着打火机，失神了五六秒，直到刁毛辉再次挥了挥手说：“发什么愣啊？”

管锥这才看了一眼刁毛辉，笑了笑说：“我等你给我点上呢。”

刁毛辉按下打火机说：“看着你精神不太好，这几天累坏了吧？可惜了，这里收不到图片，不然让你看看他们炸出来的尸体解解乏，这么长时间估计肉也烂完了。”

管锥：“八爷才辛苦，我年纪轻轻的这点儿苦不算什么。”

梁道安在一旁叹气：“挖人祖坟是要遭天谴的，你怎么做这种糊涂事啊！”

刁毛辉虽然在跟梁道安说话，眼睛却看着管锥：“不怕天灾就怕人祸，你说对不对，管锥？”

管锥深吸了一口烟：“我不知道你们说得对不对，我出去走走，这里面太闷了。”

管锥也没走远，只是在堡垒旁找一处石头面朝北方坐了下来。此时他比以往任何时候都更加思念远方的父亲，那个长眠于地下却永世不得安宁的灵魂几乎彻底将他击垮，他想知道父亲现在是什么样子，又害怕去想。他脚下是几十米高的悬崖，他想跳下去。他从未像现在这样痛恨自己，他有多思念父亲，就有多恨自己，有多恨自己，就有多想跳下去。

“跳下去吧，”黎耀祖对自己说，“跳下去能结束一切。”

管锥朝悬崖迈出一步，只要再迈出一步，他就能忘掉现在的一切。他抬起了脚，却被一个声音打断：“你跑这儿来了啊。”

不用回头管锥也知道是刁毛辉，嘴上回应：“这里风景好啊，抬眼是崇山峻岭，低头是袅袅炊烟，我喜欢这儿。”

“是啊，是个好地方，我前两天刚到这儿的时候，觉得这辈子就住这儿算了。但这儿与世隔绝，第一眼觉得很好，住久了就会觉得还是外面的花花世界好。别再胡思乱想了，八爷叫你进去。”

梁道安叫管锥进去也实在是没什么事，只是先喝点儿茶，准备吃饭，然后让刁毛辉安排住处。

两天以后的中午，谭超带着大部队赶到，部队在村庄里休整，谭超被叫上来一起吃饭，过程中梁道安问刁毛辉事情安排得怎么样了。

刁毛辉愣了一下，看了一眼管锥没有说话，梁道安脸上显露出一些不快，说：“都是自己人，管锥冒死把我从对面救回来，没什么不放心的，你尽管说。”

刁毛辉犹豫再三，终于开口：“罗总之前不是一直想要我们临江的那块地修水电站嘛，我给他了。反正那地我们留着也用不到，但作为交换条件，他答应派一架 S76 直升机送我们进入老挝境内，然后在缅中老三国交界处把货交给买家，他们用瑞士银行本票支付。交易完成后，我们有两个选择，一是从中国勐腊穿境而过，从老挝的丰沙里到达越南；二是不进入中国境，这样一来我们要绕路，浪费一天时间，我们找向导带路，从老挝去往越南边境。到越南之后有车把我们送到越南海防，从那里坐船，到马来西亚，再用新的身份飞往秘鲁。”

管锥听说方案一是进入中国，马上觉得机会来了，但没想到梁道安连连摆手：“不进中国，咱们跟着向导走，别怕浪费时间。”

刁毛辉点点头，管锥也不好再说什么。

午饭过后，管锥下山散步，一直在想怎么把情报送出去，但想了很久还是一筹莫展，这里能向外通信的只有刁毛辉的一部卫星电话。以刁毛辉的鸡贼，不会让任何人有任何机会接触那部电话，这么远的路，自己出去也不太现实。

管锥正准备回去，却被刚忙完的谭超叫住了。自从梁道安在边境遭遇丁卓之后，好像成了惊弓之鸟，时刻把叶介良带在身边，梁氏士兵的吃住都由谭超一手安排。

谭超把管锥拉到没人的角落里：“咱俩不能接触太久。听好，罗大佐已经到了。你站到山顶上往对面的山下看，那块最大的石头下面有个山洞，他在那儿等你。”

管锥心里有块石头落了地：“太好了！”说完立刻朝山顶走去，在山顶果然看到有块大石头，他一口气冲下去，“大佐！”

没有人应声，管锥找到洞口又喊了几声，还是没声音，黑漆漆的洞口也不知道里面有什么。管锥捡起石头往里面扔，这下传来了惨叫声。

管锥忍着笑：“叫什么叫，别那么大动静。”

一个骷髅头似的影子从洞里探出来，罗大佐左右看看才爬出来，一边整理衣服一边说：“我在下面睡着了。”

管锥问：“我让你办的事情怎么样了？”

“丑人啊？我赶到的时候他已经中枪了，我有什么办法。”

管锥急得差点儿把罗大佐拎起来：“他死了？”

罗大佐打开管锥的手：“谁说他死了？腹部中枪，但没有伤及器官，甚至没有伤及主要血管。这小子运气真好，在这么一个裤裆里能长出蘑菇的地方，伤口只是简单处理，竟然没有发生感染。他活过来了。”

管锥点头：“没死就好，这个人你一定给我留住了。”

罗大佐斜着眼：“你不会是真想救他吧？”

管锥叹了口气：“如果他不是毒贩我还真想救他，现在救他是因为他是未来给梁道安定罪的有力证据。”

罗大佐皱眉看着管锥：“怎么还伤感起来了？我就是开个玩笑。”

管锥不理他，接着说：“你回去后告诉他，是梁道安让刁毛辉泄露了他的藏身地，这才引来南北联盟军的报复的。”

罗大佐点点头，管锥继续说："你还有几件事要做，第一是我把这里的经纬度给你，你回去之后想办法交给陈培耀，不管用什么方法。第二是想办法告诉丁卓，梁道安后面几天会往东，前往越南海防市，有可能会穿过中国勐腊，让他尽量做好准备，如果有可能，尽量起用叶尘。"

罗大佐："就这些？"

管锥："就这些。"

"吃的呢？"

"谭超没让我给你带吃的。"

"我很久没吃东西了。"

"真的没带。"

"那我车呢？"

"你什么车？"

"没车的话我要被野兽吃了谁还帮你带信？"

管锥拍拍自己的头："我把这事给忘了，你到山下等着，我给你开辆车来。"说着往回走，罗大佐在后面喊："带份饭来！"

管锥回去先找到谭超："你的这些兵里有没有中国人？"

谭超想都没想就答道："有。"

"有没有你信得过的？"

谭超略加思索："有。"

"你信得过的那些人里，有没有跟刁毛辉和梁道安都不太熟的？"

这回谭超思考了更久："应该有吧，他们好像都跟辉哥不熟，八爷我就不知道了。"

"叫一个过来，跟我走。"

谭超问："你找人干吗？"

"这你别问，我有用处。"

“你不会害了他们吧？”

“这你放心，照目前的形势看，现在跟我走的人会比较幸运。”

谭超很快带了个人过来，交给管锥。管锥问：“你叫什么啊？”

“赵开济。”

“好名字，跟我走吧。”管锥随手包了点儿吃的，带着赵开济钻进一辆车里，开着车很快消失在森林中的路上。

到地方后，管锥把车和人一并交给了罗大佐，嘱咐罗大佐像安置丑人一样安置赵开济。罗大佐会意地点点头。

管锥特别想让罗大佐联系丁卓，派人去看看父亲的坟地，但话到嘴边又咽了回去。现在这个阶段，一个人恨不得掰成两半用，每个人都是在悬崖边上耍醉拳，能不添麻烦还是别添的好。老家有大伯在，父亲的坟如果真被破坏了，那也一定不会无人问津的。

管锥收拾了情绪，回到山上见到刁毛辉正在跟梁道安说话，管锥立即表现出一副毫不关心的样子，准备退出去。梁道安却开口把管锥留下了：“你以后不用见外，未来你是要和小辉一起帮我做事的人，不用见外。”

“八爷，我……”

梁道安加重语气：“不能见外！如果不是你，我今天可能就已经叶落归根了，你还有什么见外的？只要有我在，梁氏没人敢为难你，小辉也会照顾你的。”

刁毛辉连连点头：“那是那是，别见外别见外。”

管锥坐下来。他们正在讨论一些细节，谈话过程管锥没有参与，他不想引起刁毛辉的逆反心理，所以只是在一旁听着。

刁毛辉告诉梁道安：“明天会有直升机过来，大后天货和人一起上飞机，到湄公河。罗总现在毕竟是白道，飞机不愿意进入中国和老挝，所以只能送到这里。剩下的路我们要自己走。”

梁道安点点头："向导找好了没有？"

刁毛辉："找了，这里的老猎人，以前也是我们梁氏的，说是因为往中国运货打死了一个警察，才把他安置过来的。不知道你还有没有印象？我们如果不进中国勐腊县的话，他可以带我们绕路，从老挝过去，到越南边境。"

"好像有这个人，不过这个无所谓。你说说具体时间。"梁道安这么问，是想让管锥也参与进来。以梁道安的精明，无论是在金三角还是去南美，都不愿意把身家性命全都交给刁毛辉一个人，在临走前把管锥拉进来，也是不愿意让刁毛辉一个人占尽所有功劳。

"今天是周一，明天飞机如果按时到的话，咱们后天上午出发，中午飞到三国交界处的栎树码头。中国有支船队从澜沧江南下，下午正好在栎树码头停泊，现场会有很多人，咱们就在那儿交货。交易完沿江南下，顺利的话傍晚能到哈青码头，咱们在附近休整。周四的早上，会有车来接咱们，晚上到达越南边境，咱们休整一夜。周五早上乘车去海防市的港口，船安排好了，周六凌晨一点坐船去马来西亚。"

梁道安问："为什么要在栎树码头那么嘈杂的地方？周边那么多山，干吗选人多眼杂的地方？"

"那些人都是船员，对咱们没有威胁。而且在那个码头我有安排，如果出现什么意外还能有退路。"

"假如中国军队冲过来，还有什么退路？"

刁毛辉再次表现出迟疑："八爷，咱们不进中国领土，他们不会过来。"

"那就说说你的方案，正好管锥也在，我们也能一起帮你出出主意。"

刁毛辉此时表现出了前所未有的为难，一边迟疑，一边偷偷瞄管锥，似乎是在向他求救，也像是在给他施压，好让他主动退出去。

在这个关键时候管锥肯定不会走，这是梁氏的核心机密，错过这次机会很可能导致前功尽弃。管锥必然会掉进自己给自己挖的坑里，下半生可能会活在中国军队的追捕中。

刁毛辉支支吾吾半天，眼看坚持不住就要说了。哪知道谭超却在这时候冲了进来，管锥知道谭超的来意，因为就是他安排的，但没想到他选的这个时机无意间给刁毛辉解了围。

谭超的来意很简单，汇报说车少了一辆。刁毛辉大惊失色，从椅子上站起来，冲着管锥就吼："你还带了其他人来？"

管锥没想到刁毛辉不假思索就把矛头对准自己，也站起来瞪着他："你什么意思？"

梁道安见两人互不相让，以为刁毛辉是忌妒管锥，而现在这种关系梁道安不说开心，至少是不反感的，所以他站起来示意两人坐下，说："到底是谁偷了车，这件事不难查，谭超，你先去清点人数，看看是咱们的逃兵，还是有外人。"

梁道安说完就带头走了出去，其他三个人跟在后面，出门的时候刁毛辉还回头指了指管锥："你最好老实点儿。"

管锥也露出杀气发了狠："咱俩到底谁该老实点儿？"刁毛辉的挖坟之举十恶不赦，愤怒在侵蚀管锥的理智。

四人走到山下村庄边上的一长排房子前，梁道安先检查了车辆，发现五辆车只剩下四辆，马上吩咐谭超清点人数。谭超点到最后，发现确实少了一个人。梁道安回头看了一眼刁毛辉，眼神里的意思很明了：你错怪管锥了。

梁道安："管锥，你说说这个人为什么要跑？"

管锥："最近梁氏下面已经有了些风言风语，但不知道从哪儿传出来的，就说我们要出走的事情。可能是下面人听了，害怕被带走，所以就跑了吧。"

梁道安轻轻点头："愚昧，还不值一张机票钱，我带他走干吗？管锥，你去处理一下这件事，不要再让这种谣言继续流传了。"

管锥喊来谭超："你去把人集合起来，跟他们说，不准再在私下里传播谣言，要让我发现还有乱说的，肯定不饶他。"

说完管锥回头看着梁道安，梁道安也看着他，两人对视了会儿，梁道安先开口："这就完了？"

管锥点点头："完了。"

梁道安露出不满的表情："小辉，还是你来处理这件事吧。"

刁毛辉说："是。"

刁毛辉先让谭超把人解散了，人走完之后，又亲自去喊来罗大厨手下的两个厨子，说八爷想吃野菜水饺，让厨子去摘点儿野菜。那两个厨子没怀疑什么，转身就要去找篮子，结果又被刁毛辉叫回来，说不用篮子，要亲自开车带他们去，野菜就放车里。

说着刁毛辉发动了一辆越野车，带上谭超和两个厨子就往山上去了。临走前还到梁道安身边说了句："稍等。"

刁毛辉大约 20 分钟以后就回来了，两名厨子被绑在后排座位上，嘴里塞着布。刁毛辉下车之后让谭超再次集合所有人，集合完毕后把两名五花大绑的厨子扔到地上，对所有人说："看清楚了，又是两个逃跑的。梁氏现在好得很，咱们这次出来是做一笔大买卖，做完都有钱分，很快就能回新庙了。如果你们想走，来跟我说，我不留你们，我们不缺分钱的人。但偷偷逃跑，还开走我们的车，你们看好了，这样的人是什么下场。"

刁毛辉掏出手枪，"砰砰砰""砰砰砰"，朝每人连打三枪，地上两个本来还在挣扎的厨子像被击中的气球一样，迅速泄了气瘫软在地上。

对于刁毛辉的行为，梁道安是满意的，拄着拐杖往山上走去。管锥跟在梁道安身边，一路没说话，却暗暗心惊：刁毛辉的思维比之前自己想象的还要可怕，为了遏制逃兵现象，没有叛徒可以惩戒，他就自己制造叛徒。这种人内心到底是什么样的？

与此同时，中国方面关于丁卓的调查并没有新的发现，反而从抓管锥的那些人反馈的消息里发现管锥可能没有变节，这对正在面对调查的丁卓来说当然是个好消息。更好的消息是罗大佐通过替代种植工作组带给丁卓的消息，说是梁道安有可能从勐腊县穿境而过。

丁卓那边局势渐渐明朗之后，总队接到了原先打给丁卓的电话，是老萝卜头儿带来的消息：梁道安的一吨多货明天从畹町口岸东侧入境，直接到达遮放镇。

丁卓在看了简报之后整个人就愣住了，梁道安的两个交易地点一东一西，间隔 1000 多里。要么这两个交易地点有一个是假的，要么梁道安两头出货。

由于丁卓现在的特殊情况，这次的情报被摆在了总队的会议桌上，一边是疑似变节的管锥，另一边是多年来消息一贯准确的老萝卜头儿，总队会采信哪个是不言而喻的。如果总队的目光被老萝卜头儿吸引，那管锥将有可能被釜底抽薪，形势将会十分危险。

刁毛辉处决了两个厨子之后，梁氏再也没有人在私底下传播梁道安要走的消息了。只是这种办法只能管得住人嘴，而从收服人心角度上来说，这次的行为是得不偿失的。好在梁道安已经没那么在乎人心了。

管锥跟着梁道安上山后在后山闲坐，现在形势紧急，但他却无事可做，这样的状态一直持续到第二天上午。刁毛辉用地换来的飞机到了—— 一架 S76 和两名飞行员。

刁毛辉下去迎接飞机了，管锥坐在山上拿望远镜看下面的飞机，正想着怎么毁掉刁毛辉的计划。刁毛辉的这个计划最薄弱的环节无疑就是飞机，只要飞机或飞行员其中一个出问题，整个计划都将报废。

对飞机做手脚很容易暴露目标，相对来说飞行员要好办得多，只要在没人的地方将他们控制起来，随便藏在哪里，刁毛辉一天找不到，飞去栎树码头的计划自然就泡汤了。刁毛辉的计划是环环相扣的，看似严密，但只要一个环节的时间没衔接好，整个行动立刻报废。

管锥想下去先探探飞行员的底，摸清楚了才好找机会，刁毛辉不会意识不到飞行员的重要性，对飞行员动手脚也是一步险棋，要慎之又慎。管锥收望远镜前，最后又看了一圈，竟然看到对面山腰上好像有个人头。他以为那是刁毛辉派的暗哨，又坐下来调整焦距，在山上仔细搜索了一遍，没想到越看越高兴。

望远镜里至少有 200 个人，全都是经过伪装的，没有伪装的也躲在树林里，全都带着武器。刁毛辉不可能派出这么多人来放哨，很可能是陈培耀的人到了！

“靠谱！”管锥在心里把罗大佐从上到下夸了一遍。

这个发现直接改变了管锥刚才的计划，他下山从飞机前经过，刁毛辉正在跟两个飞行员说话，见管锥过来，只是斜眼看了看并没有说话，管锥看了会儿飞机也没说话就走了。然后管锥找到谭超叮嘱他等下可能会有人打过来，让他注意安全，并交代了一些他要做的事情。等管锥再返回的时候，刁毛辉已经不在那儿了，只有五六个梁氏的士兵看守着飞机，不准其他人靠近。管锥问刁毛辉去哪儿了，士兵说他把飞行员带走了，还不准人问飞行员去哪儿了。

管锥心里暗暗觉得刁毛辉确实足够聪明，果然早就意识到了飞行员的重要性。

管锥回到山上，拿着望远镜又看了会儿对面山腰，此时山腰上的人已经开始活动了，正慢慢往山下接近。

管锥仔细观察了一下对方的人数和火力配置，发现陈培耀还是轻敌了，他可能以为即使梁氏的人都在这里，也不过是一百多个人的士气低下的部队，派来二百多个人足以收拾这些人。但他没想到这里还有村民，村民以往都是梁道安养着的，有不少是从梁氏部队退下来的人。管锥估计，陈培耀这次被打回去的概率很大。

管锥正在想着，陈培耀的人突然加速朝云浮洞冲来，冲到山下正好迎面碰上梁氏的人，双方先是吵了起来，估计对方是要见梁道安，梁氏的人当然不同意，紧接着开始推搡。也不知道是谁开的第一枪，反正枪响了，双方迅速后退，互相射击。管锥估计枪声惊动了梁道安，赶紧转身跑回那个堡垒一样的房子里，刚进去梁道安迎头便问：“怎么回事？”

管锥：“不知道，我听到下面有枪声，好像打起来了。我有点儿担心，就过来看看。”

梁道安：“我没事，你快去看看怎么了。”

管锥点点头，又跑出去，下面的枪声越发密集了，管锥看到远处一辆车往村里疾驰，应该是刁毛辉回来了。而谭超在下面带着人和对方互相射击，村里不停有人冲出来，加入梁氏部队一方。梁氏的人越来越多，陈培耀的人渐渐不支，有后退的趋势，这时候陈培耀的部队后方却突然有人架起了火箭筒。刁毛辉正好从车上下来，见到对方的火箭筒大吼：“卧倒！快卧倒！”

喊完刁毛辉自己也卧倒了。一共三颗火箭弹，其中两颗落在前方梁氏阵地上，最后一颗破甲弹正好打在停着的 S76 上，顿时腾起一阵黑烟，响起巨大的爆炸声，原本就被步枪打得千疮百孔的飞机最终在熊熊大火中化成一堆废铁。

梁氏的人这时候也抬出了火箭筒，但陈培耀的人已经钻进了背后的森林里，谭超想追，刁毛辉赶紧拉住谭超。

管锥满心欢喜同时又满面愁容地回去跟梁道安汇报：“不知道是哪儿来的人，打得很厉害，但已经被刁毛辉指挥人打退了，现在他们退进了后面的森林里，估计是怕有埋伏，我看我们人也没追。不过……”

“不过什么？”梁道安紧张地问。

“咱们的飞机好像被击中烧毁了。”

梁道安不由得紧张起来，厉声问：“你说什么？”

管锥重复了一遍刚才的话，梁道安说：“你赶紧下去看看，到底怎么样了？让刁毛辉来见我。”

刁毛辉见到管锥的第一句话是问：“你刚才干什么去了？”

管锥：“我一直在山上，枪响的时候我在八爷身边。”见刁毛辉的神色犹疑，他又补了一句，“八爷找你，你不信的话就去问问八爷。”

刁毛辉上山，详细汇报了过程，这次倒是没往管锥身上推责任，因为不用想也知道这是陈培耀捣的鬼，管锥没有能力在这里组织起200人的进攻。

但现在主要的问题是飞机毁了，明天栎树码头的交易还要不要继续。如果这次交易不成，那这批货就等于沉底了，因为鱼头的事情，买家们本来就有很多疑虑。这次不能再失败了。

刁毛辉力劝梁道安现在启程，梁道安也不想再等下去了，这里已被陈培耀发现，已经不是安全之地了。

梁道安决定了之后连午饭也没来得及吃，只选了15个士兵和一个向导，一共20个人、4辆车迅速出发，剩下的人由谭超带着在这里阻挡陈培耀后续可能的进攻。临走前管锥交代谭超：“我们走了之后，你在这里要让所有人知道，我没有跟去。就说八爷派我回老八寨看守梁氏的土地去了，绝对不能说我跟梁道安往东走了。”

梁道安一行出发了。管锥开车，向导指路，山路颠簸，好在车的性能优越，燃油充足。路上梁道安和刁毛辉在车里一直在讨论陈培耀是怎么知道位置的。

几个人想来想去最大的可能是陈培耀在梁氏有卧底，可能是上次逃跑的人把这里的位置告诉了陈培耀。但不管怎样，现在和他纠缠都是不明智的，现在最重要的是栎树码头的交易。

这样的山路管锥一直开到天黑，又换刁毛辉开，向导可能也累了，丢下一句“这条路一直往前开，没有岔路不要喊我”就睡去了。梁道安也在后排躺下了，睡前说的是“不要停，一直开”。看来白天经过陈培耀一闹，梁道安已经成了惊弓之鸟。

山路之难行超出了所有人的想象，在经历了泥泞、巨石、长陡坡等各种路况之后，四辆车有三辆因为各种各样的原因坏在了半路上，仅剩下一辆奔驰 G 还没有抛锚。这辆车除了驾驶员外，还载着梁道安和向导，还有 1100 公斤海洛因。车在山路上开，其他人全在后面步行。

管锥问了向导，了解了大约还有一个小时的路程。他移向车子的右后轮，趁人不注意从挡泥板里拉出一个绳头，那是他提前做好的引燃装置，前面三辆车在半路抛锚也是他动的手脚。

右后轮是引燃装置，但着火的却是左前轮。刁毛辉赶紧带人先把梁道安从车里扶下来，又指挥人把货卸下来，好在火势不大。虽然这次燃烧很可疑，但要说处心积虑又不至于，要是有人做手脚，那为什么不装炸弹呢？所以除了刁毛辉去检查了一下之外，并没有人起疑心。而刁毛辉现在也没有更多精力去调查这件事，因为现在已经过了他预定的交货时间。

没有车，只能靠人搬运。梁道安把管锥和刁毛辉叫到一边说：“靠人搬运是目前唯一的办法了，但你们要留心，要防着有人带着肩膀上的白药逃跑。”

梁道安的疑虑很快被刁毛辉打消：“这里就这一条路，不会有人敢带着海洛因下路，在这种森林里下了路肯定迷路。”

梁道安点点头，没再说什么。一吨多的货，除了梁道安和罗大厨之外，其他 18 个人分两次才全部运到栎树码头，在搬货过程中，大家都走一条很窄的山路，那是向导指的一条近道，也是这位向导这辈子指的最后一条道。第一趟货刁毛辉搬得最快，他要先去码头联系旅馆。管锥紧随其后，将货交给刁毛辉，看刁毛辉的样子是想在这里看守这些海洛因，不想再搬第二趟了，管锥也没说什么，自己掉头返回。回去的路上稀稀拉拉遇到几个搬货的人，这些人由于体力不同，队伍被拉得很长，首尾不能相顾，有时隔很远才能见到一个。

管锥在一条很窄的靠山小路上遇到那个向导，朝对方点了点头，站在路边等他先过。在两人身影相交的时候，管锥突然抽出匕首，然后在血流到地上之前一脚把他踹下了悬崖。

货全部运完的时候，已经是下午四点多了，这时候大家才发现向导不见了。

有人说他可能掉进悬崖了，但更令人信服的说法是他带着自己肩膀上的几十公斤海洛因跑了，因为他是向导，他认识路。这个说法看上去是最合理的，梁道安和刁毛辉不信也得信。可丢了几十公斤货无所谓，这些人失了向导可怎么办？但此时此刻，最要紧的还是交货。他们根本顾不上细想这些问题。

距离刁毛辉和对方约定的交货时间已经过去了三个多小时。到达码头之后刁毛辉带人到码头查看了一番，此时码头已经没什么货船了，只有稀稀疏疏几个搬运工在搬着一些无关紧要的货物。

刁毛辉确定安全之后拨通了对方电话，三个买家却只联系上两个，另一个在预定时间等不来刁毛辉而提前走了。好在这两个买家也瞅准了机会想要抄底，在刁毛辉答应价格再降三分之一之后，愿意多买一些，各买 400 公斤。

第一家买家确定刁毛辉到了之后，从中国一侧的山里把三艘小船放进江里，一共过来十个人，跟着刁毛辉对了暗号之后到码头一间简陋的房子里验货。验货之后，其他交易很快完成，对方交了银行本票后用船拉着货返回了江对岸。刁毛辉又联系另外一家，用同样的方法完成了交易。

两笔交易梁道安获得了200万美元，本来应该还剩下300公斤，但向导失踪，导致他带着的那30公斤海洛因也失踪了。梁道安手里还剩下270公斤，扔了实在舍不得，带着走又不现实，这个点江面上连货船都没了。刁毛辉也没有办法。

管锥在一旁一直不说话，他在等梁道安想起某些事情来，这件事只能是梁道安主动想起，自己一个字都不能提。

但是无奈梁道安想了半天，愣是没往管锥的那个方向想，管锥只好暗示说："270公斤啊，我记得我刚来的时候，八爷你给我五公斤我卖了十多万呢。要是那时候卖就好了！"

梁道安摇了摇头，突然又像是想起了什么，转头看着管锥，一脸疑惑地问道："那时候我给你的货你卖给谁了？"

"叶尘啊。"管锥漫不经心地说道。

梁道安说："这个名字我倒是有点儿耳熟，我记得你说这人是勐腊的？"

"是啊，我那时候就跟你说过，我记得当时罗大厨也在场。"管锥看向罗大厨，罗大厨却面无表情，像座雕像似的，完全不为所动。

梁道安说："你现在试试联系这个叶尘，问这些货他要不要。"

管锥摇摇头说："我很久没联系他了，现在我们这么急着出货，我担心他不一定敢要。"

刁毛辉也帮腔说："这么急着卖，一般人确实不敢要，而且这么长时间没联系，这个人可不可靠都不好说了。"

梁道安盯着刁毛辉："指望你安排，你安排好了吗？我这三九品的货，你给我卖出了黄枇的价格，最后还有这么多没出手。指望你找个向导，人却带着货跑了。你找的飞机呢？成废铁了，白送给人一块地！”

这次发火是梁道安对刁毛辉最近所有不满的集中爆发，刁毛辉也不敢再说什么。梁道安又对管锥说：“你还有他的联系方式吗？”

管锥说：“电话我倒是有一个，但是不知道能不能打通了。”

实际上管锥确实还记得那个号码，但当时是梁道安送给管锥货，管锥假装卖给中国买家才有的这个号码，现在八成已经作废了。管锥的想法是梁道安如果让打这个电话，那就打过去，如果打不通，那管锥可以向梁道安提议亲自去勐腊找人，这样才有可能把梁道安骗进去。

“你试试看。”梁道安说。

管锥手朝刁毛辉比了比：“那……”

梁道安说：“把你那什么卫星电话给他用。”

刁毛辉苦口婆心地劝梁道安：“八爷，咱们没有时间了，再耽误我们就走不掉了。”

梁道安愤怒地质问：“走不掉是谁的错！咱们现在光靠两条腿能走多远？”

刁毛辉再不敢说什么，只好拿出电话交给管锥。

管锥接过电话，拨通号码，当着刁毛辉的面打开了免提，并把声音开到最大。电话竟然是通的，“嘟”了三四声之后，电话那头响起一个男人的声音。

“喂。”

“我是管锥。”管锥说出这句话时的心理十分复杂，对方只要具备一定的专业性，就会时刻处于行动状态。但面对这种没有计划的临时性变故，对方会不会配合就不好说了。同时管锥也为这个号码还存在而感到兴奋，因为很可能是丁卓依然在履行职务，自己一定程度上还受信任。生死存亡都在对方的下一句话上。

“你最近跑哪儿去了？上次你给的东西真不错，想找你再拿点儿的，死活都联系不上了。”

梁道安示意管锥继续说下去：“对吧，我当时就告诉你是三九鹰箭旗，再差能差到哪儿去，你要差的我还没有呢。”

“货是好东西，但我们这儿你也知道，县城消化不了多少东西。要运出去也难，你要有货就给我便宜点，怎么样？”

“货我有，你要的越多就越便宜。”

那边迟疑了一下，问道：“你有多少？”

“你要多少？”管锥问。

那边又迟疑了一会儿问：“你不会是偷了哪家仓库想出手吧？兄弟咱们虽然走的不是白道，但你这货要是黑吃黑来的，我可不能跟你做生意，你的货上面可是印着鹰箭旗的，梁氏我惹不起。”

世界上最美妙的赞美不是面对面的夸奖，而是在你背后的褒扬。叶尘对管锥说惹不起梁道安，这样的话使梁道安非常受用，虽然没有表现出什么，但也频频对管锥点头，示意可以降低价格。

管锥对着电话笑笑说：“我现在是梁氏的人了，这是我们老板授意的，你放心买，我是在金三角混的，要真黑吃黑先死的也是我。你怕个蛋啊。”

“嗯，也对，不过我想当面跟你谈。货现在在哪儿呢？要不我这两天去一趟江口，我们在那儿把事情定下来？”

“你不用去江口了，我就在你家门口。我手里有点儿货，本来是卖给别人的，但约好的人没有来，就这么带回去也不像话，这不就想到你了。”

那边迟疑了一下说：“就在家门口啊？那你这做得不对啊，应该提前跟我说，我好准备一下接待你啊。”

梁道安伸手捂上话筒，对管锥说：“你问问他，能不能安排车把我们送到越南边境。”

管锥点点头，对电话里说：“我有个事要跟你说，我这里车坏了，你能不能安排几辆车把我送到越南边境去？”

叶尘说：“可以啊，这点儿小事不麻烦，我们的车队经常来往，只要不是运一支军队过去，我都行。就是价格……”

管锥看了眼刁毛辉，他正在一旁阴鸷地盯着管锥，而梁道安明显非常热情，不停地对管锥点头。

管锥会意，对叶尘说：“我这200多公斤，你说给多少钱吧。”

叶尘问：“200多少啊？”

管锥：“270公斤。”

叶尘：“这么多啊，那我一下也吞不下啊。”

“你是傻了吗？都说了可以给你便宜点儿。”

叶尘在那边思考了一会儿，支支吾吾地问：“那你说多少钱？”

管锥说：“我这么多货，按照之前我们交易的价格，至少能卖到1000万吧？现在我给你打七折，700万给你。”

电话里叶尘的声音自带摇头特效：“不不不不，凭良心说，你这些要都是三九，我700万买过来那算是打劫你了。可我目前确实拿不出这么多钱。”

管锥问：“那你能拿出多少？”

叶尘：“500万，这是我的家底了，我跟你们没法比，我就是把这个小县城搜刮光了也比不上你们一批货的利润。”

管锥看向梁道安，在得到默许后接着说：“500万就500万，但你要保证把我们送到越南边境。”

“那是肯定的，送你们到越南对我来说很容易，以后再有这种事，我还指望你多想着我呢。”

管锥：“那你过来吧。”

“去哪儿？”

管锥：“你到对岸来啊，我们在栎树码头。”

“兄弟，你开什么玩笑呢？这么多年你哥天天望着那条江，但就是没出去过。我记得我们在江口码头那次我就跟你说过，你得把货送进来。而且你们不进来，我怎么送你们去越南？栎树码头又没有轮渡，我给你变几辆车过去？”

管锥又看向梁道安，没等梁道安做出反应，刁毛辉抢在前面说：“不行，太危险了。”

管锥摊摊手，叹了口气：“那就算了吧，八爷。”

梁道安也有点儿犹豫，盯着管锥看了很久，问道：“管锥，你相信这个叶尘吗？”

管锥点点头：“老主顾了我当然相信，这么高的利润率，他不会不想赚这个钱，不但想赚，他还想以后接着赚。”

“那我能相信你吗？”梁道安不动声色地问道。

管锥突然站起来：“我以为0号界碑事件之后，没有人会再怀疑我对您的忠诚了。我要是想害梁氏，0号界碑事件之后，金三角就不再有梁氏了。我自从到梁氏以来，没有做过一件对不起梁氏的事情，这一路走过来，我也没有主动做过任何安排，都是听刁毛辉安排。现在我们穷途末路了，这个办法也不是我想出来的，是八爷你让我打的这个电话，这是我们唯一能按时到达越南的机会，八爷你让我打电话沟通，我就打了。你现在怀疑我，那我就把电话挂掉，我们再想其他办法。”

说着管锥伸手去桌上拿电话，却被梁道安抢先把电话抓在手里，梁道安看了一眼刁毛辉，刁毛辉也确实没有其他办法，只好保持沉默。

梁道安慢慢将电话递给管锥：“我相信你，你安排吧，我们尽快过江。”

接过电话，管锥和叶尘商量完具体事情，刁毛辉一脸不爽地接过卫星电话走了出去，管锥则带人整理剩下的海洛因，等待叶尘派的两条小船。很快，梁道安一行人过江。

踏入中国领土之后，梁道安一行由叶尘派来的人领着往树林里走。树林不深，杂树也不像对面那么多，中间还有一条平坦的车行道，虽然不是铺装路面，但已经足够平坦，至少对梁道安来说要轻松很多，前面走过的那些路简直可以用张牙舞爪来形容。

管锥一行人走了几百米的距离，到了一处平坦一些的山洼里。四五棵枝繁叶茂的大树将整个天空都遮挡了起来，由于没有阳光，树下有大约一个篮球场那么大的空间寸草不生。管锥看到两个身着夹克的人靠在树上，心里一惊，责怪自己大意，因为面前的两个人他根本不知道谁才是叶尘。为了不被看出破绽，管锥快速走了几步，笑着说："叶老大，好久不见。"

其中一个看上去30多岁的胖子满脸笑容地走上来，看那样子应该看过管锥的照片，上来一把拉住管锥说："哎呀，好久不见啊好兄弟。"

两人一番寒暄。由于梁道安的身份不方便泄露，管锥在介绍的时候只说这是梁氏雇佣的制毒师，现在要去南美学习一项提纯技术，所以要借道越南去马来西亚坐飞机。叶尘也十分狡猾，他只带了一个人来见管锥，还有一个是刚才带路的人，叶尘对这两个人的介绍都是自己兄弟。双方都带着枪，所以交流起来无须废话，在树林里坐下来谈事也很快。

所有问题都很快敲定，管锥表现得恨不得立即交易，但叶尘突然说："那我现在回去取钱，你们在这里等着我，一小时之内我就能回来。"

管锥一愣，问道："取钱？你不会是打算给现金吧？"

叶尘摊摊手说："那你想要什么？"

管锥说："我们这是赶路，带这么多现金恐怕运输都困难，你给我瑞士银行的本票。"

叶尘笑道："你还是太看得起我了，我是混县城的土包子，瑞士银行门朝哪儿开我都不知道，哪里来的本票？你要相信我，就给我一个账户，我三天之内给你把钱汇过去。"

管锥把梁道安和刁毛辉拉到一边商量这件事，还没开口，刁毛辉手里的电话响了，也不知道是谁打来的。梁道安和管锥在一分钟之内就做出了决定，在梁道安看来，当务之急是离开这里，到达越南，这笔钱他虽然有点儿舍不得，但他一分钟都不想在脚下的土地上待了。

管锥说："那可以，你先去找四辆车来，把我们送到越南边境，货要跟我们一起去，到边境之后我把货给你。"

叶尘想了一下说："也行。"

刁毛辉接完电话，回到梁道安身边，跟梁道安耳语。

管锥不管那边，跟叶尘说："那你快点儿准备，我们赶时间，要尽快出发。"

叶尘说："好，那你在这儿等着我，我去给你们准备车，我很快就回来。"

叶尘带着自己的随从离开，留下管锥一行人。管锥一直站在那里目送叶尘消失，等他转过脸来的时候，发现刁毛辉早已在他身后举起了手枪。

管锥本能地将重心降低，刁毛辉说："别动。"

管锥举起手问："你这是什么意思？"

刁毛辉说："我找人打听了，勐腊能吃下200多公斤货的人不超过三个，没有叫叶尘的人。"

管锥苦笑:“谁说他能吃下200多公斤了?他最多只能拿出500万。200公斤要多少钱你自己心里没数?”

刁毛辉冷笑:“你继续狡辩。”

梁道安走上前来,看着管锥说:“你现在承认,我可以不杀你,反正我是要离开的人了,杀不杀你对我没有意义。我只想知道自己用了一辈子人,到你这儿是不是看错了人?”

管锥摇头:“我不是,你要杀就杀。”

刁毛辉笑得狰狞,眼神像是能把人钉在墙上:“你装得很像。那我再告诉你,不但你是老猫,这个叶尘和他的随从也都是部队出身。刚才离开的时候他们的步伐没有合拍,有个人竟然垫了一步。如果我没有记错的话,这是部队的标准动作。我们梁氏也有人懂中国军队的队列,我对此熟悉得很。”

管锥感到头皮一阵发麻,刁毛辉说的很可能是真的。这个动作很多士兵都已经养成了习惯,这种场合这不到0.5秒的动作是会要命的,不知道叶尘从哪里找来这么个强迫症的家伙。

管锥说:“我是相信叶尘的,你信不信由你。但这跟我没关系。”

刁毛辉说:“还嘴硬,我让你死个明白。这次出发前,我就让人带着你的照片去你老家了,只是一直没有回音。刚才那边给我打电话,说照片上的人就是之前的士官黎耀祖。所以,你就是那个袭击武进的黎耀祖,陈汉生其实一直都没错,至少对你的判断是正确的。你父亲死了不假,但不是武进杀的,你来找武进也只是为了给他一个脱罪的理由。八爷,我们没时间了,下决心吧!”

梁道安站在刁毛辉身后,点了点头,后退两步。意思很明显。

管锥用尽所有的脑力,试图想出一个解决办法,但此时此地好像真的没什么好办法了。

刁毛辉冲管锥点点头:“可惜我要走了,不然你是个有趣的对手。”

那一瞬间管锥的视力变得出奇地好，他看到刁毛辉放在扳机上的食指开始发力，每一点儿轻微的抖动他都看得一清二楚，他想过跑，但刁毛辉身后还有十几条枪指着自己，无论如何是跑不掉的。同归于尽似乎是最好的选择，但面对这么多枪口，他知道不要说抬起脚，即使是动一下胳膊，自己都会被打成肉泥，然后刁毛辉带着人从容出境。管锥的思绪从如何辩解，变成了如何有尊严地死去。他似乎没有其他路可走。

“砰！”枪响了。

没有人倒下，不知道谁开的枪，除了管锥之外，在场的人全都蹲了下去。管锥毫不犹豫地朝右边扑了过去，他不知道右边有什么，只看到有很多藤条，但并不知道藤条下是什么。

管锥还没有感受到藤条的触感，身后就响起了枪声，他顺着藤条下落了四五米，落地后拔腿往南侧跑，身后枪声此起彼伏。刁毛辉只留了两个人保护梁道安，其他所有人一起追击管锥。

管锥不知道该往哪里跑，只是拼了命往前。在他跨上一个小土坡往前跃的时候，一根带刺的藤条像锯子一样从脸上带过，犁出一道血痕。一阵剧痛传来，管锥用舌头从里面舔了一下，感觉脸都快被划穿了。剧痛使管锥动作稍微顿了一下，就这一顿，感觉左腿一麻，似乎失去了所有力气，每次想要用力，都能感到肌肉徒劳地抖动，完全使不上力气，像是没油的汽车，无论怎么拧动钥匙，也发动不起来。管锥低头才发现左腿内侧被子弹打穿，一小块连着皮的肉在伤口处摇摆。

他只能用手和右腿往前跳，可这不是办法，早晚会被抓住，刁毛辉的人越来越近，听声音简直就近在眼前。但比起刚才，管锥没那么绝望了，因为现在他似乎有了同归于尽的选项，虽然并不是首选。他又想刚才要是不扑向藤条，而是扑向梁道安，结果会不会好点儿？他很快否定了这个想法，因为此时的梁道安在刁毛辉心里已经没那么重要了。他又想到了父亲，刁毛辉可能掘了父亲的坟，而自己今天只要一不小心，就会死在这个人手里。管锥不明白，自己没做过什么坏事，但为什么父子俩都要栽在这个人手里？

管锥正琢磨着，一只手突然拉住管锥的胳膊，来人往自己肩膀上一搭，顺势把管锥扛了起来。管锥连眼睛都没睁："罗大佐你怎么在这儿？"

罗大佐边跑边说："你怎么知道是我？"

"身上臭得能跟粪坑里的蛆称兄道弟了，除了你没谁有这味道。"

"兄弟，你要实在受不了的话，那我现在就走。我那天回去把你交代的事情办完，就马不停蹄地跑来这里了，这么多天风餐露宿，你以为我不想干净点儿啊。"

管锥："省点力气逃命吧。"

罗大佐："扛着你有多大力气也逃不掉。"

管锥虽然闭着眼睛，但突然觉得眼前一黑。等再睁开眼，他发现自己什么都看不到了："你这是到哪儿了，怎么这么黑？"

"你眼瞎了吧，就快到山顶了。"

管锥被这话吓了一跳，以为脸上的伤使自己失明了，顿时在罗大佐肩膀上扭动起来："你放我下来，我好像真的失明了，什么都看不到，我要真瞎了你就自己跑吧，我不想活成个瞎子。"

罗大佐说："进山洞了，你没瞎。"

没想到管锥更加激动了："你疯了吗？后面十几个人，你往山洞里跑，这是送死你知不知道，还是带过兵的人，你个半吊子军官！"

罗大佐继续往前跑："反正进都进来了，跑到哪儿算哪儿。"

管锥说："你放我下来。"

"你最好老实点儿，这里太黑了，我赌刁毛辉刚进洞的时候一定非常小心，不敢太快。这种地方谁也看不到谁，但他们人多，肯定怕误伤，真打起来只能便宜我们俩。”

“那我们也出不去啊，刁毛辉只要在洞口等着，就能把我们饿死。”

“你以为刁毛辉有多少时间，他比我们更着急，说不定他一着急自己就撤走了。再说了……”罗大佐开始大口喘气。

“再说什么？”管锥问。

“这个洞是通的，前面应该有出口，我进来过，看到前面有光，但我没走近了看。”

罗大佐话刚落音，一束光出现在两人面前，罗大佐赶紧穿过那束光，又拐了两道小弯之后停了下来，人彻底躲进黑暗里，免得被后面的刁毛辉发现。

这时后方已经没有枪声了，但开始出现零星的脚步声和石头碰撞的声音。管锥抬头看看上面洞口，直径四米左右，十几米的高度，没有任何依托，长了翅膀恐怕也飞不过去。管锥压低了声音说：“我真被你害惨了，这下无论如何都跑不掉了。”

罗大佐说话的音调有点儿像唱歌：“跑不掉喽，我们要死在这里喽。”

管锥赶紧捂住他嘴巴小声说：“你是怕他们找不到我们吗？”

罗大佐从咏叹调切换成严肃的质问语气：“你怕什么？我们反正是死定了，我不想死得像只老鼠。早知道我不救你了，跟你一起死在这洞里太亏了，我现在有钱了，在新庙刚认识一个女人，可以成家立业了。”说完又咂了咂嘴，“可惜了，多好的姑娘。”

管锥捂着自己伤口：“我看你就是有再多的钱也活不出个人样来，我是伤员，你能不能先给我止止血再废话。”

罗大佐伸手摸了摸管锥的伤口，很快又缩了回来，说：“止什么呀，反正待会我们俩就成两坨肉了，死在这里，烂在这里。你见过给案板上的猪肉止血的吗？”

“去你大爷的。”管锥伸手在地上摸索石头。那样子像是不等刁毛辉来，他们就能互相把对方弄死。

刁毛辉到了，或者说刁毛辉看到了亮光，发出一阵奇怪的笑声，紧接着声音响起：“二位选了个极好的逃生路线，也省得我千辛万苦追下去了。你们好人做到底，自己出来，我也大方点儿，每人一颗子弹，让你们痛痛快快地上路。这样大家都好做，不然我把你们搜出来，可就死得很难看了。”

管锥可以感觉到，刁毛辉的表情绝对没有他的声音那么轻松。无论刁毛辉怎样威逼利诱，这洞里除了水滴之外，就再也没有其他声音了。

刁毛辉虽然可以确定管锥和罗大佐就在附近，但要搜索他们，必须要经过那束洞口射进来的光，大家都有枪，一旦暴露位置就可能被射杀。

刁毛辉没有时间在这儿耗，虽然管锥和罗大佐都有枪，但也只是两支枪，只要敢开第一枪，枪口火焰必然会暴露位置，这样一来，管锥就成了自杀式袭击。

刁毛辉如果有时间，他会慢慢耗死这两人。但现在不同，他没有耐心做这样的事情，所以当机立断，派了两个人慢慢接近，其他人在不远处的黑暗中持枪盯着。

管锥知道，刁毛辉想要用这两个人引诱自己开枪。但不到最后一刻，管锥是不屑于做换人头这种事情的，要换也要先杀了刁毛辉。管锥把罗大佐已经举起来的枪口按下去，对他做了一个噤声的手势。

刁毛辉派的两个人很快越过了明亮地带，到了管锥和罗大佐藏身的一侧，听声音越来越近，直到管锥闻到了对方的枪油味，知道枪口从自己鼻尖前划过。管锥伸手在空中捞了一把，想把人捞到自己藏身的石头后面来，但没有抓住任何东西，反倒是袖口带动的风声惊动了对方，管锥同时也听到了对方转身时衣物摩擦的声音。

黑暗中，管锥和罗大佐同时伸出了手臂，但都没有伸直，以便在接触时还可以伸出一截儿，抓住对方。这是同归于尽的打法，以刁毛辉的行事风格，一旦这边打起来，暴露出位置，刁毛辉会毫不犹豫地开枪把四个人都打死。

一直等到枪油味再次出现，双方都没有任何肢体接触，但距离已经十分近了，管锥不想再等了，正当他准备往前扑过去的时候，一根冰冷的枪口不偏不倚地触到了他的脑门心。对方枪口停顿了一下，停顿只维持了不到半秒钟，管锥似乎能听到他食指压下扳机的声音，甚至能想象出他指伸屈肌的发力过程，那一瞬间管锥似乎能感觉到身边一切的细微变化。管锥无能为力，他再快也快不过弹壳里火药燃烧的速度。

“咔”，卡壳了！

管锥右手抓起一块石头，和罗大佐同时扑了出去。那两人本来就在管锥面前，这么扑出去自然是面对面撞上。管锥左手抓到对方头发，也顾不上暴露位置，右手扬起石头就是一顿猛砸。狭小的山洞里顿时惨叫四起，管锥不敢停，他知道这可能是这辈子做的最后一件事了，砸死对方才能了无遗憾。

刁毛辉听到惨叫声就知道自己派进去的两个人失手了，但同时他也知道了管锥的大概位置，并且从声音判断，管锥并没有重新躲进掩体的意思。这样一来他就不急了，他扬起手，似乎是要进行某种仪式，所有的手下都盯着他扬起的手，只等他的手挥下来，所有人就会一起开枪，子弹会把管锥和罗大佐撕碎。毕竟两名同僚的下场他们没看到也能听到，他们不想下一个被刁毛辉派进去探路。

刁毛辉挥起来的手在半空中顿住了，因为他摸到了一根绳子。手就那么举在半空，像是领导在和下属打招呼，但他的脸上并不是自信，而是惊愕。他猛地一抬头，看到洞口至少有十根绳子垂了下来，十几个黑影顺着绳索从天而降，刁毛辉的反应不算慢，只呆滞了极短的时间，但就这极短的时间里，黑影已经落地。刁毛辉原本挥向管锥的手直接换了个方向，挥了下去。

“快撤。”

所有人都消失在了黑暗中，山洞经历了一秒的宁静后突然枪声大作，五六个人应声倒下。

接着响起的声音使管锥长舒了一口气。“左翼右翼，双箭攻击队形，把山洞给我打穿。”这是丁卓的声音。

丁卓说完走到管锥身边，此时小队已经不紧不慢地搜索前进。管锥被搀扶到明亮地带，丁卓擦了擦管锥脸上的血迹说：“小子，手不轻啊，那人脑袋被你砸成血豆腐了。受这么重的伤还能干掉追兵，你可以啊。”说着拿出急救包，用止血绷带扎住腿部伤口的近心端，再用三角绷带做了一个简易的包扎。

管锥：“别管我，你赶紧去追，刁毛辉跑了怎么办？”

丁卓：“两个全副武装佩有夜视仪的班，在这种空间打十几个瞎子，如秋风扫落叶，大锤捶鸡蛋，你担心什么？是不放心我还是不放心你这帮小兄弟？告诉你，个个儿不比你当年差。”

罗大佐：“他们可是往洞口逃了，你别太自信。”

丁卓露出坏笑：“我就是让他们往洞口去，洞口成死路啦。”

管锥突然想起了什么，扑上去就解掉丁卓的头盔给自己戴上，右手摸到头盔上的翻斗车，把夜视仪放下来，又抢过丁卓的枪，一瘸一拐地往洞口跑去。

丁卓问：“你干吗去？”

管锥：“砸鸡蛋！”

丁卓在通话器里说：“一组二组注意，接应‘索命鬼’，注意提供保护。”说完又看着管锥的影子说，“注意，投降的不能杀。”

罗大佐小声问：“刁毛辉有机会投降吗？”

管锥追上去的时候，刁毛辉已经到了洞口，带进来的人已经死光，只剩刁毛辉一个，他不敢跑出洞，因为先跑出去的两个人毫无意外地躺在了地上，洞口有着强大的火力，强大到让刁毛辉失去求生的欲望。他也懒得藏了，在这样的环境里，面对一群装备着夜视仪的士兵，他是没有还手之力的。他拿着枪站在黑暗里，洞口有微光照在他的身上，现在不用夜视仪也能看清他的轮廓。

丁卓带来的士兵们可能是在等刁毛辉投降，都举枪瞄准，没有人开枪。这时管锥从后面探出头来，见到刁毛辉之后一句话没说，举枪便射，直到弹夹里的子弹打完才停下，刁毛辉如同烂泥一般倒下。

梁道安和罗大厨也被生擒，分开关押，一并缴获的还有被卖出去的两批货。丁卓去见梁道安，对方只是抬头看了一眼，脸上没有丝毫表情。

丁卓："跟我们回去以后，如果允许家属探视，你还能见到梁啸。"

梁道安老了许多："那就好，这几个月我没睡过一天好觉。不瞒你说，我以前没想过会栽到你的手里，即使在风雪垭口 0 号界碑你几乎得手，但那次反而让我觉得你露出了底牌，拿我没办法了。陈培耀才是我最大的威胁，我每天都在报纸上找他的消息，想推敲他的想法，判断他下一步的行动。如果不是他步步进逼，我也不会走得这么仓促，这么慌不择路，更不会被你抓住。"

丁卓知道，要想将梁道安彻底击败，还需要最后一根稻草："你是我遇到最棘手的人之一。据我所知，这个世界上有两个人刻意远离现代通信工具，其中一个就是你。你了解外部信息主要靠报纸，还因此很得意，直到他发现了你的秘密。从那时候开始，你所依赖的报纸就成了你的催命符。"

梁道安的脸色变得越来越难看，嘴巴几次开合都没能发出声音："你是说报纸？"

"是的，你后来看的报纸并不全是伪造的，陈培耀的确对你动了心思，只是没有你看到的那么急切。”

说完丁卓去看了罗大厨：“这么些年，谢谢你提供的情报。如果你最后一个情报没有误导我的话，你的情报缉获率将是100%。”

罗大厨仰头一言不发。丁卓接着问：“你想问为什么最后一个情报我没有采信？”这个问题切中了罗大厨心中最大的谜团：“为什么？”

丁卓说：“因为他拿了你和刁毛辉的DNA样本，我免费给你们做了亲子鉴定，他是你的亲生儿子不错。”

罗大厨摇头叹气，他告诉丁卓：“我本来以为是梁道安害死了我的儿子，所以我也想杀了他的儿子，这样才公平，但没等我下手，他就被杀了。后来小辉从美国回来了，我这才知道错怪了八爷。”

管锥被从山上抬进了勐腊县医院接受治疗，叶尘来看过管锥，管锥问他为什么又复活了那个号码。

叶尘笑着说：“是丁副支队长的命令，他通知我的时候，他自己也已经在来的路上了。你被刁毛辉逼进洞里，我是跟丁副一起去的，我听枪声就知道你在洞里，我对附近熟，所以丁副也没多想，毕竟情况紧急嘛，就带人下去救你了。”

管锥点头致谢。

没过几天，谭超被接回国内。管锥的腿伤稍好了一些之后，就和罗大佐一起开着一辆帕杰罗去往积星堆，他要在那儿见丑人一面，然后把丑人送回国内。

车在山洞附近停下，两个人守在洞口，罗大佐先跟守在洞口的人说：“这儿没事了，你们先回去吧。”说完把钱递给他们，然后对管锥说，“我就不进去了，里面太闷。”

管锥想了想，拍拍罗大佐肩膀：“好吧，谢了。”说完一瘸一拐地朝山洞走去。

丑人正躺在洞里睡觉，枪伤已经没有大碍，只是手脚被锁着。他见到管锥进来，并没有表现出多大的意外："你先别说话，你和武进都是北边派来的老猫，对吗？"

管锥站定："你都知道了，何必再问。"

丑人拍了拍自己的腿："你到底是赢了，我爸呢？"

管锥跛着脚走到丑人身边坐下："梁道安已经在中国了，你什么时候知道我身份的？"

丑人说："劫南北联盟军的货时，我见识过你的枪法，刁毛辉又跟我提了那次刺杀武进的事情，我就知道了。"

管锥长叹一声："梁氏已经完了，梁道安被捕，刁毛辉被击毙。"

一切都在预料之中，丑人揉了揉脸："你动作太快了，我什么都来不及做，梁氏就完了。"

管锥说："我要是你，刚知道我这个身份的时候就该跑路。"

丑人指了指脚镣："刁毛辉派人监视我了，我爸去边境接梁啸的时候，他的人让我把南北联盟军的货交出来，再送我去安全的地方。"

管锥："那你为什么不交？"

"我为什么要交？我辛辛苦苦弄来的，凭什么让他占了便宜？我只是没想到他最后竟然让南北联盟军来抢，好在你没放过他，虽然你也不会放过我。"丑人说完自嘲似的露出苦笑。

管锥："你倒是想得挺开的。"

丑人长叹了口气："想不开能怎么办？你们真是有病，把我抓回去，把梁氏搞垮，你又能得到什么？无非是那点儿还不够嫖个婊子的奖金，或者一块什么奖牌，而你却为了这点儿微不足道的东西要毁了梁氏这么大的基业。你和武进就跟母猪生小猪似的一个接一个的，你们到底是为了什么？"

管锥随口答道："每个人的选择不同，有人选择坚持站在自己认定的一方，有人却跟初心渐行渐远。我相信每个人从小都想做好人，你从小就没有理想吗？”

丑人摇晃着坐起来，倚靠在墙上答道：“有啊，我从小的理想就是贩毒啊，做我爸那样的大老板。”

管锥：“我和你不同，我只想做个好人。”

丑人似乎是来了兴趣，精神也振奋了不少：“我就是好人啊！我对你不好吗？我对身边哪个人不好？我爸都那样对我，我也只是给他找点儿麻烦。以前武进劝我把梁啸弄回来做人质，以此要挟我爸，但我从来就没往那上面想过，我哥死后我一心想着为他报仇。每年收鸦片的时候，每拽（1 拽约为 1.5 公斤）鸦片我给农民的价钱是最高的，我对那些农民也不坏吧？我对自己人也比刁毛辉那浑蛋要好吧？我可从来没想过要把谁怎么样，他可是连谭清逸的弟弟都给弄过来当人质了。我知道你想说我贩毒害人，但我卖毒品也是一分钱一分货，我也没掰开谁的嘴巴往里灌毒品，他们自己要吸毒难道怪我吗？每天那么多人跳楼你要去怪盖楼的人吗？那么多人上吊你要怪卖绳子的人吗？吸毒是那些人做出的自由选择，我怎么就不是好人了？”

毒品世界里自有一把尺子，丑人从小被梁道安收养，可能确实想不明白自己恶在哪儿。这套诡辩是从小就根植在他脑子里的。管锥反问：“那些人自己选择了吸毒，但一旦染上毒瘾之后，有多少人能够自由地选择戒毒呢？人活在世上，大脑控制一切，而你们控制了人的大脑，把原本完好无缺的人，变成行尸走肉的鬼。这就是你们的恶！你们最爱说的是‘我做什么了？我什么也没做啊！他们是自愿的啊’，但那些吸毒的人，他们真的是自愿的吗？他们无论能否戒毒，都将终生被吸毒带来的快感诱惑，终生被毒瘾折磨，他们真的自愿遭受这些吗？人性有其脆弱的一面，毒品就是你们攻击人性脆弱面的工具，人性不应该被你们这么利用。”

丑人无法完全理解管锥的话，他发现自己好像并不认识眼前这个人了，但他似乎又懂了一些，他低下的头似乎是在向管锥表达歉意。

“我真诚地希望在最后的日子里，你能想明白这些道理，你现在该跟我走了。”

“去哪儿？”丑人问。

“中华人民共和国。”

丑人笑笑说：“中国好，中国很多地方我都熟。但一次都没去过。我最后问一个问题，你说我对你怎么样？”

管锥说：“你对管锥很好，但管锥只是我扮演的一个角色。”

丑人用食指指了指管锥：“别说那些没用的，你就说咱们是朋友吗？”

这个问题问住了管锥，他本能地想把目光从丑人的眼睛上移开，但又说不清被什么力量牵引，他想到了第一次和丑人成为朋友时的彷徨和胆怯。正确答案就在眼前，他却不知道应该怎么做。想了很久，下定了决心，他说：“如果要在敌人中选一个朋友，那么我选你。”

丑人刚才的振奋似乎只是回光返照，语气转而虚弱起来：“好吧，你是对的。但我还有一个请求。”

“你说。”

“我刚才想吃苹果，吃了一半你来了，剩半个掉桌子下面去了，你递给我，我吃了再跟你走。”

这个要求令管锥意外，但只是个举手之劳。管锥眼神一扫，发现桌下果然有四分之一个苹果，也没多想就伸手去抓，却没想到砰的一声，一个捕鼠夹紧紧夹住了他的四根手指，管锥顿时疼得钻心。

丑人哈哈大笑，笑声渐小：“哈哈哈哈哈……你最后还是被我耍……耍了。”一根削尖的竹片插在丑人的胸膛上。那原本是固定帘子用的桩，不知道什么时候被丑人拔了下来，丑人死得决绝，竹片穿透了心脏，他是用尽全力把竹片插进了胸口。

管锥替丑人擦拭了胸前的血迹，扯下帘子盖在他身上。从洞口出来叫罗大佐帮忙，却完全没看到人影，只有帕杰罗还停在那儿。管锥刚想喊声“罗大佐”，却看到一辆军绿色陆地巡洋舰行驶在下山路上。

管锥笑了，这是退役以来他真心想笑的一次，他举起手向驶往天际的车告别。

几个月后，边境小镇禅达的一座屋顶上，丁卓举着望远镜和一个人并肩而站。

“丁班长，管锥那小子呢？”

丁卓放下望远镜，没有丝毫犹豫，回答得很干脆：“死了。”

两人相视一笑，丁卓举起望远镜朝远处一条小路上看去。

边境夜行人

FONGHONG
凤凰联动出品